한국·중국·몽골의 서사문학
―글로컬시대의 유형론과 비교연구―

한국·중국·몽골의

서사문학

글로컬시대의 유형론과 비교연구

박진태
바이갈마
왕가용

태학사

공저 저자 약력

박진태

서울대학교 사범대학 국어교육과 졸업.

고려대학교 대학원 국어국문학과 박사과정 수료. 문학박사.

대구대학교 사범대학 국어교육과 교수 역임. 명예교수.

『동아시아샤머니즘연극과 탈』(1999), 『한국문학의 경계 넘어서기』(2012), 『한국탈놀이의 미학』(2014), 『한국인형극의 역사와 미학』(2017), 『한국탈놀이와 굿의 역사』(2017) 외 저서 다수.

바이갈마

대구대학교 대학원 국어국문학과 박사과정 수료. 문학박사.

연구논문으로 「한·몽 전래동화의 비교연구」(학위논문)가 있고,

한국문학번역원의 지원을 받아 『한국 옛이야기 100가지』(울란바토르: Sofex, 2016)를 출판하였다.

왕가용

대구대학교 대학원 국어국문학과 석·박사과정 수료. 문학박사.

연구논문으로 「한국해신설화의 유형분류와 비교연구」(학위논문)가 있다.

한국·중국·몽골의 서사문학

초판 1쇄 인쇄 | 2017년 11월 23일

초판 1쇄 발행 | 2017년 11월 30일

지은이 | 박진태·바이갈마·왕가용

펴낸이 | 지현구

펴낸곳 | 태학사

등 록 | 제406-2006-00008호

주 소 | 경기도 파주시 광인사길 223

전 화 | 마케팅부 (031) 955-7580~82   편집부 (031) 955-7585~89

전 송 | (031) 955-0910

전자우편 | thaehak4@chol.com

홈페이지 | www.thaehaksa.com

값은 뒤표지에 있습니다.

ISBN 978-89-5966-887-8 93810

동해안(감포)의 대왕암. 동해용신(문무왕)과 천신(김유신)이 파견한 용신이 신문왕에게 만파식적을 증여한 성소.

대왕암은 십자 형태의 수로가 동서남북으로 뚫려 있는데, 십자로의 교차점 중앙에 있는 덮개돌 밑에 문무왕의 유골함이 안장되어 있는 것으로 추정된다.

감은사 법당의 마루 밑으로 동해용신이 된 문무왕이 대왕암에서 왕래할 수 있도록 수로가 설치되어 있다.

감은사의 법당 좌우(동서)로 삼층석탑이 배치되어 있다. 우측이 서탑이다.

울산시 세죽리 앞 바다의 처용암. 헌강왕 때 동해용신이 출현한 성소.

울산시 세죽리의 처용당. 퇴락하여 지금은 철거되었다. 당집 앞에 향가 처용가의 가비(歌碑)가 세워져 있다.

헌강왕이 동해용신을 조복하여 호법·호국룡으로 만들기 위해 창건한 망해사 터의 부도.

변산반도에 있는 해식동굴로 해신의 신당. 용굴 또는 수성당(水城堂). 해신은 개양할머니.

위도마을굿의 용신굿에서 허수아비를 띠배에 태워 바다에 띄워 보내어 재액을 예방한다.

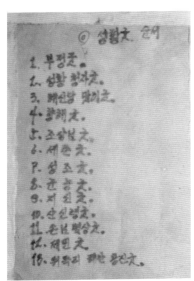

성황당 내부의 벽에 별신굿의 순서가 기록되어 있는데, 각시의 원혼을 신격화한 해랑당(海娘堂)에서 해신(海神)맞이굿을 한다. 성황신 청좌굿－해신당 맞이굿－화해굿의 순서

강원도 낙산사의 관음굴. 천연적인 해식동굴로 원래는 동해용신의 신당이었다.

관음굴의 바로 위에 홍련암(紅蓮庵)을 지어 관음보살상을 모시고 있다.

관음보살의 화신인 파랑새가 원효를 기다렸다는 관음송(觀音松)이 있었던 자리에서 바라본 홍
련암의 원경.

낙산사의 백의해수관음보살의 입상.

중국 주산군도의 보타산에 있는 불긍거(不肯去)관음원. 863년에 창건되었으나 현재의 건물은
1988년에 당나라 건축양식으로 건립.(왕가용 촬영)

불긍거관음원 내부.(왕가용 촬영)

일본 승려 혜악화상이 오대산에서 운반해 온 불긍거관음상. 일본행을 거부하고 보타산을 상주
처로 삼았다.(왕가용 촬영)

중국의 대표적인 해수관음보살인 남해관음상의 입상.(왕가용 촬영)

보타산이 관음신앙의 성지가 된 후 17세기 초기에 건립된 자죽림암의 내부.(왕가용 촬영)

자죽림암의 관음보살 좌상.(왕가용 촬영)

오보(Ovoo). 우리나라 서낭당의 누석단(壘石壇, 돌무지)과 비교되는 제단.

하얀 할아버지. 몽골 토착신앙의 산신(山神). 몽골 라마교의 가면의식무용인 참(Chams)에서 호법신들을 인도한다.

간단사. 울란바토르에 있는 대표적인 라마교 사원.

울란바토르에 있는 흥인사(興仁寺). 현재 참의 가면들을 수집하여 전시한 박물관으로 활용되고 있다. 참은 호법신의 가면을 쓰고 추는 악마추방무용이다.

참의 가면들. 참은 티베트에서 8세기에 발생하여 16세기에 라마교와 함께 몽골에 전파되었다.

참에 등장하는 야크신의 가면과 의상.

게르(Ger). 이동식 천막주택. 출입문 좌우에 천신(백색)과 전쟁신(흑색)의 깃발이 세워져 있다.

나담축제의 말타기대회(모리니 우랄단, Morinii Uraldaan)에 출전한 소년기수.

나담축제의 씨름대회(브흐, Bukh)에 출전한 씨름선수. 이기면 양팔을 벌려 독수리춤을 춘다.

현(絃)이 두 개인 마두금(馬頭琴)을 연주하는 악사.

머리 위에 그릇을 올려놓고 춤을 추어 기예와 무용이 혼합된 형태의 전통무용.

몽골에 거주하는 카자흐족이 매를 길들여 사냥을 한다. 2006년의 저자.

머리말

　－한국의 고전서사문학을 새로운 시각과 방법론으로 조명한다. 곧
글로컬(Glocal)시대에 한·중·몽 서사문학을 지역문화의 개념으로 비교하여
보편성(유형성)과 특수성(지역성)을 이해한다－

　공간(자연)과 시간(역사)이 교차하는 지점에서 이루어지는 인간의 삶의 방식을 문화라 볼 때 인간의 삶을 정확하게 이해하기 위해서는 자연적 조건, 역사적 조건, 문화적 조건, 인간적 조건을 포괄하는 통합적인 시각으로 접근해야 한다. 이러한 문제의식을 가지면, 한국의 평야지대, 몽골의 초원지대, 티베트의 산악지대, 서역의 사막지대에서 어떤 민족이 어떤 역사를 전개하면서 어떤 문화를 창조하여 왔는지 비교할 필요를 느끼게 된다. 나도 자연과 인간, 특히 맹수 호랑이와 맹금(猛禽) 매가 한국인과 어떤 식으로 관계를 맺어왔는지 살펴보았는데(『한국문학의 경계 넘어서기』 제9·10장), 그 연장선상에서 해양(海洋)과 한국인의 관계를 해양서사문학을 통하여 살펴보려고 하였다.

　한국은 삼면이 바다로 둘러싸여 있고, 신라의 이사부가 우산국을 정복하고, 장보고는 완도에 청해진을 설치하고, 세종은 대마도를 정벌하였듯이 일찍부터 국가 차원에서 해양경영을 도모한 역사도 있지만, 다른 한편으로는 울릉도의 공도화(空島化) 정책, 섬으로의 유배, 하멜의 압송, 병인양요와 신미양요 등과 같이 섬을 고립과 소외의 공간으로 인식하고, 바다를 외세 침략의 통로로 위험시하였으며, 농경문화를 절대기준으로

하여 수렵유목문화와 마찬가지로 어로문화도 천시하고 통혼(通婚)조차 하지 않았다.

그리스의 〈오디세이〉, 영국의 〈보물섬〉과 〈로빈슨 크루소〉, 미국의 〈모비 딕〉과 〈노인과 바다〉와 같은 걸출한 해양서사문학 작품을 창작하지 못한 한국인이지만, 바다를 이용하여 어로활동과 항해를 하면서 풍어와 해상안전을 위해서 바다를 신격화한 해신신앙을 발달시켰고, 해신설화도 형성시켰다. 그리고 〈홍길동전〉과 〈허생전〉과 같은 해외진출사상을 표현한 고전소설도 창작하였다. 〈표해록(漂海錄)〉과 같은 실화소설도 나왔다. 그리하여 국문학과 민속학에서 해양문학과 해양민속에 대해 학문적 관심을 가지게 되었는데, 국제적으로 바다와 섬의 영유권 논쟁이 치열해진 현상과 맞물려 해양에 대한 재인식을 촉발시켰다. 그 결과 역사학, 인류학, 생물학, 지리학, 사회학, 관광학 분야에서도 해양에 관심을 가지게 되었고, 마침내 포괄적이고 독립적인 '해양학'의 개념을 성립시켰다.

나는 민속학적 연구는 현지조사가 부담스러워 문학적 관점에서 해양서사를 분석하고 유형화하는 작업을 주로 하였다. 그 결과물이 제1부이다. 그러나 한국의 해양서사문학에 대한 총체적인 연구와 외국 해양서사문학과의 비교연구라는 방대한 작업을 위한 시금석 정도의 성과물에 머물고, 건강 때문에 현 단계에서 연구를 접어야 하는 안타까움을 안고 궁색한 변명만 하고 있다. 그나마 다행인 것은 중국 유학생 왕가용을 통하여 해수관음설화를 비교 연구할 수 있었다. 왕가용의 박사학위논문 「한국해신설화의 유형분류와 비교연구」는 한국 해신설화의 유형을 분류하여 서사구조를 분석하고, 이를 토대로 한·중 양국의 해수관음설화를 비교한 것인데, 이 가운데 비교연구한 부분만 독립시켜 내용의 일부를 수정하고 보완하여 이 책에 실었다.

제2부는 한국 서사문학의 구조적 유형성을 연구한 논문들이다. 신화는 신의 의지를 인간 세상에 관철시키는 이야기이므로 지배논리를 정당화한다. 단군신화에서 환웅이 홍익인간(弘益人間)의 천명(天命)을 받아 하강하여 웅녀와 결혼하고 단군왕검을 출산하여 고조선을 건국하게 만든 것이 바로 전형적인 신화적 세계관이다. 곰은 천신에게 교화되어 여자가 됨으로써 아들생산이 가능하였지만, 호랑이는 교화되지 못하였기 때문에 축생으로 자연적 존재에 그대로 머물게 되었다고 말하여 천신의 지배에 순응하면 흥하고 거역하면 망한다는 사고와 논리를 고착화시켰다.

그러나 생산계층이 지배계층이 자신들을 억압하고 착취한다는 사실을 각성하게 되면, 이러한 신화적 질서를 거부하고, '강자·지배〉약자·생산'의 우열관계, 주종관계, 상하관계를 역전시켜 약자가 강자와 대결하여 승리하는 백일몽(白日夢)을 꿈꾸게 된다. 사회적 약자가 주관적인 상상 속에서 객관적 현실세계에 저항하고 반란을 일으켜 억압감과 구속감에서 해방되는 것이다. 바로 이런 이야기가 민담이고, 민담의 민중의식이 민담의 하위 영역인 동화에도 그대로 투영되어, 연령층의 분화에 의한 어른(연장자)과 어린이(연소자)의 관계가 사회적 계층의 분화에 의한 지배층(사대부)과 피지배층(농공상인)의 관계로 치환되는 것이다. 그리하여 동화에서는 '강자·악·패배·불행〈약자·선·승리·행복'의 이분법이 기조를 이루는 바, 신(강자)이 인간(약자)을 창조하고, 교화하고, 통치한다는 신화적 세계관과 대척적인 관계가 된다. 따라서 신화를 비롯하여 전설, 민담, 야담, 서사시를 포괄하는 서사문학을 유형론적으로 접근하여 서사구조의 다양한 특징을 조명하였다.

제3부는 한국과 중국과 몽골의 설화를 유형분류하고, 이를 토대로 비교 연구하였다. 세 나라는 아시아의 북방유목문화와 남방농경문화를 대

변하면서 치열한 각축전을 벌여온 역사적 체험을 가지고 있어서 그 관계사가 복잡하다. 지금은 몽골이 낙후지역이지만, 한국과 몽골, 한국과 중국, 중국과 몽골이 현대사에서도 주요한 의미를 지닐 수 있기 때문에 세 지역의 비교연구가 절실히 필요하다. 나도 몽골에 세 차례 다녀왔지만, 국내에 민속학, 역사학, 문학, 음악학 등의 분야에서 몽골전문가들이 활발하게 활동하고 있다. 다만 비교연구가 그 동안에는 전파론적 관점에서 이루어졌지만, 동이론적(同異論的) 관점으로 방법론을 전환하면 더 폭넓은 시야와 지평이 열릴 것 같다. 그리하여 이러한 문제의식을 가지고 왕가용이 한·중 해수관음설화를, 바이갈마가 한·몽 전래동화를 비교 연구하였다. 「한·몽 전래동화의 유형 분류와 비교연구」는 바이갈마의 박사학위논문 「한·몽 전래동화의 비교 연구」를 단행본 체재에 맞추어 개고하고, 내용의 일부를 수정하고 보완한 것이다. 동이론적 비교연구는 영향관계 내지 사실관계에 구속받지 않고 공통점을 통해서는 인류적·아시아적 보편성을, 차이점을 통해서는 민족적·지역적 특수성을 파악할 수 있어서 글로컬리티(Glocality)를 추구하는 시대적 추세를 감안하면 더욱 활성화될 필요가 있다. 이 책에서 이러한 시각과 인식을 가지고 국내외 과제를 몇 가지 시도하였지만, 실질적인 성과는 미흡하다 아니할 수 없다. 다만 연구의 방향과 방법을 제시하였다는 데서 의의를 찾고자 한다. 앞으로 각 지역별로 젊은 연구자들이 많이 배출되어 국제적으로 활약해주길 기대할 따름이다.

2017년 8월 31일

대표저자 박 진 태 씀

제1부 한국 해양서사(海洋敍事)의 유형론

제2부 한국 고전서사문학의 유형론

제3부 한중몽 고전서사문학의 유형 분류와 비교연구

한국
해양서사(海洋敍事)의
유형론

육지와 바다 건너 대안(對岸)의 관계 형성의 유형

박진태

1. 머리말

우리나라는 삼면이 바다인 까닭에 울산 반구대암각화의 고래사냥 그림이 말해주듯이 바다가 주요한 생활무대였지만, 고조선 이래로 농경문화가 주류문화가 되면서 어로문화가 수렵문화와 함께 비주류문화로 차별과 천대를 받았기 때문에 학문적으로도 해양에 대한 연구가 저조하였다. 그렇지만 20세기 말엽에 민속학과 국문학에서 촉발된 학문적 관심이[1] 21세기에는 세계화 추세로 해양에 대한 사회적 관심이 고조됨에 따라 역사학, 인류학, 생물학, 지리학, 사회학, 관광학 등으로 확장되었고, 연구 대상도 국내에서 해외로 확대되었다.[2]

---

1 대표적 업적은 다음과 같다.
최덕원, 『다도해의 당제』, 학문사, 1984.
한상복 · 전경수, 『한국의 낙도민속지(落島民俗誌)』, 집문당, 1992.
조규익, 『해양문학을 찾아서』, 집문당, 1994.
2 대표적 업적은 다음과 같다.
해양문화연구재단 편, 『우리나라 해양문화 1: 경기 · 충청』, 실천문학사, 2000.
영남대학교 민족문화연구소 편, 『울릉도 · 독도 · 동해안주민의 생활구조와 그 변천발

국문학에서는 '해양문학'이란 범주를 설정하여 한국문학 속에서 차지하는 위상을 파악하려 하였는데, 고전문학이든 현대문학이든 '해양'이 주로 '바다'의 뜻으로 사용되었다. 그렇지만 2012년 여수해양박람회가 '살아 있는 바다 숨 쉬는 연안'을 주제로 표방하였듯이 해양은 바다만이 아니라 바다로 둘러싸인 육지인 섬과 함께 바다와 육지의 경계 지역인 연안(沿岸)까지 포괄하는 광의의 개념으로 확대되는 추세를 보인다. 일찍이 현용준의 「고대 한국민족의 해양타계(海洋他界)」[3]에서도 고대의 신화와 전설 및 구전되는 무속신화 속의 바다(용궁)와 섬을 포괄하여 해양타계로 규정하고, 인간계와 대립되는 상상(想像) 속의 성역(聖域)이고, 이상향과 죽음의 세계를 의미한다고 보았다.

여기서는 논의의 효율성을 위하여 '육지(또는 섬)/섬(또는 육지)=세속계/신성계'의 대립구조를 보이면서 '바다 건너기', 곧 도해(渡海)를 핵심 모티프로 하는 설화로 범위를 제한한다. 고대인들이 지리적 지식과 지도 제작의 한계 때문에 현대인처럼 섬을 '사면이 물로 둘러싸인 뭍'으로 인식하면서도 육지와 육지가 연결된 사실을 모르고 바다를 통해서 연결된 육지이면 섬으로 인식한 사실[4]을 고려하여 '육지/대안(對岸)=세속계/

전」, 영남대학교출판부, 2003.
　이경엽, 『중국발해만의 해양민속』, 민속원, 2005.
　신동주, 『해양관광개발론』, 대왕사, 2005.
　이윤선, 『도서해양민속과 문화콘텐츠』, 민속원, 2006.
　동아시아고대학회 편, 『구주(九州)해안도서와 동아시아』, 경인문화사, 2007.
　박종철 외, 『해양사와 해양문화』, 경인문화사, 2007.
　조경만 외, 『해양생태와 해양문화』, 경인문화사, 2007.
　전문학술지로는 목포대학교 도서문화연구소의 『도서문화』와 해양문화재단의 『해양과 문화』가 있다.
　3 현용준, 「고대 한국민족의 해양타계」, 『문화인류학』 제5집, 한국문화인류학회, 1972, 49~67쪽.
　4 고대 아랍인의 항해지도를 보면, 고구려, 백제, 신라가 한반도에 속하면서 중국 대

신성계'의 공간적 대립을 보이는 설화까지 포함시킨다. 그리고 구비설화와 문헌설화는 기본적 성격이 다르기 때문에 『삼국유사』와 『고려사』에 기록된 문헌설화만으로 한정한다.

『삼국유사』와 『고려사』에는 '차안(此岸)(육지·섬)/피안(彼岸)(섬·대안)=세속 공간/신성 공간'의 공간적 대립구조를 보이면서 주인공이 바다를 건너는 일군의 도해(渡海)설화가 수록되어 있다. 그런데 이들 도해설화는 주인공이 신적 존재로 피안에서 '바다를 건너' 차안으로 이동해 오는 작품들과 인간 주인공이 차안에서 '바다를 건너서' 피안에 가서 신적 존재와 접촉하고 귀환하는 작품들로 양분된다. 전자는 도래형(渡來型), 후자는 회귀형(回歸型)으로 부를 수 있는데, 도래형은 바다 저쪽 육지의 여자가 바다를 건너서 이쪽 육지에 와서 남자와 결혼하는 이야기인 결혼담(結婚譚)과 주인공이 바다 저쪽 육지에서 인연이 있는 이쪽 육지로 송출되는 이야기인 인연담(因緣譚)으로 구분되고, 회귀형은 바다 건너편 육지에 가서 신이 증여하는 신기대보를 수령해 오는 이야기인 증여담(贈與譚)과 바다 건너편 육지에 가서 신의 문제를 해결해주고 보은의 대가를 받아 육지로 되돌아오는 이야기인 보은담(報恩譚)으로 다시 하위분류할 수 있다. 결혼담으로는 『고려사지리지(高麗史地理誌)』(1454)의 삼성시조 신화와 『삼국유사』(1283~1289)[5]의 김수로 신화가 있고, 인연담은 『삼국유사』의 석탈해 설화와 황룡사 장륙존상 설화가 해당되고, 증여담에는 『삼국유사』의 연오랑·세오녀 설화와 만파식적 설화 및 처용설화

류과 연결된 사실을 인지하지 못하고 세 나라를 모두 섬으로 인식하여 그렸다.

5 『삼국유사』의 편찬 시기는 정확하게 알 수 없지만, 다만 1227년부터 장시간에 걸쳐 자료를 수집하다가 1283년 국존으로 책봉되고 인각사에 주석한 이후부터 1289년 사망하기 전까지의 기간에 편찬 작업을 완료한 것으로 추정된다. 박진태 외, 『삼국유사의 종합적 연구』, 박이정, 2002, 62쪽 참조.

가 포함되고, 보은담에는『삼국유사』의 거타지 설화와『고려사』(1454)의 작제건 설화가 속한다.

이제부터 이 네 가지 설화 유형의 서사구조와 공간의식을 분석하여 고대 한국인의 사고방식과 세계관을 파악하기로 한다. 다시 말해서 문헌설화의 전승집단이 세속적인 본토와 대립되는 바다 건너편 육지를 어떻게 신성한 공간으로 성별화(聖別化; sanctification)하여 문학적으로 형상화하였는지를 분석하여, 고대 한국인의 신화적 사유체계를 구명해 보기로 한다.

2. 도해(渡海)설화의 유형적 구조와 공간의식

1) 결혼담

바다 건너편의 육지에서 여자가 바다를 건너와서 육지의 남자와 결혼하는 이야기로 김수로 신화와 제주도 삼성시조 신화가 있다. 먼저 제주도의 삼성시조 신화는 탐라국 건국신화의 성격을 띠는데, 이 설화의 각편(各篇, version)들이 여러 문헌에 수록되어 있지만,『고려사지리지(高麗史地理誌)』(1454)에 기록된 것을 분석하기로 한다.

① 탐라현은 전라도 남쪽 바다에 있다. 고기(古記)에 이르기를, 태초에 사람이 없더니 세 신인(神人)이 땅에서 솟아났다. 한라산의 북녘 기슭에 구멍이 있어 모흥혈(毛興穴)이라 하니, 이곳이 그곳이다. 맏이를 양을나(良乙那)라 하고, 다음을 고을나(高乙那)라 하고, 셋째를 부을나(夫乙那)라 했다. ② 세 신인은 황량한 들판에서 사냥을 하여 가죽옷을 입고 고기를 먹으며 살았다.

③ 하루는 자줏빛 흙으로 봉해진 나무함이 동쪽 바닷가에 떠밀리어 오는 것을 보고 나아가 이를 열었더니, 그 안에는 돌함이 있고, 붉은 띠를 두르고 자줏빛 옷을 입은 사자(使者)가 따라와 있었다. 돌함을 여니 푸른 옷을 입은 처녀 세 사람과 송아지, 망아지, 그리고 오곡(五穀)의 씨가 있었다. 이에 사자가 말하기를 "나는 일본국(日本國) 사자입니다. 우리 임금께서 세 따님을 낳으시고 이르시되, '서쪽 바다에 있는 산에 신자(神子) 세 사람이 탄강하시고 나라를 열고자 하나 배필이 없으시다'고 하시며 신에게 명하시어 세 따님을 모시도록 하므로 왔사오니, 마땅히 배필을 삼아서 대업(大業)을 이루소서." 하고 사자는 홀연히 구름을 타고 가버렸다.

④ 세 사람은 나이 차례에 따라 나누어 장가들고, ⑤ 물이 좋고 땅이 기름진 곳으로 나아가 활을 쏘아 거처할 땅을 점치니, 양을나가 거처하는 곳을 제1 도(第一都)라 하고, 고을나가 거처하는 곳을 제2 도라 했으며, 부을나가 거처하는 곳을 제3 도라 했다. ⑥ 비로소 오곡의 씨앗을 뿌리고 소와 말을 기르니 날로 살림이 풍부해지더라.[6]

삼성시조 신화의 서사구조는 다음과 같다.

① 삼성(三姓)의 시조가 땅에서 용출(聳出)하였다.(남자의 출현)
② 세 남자는 수렵채취 생활을 하였다.(낙후된 생활방식)
③ 일본국 세 공주가 오곡의 씨앗과 마소의 새끼를 가지고 배를 타고 왔다.(여자의 출현)
④ 세 남자는 나이 순서대로 세 공주와 짝지어 결혼하였다.(남녀의 결혼)
⑤ 활을 쏘아 길지를 점쳐서 각자의 도읍을 정하였다.(도읍 정하기)

---

6 현용준, 『무속신화와 문헌신화』, 집문당, 1992, 182쪽에서 번역문 재인용.

⑥ 농경과 목축 생활이 시작되었다.(개선된 생활방식)

　땅에서 용출한 세 신인과 일본에서 배를 타고 온 세 공주의 결혼은 신화적으로는 지부신(地父神)과 수모신(水母神)의 신성결혼이다. 그리고 '땅-남자-수렵채취-가난'과 '바다-여자-농경목축-풍요'의 대립체계를 보이면서 제주도가 수렵채취 경제에서 농경목축 경제로 생산방식이 전환된 경제사적 사실을 반영한다. 이처럼 농경문화의 유입으로 제주도민의 생산문화가 비약적인 발전을 이룩하게 되었는데, 제주도의 '동쪽에 있는 육지'가 농경목축 문화의 발원지이고, 세 공주는 수렵채취 문화의 단계에 있던 제주도에 농경목축 문화를 전파한 문화영웅으로 표상되었다. 물론 『영주지(瀛洲誌)』(1450)에는 일본국이 아니라 동해의 벽랑국(碧浪國)으로 기재되어 있어서 '제주도 동쪽에 있는 육지'의 실체가 문제가 된다. 제주도의 농경문화가 한반도를 통해서 유입된 것인지, 유구 열도에서 전파된 것인지는 고고학적·문화교류사적 고증 작업이 이루어져야 할 문제이고, 여기서는 역사적 사실의 규명이 아니라 신화적 상상력에 의한 상상의 공간으로 보는 관점을 취한다. 아무튼 제주도민이 바다 건너 육지를 문화적인 선진 지역으로 인식한 것은 분명하다.

　다음으로 『삼국유사』의 김수로 신화도 삼성시조 신화와 유사한 서사구조를 보인다.

① 김수로가 하늘에서 구지봉에 하강하여 왕이 되고 대궐을 축조하였다.
　(남자의 출현)
② 완하국의 석탈해가 왕위를 빼앗으려 하므로 격퇴하였다.(불안정한 통치권)
③ 아유타국의 허황옥이 직물과 보석을 실은 배를 타고 왔다.(여자의 출현)

④ 김수로왕이 마중을 나가 결혼하였다.(남녀의 결혼)

⑤ 관직의 명칭과 직제를 개신하였다.(국가 체제 정비)

⑥ 왕비의 내조가 컸다.(통치권의 강화)

허황옥이 금관가야에 올 때 시신(侍臣) 신보와 조광을 비롯하여 20여 명의 무리를 데리고 비단과 옷과 금은보화와 같은 교역 물품을 배에 가득히 싣고 왔다고 하여 허황옥이 우수한 인적 자원과 재화를 금관가야에 제공하여 비약적으로 국력을 신장시키고 왕권을 안정시켰음을 시사한다.

왕이 왕후와 함께 침전에 드니 왕후가 조용히 왕에게 말한다. "저는 아유타국의 공주인데, 성은 허(許)이고 이름은 황옥(黃玉)이며 나이는 16세입니다. 본국에 있을 때 금년 5월에 부왕과 모후께서 저에게 말씀하시길, '우리가 어젯밤 꿈에 함께 하늘의 상제(上帝)를 뵈었는데, 상제께서 가라국의 왕 수로(首露)를 하늘이 내려 보내서 왕위에 오르게 하였으니 신령스럽고 성스러운 사람이다. 또 나라를 새로 다스리는 데 있어 아직 배필을 정하지 못하였으니 경들은 공주를 보내서 그 배필을 삼게 하라 하시고 말을 마치자 하늘로 올라가셨다. 꿈을 깬 뒤에도 상제의 말이 아직도 귓가에 그대로 남아 있으니, 너는 이 자리에서 곧 부모를 작별하고 그곳으로 떠나라'고 하셨습니다. 이에 저는 배를 타고 멀리 증조(蒸棗)를 찾고, 하늘로 가서 반도(蟠桃)를 찾아 이제 모양을 가다듬고 감히 용안을 가까이하게 되었습니다." 왕이 대답했다. "나는 나면서부터 성스러워서 공주가 멀리 올 것을 알고 있어서 신하들의 왕비를 맞으라는 청을 따르지 않았소. 그런데 이제 현숙한 공주가 스스로 오셨으니 이 몸에는 매우 다행한 일이오." 왕은 드디어 그와 결혼해서 함께 두 밤을 지내고 또 하루 낮을 지냈다.

허황옥이 상제(上帝)의 명, 곧 천명(天命)에 따라 김수로와 결혼하기 위해 아유타국을 떠나왔다고 말하였는데, 김수로가 9간(九干) 중 한 사람의 딸과 결혼하지 않고 허황옥과 결혼한 것은 세력 확장과 왕권 강화를 위한 정략결혼이었다. 하늘에서 하강한 김수로와 아유타국에서 바다를 건너 온 허황옥의 결혼은 신화적으로는 천부신과 수모신의 결합을 의미하지만, 정치사회사적으로는 금관가야가 해양 무역 세력과 혼인동맹을 맺으면서 이부체제의 군장사회를 이룩한 사실을 반영하는 것이다.[7] 이처럼 금관가야국 사람들은 바다 건너 육지인 아유타국을 풍요와 번영의 땅이면서 김수로왕의 최적의 배우자(왕비)가 탄생한 성지라고 인식하였던 것이다. 삼성시조 신화가 삼성왕의 배우자가 일본(또는 벽랑국)에서 농경기술을 가지고 바다를 건너 제주도에 입도하였다고 하였듯이 김수로 신화도 허황옥이 직조 기술과 금은세공 기술을 가지고 바다를 건너서 금관가야에 입국하였다고 하여 두 설화가 '바다 건너 육지'를 문화적 선진지와 문화 전파의 발원지로 인식한 점에서 일치한다.

2) 인연담

『삼국유사』의 석탈해 설화를 보면, 용성국의 왕자로 태어났으나, 알의

---

7 『삼국유사』의 「가락국기」에 의하면, 허황옥이 157살에 죽었는데, 그 후 10년이 지나고 김수로가 158살에 죽었다고 하여, 허황옥이 김수로보다 9살 연상으로 나타난다. 김수로가 자기보다 9살이 많은 허황옥과 결혼한 것은 허황옥의 정치군사적인 힘과 무역에 의한 경제력 때문이었을 것으로 추정된다. 곧 허황옥은 해상무역을 통해 성장한 세력을 대표한다. 김택규, 『한국민속문예론』, 일조각, 1980, 220쪽에서는 "철기문화를 가지고 북방에서 내려와서 지금의 김해 지방에 거점을 잡게 된 유이민 집단인 수로족과 지금의 웅동면(웅천) 지방에서 농경과 어로에 종사하던 토착 씨족집단인 허후족들이 연맹을 결성하는 과정이 승화되어" 김수로와 허황옥의 결혼담을 이룬 것으로 보았다.

형태로 태어났기 때문에 배에 실려 추방되고, 신라의 동해안 하서지촌(下西知村)의 아진포(阿珍浦)에 표착하여 박혁거세의 해척(海尺)의 어머니인 아진의선(阿珍義先)에 의해 발견된 후 토함산을 넘어서 서라벌로 진입하여 남해왕의 첫째 공주와 결혼하여 훗날 왕위에 올랐다. 그런데 석탈해가 호공(瓠公)의 집을 빼앗을 때 숫돌과 숯을 호공의 집 마당에 미리 파묻고 관가에 고소하여 자기 조상이 본래 대장장이[야장(冶匠)]로 잠시 이웃 마을에 나간 사이에 호공이 차지하고 살고 있다고 주장하여 호공의 집을 빼앗는 것으로 보아 석탈해가 야장기술을 지녔을 개연성을 시사한다.8 곧 용성국이 야장기술 내지 철기문화의 발원지 내지는 문화적 선진지로 표상되고 있다. 석탈해는 신라에 철기문화를 전파한 문화 영웅인 것이다.

석탈해의 난생(卵生)은 신성 징표이고 왕이 될 징조이지만, 함달파왕이 왕위를 양위할 수 없는 상황 때문에 길상(吉祥)의 징조가 아니라 말하고 바다에 버리면서 '인연이 있는 곳에 도착하여 입국(入國)하여 가족을 이루라'고 기원한 바, 석탈해는 용성국에서는 국가에 재앙을 가져올 불길한 존재로 배척받고 추방되었다. 그렇지만, 신라에서는 지혜와 제철기술을 인정받아 결혼을 통하여 지배계급에 편입되는 데 성공하였다. 석탈해가 용성국에서 발휘하지 못한 자질과 능력을 신라에서 발휘하고 자아를 실현한 것이니, 신라가 이상과 포부를 실현시키는 기회의 나라가 된 것이다. 곧 '용성국·섬·선진지/육지·신라·후진지'의 관계가 '용성국·재앙·배척/신라·길상·환영'의 관계로 반전되었다.

그리하여 석탈해 신화는 다음과 같은 서사구조로 분석된다.

8 이두현,『한국무속과 연희』, 서울대학교출판부, 1996, 84~87쪽 참조.

① 용성국의 왕자로 태어났으나 알의 모습이어서 불길한 징조로 여겨졌다.
(불운한 탄생)

② 배에 실려 바다에 버려졌다.(배척과 추방)

③ 신라의 아진포에 표착하여 아진의선에 의해 발견되었다.(조력자와 수용)

④ 호공의 집을 빼앗고, 남해왕의 사위가 된 후 왕이 되었다.(성공한 영웅)

석탈해는 바다 저편의 용성국에서는 인연이 없어서 배척당하였지만, 신라에 와서는 인연이 닿아서 자아를 실현시키는 반전이 이루어졌는데, 이러한 인연설은 『삼국유사』의 황룡사 장륙존상 설화에도 나타난다.

① 인도 아육왕이 쇠와 금으로 석가상을 조상하는 데 실패하였다.(불상의 조상 실패)

② 쇠와 금 및 부처상과 보살상의 모형과 함께 배에 실어 바다에 띄웠다. (방류)

③ 신라의 하곡현 사포(현 울주 곡포)에 배가 당도하였다.(인연이 있는 땅에 안착)

④ 진흥왕이 장륙존상(丈六尊像)을 만들어 황룡사에 안치했다.(불상의 조상 성공)

인도의 아육왕(阿育王, 아쇼카왕)이 석가모니의 불상을 만드는 데 연거푸 실패하자 '인연이 있는 곳으로 가서 장육존상으로 조상(造像)되길 빈다'고 말하고 재료와 모형을 실은 배를 바다에 띄웠는데, 그 배가 신라에 도착하여 진흥왕이 황룡사의 장육존상을 봉안하게 되었다는 내용이다. 인도 아육왕은 장륙존상의 조상공양에 실패하였지만, 신라의 진흥왕은 성공하였으니, 아육왕은 인연(因緣)이 없었기 때문이요, 신라는 인연이 있어 부처의 나라[佛國]가 되었다는 말이다. 이는 신라가 인도의 불상 제조 기술을 도입하여 발전시켜서 조상(造像) 기술의 보유국이 되었음을 의미한다. 석탈해가 용성국에서는 왕이 될 수 없었지만, 신라에 와서는 융합 정책에 의해서 왕이 되었듯이, 장륙존상도 인도에서는 제조에 실패 하였지만, 신라에서는 자체적으로 개발된 기술로 성공시켰다고 하여, 신라가 바다 저편보다도 더 이상적인 불국토이고, 공예 기술의 선진지라는 의식을 보인다.

3) 증여담

섬이 육지와 제3 세계의 중간에 위치하여 두 세계의 접경지대로 설정 되고, 섬에서 육지의 인간과 신성계의 신이 접선하고 소통하는 이야기로 『삼국유사』의 연오랑·세오녀 설화와 만파식적 설화 및 처용설화가 있 다. 먼저 연오랑·세오녀 설화부터 살펴보자.

제8대 아달라왕이 즉위한 지 4년 정유(157)에 동해 가에 연오랑(延烏郞)과 세오녀(細烏女)라는 부부가 살고 있었다. 어느 날 연오가 바다에 나가 해조 (海藻)를 캐던 중에 갑자기 바위 하나(또는 물고기 한 마리)가 싣고 일본에 가 버렸다. 그 나라 사람들이 보고 말하기를, "이는 비상한 사람이다"고 하고, 곧 세워 왕으로 삼았다. 세오는 남편이 벗어놓은 신발을 발견하고 그 바위 위에 올라가니, 바위가 또한 전처럼 싣고 갔다. 그 나라 사람들이 놀랍고 의아하여 왕께 아뢰어 부부가 서로 만나게 되어 귀비(貴妃)로 삼았다.
이때 신라에서는 해와 달이 광채를 잃게 되자, 일관(日官)이 아뢰기를, "일 월의 정기가 우리나라에 강림하였던 것이 이제 일본으로 가버렸으므로 이러 한 괴변이 일어난 것입니다."라고 하였다. 왕이 사신을 보내 두 사람을 찾았더니, 연오가 말하기를, "내가 이 나라에 이른 것은 하늘이 그렇게 시킨 것이니, 이제 어찌 돌아갈 수 있으랴. 그러나 짐의 비가 손수 짠 비단이 있으니, 이것으로 하늘에 제사를 지내면 잘될 것이다"고 하고, 그 비단을 주었다.

사자가 돌아와 아뢰어 그 말을 좇아 제사를 지냈더니, 해와 달이 전과 같아졌다. 그 비단을 어고(御庫)에 간직하여 국보로 삼고 그 창고를 귀비고(貴妃庫)라고 하였고, 하늘에 제사지낸 곳을 영일현(迎日縣) 또는 도기야(都祈野)라고 하였다.[9]

연오랑과 세오녀가 신라에서 일본으로 건너가자 일월(日月)의 정기(精氣)가 쇠약해지므로 사자를 보내 신라로의 복귀를 요청하였으나, 복귀 대신 신기대보를 주므로 받아가지고 귀국하여 제사를 지내어 일월의 정기를 회복시켰다는 이야기인데, 이러한 연오랑·세오녀 설화의 서사구조는 다음과 같이 분석된다.

① 연오랑과 세오녀가 일본에 가서 왕과 왕비가 되자 신라의 해와 달이 빛을 잃었다.(예조$_1$)
② 일자(日者)가 해와 달의 정령이 일본에 갔기 때문에 생긴 괴변이라고 말했다.(해석)
③ 왕이 사자를 보내 두 사람의 귀국을 요구했다.(정찰)
④ 연오랑이 하늘의 명에 따라 일본에 왔다고 말했다.(예조$_2$)
⑤ 연오랑이 세오녀가 짠 비단을 주며 하늘에 제사지내라고 말했다.(증여)
⑥ 신라에 돌아와 왕에게 아뢰니 그 말대로 제사를 지냈다.(귀환)
⑦ 해와 달의 정기(精氣)가 예전과 같았다.(기능$_1$)

---

9 강인구 외 번역, 『역주삼국유사』(Ⅰ), 이회문화사, 2002, 261~263쪽.

⑧ 비단을 국보로 삼아 귀비고(貴妃庫)에 보관하였다.(기능₂)

천체의 이변이라는 '예조'에 대해서 '해석'한 뒤 '정찰'하여 신기대보를 '증여'받고, '귀환'하여 신기대보의 '기능'에 의하여 천체의 이변이라는 문제적 상황을 해결하는 이야기인 점에서 신기대보 증여담의 구조를 보인다. 아달라왕은 제8대 왕으로 박혁거세의 직계 후손이지만, 제9대 왕이 석탈해의 후손인 벌휴왕에게 왕통을 넘겨주는 것으로 보아 수신족(水神族) 석탈해 세력의 위협적인 도전을 받는 상황에서 위기에 처한 천신족의 권위를 회복하려는 목적에서 태양을 상징하는 붉은 비단을 신체(神體)로 하는 새로운 형태의 천신제(天神祭) 내지 일월맞이굿을 거행한 것으로 보인다. 역사적 관점에서 보면, 연오랑과 세오녀는 왕위 계승 과정에서 불만을 품고 일본으로 망명한 박혁거세 후손 중의 유력한 일족일 개연성도 상정해 볼 수 있다. 그러나 신화적 관점에서 보면, 천신과 사제의 관계를 박혁거세와 6촌장의 관계에 전이시켜 골품제를 성립시킨 박혁거세 신화가 수신족 석탈해왕의 등장으로 권위가 퇴색해지자 새로운 천신 신화로 연오랑·세오녀 설화를 창조하였을 개연성이 크다.[10] 다시 말해서 수신족 석탈해의 등장으로 천신족 박혁거세 세력 왕통의 신화적·제의적 근거가 흔들리게 된 상황에서 시조제와는 별도로 지금의 영일만에서 새로운 천신제를 거행함으로써 위기에 처한 천신족 왕권을 재확립하려 한 것으로 추정된다. 연오랑과 세오녀가 왕과 왕비가 된 나라가 일본의 어느 지역인지 아직 확인되지 않은 상태이고, 문헌기록도 전하지 않는 점에서 연오랑·세오녀 설화는 영일만에서 일월맞이굿을 하게 된 유래를 설명하는 신화로 보는 것이 더 합리적이다. 따라서 일본

---

10 박진태 외, 앞의 책, 284쪽 참조.

도 실제의 일본이 아니라 중국 신화 속의 부상(扶桑)이나 오산(鰲山)처럼 태양의 발원지로서 신화적 공간일 개연성이 크다. 하여튼 동해바다 건너편 육지 일본이 일월신으로부터 신기대보를 증여받는 신성공간으로 성별화되었다.

다음으로 만파식적설화를 살펴보자.

① 제31대 신문대왕의 이름은 정명(政明)이며, 성은 김씨다. 개요 원년 신사(辛巳, 681년) 7월 7일에 왕위에 올랐다. 부왕인 문무대왕을 위해 동해 가에 감은사(感恩寺)를 세웠다. 〈절에 있는 기록에는 이런 말이 있다. 문무왕이 왜병을 진압하고자 이 절을 처음으로 짓다가 다 끝마치지 못하고 죽어 바다의 용이 되었다. 그 아들 신문왕이 왕위에 올라 개요 2년(682년)에 끝마쳤다. 금당 섬돌 아래에 동쪽을 향해 구멍 하나를 뚫어 두었는데, 이는 용이 들어와서 서리고 있게 하기 위해서였다. 대개 유언으로 유골을 간직한 곳을 대왕암(大王岩)이라고 하고, 절을 감은사라고 이름하였으며, 뒤에 용이 나타난 것을 본 곳을 이견대(利見臺)라고 하였다.〉 이듬해 임오(壬午, 682년) 5월 초하루에 〈어떤 책에는 천수(天授) 원년(690년)이라고 했으나 잘못이다.〉 해관(海官) 파진찬 박숙청(朴夙淸)이 아뢰기를, "동해 중의 작은 산 하나가 물에 떠서 감은사로 향해 오는데, 물결을 따라서 왔다 갔다 합니다."라고 하였다.

② 왕은 이를 이상히 여겨 일관(日官) 김춘질(金春質) 〈또는 춘일(春日)〉에게 점을 치도록 하였다. 그가 아뢰기를, "돌아가신 부왕께서 지금 바다의 용이 되어 삼한을 수호하고 있습니다. 또 김유신공도 33천의 한 아들로서 지금 인간 세상에 내려와 대신이 되었습니다. 두 성인이 덕을 같이 하여 나라를 지킬 보배를 내어주려 하시니, 만약 폐하께서 해변으로 나가시면 값으로 계산할 수 없는 큰 보배를 반드시 얻게 될 것입니다."라고 하였다.

③ 왕이 기뻐하여 그달 7일에 이견대로 행차하여 그 산을 바라보면서 사자

를 보내 살펴보도록 했더니, 산의 형세는 거북의 머리 같고, 그 위에는 한 줄기 대나무가 있는데, 낮에는 둘이 되고 밤에는 합하여 하나가 되었다. 〈일설에는 산도 역시 밤낮으로 합치고 갈라짐이 대나무와 같았다고 한다.〉 사자가 와서 그것을 아뢰니, 왕이 감은사로 가서 유숙하였다.

④ 이튿날 오시(午時)에 대나무가 합하여 하나가 되고, 천지가 진동하며 비바람이 몰아쳐 7일 동안이나 어두웠다. 그달 16일이 되어서야 바람이 자자지고 물결도 평온해졌다.

⑤ 왕이 배를 타고 그 산에 들어가니, 용이 검은 옥대(玉帶)를 가져다 바쳤다. 왕이 영접하여 함께 앉아서 묻기를, "이 산과 대나무가 혹은 갈라지기도 하고 혹은 합해지기도 하는 것은 무엇 때문인가?"라고 하였다. 용이 대답하기를, "이것은 비유하자면, 한 손으로 치면 소리가 나지 않고, 두 손으로 치면 소리가 나는 것과 같아서, 이 대나무라는 물건은 합한 후에야 소리가 납니다. 성왕께서는 소리로써 천하를 다스릴 좋은 징조입니다. 대왕께서 이 대나무를 가지고 피리를 만들어 불면 천하가 화평할 것입니다. 이제 대왕의 아버님께서는 바다 속의 큰 용이 되셨고, 유신은 다시 천신(天神)이 되셨는데, 두 성인이 같은 마음으로, 이처럼 값으로 따질 수 없는 보배를 보내 저를 시켜 이를 바치는 것입니다."라고 하였다.

⑥ 왕은 놀라고 기뻐하여 오색 비단과 금과 옥으로 보답하고 사자를 시켜 대나무를 베어서 바다에서 나오자, 산과 용은 갑자기 사라져 나타나지 않았다. 왕이 감은사에서 유숙하고, 17일에 기림사(祇林寺) 서쪽 냇가에 이르러 수레를 멈추고 점심을 먹었다. 태자 이공 〈즉 효소대왕〉이 대궐을 지키고 있다가 이 소식을 듣고는 말을 달려와서 하례하고 천천히 살펴보고 말하기를, "이 옥대의 여러 쪽들이 모두 진짜 용입니다."라고 하였다. 왕이 말하기를, "네가 어떻게 그것을 아는가?"라고 하셨다. 태자가 아뢰기를, "쪽 하나를 떼어서 물어 넣어보면 아실 것입니다."라고 하였다. 이에 왼쪽의 둘째 쪽을 떼어 시냇

물에 넣으니 곧 용이 되어 하늘로 올라가고, 그곳은 못이 되었다. 이로 인해 그 못을 용연(龍淵)으로 불렀다. 왕이 행차에서 돌아와 그 대나무로 피리를 만들어 월성(月城)의 천존고(天尊庫)에 간직하였다.

⑦ 이 피리를 불면, 적병이 물러가고 병이 나으며, 가뭄에는 비가 오고 장마는 개며, 바람이 자자지고 물결이 평온해졌다. 이를 만파식적(萬波息笛)으로 부르고 국보로 삼았다.

⑧ 효소왕대에 이르러 천수 4년 계사(癸巳, 693)에 실례랑이 살아 돌아온 기이한 일로 해서 다시 만만파파식적(萬萬波波息笛)이라고 하였다. 자세한 것은 그 전기에 보인다.[11]

이러한 만파식적설화의 서사구조는 다음과 같이 분석된다.

① 해관이 감은사를 향해 산이 떠온다고 신문왕에게 보고하였다.(예조₁)
② 용신 문무왕과 천신 김유신이 문무왕에게 대보를 보내줄 징조라고 일관이 점쳤다.(해석)
③ 왕이 사자를 파견하여 산 위의 대나무를 확인하였다.(정찰)
④ 대나무가 합해지자 풍랑이 일더니 평온해졌다.(예조₂)
⑤ 용이 왕에게 두 성인이 보낸 옥대와 대나무를 전하였다.(증여)
⑥ 왕이 옥대 · 대나무를 가지고 환궁하고 대나무로 피리를 만들었다.(귀환)
⑦ 만파식적의 신통력이 위대해서 국보로 삼았다.(기능₁)
⑧ 효소왕 때에도 영험이 커서 만만파파식적이라 불렀다.(기능₂)

---

11 강인구 외 번역, 47~53쪽의 번역문 인용.

만파식적설화도 '예조₁-해석-정찰-예조₂-증여-귀환-기능₁-기능₂'의 서사구조로 되어 있는 신기대보 증여담으로 동해의 섬(대왕암)에서 천신과 용신이 파견한 사신으로부터 신기대보를 증여받는다. 대왕암은 문무왕이 수장(水葬)된 묘역이고, 동해용신이 출현하는 성소(聖所)인데, 천신 김유신과 용신 문무왕이 사자(使者)를 시켜 증여한 대나무로 만파식적을 만들었다는 것은 천신과 용신의 화해굿을 통하여 김춘추 세력과 김유신 세력의 연합을 강화하려 한 사실을 의미하므로 대왕암은 화해상생과 통합의 공간이기도 하다. 이처럼 대왕암은 천신과 수신이 화합해야 우주의 음양이 조화를 이룬다는 굿의 원리가 '대나무가 합해야 소리가 난다'는 음악 원리와 양김 세력이 연합해야 신라가 번창한다는 정치 논리로 전이되는 공간이다.¹² 요컨대 만파식적설화에서도 섬이 신령계와 인간계의 경계 지역으로 신과 인간이 접속하는 굿터이면서 신기대보를 증여받은 신성장소이다.

처용설화의 서사구조는 다음과 같다.

① 헌강왕이 학성에서 노닐 때 개운포에 갔는데, 운무가 해를 가렸다.(예조)

② 동해용이 조화를 부리므로 절을 짓기로 하였다.(해석)

③ 용이 일곱 아들들을 거느리고 왕 앞에 나타났다.(정찰)

④ 왕의 덕을 찬양하여 무악(舞樂)을 바쳤다.(증여)

⑤ 용의 아들 하나가 왕을 따라 서라벌에 왔다.(귀환)

⑥ 왕이 처용에게 급간 벼슬을 제수하였다.(기능₁)

⑦ 왕이 처용을 미녀와 결혼시켰다.(기능₂)

---

12 박진태, 『한국문학의 경계넘어서기』, 태학사, 2012, 196~210쪽 참조.

⑧ 역신이 처용의 아내와 몰래 동침하므로 처용이 가무로 역신을 물러나게 하였다.(기능₃)

⑨ 신라 사람들이 처용의 얼굴을 그려 문에 붙였다.(기능₄)

헌강왕이 천체의 이변이라는 '예조'의 원인을 '해석'하고 '정찰'에 나서 동해용신으로부터 무악을 '증여'받고, 서라벌에 '귀환'한 뒤 처용이 호국룡·생산신·벽사신·문신으로서의 '기능'을 발휘하는 이야기인 점에서 이 역시 신기대보 증여담과 동일한 서사구조를 보인다. 처용섬이 육지에 인접한 작은 무인도로서 동해용신이 헌강왕과 소통하고 역신 퇴치의 능력을 발휘하는 처용을 증여(또는 파송)한 신성공간으로 성별화되었다.

4) 보은담

섬이 한국과 중국의 중간에 위치하는 항해의 경유지로서 인간에게 희생을 요구하는 공간이라고 인식된 이야기로 『삼국유사』의 거타지 설화와 『고려사』의 작제건 설화가 있다. 먼저 거타지 설화부터 살펴본다.

(가) ① 이 왕(진성여왕)의 시대에 아찬 양패는 왕의 막내아들로서 당나라에 사신으로 가게 되었는데, 백제의 해적이 진도에서 막고 있다는 말을 듣고, 활잡이 50인을 뽑아 데리고 갔다. ② 배가 곡도에 이르니, 풍랑이 크게 일어나 열흘 남짓 묵게 되었다. ③ 공이 근심하여 사람을 시켜 점을 치니, 말하기를 "섬에 신령한 못이 있으니 그곳에 제사지내야 되겠습니다."고 하였다. 이에 못 위에 제전을 갖추었더니, 못물이 한 길 남짓이나 솟아올랐다. ④ 그날밤 꿈에 노인이 공에게 말하기를, "활 잘 쏘는 사람 하나를 이 섬 안에 머물게 해둔다면 순풍을 얻으실 수 있습니다."고 하였다. ⑤ 공이 꿈에서 깨어나 좌

우에게 이 일을 묻기를, "누구를 머물게 하면 좋을까?"라고 하니, 여러 사람이 말하기를, "나무 조각 50쪽에 우리 이름들을 써서 물에 띄워 가라앉는 것으로 제비를 뽑읍시다."고 하였다. 공이 이를 따랐다. 군사 중에 거타지란 자가 있어 그의 이름이 물에 가라앉았으므로 그를 머물게 하니, ⑥ 순풍이 갑자기 일어나 배는 지체 없이 나아갔다.

(나) ① 거타지가 수심에 쌓여 섬에 서 있었더니, 갑자기 한 노인이 못에서 나와 말하기를, "나는 서해약(西海若)인데, 매번 한 승려가 해 돋을 때면 하늘에서 내려와 다라니를 외면서 이 못을 세 바퀴 돌면, 우리 부부와 자손들이 모두 물 위에 떠오릅니다. 승려는 내 자손의 간과 창자를 취해 다 먹어버리고, 우리 부부와 딸 하나가 남았을 뿐입니다. 내일 아침에도 반드시 올 것이니, 청컨대 그대는 이를 쏘아 주시오."라고 하였다. 거타지가 말하기를, "활 쏘는 일은 나의 장기이니 말씀대로 하겠습니다."고 하였다. 노인은 치사하고 물속으로 돌아가고, 거타지는 숨어서 기다렸다. 이튿날 동쪽에서 해가 뜨자 중이 과연 와서 전과 같이 주문을 외어 늙은 용의 간을 취하려고 하였다. 이때 거타지가 활을 쏘아 맞추니 승려는 즉시 늙은 여우로 변해 땅에 떨어져 죽었다.

② 이때 용이 치사해 말하길, "공의 덕택으로 우리 목숨을 보전하였으니, 내 딸을 아내로 삼아 주십시오."라고 하였다. 거타지가 말하기를, "따님을 주시고 저버리지 않으시니 진실로 원하던 바입니다."고 하였다. 노인은 그 딸을 한 가지 꽃으로 바꿔 품속에 넣어주고, ③ 또 두 용에게 명하여 거타지를 받들고 사신이 탄 배를 따라가 그 배를 호위하게 하여 당나라 지경에 들어갔다. ④ 당나라 사람들이 두 용이 신라의 배를 (등에) 지고 오는 것을 보고, 이 사실을 황제에게 아뢰니, 황제가 말하기를, "신라 사신은 반드시 비상한 사람일 것이다."고 하고, 잔치를 베풀어 여러 신하들의 위에 앉히고, 금과 비단을 후하게 주었다. ⑤ 본국에 돌아와서 거타지가 꽃가지를 꺼내니, 꽃이 여자로 변

하였으므로 함께 살았다.[13]

거타지 설화는 거타지가 사신 일행의 위기를 극복하는 전반부와 용왕이 거타지에게 보은하는 후반부로 양분된다. 먼저 첫 번째 삽화의 서사 구조를 분석하면 다음과 같다.

① 거타지가 당나라로 가는 신라 사신 양패의 호위군사로 뽑혔다.(과제 수행 시도)
② 풍랑으로 배가 곡도에 정박하였다.(위기)
③ 못에 제사를 지내야 한다는 점괘가 나왔다.(위기 해결 탐색)
④ 신이 우수한 궁수를 섬에 잔류시키라고 양패에게 해몽하였다.(위기 해결 방법)
⑤ 제비뽑기에서 거타지가 선택되었다.(위기 해결 방법 집행)
⑥ 순풍이 불어 사신 일행은 출발하였다.(위기 소멸)

섬은 바다의 풍랑을 좌우하는 신의 신당(神堂)인 못이 있는 공간이다. 바다의 용신이 풍랑을 일으켜 궁수를 섬에 잔류하게 만드는데, 그 이유는 두 번째 삽화에서 나타나고, 우선 첫 번째 삽화에는 바다를 무사히 운항하기 위해서는 섬에서 바다의 용신에게 인신공희(人身供犧)를 해야 한다는 사실이 강조되고 있다. 양패 일행은 거타지를 희생으로 바침으로써 위기를 해결하지만, 거타지는 당나라 사신 일행에 참여한 행운이 목숨을 잃게 되는 위기로 반전되어버렸다. 공동체의 행운이 개인의 위기가 되는 모순이 발생한 것이다. 거타지가 공동체의 안전을 위해서 개

---

13 강인구 외 4인 공역, 앞의 책, 138~141쪽.

인의 희생을 강요받는 상황에 처해진 것이다.

후반부는 다음과 같은 서사구조로 되어 있다.

① 거타지가 서해의 해신 서해약(西海若)의 지시대로 승려로 둔갑한 여우를 사살하였다.(용의 적대세력 제거)

② 용신이 딸을 거타지에게 주었다.(용신의 보은$_1$)

③ 용 두 마리가 거타지를 사신 일행의 배까지 데려다 주고 당나라까지 배를 호위하였다.(용신의 보은$_2$)

④ 당나라 황제가 신라 사신 일행이 용의 호위를 받는 것을 보고 신라인들을 환대하였다.(용신의 보은의 파장)

⑤ 거타지가 귀국하여 용녀와 결혼하였다.(용신의 보은$_3$)

거타지가 용신 세력의 적대 세력을 제거하는 데 무력을 사용하여 공적을 세우고 그 대가로 용녀와 결혼하고, 용신 세력의 비호와 중국 황제의 후대라는 행운을 획득하게 되는 이야기이다. 거타지는 섬에서 봉착한 위기를 무예 실력을 발휘하여 극복함으로써 위기를 행운으로 반전시킨 군사영웅이다. 그런데, 거타지가 서해약을 괴롭히던 요괴 승려를 처치하고 서해약의 보은과 대가로 보호와 지원을 받았다는 이야기는 서해약을 곡도를 무대로 활동하던 서해 해상세력이 숭배하던 용신으로 보면, 거타지가 곡도의 해상세력과 연합하여 진도를 무대로 활약하던 후백제 세력과 전투를 벌여 사신 일행이 무사히 중국에 가도록 무공을 세운 사실을 설화적으로 굴절 변형시킨 것으로 추정할 수도 있겠다.[14] 하여튼

---

14 거타지 설화의 역사성과 허구성은 거타지와 양패의 실존 여부와 진성여왕의 사신 파견의 사실 여부가 해명되어야 하는데, 『삼국사기』에 의하면 진성여왕 6년에 견훤이 후

곡도에서 용신의 제물로 바쳐진 거타지가 용신의 문제를 해결해 주고 보은과 대가로 용녀를 증여받고 귀환하는 점에서 섬이 위기와 불운이 행운과 기회로 반전되는 공간으로 형상화되었다.

작제건 설화도 거타지 설화와 동일한 유형에 속하는 영웅설화이다.

① 세인들이 신궁(神弓)이라 부른 작제건이 상선을 타고 당나라로 아버지를 찾아 떠났다.(과제수행 시도)

② 바다 가운데에서 구름과 안개로 배가 사흘 동안 항해하지 못하였다.(위기 봉착)

③ 선원들이 점을 치니, 고려인을 내려놓으라고 하여 작제건이 암석 위에 뛰어내렸다.(위기 해결 탐색)

④-㉠ 서해 용왕이 나타나 치성광여래(熾盛光如來)로 변신한 여우를 활로 사살해 달라고 청하였다.(위기 해결 방법)

④-㉡ 서해 용왕의 딸이 사경(寫經)하는 작제건에게 궁술로 집안의 불행을 해결해 달라고 청한다.(위기 해결 방법)

⑤ 작제건이 늙은 여우를 활로 쏘아 죽였다.(위기 해결 수행)

⑥ 작제건이 용왕한테서 장녀 저민의(翥旻義)와 칠보(七寶)와 돼지를 받아 귀국하였다.(보은)

⑦ 유상희가 백성들을 데리고 와서 영안성을 축조하고 궁실을 건축하였다.(보은의 파장)[15]

백제를 건국하고, 7년에 사신으로 파견한 김처회(金處誨)가 바다에서 익사한 사건이 발생한 것으로 기록되어 있어 역사적 근거가 있는 설화로 보이지만, 이에 대해서는 지면을 달리해서 본격적으로 논의하기로 하고, 이 글에서는 설화적 측면만 다룬다.

15 북한 사회과학원 고전연구소, 『고려사』(1)(영인본), 여강출판사, 1991, 48~51쪽 요약정리. 설화의 전문은 이 책의 104~106쪽에 소개되어 있다.

작제건이 당나라에 있는 아버지를 탐색하여 단절된 부자관계를 회복하여 혈통의 정통성과 정당성을 확보해야 하는 과제를 수행하는 과정에서 고려인이라는 이유로 위기에 봉착하지만, 탁월한 궁술솜씨를 발휘하여 용왕의 적대세력을 제거하고, 그에 대한 보은과 대가로 용녀와 결혼하고, 재화를 수령하여, 용신숭배 세력의 지지를 받고, 귀국하여 왕위에 등극하였다. 이처럼 서해바다의 섬이 작제건에게는 처음에는 위기와 불운의 공간이었으나 기회와 행운의 공간으로 반전되었다. 그런데, 그러한 반전이 무력 사용에 의해 이루어진다는 점에서 작제건도 거타지와 마찬가지로 해상세력과 연합하여 성장한 군사영웅이다. 거타지 설화나 작제건 설화나 섬이 한국과 중국의 중간에 위치하기 때문에 한국에서의 정치적 성장의 기반을 다지고 중국과의 안정적 교류를 위한 교두보를 확보하기 위해서는 섬을 무대로 용신을 숭배하는 해상세력을 장악하거나 그들과 제휴해야 한다는 사실을 강조하고 있다. 군사적·외교적·전략적 요충지인 섬을 장악하는 자가 국내적으로 출세하고 국제적으로 진출하는 데 유리하다는 메시지를 담고 있는 것이다. 곧 섬이 신분상승의 기회를 제공하는 공간으로 형상화되어 위험한 바다여행이 인생역전의 기회가 될 수도 있다는 해양진출 사상을 함축하고 있다.

3. 도해설화의 유형 체계에 나타난 사고방식

육지의 끝은 바다가 시작하는 곳으로 육로(陸路)의 개념으로 보면, 바다는 육지를 단절시키고 다른 육지에서 격리되게 만든다. 그러나 배나 뗏목 같은 이동 수단을 동원하면 연결과 교통이 가능해져 해로(海路)의 개념이 성립된다. 도해설화는 이러한 바다 건너기의 이야기인데, 육지와 섬·대안의 관계가 문학적으로 형상화될 때 특히 신화적 사고와 상상력에 의해서 '육지(인간계·세속계)/섬·대안(신령계·신성계)'의 공간적 대립 구조로 의미화된다. 다시 말해서 종교적 심성에 의해서 바다 가운데의 섬이나 바다 건너편의 대안(對岸)을 신령의 거주지나 출현지로 인식하고, 신성시하고 외경시하는 경향이 있다. 그리하여 섬이나 대안에서 신적 존재가 바다를 건너서 오거나, 인간이 섬이나 대안에 가서 신적 존재와 조우(遭遇)하는 이야기로 도해설화를 형성시켰다. 앞에서 도해설화를 네 가지 유형으로 분류하고 유형별로 바다 건너편 섬이나 대안이 어떤 공간으로 인식되고 형상화되었는지에 대해 분석해 보았는데, 이제부터는 네 유형을 모두 포괄하여 서로 대조 비교하여 차안(此岸)에 거주한 인간들이 차안과 피안(彼岸)의 두 세계를 어떤 관계로 인식하였는지를 논의하여 도해설화 전승집단의 사고방식 내지 세계관을 구명하기로 한다.

먼저 결혼담을 보면, 일본공주는 식량을 안정적으로 조달할 수 있는 농경문화를 가지고 수렵목축 단계의 제주도에 와서 세 신인의 배우자가 되고, 허황옥은 선진 문물과 재화를 가지고 김해에 와서 김수로왕의 왕업을 완성시킨다. 피안이 충족의 세계이고, 차안이 결핍의 세계로 인식되고 있다. 그러나 인연담은 이와는 대조적으로 차안이 완성의 세계이고, 피안이 미완성의 세계로 나타난다. 곧 석탈해는 용성국에서는 배척당하지만 신라에서는 수용되어 자아를 실현시키고, 장육존상은 인도에서는 제조에 실패하지만 신라에서는 성공한다.

다음으로 증여담을 보면, 신문왕은 피안에서 천신 김유신과 용신 문무왕이 보낸 만파식적을 증여받아 양김체제(김춘추 세력과 김유신 세력)를 공고하게 하여 천하를 태평하게 만들고, 아달라왕은 연오랑과 세오녀에게서 비단을 증여받아 해와 달의 정기를 회복하고, 헌강왕은 동해용왕에게서 처용을 증여받아 역신을 퇴치한다. 이처럼 증여담은 차안의 문제를 해결하기 위해서 피안에 전적으로 의지하는데, 보은담은 이와 대조적으로 피안의 문제를 해결하는 데 차안의 지원을 받는다. 서해용왕이 거타지와 작제건의 무력 지원을 받아서 위기를 극복하는 것이다.

결혼담과 증여담은 신의 자비와 권능에 대한 외경심을 드러내고, 신 중심의 사고를 보이는 점에서 일치하고, 인연담과 보은담은 인간의 자질과 능력에 대한 자부심을 드러내고, 인간 중심의 사고를 보이는 점에서 일치한다. 그리고 결혼담과 증여담은 차안이 피안에 대해서 의존관계인 점에서 일치하고, 인연담과 보은담은 차안과 피안이 상호 보완관계인 점에서 일치한다. 이러한 사고방식의 차이는 결국 결혼담과 증여담은 피안을 세계의 중심으로, 차안을 주변으로 인식한 것이고, 인연담과 보은담은 이와 반대로 차안을 세계의 중심으로, 피안을 주변으로 인식한 것을 의미한다. 결혼담과 인연담은 공간 이동이 도래형(渡來型)이라는 점에서는 일치하지만, 사고방식과 세계관은 대립적이고, 증여담과 보은담도 공간 이동이 회귀형이라는 점에서는 동일하지만, 사고방식과 세계관은 대립된다. 다시 말해서 사고방식과 세계관 면에서는 오히려 결혼담과 증여담이, 인연담과 보은담이 각각 동일한 양상을 보이는 것이다. 이처럼 도해설화에서 차안의 인간, 곧 육지나 섬의 본토인이 피안, 곧 바다 건너편 섬이나 대안에 대하여 주변의식을 지니느냐? 아니면 중심의식을 지니느냐? 이러한 세계관의 형상화는 공간 이동의 방향이 아니라 문제해결의 방식과 관련된다. 그리고 도래형(결혼담 · 인연담)이냐 회귀형(증여담 · 보은담)이냐의 문제는 물리적 공간의식이고, 주변의식(결혼담 · 증여담)이냐 중심의식(인연담 · 보은담)이냐의 문제는 심리적 공간의식이라 말할 수 있다. 이러한 유형 체계와 사고방식의 관계를 도시하면 다음과 같다.

```
                        도래형

              결혼담 │ 인연담

            (여성 우위) │ (차안 우위)

   주변의식 ─────────┼───────── 중심의식

              증여담 │ 보은담

            (신성 우위) │ (인간 우위)

                        회귀형
```

'섬 체험담'의 서사유형적 특성과 교육적 함의

박진태

1. 머리말

기존의 설화 연구에서 구조주의 언어학의 시니피에와 시니피앙의 관계를 원형과 변이형의 관계로 전이시켜 역사지리적·사회문화적 관점에서 설화의 각편적(各篇的) 다양성을 설명하였다면, 현재는 설화의 원형을 변형시켜 새로운 서사를 창출하는 창조적 작업이 요구되는 시대이다. 설화와 소설의 영화화와 축제화가 대표적인 현상인데, 고전 서사의 캐릭터를 발굴하여 현대 캐릭터 관련 예술-소설, 희곡, 뮤지컬, 영화, 티브이 드라마, 만화, 게임, 애니메이션-에 활용하려는 시도가 행해졌다. 그런가하면 2012년 여수 세계해양박람회를 전후해서 바다와 섬에 대한 일반인의 관심이 높아지고, 문학 분야에서도 해양문학에 대한 연구가 활발해졌다. 이 글도 이러한 시대 조류에 대한 인식과 연구 방법론에 대한 문제의식에서 출발한다.

설화와 소설의 연구에서도 종전에는 구비문학과 기록문학의 이분법에 의해서 구분하고 설화를 소설의 소재나 원형으로 인식하였다면, 지금은 설화와 소설의 장르 차원을 뛰어넘어 서사체나 서사문학으로 확장해야 한다는 학문적 자각과 시대적 요청 때문에 내러티브의 개념으로 접근하는 추세이다.[1] 서사적 상상력과 창의력의 원천을 탐색하고, 문학적 형상화 능력을 계발하는 작업이 되기 위해서는 설화와 소설을 서사체로 포괄하여 서사학적 접근을 할 필요가 있는 것이다. 따라서 설화와 소설을 동일한 지평에 올려놓고 서사구조를 분석하여 이야기의 원형을 추출하고, 이 원형과 창의적인 상상력을 결합하여 새로운 서사를 창조하고, 문화 콘텐츠를 개발하고, 문화산업을 발전시키는 데 기여할 필요가 있다.[2]

여기서는 설화와 고전소설 중에서 '육지인이 섬에 가서 색다른 체험을 하는 내용'의 작품들을 선택하여 섬 체험 이야기의 유형을 분류하고, 이를 토대로 한국인의 섬에 대한 인식태도와 서사구조를 구명하려고 한다. 분석 대상 작품은 설화는 울릉도 개척설화, 마라도 개척설화, 거타지 설화, 작제건 설화를, 소설은 〈홍길동전〉, 〈허생〉, 〈배비장전〉, 〈만강홍〉으로 한다.[3] 울릉도와 마라도의 개척설화는 항해의 안전을 기원하기 위해서 바쳐진 희생인간이 죽어서 수호신이 되었다는 이야기이고, 거타지와 작제건의 전설은 항해의 안전을 보장받기 위해서 신에게 바쳐진 희생인간이 신을 위기에서 구출하고 그 대가로 인생 역전을 이룩하였다는 이야기이고, 〈홍길동전〉과 〈허생〉은 섬에 가서 이상국을 건설하였다는 이야기이고, 〈배비장전〉과 〈만강홍〉은 섬에서 적대 세력을 만나 시련을

---

1 이러한 문제의식에서 '한국서사학회'가 창립되어 학술지 『내러티브(Narrative)』를 발간하고 있다.

2 고전 서사문학과 희곡문학에 등장하는 캐릭터를 총망라하여 조명한 서대석 외, 『우리 고전 캐릭터의 모든 것』(1~4권)(휴머니스트, 2008)이 이런 작업의 대표적인 성과물이다.

3 바다에서의 표류를 다룬 작품으로 〈금남표해록〉, 〈義島記〉, 〈赴南省張生漂大洋〉, 〈識丹丘劉郎漂海〉 등이 있지만, 실화를 바탕으로 하여 설화나 소설의 허구적 언어가 아니라 사실의 언어로 기록되어 있어서 한문해양기행문학에 해당한다. 이에 대해서는 다른 기회에 다루려고 한다.

겪었다는 이야기라는 점에서 각각 유형성을 보이기 때문이다.

2. 설화에 나타난 섬 체험의 유형

1) 섬에 버려져 신이 된 이야기: 울릉도와 마라도의 수호신 이야기

울릉도와 마라도에는 섬 개척과 관련해 수호신의 유래담이 전한다. 먼저 울릉도의 수호신설화부터 살펴보자. 울릉도를 수호하는 성황신은 태하동(台霞洞)에 있는 성하당(聖霞堂)의 신이다. 태하동은 울릉도의 북쪽 해안에 위치하고, 1735년(영조 11년)에 삼척 영장이 순찰한 각석문(刻石文)이 있고, 1903년 군청이 남쪽 해안의 도동으로 이전되기 전까지는 울릉도의 행정 중심지였다. 성하당의 성황신 유래담[4]의 서사 단락을 정리하면 다음과 같다.

① 김인우 안무사가 울릉도를 순찰하였다.(울릉도 거주의 방해자)
② 꿈에 신이 동남동녀를 남기고 떠나라고 계시를 하였다.(신의 계시-정착민 요구)
③ 풍파로 배가 출항하지 못하였다.(신의 분노-자연 재해)
④ 신의 계시대로 동남동녀에게 심부름을 시켜 잔류시켰다.(신의 계시에 순종-인신공희)

---

4 http://www.ulleung.go.kr 『한국민속종합조사보고서』(경상북도편), 문화재관리국, 1977, 218~219쪽에도 각편이 수록되어 있는데, 거기서는 울릉도 순회사가 선조시대의 평해 또는 삼척의 영장이라고 하였다. 그리고 동남동녀도 통인과 기생이라고 구체적으로 신분을 밝혔다. 이 책의 153~154쪽에 전문이 소개되어 있다.

⑤ 풍랑이 잠잠해지고 순풍이 불었다.(신의 은총)

⑥ 배가 순항하여 무사히 육지로 귀환하였다.(해상 안전)

⑦ 동남동녀는 기아와 추위로 죽었다.(원혼의 발생)

⑧ 김인우 안무사가 다시 울릉도에 와서 동남동녀를 위하여 신당을 조성
하고 제사를 지냈다.(신격화와 해원)

⑨ 매년 음력 2월 28일에 제사를 지낸다.(거주민의 동신화(洞神化)와 주기
적인 동제(洞祭))

⑩ 농작과 어업의 풍요와 해상안전을 빈다.(마을수호신의 직능)

위 설화는 영장이 남녀를 신에게 제물로 바치고 출항하였다는 전반부
(①~⑦)와 울릉도에 되돌아와서 남녀의 원혼을 제사지내고 해원시켜
주었다는 후반부(⑧~⑩)로 양분된다. 곧 '인신 공희에 의한 원혼의 발생
-신격화에 의한 해원(解寃)'으로 압축된다. 그렇지만 전반부에서 신이 남
녀의 잔류를 요구한 것을 인신 공희로 단순화하기보다는 섬에 거주하면
서 종족을 보존하며 제사를 지내줄 신앙 집단을 요구한 것으로 해석해
야 한다. 안무사의 역할이 울릉도 거주민을 육지로 쇄환(刷還)하는 것이
었으므로 해신이 섬에 거주하며 자기에게 제사를 지내 줄 신앙 집단의
잔류를 요구한 것으로 해석할 수 있는 것이다. 그리고 후반부에서 남녀
의 원혼을 위해 제사를 지냈다는 말도 울릉도에서 정착하여 생존하는
데 실패한 개척민의 위령제를 지낸 것으로 해석해야 한다. 신화에서 신
이 되는 방식은 아버지를 찾아가 신직을 받는 제석본풀이의 삼태성처럼
혈통에 의한 방식, 조기를 잡아 군사들의 식량을 해결하고 죽어서 어로
신이 된 임경업처럼 공업(功業)에 의한 방식, 금기를 어기고 허도령을 죽
게 만든 후 비명횡사한 하회마을의 서낭각시처럼 원사에 의한 방식으로
구분되는데, 울릉도 성하당 신화는 원혼의 파괴적인 카리스마에 대한 공

포심에서 신격화한 원혼형에 해당한다. 이러한 울릉도 개척 신화가 원혼형인 이유는 울릉도가 육지에서 멀리 떨어져 있으면서 풍랑이 심해서 왕래가 불편하고, 암석이 많고 평지가 적어 농사짓고 살기 적합하지 않은 자연 환경 때문이다. 다시 말해서 열악한 자연 환경이 요인이 되어 이주와 개척에 실패한 사람들의 비극적인 삶을 반영한다. 따라서 동남 동녀는 개인이 아니라 희생자 집단의 표상이다.

울릉도는 지정학적으로 한반도 북부와 일본을 연결하는 군사전략적 요충지이기 때문에 신라 지증왕 때 고구려와 일본의 연결을 차단하기 위해서 이사부가 정벌하였지만, 고려와 조선 시대에는 국제 외교 면에서 전략적인 중요도가 떨어지고, 해적과 범죄자의 소굴이 될 위험성 때문에 공도화(空島化) 정책을 쓰다가 1882년(고종 19년)에야 이주와 개척 정책으로 전환하였다. 공도화 정책은 철저하여 관원을 수시로 파견하여 섬을 순찰하고 불법 거주자들은 육지로 이송하였는데, 1769년(영조 45년)에는 산삼 채취인이 잠입한 사건이 발생하자 삼척 부사를 하옥하고, 강원 감사를 파직하기도 하였다.5 따라서 울릉도 개척시조 신화는 이러한 조정의 공도화 정책에 반대하고 이주 개척을 주장하는 사람들의 시각을 대변한다. 다시 말해서 남녀의 잔류를 명령한 신은 이주와 개척 정책을 지지하는 집단의 공동체 의식의 표상이다. 그리하여 강제적으로나마 울릉도에 잔류하여 정착하게 된 개척시조를 위로하고 추모하는 뜻에서 지역 수호신인 성황신으로 숭배하고 동제를 지낸 것이다. 비록 자신들은 정착하는 데 실패하고 비극적인 최후를 맞이하였지만, 후손들은 울릉도에서 행복하게 살 수 있도록 파괴적 카리스마를 창조적 카리스마로 승화시키는 메커니즘이 바로 원혼의 동신화(洞神化)에 작용한 것이다.

---

5 울릉도의 역사에 대해서는 『울릉군지』, 울릉군, 1989, 40~43쪽 참조.

제주도에 부속된 최남단의 섬 마라도에도 울릉도의 성하당 전설과 유사한 처녀당 전설6이 전하는 데, 서사단락을 구분하면 다음과 같다.

① 가파도에 살던 고부 이씨가 마라도에 와서 개간을 하였다.(육지의 개척자)

② 처녀를 남기고 가라는 신이 꿈에 현몽을 하였다.(신의 계시-희생의 요구)

③ (신의 분노로 인한 자연 재해)

④ 업저지를 마라도에 남기고 떠났다.(인신 공희)

⑤ (신의 은총)

⑥ (해상 안전)

⑦ 업저지는 죽어서 유골만 남았다.(원혼의 발생)

⑧ 이씨네가 업저지를 위해 제사를 지냈다.(해원)

⑨ 처녀당에서 해마다 제사를 지낸다.(동신화와 주기적 의례)

⑩ (마을 수호신의 직능)

마라도 개척설화는 울릉도 개척설화의 서사단락에서 '신의 분노로 인한 자연 재해', '신의 은총', '해상 안전', '마을 수호신의 직능'과 같은 단락은 실현되지 않은 형태이지만, '원혼의 발생(①~⑦)-신격화에 의한 해원(⑧~⑩)'의 서사구조로 되어 있는 점에서는 동일하다. 아무튼 업저지의 희생을 대가로 지불하고 마라도의 거주민이 되었다는 이 개척설화는 마라도의 자연환경이 열악하여 정착과정에서 많은 희생자가 발생하였음을 암시한다. 특히 희생자가 사회적 약자인 업저지인 사실은 섬을 개척할 때 힘든 노동에 종사한 하층민의 고통과 희생이 상대적으로 많았음을 의미할 것이다.

---

6 http://cyber.jeju.go.kr/contents/index

마라도의 수호신은 처녀 희생을 요구한 신과 처녀가 죽어서 된 신 둘인데, 이는 울릉도의 성황신처럼 자연신에서 인신으로의 교체 내지 해신 숭배에서 지역수호신 숭배로의 전환을 시사한다. 그리고 마라도의 수호신에 대한 외경심과 헌신은 바로 마라도에 대한 인간의 정착 의지와 수호 의지의 신앙적 전이에 다름 아니다.

2) 섬에 버려지나 행운을 만나는 이야기: 거타지와 작제건의 이야기

용신의 제물로 섬에 잔류되지만, 용신을 위기에서 구출함으로써 자신도 위기를 행운으로 전환시키는 이야기로 거타지 설화와 작제건 설화가 있다. 먼저 거타지 설화7부터 살펴본다.

① 진성여왕의 막내아들 양패가 당에 사신으로 가는데, 후백제의 해적이 진도(津島)를 가로막고 있다는 소식을 들었다.(위기$_1$)

② 궁사 50명을 선발하여 수행하게 하였다.(극복$_1$)

③ 곡도(鵠島; 골대도骨大島)에 이르자 풍랑이 크게 일어 열흘 동안 머무르게 되어 양패가 근심에 빠졌다.(위기$_2$)

④ 점을 치니 섬 안의 신지(神池)에 제사를 지내라고 하였다.(극복$_2$)

⑤ 제사를 지내니 노인이 궁술이 뛰어난 사람을 1명 섬에 남기라고 현몽하였고, 물에 띄운 목간(木簡) 중에서 거타지의 목간이 가라앉고, 양패의 배는 출항하였다.(위기$_3$)

⑥ 거타지가 해약신(海若神)의 간을 빼먹으려는 중을 사살하니 늙은 여우

---

7 강인구 외 4인 공역, 『역주삼국유사』(Ⅰ), 이회문화사, 2002, 261~263쪽의 번역문 전문이 이 책의 48~49쪽에 소개되어 있다.

로 변하였다.(극복₃)

⑦ 용이 거타지에게 사례하고 딸을 아내로 삼아 달라고 청했다.(극복의 결과₁: 행운)

⑧ 두 마리 용이 거타지를 받들고 사신을 따라잡고 사신의 배를 호위하였다.(극복의 결과₂: 행운)

⑨ 당나라 황제가 신라 사신이 비상한 사람이라 칭송하고 후대하였다.(극복의 결과₃: 행운)

⑩ 귀국하여 거타지가 용녀와 결혼하여 살았다.(극복의 결과₄: 행운)

거타지가 뛰어난 궁술 솜씨 덕분에 중국에 파견된 사신의 호위 군사로 동행하였다가 섬에 혼자 잔류하게 되는 위기에 빠지지만 용왕의 생명을 구출하고 용왕의 비호를 받게 됨에 따라 위기가 행운으로 반전된다. 그리고 이를 계기로 육지(중국, 신라)에서도 행운의 주인공이 된다. 그리하여 거타지 설화는 '육지₁(불운)-섬(위기에서 행운으로 반전)-육지₂(행운)'의 공간구조와 서사구조를 보인다. 거타지는 위기를 극복하고 그 결과로 행운을 차지하는 점에서는 민담형 영웅이지만, 바다와 섬을 무대로 하여 궁술 실력을 발휘하는 점에서는 해양 군사영웅이다.

『삼국사기』에 의하면, 진성왕 6년(892년)에 견훤이 완산주(전주)에서 후백제를 건국하니 무진주(광주)의 군현이 항복하여 복속되었다고 하고, 그 이듬해에 병부 시랑 김처회(金處誨)를 당나라에 파견하여 정절(旌節)을 반납하게 하였으나 바다에서 익사한 사건이 발생하였다고 하는데, 거타지 설화는 이 사건이 전설화한 것으로 추정된다. 그런데 진성왕이 유모 부호(鳧好)와 그의 남편 위홍 등 삼사 명의 행신(幸臣)들을 비난한 노래의 작자로 왕거인(王巨仁)을 지목하고 투옥하므로 왕거인이 억울함을 하늘에 호소하는 노래를 짓고, 하늘이 이에 응답하여 벼락이 치고 우박이 쏟아지는 현상이 일어나서 석방된 사건[8]과 관련시키면, 왕거인이 진성왕에게 누명을 쓰고 투옥되었다가 문학 창작 능력으로 자유인이 되듯이 거타지도 왕의 아들에 의하여 희생양으로 섬에 잔류되었지만 궁술 실력을 발휘하여 용왕을 구출하고 그 보상과 대가를 받는 점에서 일맥상통한다. 요컨대 왕거인 설화나 거타지 설화는 진성왕에 대한 비판의식을 보이고, 자신의 능력으로 위기를 극복하고 행운아가 되는 이야기였기 때문에 설화적 전승력을 유지할 수 있었던 것으로 추정된다.

다음으로 작제건 설화의 서사단락은 다음과 같이 정리된다.

① 세인들이 신궁(神弓)이라 부른 작제건이 상선을 타고 당나라로 아버지를 찾아 떠났다.(과제수행)

② 바다 가운데에서 구름과 안개로 배가 사흘 동안 항해하지 못하였다.(상선의 위기)

③ 선원들이 점을 치니, 고려인을 내려놓으라고 하여 작제건이 암석 위에 뛰어내렸다.(상선의 위기 극복=작제건의 위기)

④ 서해 용왕이 나타나 치성광여래(熾盛光如來)로 변신한 여우를 활로 사살해 달라고 청하였다. 또는 서해 용왕의 딸이 사경(寫經)하는 작제건에게 궁술로 집안의 불행을 해결해 달라고 청한다.(극복₁)

⑤ 작제건이 늙은 여우를 활로 쏘아 죽였다.(극복₂)

⑥ 작제건이 용왕한테서 장녀 저민의(翥旻義)와 칠보(七寶)와 돼지를 받아 귀국하였다.(극복의 결과₁: 행운)

⑦ 유상희가 백성들을 데리고 와서 영안성을 축조하고 궁실을 건축하였다.(극복의 결과₂: 행운)[9]

---

8 앞의 책, 175~176쪽 참조.

작제건이 당나라에 있는 아버지를 탐색하여 단절된 부자 관계를 회복하여 혈통의 정통성과 정당성을 확보해야 하는 과제를 수행하는 과정에서 고려인이라는 이유로 위기에 봉착하지만, 탁월한 궁술 솜씨를 발휘하여 용왕의 적대 세력을 제거하고, 그에 대한 보은과 대가로 용녀와 결혼하고, 재화를 수령하여, 용신 숭배 세력의 지지를 받고 왕위에 등극하였다는 것이다. 서해 바다의 섬이 작제건에게는 처음에는 위기와 불운의 공간이었으나 기회와 행운의 공간으로 반전되었다. 그리하여 작제건 설화를 해양문학적 관점에서 보면, '육지₁(불운)-섬(위기에서 행운으로 반전)-육지₂(행운)'의 공간구조와 서사구조로 되어 있다. 섬에서 위기를 행운으로 반전시키자 불운의 육지도 행운의 육지로 반전된 것이다.

작제건 설화는 왕건이 혈구진(穴口鎭)을 비롯한 해상 세력과 밀전한 관계를 가지고 성장하였고, 이를 토대로 궁예의 휘하에 들어가 수군을 이끌고 후백제의 금성(현 나주)과 진도를 점령하여 후백제와 중국·일본의 통로를 차단한 사실이 반영되었다.[10] 다시 말해서 왕건이 서해 해상 세력을 기반으로 경제적으로 군사적으로 성장한 사실이 작제건 설화를 통하여 상징적으로 형상화된 것이다. 바다는 어부와 해상 무역상에게 위험이 많은 자연 환경이지만, 또한 어장(漁場)과 수로를 제공하여 부와 성공을 담보하는 기회의 공간이기도 한 것이다. 아무튼 거타지 설화와 작제건 설화는 바다의 섬이 용신의 신당(神堂)이 있고, 용신이 풍랑으로 항해를 위협하고, 희생을 요구하기도 하지만, 섬을 바다의 중간 거점으로 잘 활용하면, 해상 무역과 해외와의 외교 활동을 통하여 부와 권력

---

9 북한 사회과학원 고전연구소, 『고려사』(1)(영인본), 여강출판사, 1991, 48~52쪽 요약 정리. 전문은 이 책의 104~106쪽에 소개되어 있다.

10 이기백, 『한국사신론』, 일조각, 1985, 122쪽과 변태섭, 『한국사통론』, 삼영사, 1986, 157쪽 참조.

과 명예도 획득할 수 있다는 사실을 강조한다. 그런데 이들 설화는 섬과 바다에서 시련과 위기를 기회와 행운으로 반전시키는 데는 강력한 군사력이 필요하다는 메시지도 아울러 담고 있다.

3. 고전소설에 나타난 섬 체험의 유형

1) 섬을 정복하여 정착한 이야기: 〈홍길동전〉과 〈허생〉

섬을 개척하여 육지에서 이루지 못한 꿈을 실현하는 내용의 고전소설로 허균의 〈홍길동전〉과 박지원의 〈허생〉이 있다. 먼저 〈홍길동전〉을 보면, 조선 시대의 적서차별 제도를 통하여 사회적 모순을 파악하고 이에 반항하여 신분이 사회적 지위와 역할을 결정짓는 귀속 사회를 거부하고 능력과 자질이 사회적 지위와 역할을 결정하는 획득 사회를 지향함으로써 조선 사회를 중세 봉건 사회에서 근대 사회로 변혁시키려는 혁명소설이지만, 홍길동이가 율도(栗島)에 진출하는 사실을 주목하면, 해양소설의 측면도 지닌다. 다시 말해서 홍길동이를 바다로 진출한 해양 영웅으로도 볼 수 있는 것이다. 이러한 관점에서 〈홍길동전〉의 서사구조를 이해할 필요가 있는 바, 서사단락을 구분하면 다음과 같다.

① 홍길동이가 홍판서와 시비 춘섬 사이에서 태어났다.
② 길동이 재기가 발랄하고 도량이 활달하였다.
③ 홍판서의 기첩(妓妾) 초란이가 길동이를 암살할 음모를 꾸몄다.
④ 길동이가 암살자를 죽였다.
⑤ 길동이가 아버지와 어머니한테 하직인사를 하고 집을 떠났다.

⑥ 홍판서가 진상을 파악하고 초란이를 죽였다.

⑦ 길동이가 도적떼의 우두머리가 되었다.

⑧ 길동이가 해인사를 약탈하였다.

⑨ 길동이가 활빈당(活貧黨)을 조직하여 함경도 감영(監營)을 약탈하였다.

⑩ 길동이가 초인으로 일곱 분신을 만들어 팔도를 유린하였다.

⑪ 조정에서 좌우 포도대장에게 길동이 체포 명령을 내렸다.

⑫ 길동이가 포도대장 이흡(李翕)을 유인하여 생포하였다가 석방하였다.

⑬ 길동이의 형이 경상 감사가 되어 길동이를 서울로 압송하였으나 가짜였다.

⑭ 조정에서 병조판서를 제수하고 길동이가 자수하였으나 신하들이 암살 음모를 꾸몄다.

⑮ 길동이가 왕을 하직하고 저도(猪島)섬으로 갔다.

⑯ 길동이가 요괴를 퇴치하고 백룡(白龍)과 조철(趙哲)의 딸들을 구출하고 결혼하였다.

⑰ 길동이가 조선에 와서 아버지의 시신과 어머니를 모셔갔다.

⑱ 길동이가 율도국(聿島國)을 정복하고 왕위에 올랐다.

⑲ 길동이가 조선왕에게 표문(表文)을 올리고, 홍판서 부인이 율도국에 가서 죽었다.

⑳ 길동이가 죽고 백씨 부인의 소생이 세자가 되어 왕위를 승계하였다.[11]

이러한 〈홍길동전〉을 해양소설의 관점에서 보면, 홍길동이가 신분의 한계 때문에 육지에서는 완전한 자아실현이 불가능하므로 바다로 진출

---

11 장덕순 · 최진원, 『홍길동전 · 임진록 · 신미록 · 박씨부인전 · 임경업전』, 보성문화사, 1978, 3~61쪽 요약하여 정리.

하여 섬에 나라를 세우고 이상과 경륜을 펼치는 이야기가 된다. 곧 '육지(현실)의 좌절(①~⑭)-섬(이상세계)의 자아실현(⑮~⑳)'의 서사 구조이면서 육지와 섬이 '육지·현실·불완전·좌절·불행/섬·이상·완전·실현·행복'으로 대립되는 공간으로 형상화되어 있다.[12] 홍길동은 사회적 소외라는 현실 모순을 해결하기 위해서 치열한 내부 투쟁을 벌이지만, 한계에 봉착하자 외부 탈출 방식을 택하여 현실(육지)과 대립되는 이상적 공간으로 바다 가운데에 있는 섬을 개척한다.[13] 이처럼 바다는 육지와 섬의 중간 지대로서 소통과 단절의 이중적 기능을 한다.

다음으로 〈허생〉을 보면, 허생원이 사(士)의 상인화를 통해서 이용후생 사상을 실천하는 점에서는 고주몽이나 홍길동과 같은 정치군사적 영웅과 대조되는 경제적 영웅이 되지만, 바다로 진출하여 무인도를 개척하여 이상 세계를 건설하는 점에서는 해양영웅의 면모를 보인다. 서사단락을 정리하면 다음과 같다.

① 허생원이 학문에만 전념하므로 아내가 생활고를 호소하였다.

② 허생원이 학문을 중단하고 변씨에게 가서 만 냥을 빌렸다.

③ 허생원이 안성과 제주도에 가서 과실과 말총을 도고(都庫)하여 폭리를 취하였다.

④ 허생원이 제주도 뱃사공의 안내로 무인도를 답사하였다.

⑤ 허생원이 변산에 가서 도적떼를 설득하여 무인도에 이주시켰다.

⑥ 허생원이 농사를 지어 일본의 장기도(長崎島)에 가서 팔아 은 백만 냥을 벌었다.

---

12 성현경, 「홍길동전론」, 『한국옛소설론』, 새문사, 2005, 95~96쪽 참조.
13 박진태, 「소외론: 문학과 탈놀이에 나타난 소외인」, 『한국고전희곡의 확장』, 태학사, 2006, 124~125쪽 참조.

⑦ 허생원이 글을 아는 자들을 데리고 육지로 나왔다.

⑧ 허생원이 변씨에게 빚진 만 냥을 십만 냥으로 갚았다.

⑨ 변씨가 허생원과 교유하면서 허생원의 생계를 후원하였다.

⑩ 변씨가 허생원에게 장사하는 비결을 물어 알았다.

⑪ 변씨가 이완(李浣)에게 허생원을 추천하였으나, 허생원이 이완의 정책 수행 능력을 시험한 뒤 거절하였다.[14]

〈허생〉을 해양영웅을 주인공으로 한 해양소설로 보면, 허생원이 육지에서 사회적 지위와 역할을 독서와 관직에서 상업과 경영인으로 전환시킨 다음 무인도에 진출하여 경제적·정치적 이상을 실현시키지만, 육지로 귀환해서는 현실 정치와 이상주의적 개혁 사상의 접점을 찾지 못한 이야기에서 '육지-무인도'의 공간 구조와 허생원의 공간 이동에 주목하게 된다. 그리하여 〈허생〉의 서사구조는 '육지의 경제적 이상 실현(①~③)-섬의 경제적·정치적 이상 실현(④~⑦)-육지의 정치사회적 이상 실현 좌절(⑧~⑪)'로 파악된다. 이처럼 〈허생〉은 허생원이 육지에서 경제적으로는 성공하고, 정치적으로는 한계를 보이지만, 섬에서는 경제적으로 정치적으로 경륜과 포부를 성공적으로 펼치는 점에서 육지와 섬이 '육지·불완전한 성공/섬·완전한 성공'의 대립적인 공간으로 형상화되었다.

2) 섬사람의 저항으로 수난을 겪다가 화해하는 이야기: 〈배비장전〉과 〈만강홍〉

육지인이 섬사람의 반감과 적대감 때문에 처음에는 배척당하다가 나

---

14 이가원 역편, 『이조한문소설선』, 민중서관, 1975, 150~165쪽을 요약하여 정리.

중에는 수용되는 내용의 고전소설로 〈배비장전〉과 〈만강홍〉이 있는데, 먼저 〈배비장전〉부터 살펴본다. 〈배비장전〉은 도덕군자연하는 배비장의 위선의 가면을 벗기는 점에서는 풍자소설 내지 훼절소설이지만, 색향(色鄕)이 〈오유란전〉이나 〈이춘풍전〉처럼 육지의 평양으로 설정되지 않고 바다 건너 제주로 설정되어 공간 구조가 '육지-바다-섬'이고, 배 안에서 주요 사건이 발생하는 점에서 해양소설의 범주에 포함시킬 수 있다.

〈배비장전〉의 서사단락을 정리하면 다음과 같다.[15]

① 한양에 몰락양반 배선달이 제주목사의 비장이 된다.

② 여색을 경계하는 본처에게 배비장이 장담한다.

③ 배비장이 배를 타고 제주도로 들어가다 풍랑을 만난다.

④ 배비장이 애랑이한테 재물을 탈취당하는 정비장을 보고 비웃는다.

⑤ 배비장이 애랑의 미색과 교태에 현혹된다.

⑥ 방자의 주선으로 애랑의 방에 들어간다.

⑦ 배비장과 애랑이 동침한다.

⑧ 본부(방자의 변장)가 나타나 배비장이 피나무궤 속에 피신한다.

⑨ 본부가 현몽을 내세워 궤 속의 금신을 처치해야 한다고 말한다.

⑩ 본부가 업궤를 지고 바다(동헌의 마당)에 가서 버린다.

⑪ 업궤가 표류하다가 뱃사공에 의해서 구출된다.(배비장이 알몸으로 망신당한다.)

⑫ 배비장이 수치심 때문에 제주도를 떠나려 바닷가에 간다.

⑬ 해녀한테서 봉변당한다.

---

15 배비장전의 이본은 세창서관본과 국제문화관본이 있으나, 전자는 후자의 끝부분을 삭제하여 판소리적 원형을 복원한 것이므로 온전한 형태의 후자를 분석 대상으로 삼는다.

⑭ 사공한테서 봉변당한다.

⑮ 해남 가는 배 안에서 부인(애랑의 변장)한테서 무안당한다.

⑯ 배삯 때문에 방안에 갇힌 배비장을 애랑이 구출한다.

⑰ 배비장이 애랑과 결혼한다.

⑱ 배비장이 현감으로 승진한다.

제주도가 바다에 의해서 육지로부터 격리된 변방, 곧 완전히 왕화(王化)되지 않은 '반역과 저항의 땅'으로 형상화되고, 애랑·방자·해녀·뱃사공 등이 토착 세력의 저항 의식을 대변한다. 몰락한 서울 양반 배선달이 제주 목사의 비장이 되어 제주도에 부임하여(①~④) 처음에는 양반층과 육지인에 대한 반감과 적대감을 지닌 제주도 토착민의 조롱과 모욕의 대상이 되지만(⑤~⑮) 종국에는 토착민과 화합한다(⑯~⑱). 다시 말해서 배비장이 육지의 중앙 권력과 섬의 토착 세력 사이의 대립과 갈등의 희생양이 되어 봉변을 당하고 시련을 겪지만,16 종국적으로는 배비장과 애랑이 결혼함으로써 계급적 화해와 사회 통합을 이루고 신분 상승을 성취한다. 이처럼 〈배비장전〉의 서사구조는 '불운한 현실-현실 이탈-토착인과의 갈등-화해와 정착'으로 되어 있다.

〈만강홍(滿江紅)〉은 소설이냐 희곡이냐 하는 장르 귀속 문제가 있는 작품인데,17 여기서는 희곡적 소설로 보는 관점을 취한다. 〈만강홍〉은

---

16 박진태, 「배비장전의 구조와 형성과정」, 『한국고전가요의 구조와 역사』, 형설출판사, 1998, 191~213쪽 참조.

17 경일남, 「〈만강홍〉의 고전희곡적 실상과 희곡사적 의의」(『어문연구』 제24집, 어문연구회, 1993)와 윤일수, 「근대 한문희곡 〈만강홍〉의 중국극 수용양상」(『한국연극연구』, 한국연극사학회, 1998) 및 박진태, 『한국고전극사』(민속원, 2009)에서는 한문희곡으로 보았고, 이규호, 「개화기 한문소설 만강홍 연구」(『우전 신호열 선생 고희 기념 논총』, 창작과비평사, 1983)와 조동일, 『한국문학통사』(4권)(지식산업사, 1993)에서는 한문소설로 보았다.

봉산(鳳山) 이종린(李鍾麟; 1885~1950)이 창작하여 회동서관(滙東書舘)에서 출판한 한문소설로 사건 전개를 간략하게 정리하면 다음과 같다.

① 만강홍이 수심에 잠겨 있다.

② 만강홍이 뱃놀이를 할 때 누군가 담 너머로 귤을 던진다.

③ 만강홍이 8월 14일에 광나루의 어머니 산소에 성묘 간다.

④ 16세 이사남과 한 배를 탄다.

⑤ 만강홍이 이사남과 대화하는 녹란을 꾸짖는다.

⑥ 만강홍이 배멀미를 하므로 이사남이 녹란에게 청심환을 준다.

⑦ 풍랑이 몰아치므로 봉창에 피한다.

⑧ 사공이 이사남에게 약을 달라고 하여 만강홍을 회생시키고 둘을 중매한다.

⑨ 배는 오호해(嗚呼海)의 어언도(於焉島)에 표착한다.

⑩ 이사남이 사공을 시켜 만강홍과 녹란을 육지로 옮긴다.

⑪ 사공이 먹을거리를 구하러 간다.

⑫ 만강홍의 꿈에는 석가모니부처가, 녹란의 꿈에는 마나님이 현몽한다.

⑬ 사공이 발견한 어언사(於焉寺)로 행랑아범이 만강홍을 데리고 간다.

⑭ 만강홍이 아버지 친구인 장별감을 만나 따라갔다가 이존위에게 학대받는 신세가 된다.

⑮ 이사남이 이존위와 의형제가 된다.

⑯ 이사남이 이존위 일당에게 붙잡혀온 강화군수의 딸 자매를 만난다.

⑰ 이존위가 귀가하고, 이사남이 이존위를 교화시킨다.

⑱ 이존위가 이사남과 만강홍을 혼인시킨다.

⑲ 이사남이 만강홍의 승낙을 받아 녹란과 혼인한다.

⑳ 이사남이 만강홍·녹란과 함께 고향을 그리워한다.

고독과 수심에 잠겨 있던 만강홍이(①~③) 한강을 건너다가 표류하여 위기에 빠지지만 이사남이 도움을 주고(④~⑧), 어언도에 표착한 이후에도 만강홍이 이존위의 학대로 수난을 겪지만(⑨~⑭) 이사남이 이존위를 교화하고 그의 지원을 받아 만강홍과 결혼한다(⑮~⑳). 한양의 만강홍이 표류에 의해 어언도에 가서 처음에는 이존위의 배척을 받지만 나중에는 화해하고 어언도에 정착하는 바, 어언도가 한양과 육지에 대립되는 '반역과 저항의 땅'으로 형상화되고, 이존위가 섬의 반골적인 토착 세력을 대변하는 인물로 설정된다.[18] 이처럼 한문소설 〈만강홍〉은 '불운한 현실-현실 이탈-토착인과의 갈등-화해와 정착'의 서사구조로 되어 있다.

4. 섬 체험담의 유형에 나타난 대립 양상

울릉도와 마라도의 지역 수호신 유래담은 육지의 사회적 약자가 무인도의 개척 과정에서 희생된 후 신격화되어 보상받는 이야기이고, 거타지와 작제건의 무용담은 육지에서 불우한 처지에 있던 군사적 영웅이 섬에서 위기를 행운으로 반전시킨 이후에 육지에서 득의의 존재가 되는 이야기이고, 〈홍길동전〉과 〈허생〉은 군사적·경제적 영웅의 혁명사상과 이상주의가 섬으로 공간적 확장을 일으키는 이야기이고,[19] 〈배비장전〉

---

18 박진태, 앞의 책, 204쪽 참조.

19 이석래, 「허생전 연구」(이상택·성현경 공편, 『한국고전소설연구』, 새문사, 1983), 442쪽과 이문규, 「홍길동전」(완암 김진세 선생 회갑 기념 논문집 간행위원회 편, 『한국고전소설작품론』, 집문당, 1990), 248~252쪽 및 이강옥, 「홍길동전의 제문제와 그 해결」(한국고전소설편찬위원회 편, 『한국고전소설론』, 새문사, 2002), 172쪽 참조.

과 〈만강홍〉은 결함과 약점이 있는 육지인이 섬사람의 반항과 공격으로 수난을 겪지만 종국에는 화해하는 이야기이다. 이들 네 유형의 서사체는 육지인이 섬에서 특이한 체험을 하는 내용으로 공간 요소로서 육지와 섬, 존재 요소로서 육지인과 섬의 존재(사람, 수호신)가 제1차적인 서사적 핵심 요소가 된다.

먼저 공간 요소만 보면, 설화에서는 육지와 섬이 세속 공간(현실적 공간)과 신성 공간(초월적 공간)으로 대립되고, 소설에서는 육지와 섬 모두가 세속 공간이다. 그렇지만 존재 요소를 함께 고려하면, 울릉도·마라도 설화는 신성 공간의 수호신이 세속 공간의 육지인에 대해서 절대적 권능을 지닌 존재이지만, 거타지·작제건 설화는 신성 공간의 수호신이 세속 공간에서 온 육지인의 탁월한 능력에 의존해서 경쟁 관계의 신을 제압하는 점에서 신적 위상과 권능이 상대적이다. 다시 말해서 설화에서는 섬이 신성 공간이기 때문에 섬의 존재가 육지인보다 우세한데, 다만 울릉도·마라도 설화는 절대적 우세인 데 반해서 거타지·작제건 설화는 상대적 우세를 보인다. 그리고 이러한 차이는 울릉도·마라도 설화는 신화적 세계관에 근거한 당신(堂神)의 유래담이고, 거타지·작제건 설화는 전설적 세계관에 근거한 영웅의 무용담인 데 연유할 것이다.

다음으로 소설의 경우 〈홍길동전〉과 〈허생〉은 육지인이 섬의 존재에 대해서 모든 면에서 절대적인 우세를 보이지만, 〈배비장전〉과 〈만강홍〉에서는 육지인이 섬사람에 비해 신분적으로는 우월하지만 도덕이나 권력 면에서는 열등한 면도 보이는 점에서 우열 관계가 상대적이다. 다시 말해서 소설에서는 육지가 우월한 세계이고 섬이 열등한 세계인데, 다만 〈홍길동전〉과 〈허생〉은 절대적 우세이고, 〈배비장전〉과 〈만강홍〉은 상대적 우세를 보인다. 그리고 이러한 차이는 〈홍길동전〉과 〈허생〉은 영웅주의에 근거한 영웅소설이고, 〈배비장전〉과 〈만강홍〉은 주인공이 양반층과 민중 사이에서 중재 역할을 하는 중간 계층인 데서 그 원인을 찾을 수 있다.

요컨대 울릉도・마라도 설화에서는 섬 존재의 절대적 우세 때문에 육지인의 좌절과 희생이 불가피하지만, 거타지・작제건 설화에서는 수호신이 상대적 우세이기 때문에 육지인을 위기에 빠뜨리기도 하지만 행운의 기회도 준다. 그리고 〈홍길동전〉과 〈허생〉에서는 육지인이 절대적 우세이기 때문에 섬을 정복하고 승리를 누리지만, 〈배비장전〉과 〈만강홍〉에서는 육지인이 상대적 우세이기 때문에 섬사람과 갈등을 일으킨 다음에 화합한다.

이상에서 논의한 내용을 도표로 나타내면 다음과 같다.

신성 공간(섬)

육지인의 우위	위기가 행운으로 반전/ 상대적 우위 (거타지・작제건 설화)	수호신 되기/절대적 우위 (울릉도・마라도 설화)
	정복자 되기/절대적 우위 (홍길동전・허생)	갈등이 화해로 반전/ 상대적 우위 (배비장전・만강홍)

섬 존재의 우위 (우측)

세속 공간(육지)

지금까지는 공간의 축과 존재의 축에 나타나는 대립 양상을 살펴보았는데, 이제부터는 시간의 축을 서사구조를 통해 접근해보기로 한다. 울릉도・마라도 설화의 서사구조는 '원혼의 발생-신격화에 의한 해원'인데, 이는 섬에 정착하는 과정에서 희생자가 발생하고, 생존자들이 그 희생자의 원혼(파괴적 카리스마)을 승화시켜 수호신(창조적 카리스마)으로 좌정시킨 사실을 서술한 것이다. 거타지・작제건 설화는 서사구조가 '육지의 불운-섬의 위기를 행운으로 반전-육지에의 귀환과 행운'인데, 이는 섬 체험이 불운의 운명을 행운의 운명으로 반전시키는 결정적인 전환점이 되었음을 의미한다. 인생 역전의 기적을 섬에서 일으킨 것이다. 거타지 와 작제건에게는 섬이 정착하고 개척할 가능성의 땅이 아니라 해상 여행에서 필요한 자원과 인력을 제공받는 일시적인 기항지인 셈이다. 〈홍길동전〉은 서사구조가 '육지(현실)의 좌절-섬(이상세계)의 자아실현'이고, 〈허생〉은 여기에 '육지로의 귀환과 좌절'이 추가되어 〈홍길동전〉은 정착으로, 〈허생〉은 귀환으로 종결짓는다. 〈허생〉의 이러한 서사구조와 종결 방식은 허생원이 홍길동과 달리 지배 세력으로 군림하지 않고 섬에서 철수한 데 기인하는 필연적인 결과인데, 이는 홍길동은 정치군사적 영웅이고, 허생원은 경제인이라는 한계 때문이기도 하다. 허균은 정치혁명을 꿈꾸었지만, 박지원은 경제혁명만 꿈꾸었던 것이다. 끝으로 〈배비장전〉과 〈만강홍〉은 '불운한 현실-현실 이탈-토착인과의 갈등-화해와 정착'의 서사구조로 되어 있어 육지인과 섬사람의 화해와 공존의 가능성에 대한 기대감을 표현하였다. 그리고 〈만강홍〉의 마지막 부분에서 만강홍이 고향을 그리워한다고 하여 육지(한양)로의 귀환을 암시하였다. 〈배비장전〉도 배비장이 애랑과 결혼하여 제주 현감으로 승진하였다고 하지만, 한양에 배비장의 본처가 있고, 왕명에 의해 부임지가 바뀔 수도 있기 때문에 배비장의 제주도 정착도 한시적이고, 육지에의 귀환 가능성은 상존한다. 이처럼 섬 체험담의 서사구조를 통하여 시간의 축을 보면, 서사가 섬에서의 정착으로 종결되는 경우와 섬에서 육지로의 귀환으로 종결되는 경우로 양분된다. 정착이냐? 아니면 통과와 귀환이냐? 정착지로 선택하면, 섬은 육지인에게 좌절과 희생의 땅이 되거나(울릉도 · 마라도 설화), 정복과 승리의 땅이 되고(〈홍길동전〉과 〈허생〉), 경유지로 선택하면, 섬에서의 위기를 행운으로 역전시키거나(거타지 · 작제건 설화) 갈등이 화해로 반전되는(〈배비장전〉과 〈만강홍〉) 모험과 기회의 땅이 되기도 한다.

5. 섬 체험담의 교육적 함의

문학 연구가 문화 원형을 발굴하고 이를 현대적으로 변형시키거나 문화 콘텐츠로 개발하는 데 기여하기 위해서는 설화와 고전소설에 대한 연구도 회고적 정서에의 탐닉이 아니라 상상력과 창의력의 원천을 탐색하는 작업이 되어야 할 것이다. 육지인의 섬 체험담은 현실과 대립되는 다른 공간인 바다 건너편 섬에 대한 인식과 상상을 문학적으로 형상화하여 한국인의 해양의식과 공간적 상상력을 보여준다. 따라서 섬 체험담을 활용한 문학교육을 통하여 섬에 대한 창의적인 상상력을 계발하고 섬으로 표상되는 해외세계에 진출하는 데 필요한 정신적 자질을 함양하는 방안을 구안해보기로 한다.

섬 체험담의 교육적 활용은 스토리텔링과 캐릭터의 측면에서 접근하여 글쓰기 교육과 인성교육을 시도하는 방법을 고려해 볼 수 있다. 먼저 글쓰기 교육과 관련해서는 섬 체험담의 네 유형, 곧 육지인이 섬에서 좌절하고 희생되는 이야기, 육지인이 섬의 문제를 해결하고 그 보상으로 행운의 주인공이 되는 이야기, 육지인이 섬을 정복하고 정착하는 이야기, 육지인이 섬사람과 갈등을 일으키나 화해 상생하는 이야기를 스토리텔링에 활용할 수 있다. 특히 공간의 축은 '육지/섬'의 대립 구조, 존재의 축은 공격적인 육지인과 저항적인 섬사람, 시간의 축은 '이주-정착' 또는 '이주-경유-육지로의 귀환'으로 명료화해서 체험을 서술하거나 문학적 상상력을 발휘하도록 유도할 수 있겠다.

이때 상호텍스트성을 지닌 해외소설이나 영화를 활용할 수 있겠는데, 이를테면 섬에서 희생자가 되어 수호신이 되는 이야기는 적대적인 자연 환경에서 사투를 벌이는 인간을 다룬 소설이나 영화(일례로 〈쥬라기공원〉)와, 악신을 퇴치하고 선신을 구출하여 보은을 받는 이야기는 섬에서 위기를 기회로 역전시키는 인간을 다룬 소설이나 영화(일례로 〈보물섬〉)와, 섬을 개척하여 이상 세계를 만드는 이야기는 육지에서 이루지 못한 꿈을 섬에서 이루는 인간을 다룬 소설이나 영화(일례로 〈지중해〉)와, 섬 사람의 적대적인 행동으로 수난을 겪는 이야기는 섬에 간 육지인이 고립 무원의 상황에서 고난과 시련을 겪는 소설이나 영화(일례로 〈퍼펙트 겟어웨이〉)와 관련시켜 문학적인 상상력을 자극할 수 있겠다.

다음으로 인성교육의 관점에서 섬 체험담의 주인공(육지인)의 긍정적인 인성적 특성을 보면, 첫째로 희생정신이 나타난다. 울릉도·마라도 설화에서 비록 강제적으로 이루어지기는 하였지만 사회적 약자의 희생 정신 때문에 섬의 개척과 정착이 가능해졌다는 불편한 진실을 담고 있다. 둘째로 모험심과 감투 정신이 나타난다. 거타지·작제건 설화에서 거타지가 백제의 군사가 해상로를 차단한 상황에서 신라 사신의 호위군으로 따라가다가 활로 괴물을 퇴치하는 것이나 작제건이 중국인의 상선을 타고 가다가 궁술로 악마를 퇴치하는 것은 모두 주인공의 모험심과 감투 정신을 강조한다. 셋째로 개방성이다. 〈배비장전〉과 〈만강홍〉의 주인공들은 중인 신분으로 처음에는 토착 하층민과 융화하지 못하다가 나중에는 화합하는 점에서 육지인이 섬에 진출하기 위해서는 개방적인 마음이 필요함을 말하고 있다. 넷째로 개척 정신과 진취적 기상 및 정복욕이다. 〈허생〉에서 허생원은 무인도를 개척하고, 〈홍길동전〉에서 홍길동은 진취적 기상으로 모순된 현실에 정면으로 대결하고 율도국을 무력으로 정복한다. 이처럼 섬 체험담에는 현실(육지)에서 섬으로 진출하여 삶의 공간과 활동 무대를 확장할 때 필요한 성격적 요소 내지 인성적 덕목으로 모험심, 감투 정신, 희생정신, 개방성, 진취적 기상, 개척 정신, 정복욕 등을 제시하고 있다. 따라서 21세기 글로벌 인재를 양성해야 하는 현 시점에서 해외 진출의 비전을 담고 있는 섬 체험담을 문학교육의 제재로 하여 창의인성교육을 도모할 필요가 있다.

해신설화에 나타난 신성(神聖)의 기원과 발현 양상

박진태

1. 문제 제기

　인간은 자연을 신격화하여 숭배하였는데, 이를 자연신이라고 한다. 사람을 신격화하면 인신(人神) 또는 인격신이 된다. 신앙의 역사는 자연신 숭배에서 인신 숭배로 이행하였다. 단군신화에서 환인, 환웅, 풍백, 운사, 우사가 자연신이고, 환웅과 웅녀 사이에서 태어나 고조선을 건국하고 통치하다가 죽어서 산신이 된 단군왕검은 인신이다. 인간으로 변신하기 이전의 곰과 호랑이를 수렵 시대의 동물신 산신으로 보면, 단군의 산신화는 농경 시대에 와서 자연신에서 인신 계통 산신으로 교체된 사실을 의미한다. 우리나라의 종교와 신화의 역사는 천신신앙과 천신신화로부터 시작되었지만, 천부신과 지모신(또는 수모신) 사이에서 건국시조가 탄생되었다고 믿었기 때문에 천신 계통 시조신(始祖神)신앙과 건국신화의 시대로 바뀌고, 신라와 고려 시대에는 산신신앙과 용신신앙이 주류를 이루었고, 고려 때 중국에서 전래한 성황신이 조선 시대를 거치면서 지역수호신으로 토착화하였다. 그리하여 민간신앙을 보면 대체로 북부지방은 산신신앙, 중부지방은 성황신신앙, 남부지방은 당산신신앙이 집중적으로 분포되어 있다. 당산신은 산신이 지역수호신으로 변용된 것으로 신당도 산에서 마을 인근으로 이동하였다.

바다를 신격화한 해신¹은 용신과 신인 동형 관념(神人同形觀念)에 의한 인태신(人態神)으로 양분된다. 용신은 물의 정령으로 수신(水神)이기 때문에 바다를 비롯하여 우물, 못, 호수, 강에 산다고 믿어졌고, 따라서 바다에 사는 해룡(海龍)만이 해신으로 분류된다. 인태신 계열의 해신은 부안 죽막동의 개양할머니처럼 자연신 계통도 있고, 동해안 해랑(海娘)처럼 인신 계통도 있다. 따라서 해신이 등장하는 해신설화(海神說話)를 분석하여 한국인과 바다의 관계, 다시 말해서 바다를 대상으로 한 한국인의 종교적 심성과 문학적인 상상력을 살펴보기로 한다.

해신설화로 범주화할 수 있는 작품은 크게 두 유형으로 구분된다. 첫째 유형은 누가 해신이 되었는가? 어떤 이유 때문에 해신으로 신격화되었는가? 해신의 유래와 내력을 설명하는 일련의 해신설화들이다. 다른 유형은 해신이 어떤 사건을 일으켰는가? 해신이 어떤 역할을 하였는가? 해신의 직능과 활동에 대해 서술하는 일련의 해신설화들이다.² 전자는

---

1 한국의 해신신앙에 대한 민속학적 연구는 대체로 다음과 같이 이루어졌다. 송화섭, 「아시아해양과 해양민속-서해안 해신신앙연구」, 《도서문화》 제23집, 목포대학교 도서문화연구소, 2004, 43~93쪽; 송화섭, 「변산반도의 해양계 당신도(堂神圖) 연구」, 한국연구재단 연구결과보고서, 2011; 이윤선, 「남해신사(南海神祠) 해신제(海神祭) 복원과 의례음악 연출 시론」, 《도서문화》 제28권, 목포대학교 도서문화연구소, 2006, 415~439쪽; 주강현, 「동아세아의 해양신앙과 해신 장보고: 동아세아해양과 해양신앙-한·중·일 삼국의 해양문화사적 교섭관계를 중심으로」, 《도서문화》 제27권, 목포대학교 도서문화연구소, 2006, 1~46쪽; 이영금, 「칠산어장권의 해신신앙과 특징」, 《순천향인문과학논총》 제27권, 순천향대학교, 2010.

2 한국 해신설화의 유형에 대한 연구는 해랑당설화와 용왕당설화 및 낙산사연기설화에 국한되어 제한적으로 이루어졌다. 전자는 박진태, 『탈놀이의 기원과 구조』, 새문사, 1990, 111~121쪽에서 서사구조가 분석되었고, 후자는 박상란, 「낙산사 연기설화의 구전 양상과 의미」, 《선문화연구》 제3권, 한국불교선리연구원, 2003, 271~293쪽과 장정룡, 「낙

해신의 신성(神聖)의 기원을 설명한다면, 후자는 해신의 신성의 발현 양
상에 대해 서술한다. 그런데 두 유형은 다시 세분화하여 분류할 수가 있
다. 곧 전자는 공업형(功業型), 원혼형, 결혼형, 교체형으로, 후자는 결혼
형, 성모형, 수호영웅형, 신기대보증여형, 용자파견형, 호법룡형 등으로
하위유형의 분류가 가능하다. 따라서 문헌설화와 구비설화에 나타나는
해신설화를 총망라하여 세분화된 유형분류에 따라 유형적 특징과 그 종
교적 함의를 정신사적 관점에서 파악하려고 한다. 그런데 이러한 논의
를 하면 한국인과 바다의 관계사와 해신신앙의 역사, 토착적 해신에서
불교적 해신으로의 교체, 해신에 대한 신화적 표현력 등이 부가적으로
구명될 것으로 기대된다.[3]

2. 해신설화에 나타난 해신의 신성(神聖)의 기원

1) 공업형(功業型) 해신설화

공업형이란 공동체를 위하여 탁월한 업적을 세운 인물을 존경하고 영

산사 관음신앙의 설화적 표출」,《정토학연구》제17권, 한국정토학회, 2012, 115~148쪽에
서 구비문학적인 접근이 이루어졌다.
3 한국의 해신설화에 대한 전반적인 검토는 왕가용, 「한국해신설화의 유형분류와 비교
연구」, 대구대학교 박사학위논문, 2015, 7~36쪽에서 한국 해신설화를 토착신앙 계통(신직
제수설화, 공업설화, 인신공희설화, 원혼설화, 대적퇴치설화), 불교 계통(사찰연기설화, 무
명설화), 혼합형(신기대보증여설화, 용왕자녀파견설화)로 유형을 분류하고 서사구조를 분
석하여 유형구조를 추출한바 있으나 구조분석에 치우쳐 논의가 평면적이어서 해신의 신
적 속성과 해신설화의 신화적 특성 및 해신신앙의 본질을 구명하는 데에는 한계가 드러났
기 때문에 새로운 시각과 방법으로 유형분류를 하고 문학적 측면만이 아니라 종교적 측면
에 대해서도 심층적인 분석을 시도한다. 물론 종교학이나 민간신앙이 필자의 전공 분야가
아니어서 논의의 한계가 있겠지만, 이러한 융합적인 연구가 유의미하다고 본다.

웅으로 숭배한 나머지 죽은 이후에도 그의 혼령을 신격화하여 공동체의 수호신으로 모시고 제사를 지내는 경우를 말한다. 살아서 공업(功業)을 이룩한 인물을 해신으로 신격화한 설화로 임경업설화와 뽕할머니설화가 있다. 먼저 임경업설화부터 살펴본다.

① 인조 때에 명나라와 청나라 사이에 불화가 벌어진 일로 인하여 임경업 장군이 관련되어 명나라로 피신할 때 선원들의 부식(副食)과 식수가 떨어져 더 이상의 항해가 곤란하다는 선장의 말을 듣자 ② 장군은 연평도에 배를 대도록 명령하고 당섬[당도(堂島)] 앞의 군두란이섬과 모이도(毛伊島) 사이의 갯골에다 썰물 때 가시나무를 베어다 치게 하고 물이 들어왔다 나간 후 이 갯골에 나가보았더니 나무의 가시마다 큰 조기가 걸려 있어 이를 모두 거두어 배의 부식으로 하는 한편 소연평도 마을 앞 바다에서 식수를 구하여 싣고 다시 명나라로 항해를 계속했다고 전해지고 있다.

③ 이때 갯골[현재의 안목살, 어전(漁箭)]에다 가시나무를 쳐서 그렇게 많은 조기를 잡을 줄은 생각도 못했던 이곳 주민들은 임장군의 높으신 선견지명과 명철하신 지혜에 감탄을 금하지 못한 채 추모하는 마음으로 서해 조기의 수호신(서해의 수호신)으로 모시고 섬기고자 이곳에 사당을 지었다고 전해진다.[4]

임경업 장군이 병자호란 때 명나라로 가던 중 부식(副食)과 식수(食水)가 고갈되는 위기 상황을 맞이하고, 연평도에서 그물을 사용하지 않고 가시나무 울타리를 만들어 밀물과 썰물을 이용하여 조기를 잡는 새로운

---

4 옹진군청 홈페이지 http://www.ongjin.go.kr 「내 고장 옹진」 사이트 〈역사/인물〉의 47번 글 "연평도조기와 임경업사당" 연평도의 임경업장군 사당은 충민사(忠愍祠)인데, 사당에 200년 수령의 팽나무와 소사나무가 있는 것으로 보아 1800년 무렵에 건립된 것으로 추정된다. 조기잡이 풍어제의 제장이 된다.

어로(漁撈) 방법을 창안하여 군사들의 식량 문제를 해결하였기 때문에 연평도에서 어민들이 임경업 장군의 지혜와 애민(愛民) 정신을 흠모하여 조기잡이의 신 내지 서해의 해신으로 신격화하여 사당을 건립하고 풍어제를 지낸다는 내용이다. 부식의 고갈(결핍) 상황을 다량의 조기 포획 (풍요)의 상황으로 반전시킨 위업을 달성한 까닭에 어로의 신, 서해의 해신으로 신격화된 것이다. 곧 생전에서의 빈곤과 결핍을 풍요와 충족으로 반전시킨 공업이 원인이 되어 사후에 신격화된 것이니, 현실적·경제적 차원에서 종교적·제의적 차원으로 승화된 것이다. 이처럼 어로 분야에서 빈곤을 풍요로, 결핍을 충족으로 반전시킨 탁월한 공업이 임경업 장군이 해신이 되는 카리스마 생성의 근원임을 알 수 있다.

다음으로 전라남도 남해안 지방의 뽕할머니 설화를 살펴본다.

①본래 이 마을은 범 호자 호동(虎洞)이었다. 옛날에는 호랑이가 많았기 때문에 마을사람들이 자주 호식을 당했다. 사람들은 호침이 심해서 살 수 없어 마을에 뽕할머니 한 분만을 남겨놓고 배를 타고 물건너 모도라는 섬으로 피난을 떠났다. ②혼자 남은 뽕할머니가 무서워서 불치바우에서 날마다 가족들을 만나게 해 달라고 용왕님께 빌었다. 그러던 중 음력 2월 15일인 내일 무지개를 타고 건너가 네 가족을 만나게 해 줄 것이니 그리 알라는 계시를 꿈속에서 받았다. 날이 새고 나니 바람이 불고 파도가 치면서 바닥이 무지개마냥으로 갈라졌다. 한편 모도로 피난 갔던 사람들이 식수 부족으로 곤란해 다시 호동으로 나오려던 차에 바닥이 갈라지니 반가웠다. 그러나 호랑이가 무서워 꽹과리를 치고 나와 보니 하느님의 조화가 아니라 뽕할머니의 정성으로 되었던 것을 알았다. ③뽕할머니는 사람들을 만난 후 얼마 되지 않아 기진해서 죽었다. 그 할머니는 죽어서 신령이 되어 하늘로 올라갔다. 할머니가 신령이 되어 올라갔다고 해서 영등이라 하고, 영등날 때 제사를 지내게 되었

다. 그리고 사람들이 다시 돌아왔다고 해서 회동(回洞)이라고 부르게 되었다.[5]

가족은 모두로 피난가고 호동마을에 잔류된 뽕할머니는 단절과 고립의 상태에 빠졌으나 용왕님의 가호로 바닷길이 열림으로써 연결과 유대의 상태로 반전이 이루어졌고, 생전에 이러한 반전의 기적을 일으킨 뽕할머니가 사후에 신격화됨으로써 반복적으로 썰물에 의해서 바닷길이 해로에서 육로로 전환되는 지속 가능성이 담보되는 것이다. 이처럼 위험한 해로 이동을 안전한 육로 이동으로 전환시킨 뽕할머니의 공업(功業)이 뽕할머니가 신격화되는 카리스마의 근원임을 알 수 있다. 요컨대 임경업은 빈곤을 풍요로 반전시키고, 뽕할머니는 위험을 안전으로 반전시키고 신격화되어 제사의 대상이 된 바, 이 두 해신설화를 통하여 해신은 풍어(豊漁)와 해상 안전을 관장하는 신임을 알 수 있다. 곧 인간은 생산 활동으로 어로 작업을 하면서 풍어를 기원하기 위해서, 그리고 배를 타고 항해하여 지리적 단절을 극복할 때 풍랑과 암초로 말미암아 조난당하지 않도록 해상의 안정을 기원하기 위해서 해신을 숭배하고 제사를 지내는 바, 생전에 풍어를 창출한 임경업과 해상 안전을 이룩한 뽕할머니를 사후에 해신으로 신격화한 사실을 두 설화가 분담하여 대변해주고 있다.[6]

2) 원혼형 해신설화

한국인의 원혼 관념에 의하면, 자연사가 아니라 비명횡사를 하면 원

---

5 표인주, 『축제민속학』, 태학사, 2007, 372쪽.

6 왕가용, 앞의 논문, 8~10쪽에서 서사구조를 '위기(문제)-공업(해결)-신격화(보상)'로 분석하였다. 위기를 해결하기 위해서 공업을 세웠고, 그래서 사후에 신격화되었다는 논리구조이다.

혼이 되는데, 원혼은 탈(재난)을 일으키는 속성이 있지만 존숭(尊崇), 복수, 좌절된 욕구의 충족 등에 의하여 해원(解冤)하면 재난이 소멸하고 부가가치까지 발생하기 때문에 원혼설화는 '결원(結怨)-재난-해원-식재초복(息災招福)'의 서사구조로 되어 있다.7 해신설화 중에서 이러한 원혼설화의 유형에 속하는 작품이 강원도의 동해안 일대에 전승되는 해랑당설화이다. 삼척군 원덕면 신남리에서는 서낭당과 해당(海堂)이 있는데, 당제를 지낼 때 해당에 소나무로 깎아 붉은 황토를 칠한 20~30㎝ 길이의 남근을 3개 혹은 5개씩 엮어 신수(神樹)-당집이 없다-에 매달고 제사를 지내고, 3년마다 무당을 초청하여 별신굿을 한다. 해랑당의 유래설화는 다음과 같이 서사단락을 구분할 수 있고, 서사구조를 분석할 수 있다.

① 마을처녀가 해당 좌측 1km 밖 바다에 있는 애바위에서 김을 채취하다 익사했다.(원혼)
② 마을에 흉어(凶漁)가 극심하고 어선은 전복되어 익사자가 속출했다.(재난)
③ 마을노인의 꿈에 처녀의 원혼이 나타나 자기를 당신으로 모시고 남근을 봉납하라고 현몽하여 그대로 시행했다.(해원)
④ 고기가 많이 잡혀 마을이 부유해지고 해상사고도 안 일어났다.(식재 초복).8

명주군 강동면 안인진리에도 서낭당과 해랑당이 있는데, 1950년 무렵까지 해랑당에 소나무로 깎은 남근을 봉납하였으나, 해랑(海娘)을 김대

---

7 박진태, 『한국문학의 경계넘어서기』, 태학사, 2012, 88쪽 참조.
8 박진태, 『한국탈놀이와 굿의 역사』, 민속원, 2017, 165쪽.

부(金大夫)와 결혼시킨 이후부터는 중단되었다. 해랑당의 유래설화로는 2개의 각편이 전승된다.

(각편1)

① 약 500여 년 전 강릉부사 이씨가 데리고 온 기생 해랑이가 벼랑 위에서 그네를 뛰다가 바다에 빠져 죽었다.(원혼)

② (재난)

③ 부사가 동민들에게 당을 짓고 춘추로 제사를 지내라고 당부하기에 제사를 지내고 목제남근을 봉납하여 청춘의 한을 풀어주었다.(해원)

④ 고기가 많이 잡히었다.(식재초복)[9]

(각편2)

① 바닷가에서 미역을 따던 처녀가 배를 타고 지나가던 미남청년을 보고 상사병이 들어 죽었다.(원혼)

② 고기가 잡히지 않았다.(재난)

③ 한 어부의 꿈에 처녀귀신이 나타나 목제남근(木製男根)을 봉납하라고 해서 그대로 했다. 다른 마을사람들도 따라서 목제남근을 바쳐 풍어를 빌었기 때문에 해랑당이 생겼다.(해원)

④ 고기가 많이 잡혔다.(식재)[10]

해랑의 원사는 익사, 사고사, 상사병 등으로 다르지만, 모두 처녀가 이팔청춘의 젊은 나이로 죽어서 원혼이 되었고, 동해바다의 해신(海神)

---

9 위의 책, 166쪽.
10 위의 책, 같은 곳.

으로 신격화되었다고 주장하는 점에서 일치한다. 성적 욕구의 좌절이 원한의 결정적 요인이고, 따라서 해원의 방식으로 좌절된 성적 욕구를 충족시키기 위해서 목각(木刻) 남근(男根)을 봉납하는 것이다. 그리고 해신으로 신격화하여 당제를 지내고 무당을 불러다가 당굿을 하는데, 이것은 해초(海草)를 채취하거나 사또의 노리개 구실을 하던 처녀의 원혼이라고 무관심하거나 방치하지 않고 존숭(尊崇)의 태도를 보이어 존재가치를 높이는 해원 방식을 취함을 의미한다. 곧 좌절된 욕구의 충족과 존숭 두 가지 방식을 모두 취하여, 어부의 개인적 차원의 해원 행위에 머물지 않고 어촌 지역공동체 차원의 해원의식(解冤儀式)으로 확대하고, 성기숭배를 동신신앙으로 승화시켰음을 알 수 있다. 이처럼 해랑은 원혼 계통 해신으로 원혼의 파괴적 카리스마를 창조적 카리스마로 반전시키는 종교적 메커니즘이 해신 탄생의 근원으로 작용하였다.

해랑당설화는 해신이 여신 계통 원혼이지만, 남신 계통 원혼이 해신이 된 경우도 있다.

① 욕지도(欲知島)에서 호조판서(戶曹判書)의 발령을 받고 부임해 가던 배를 서릉장군이 수우도에서 부채를 부쳐서 끌어들이고 가족을 다 살해하고 부인만 약탈하고 동서(同棲)를 강요했다. 부인은 넓적다리의 살점을 도려서 상처를 내고, 이것이 다 아물고 나으면 동거하자 하고는 계속 상처를 내며 서릉장군을 피하기를 지속시켜 나가다 호조판서의 유복자를 해산했다. ② 그 후 결국 서릉장군과 동거하게 되어 유복자를 키워가면서 부인이 아들에게 글을 가르치자고 하니 서릉장군은 글이 무엇이냐고 물었다. 글이 좋은 것이라 해서 가르치고, 15세가 되자 과거(科擧)를 보여서 벼슬을 시키자고 하니 벼슬이 뭣이냐고 물었다. 벼슬이 좋은 것이라고 아들을 서울로 보내며 부인은 친정 아버지를 찾아갈 수 있게 가르쳐주고 자기의 모든 사정을 자초지종 적어 보

내니 나라에서는 군사를 풀어서 서릉장군을 잡아갔다.[11]

이 설화의 서사단락은 다음과 같이 구분하고, 서사구조를 분석할 수 있다.

① 서릉장군이 수우도에서 해적질을 하면서 호조판서의 부인을 약탈하여 동침을 강요하였다.(악행)
② 부인이 유복자를 서울로 보내 고변함으로써 서릉장군이 관군에 체포되었다.(원혼)

서릉장군이 해적질을 하면서 악행을 저지르다가 관군에게 체포되어 처형되어 원사하고, 그 원혼이 해신으로 신격화되었다고 보아야 한다. 다만 설화에서는 '악행-원혼'만 서술되고, '재난-해원-식재초복'의 단락은 실현되지 않은 것이다.

3) 결혼형 해신설화

산신과 결혼한 총각이 죽어서 용신, 곧 해신이 되었다는 해신설화를 결혼형 해신설화로 유형화할 수 있다. 역사적으로 보면 신라 시대에 천신신앙에서 산신신앙으로 교체되었는데, 이는 첫째는 수나라를 멸망시키고 중원을 장악한 당나라가 동북아시아의 국제질서를 재편하면서 신라가 제후국이 되길 강요하고 천신제를 지내지 못하게 간섭하고 압력을 가한 때문이고, 둘째는 초절적(超絶的)인 하늘보다는 인간이 사는 땅을

---

11 『한국민속종합조사보고서』(경상남도편), 문화재관리국, 1980.

더 중시하는 사고방식의 변화 때문이었다. 그리하여 '천부신(天父神)-지모신(地母神)' 또는 '천부신-수모신(水母神)'의 수직구조에서 '산신-용신(해신)'의 수평구조로 전환되었는데, 산신은 여신이기[12] 때문에 산신의 배우자인 용신(해신)은 필연적으로 남신으로 설정되었다.

전라남도 흑산도의 진리(鎭里)에서는 당산할머니와 용왕님이 각시신과 도령신으로 교체되었는데, 각시신과 도령신의 유래에 관한 설화들이 전승되고 있는 것으로 보아 보편적인 당산할머니와 용왕이 전설의 주인공으로 교체된 것으로 추정된다. 각시신의 유래에 관한 설화는 다음과 같다.

① 남편이 고기를 잡으러 바다에 나갔다가 풍랑을 만나 익사하고 각시는 산마루의 고송(古松)에 목을 매고 죽었다.(원혼)
② (각시의 원혼으로 인한 재난의 발생)
③ 각시가 죽은 자리에 신당을 짓고 해마다 제사를 지냈다.(해원)
④ 마을의 안녕과 풍어(豊漁)를 빌었다.(식재초복)[13]

이처럼 산신설화는 각시의 원혼을 산신으로 신격화하였다는 내용으로 원혼설화의 유형에 속한다. 산신의 남편 용신은 총각신인데, 유래설화는 다음과 같다.

① 먼 옛날 옹기그릇을 팔기 위해 진리(鎭里)에 정박했다. 이 배에는 밥도

---

12 천부신의 배우자인 지모신은 여신이기 때문에 산신은 초기에는 여신이었다가 산신이 결혼한 남자가 남신 산신이 됨에 따라 남신 계통 산신이 등장하기 시작하였다.
13 최덕원, 『다도해의 당제』, 학문사, 1984, 82쪽의 원문을 요약 정리하였음.

짓고 잔심부름 하는 총각선원이 있었다. 선원들이 옹기그릇을 팔기 위해 마을로 들어가면, 할 일 없는 총각은 매일같이 당으로 올라가 당(堂)마당에 있는 노송에 올라 앉아 나뭇잎 초경피리를 구슬프게 불었다. 그 가락은 너무도 구성겨서 간장을 에이는 듯 처량하였다. 며칠이 지났다. 옹기를 다 팔아버린 선주는 날씨 좋고 바람결 고운 날을 택해 돛을 올리고 출항을 서둘렀다. 그러나 배가 출항하자 잔잔한 바다에 역풍이 몰아쳐 항해할 수가 없었다. 총각은 매일 당에 올라가 노송가지에 앉아 나뭇잎으로 피리를 불었다. 신통한 일이었다. 피리소리만 나면 바다는 잔잔하며 어부들은 많은 고기를 잡을 수 있었다. 삼일 후 바람이 자고 물결이 가라앉자 다시 배의 돛을 올렸다. 웬일인지 역풍은 세차게 몰아쳤다. 이러기를 몇 번이고 되풀이하였다.

②지쳐버린 사공들은 괴이한 생각이 들어 용한 점쟁이에게 점을 쳐보았다. 점괘는 당각시가 총각을 몹시 사모한다는 것이었다. 총각의 피리소리에 반한 당각시의 시샘이니 화장총각을 떼어놓고 가라고 했다. 도사공은 총각에게 심부름을 시킨 후에 서둘러 돛을 올리고 육지를 향해 떠나고 말았다. 수평선 넘어 사라져가는 배를 우두커니 바라보고 서있던 총각은 당으로 발길을 옮겼다. 자기를 버리고 가버린 사공을 원망하면서 노송가지에 걸터앉아 솔잎 피리를 불기 시작했다. 몇 날을 두고 끊지 않는 구슬픈 피리소리는 넓은 당(堂)마당과 진리(鎭里) 온 마을에 울려 퍼졌다. 그리운 고향과 부모형제를 생각하며 식음을 전폐하고 밤낮으로 피리를 불면서 5~6일이 지났다. 그 구성진 나뭇잎피리 소리는 나지 않았다. 마을사람들은 당(堂)마당에 나가보았다. 총각은 노송 아래 떨어져 마른 잎처럼 당을 향해 죽어 있었다.

③마을사람들은 시신을 묻어주고 이름 모를 총각의 화상을 그려 당각시 화상 옆에 걸어 놓고 당제(堂祭)를 지냈다.[14]

---

14 위의 책, 84~85쪽.

위 설화를 요약하여 정리하면 다음과 같이 된다.

① 옹기그릇배의 화장 총각이 당마당의 노송에 올라 풀피리를 불면 바다
가 잔잔하였으나, 떠나려면 풍랑이 일어 출항할 수가 없었다.(산신의
배우자 지정)
② 총각을 섬에 잔류시킨 채 출항하므로 피리를 불다가 죽었다.(산신과의
결혼)
③ 총각의 화상을 당각시의 화상 옆에 걸어놓고 당제를 지냈다.(신격화)

각시신이 총각의 피리소리를 듣고 사모의 정이 생겨 섬을 떠나지 못
하게 풍랑으로 방해하였고, 섬에 잔류한 총각은 죽어서 각시신의 남편이
된 것이다. 인간이 신이 되는 방법 중의 하나가 신과의 결혼이다. 구월
산 산신 호랑이가 과부라서 호경장군을 남편으로 삼기 위해 곧 붕괴될
굴 안에 있는 호경장군을 밖으로 나오게 하여 구출한 뒤 부군(夫君)으로
삼으니 호경장군이 대왕(大王)이 되었다는 신화[15]도 여신과 결혼한 남자
가 신이 되는 원리를 알 수 있게 한다. 신과 결혼함으로써 신이 될 자격
을 획득한 것이다. 다만 흑산도 진리의 총각신은 각시신도 원혼 계통이
듯이 원혼의 신격화이므로 원혼과 결혼 두 가지 요인에 의해서 신이 되
는 점이 다르다.
흑산도 진리의 당신설화(堂神說話)는 산신인 각시신이 먼저 출현하고,
그 각시신의 신성결혼에 의하여 용신인 총각신이 출현한 것으로 이야기
되는데, 다른 이본에 의하면 용신이 먼저 출현하여 각시와 결혼하고 용
궁으로 떠나갔다고 하여 용신 총각신의 결혼에 의하여 산신 각시신이

---

15 『고려사』「세계(世系)」

파생될 개연성을 시사한다.

①오래 전에 이 마을에 한 처녀 총각이 살았는데, 둘이는 사랑하는 사이였다. 그들은 결혼을 하여 행복한 나날을 보냈는데, 어느 날 남편이 고기를 잡으러 먼 바다로 나가려 하였으나 그날따라 날씨가 고르지 못해 만류하였지만 곧 돌아온다며 떠나고 말았다. 큰 바다로 나간 후 갑자기 풍랑을 만나 파선되어 도령은 돌아오지 않았다. ②그 사실을 모르고 몇날 며칠을 식음을 폐하고 산정(山頂)에 올라가 먼 바다를 바라보며 낭군을 기다렸으나 선편(船片)만 떠내려 오고 낭군은 오지 않았다. 낭군이 죽었음을 확인한 각시는 먼 바다가 보이는 산정(山頂)의 고송(古松)에 목을 매어 죽었다. ③며칠이 지나도 산 모습 그대로 바다를 바라보고 있는 시체를 발견한 마을사람들은 그 각시를 위해 제사를 지내고 죽은 자리에 당(堂)을 지어 그 원혼을 모셨다. 해마다 각시 죽은 날에 제를 지내고 마을의 안녕과 풍어를 기원했다. ④일설로는 남편은 용신이었는데, 마을의 처녀와 결혼한 후 수부(水府)가 있는 먼 바다로 가버렸다고 한다.[16]

4) 교체형 해신설화

기존의 해신이 존재하였는데, 해신에게 바쳐진 희생인간이 원혼이어서 원혼관념에 의하여 신격화됨으로써 새로운 해신이 탄생하여 기존의 해신과 교체되는 이야기로 울릉도개척설화와 마라도 개척설화가 있다. 먼저 울릉도개척설화부터 살펴본다.

---

16 최덕원, 앞의 책, 82쪽.

① 조선 태종(1400~1418) 때 삼척인 김인우는 울릉도 안무사(按撫使)로 명하여져 울릉도 거주민의 쇄환(刷還)을 위하여 병선 2척을 이끌고 태하동에 도착하여 이곳을 유숙지로 정하고 도내 전반에 대한 순찰을 마쳤다. 그리고 내일이면 출항 귀임할 작정으로 취침 중 이상하리만치 기이한 꿈을 꾸게 되었다. 일행 중 남녀 2명 동남동녀(童男童女)를 이 섬에 남겨두고 가라고 해신(海神)이 현몽하였던 것이다. 안무사는 의아스럽게 생각했으나 별로 그 일에 대해서 관심이나 의혹 없이 다음날 출항을 결심하고 날이 밝기를 기다렸다. 그런데 생각하지 않았던 풍파가 돌발하여 출발을 중지하고 풍파가 가라앉기를 기다렸으나 바람은 멎을 기세는 없고 점점 심해가기만 하였다.

② 수일간을 그렇게 기다리던 중 안무사는 문득 전일의 현몽이 생각나 혹시나 하는 생각에 일행 전원을 모아놓고 동남동녀(童男童女) 2명에게 일행이 유숙하였던 장소-가옥은 없었을 것으로 생각되니 노숙(露宿)하던 장소로 추측된다-에 필묵(筆墨)을 잊고 놓아두었으니 찾아올 것을 명하였다. 필묵을 찾으려 두 사람이 급히 빽빽한 숲 사이로 사라지자 그 섬에 심하였던 풍랑은 거짓말처럼 멎어지고 항해에 적당한 바람만 불어오는 것이었다. 안무사는 서둘러 일행을 재촉하여 급히 출항할 것을 명하니 배는 순풍을 받고 일시에 포구를 멀리하게 되었다. 이 무렵 어린 남녀는 속은 줄도 모르고 아무리 찾아도 필묵은 없으므로 해변으로 돌아와 보니 배는 벌써 저 멀리 순풍을 타고 육지로 향해 달리고 있었다. 영문을 모르는 두 동남동녀의 심경은 오죽했으랴. 땅을 구르며 고함을 쳤으나 배는 어느덧 수평선 너머로 사라지고 말았던 것이다. 울부짖던 두 남녀는 지쳐서 어쩔 수 없이 본래 유숙하던 자리로 돌아왔으나 무서움과 추위와 굶주림에 며칠간 시달리다가 결국은 죽고 말았다. 한편 안무사는 무사히 본국으로 귀착하여 울릉도 현황을 복명하였으나, 항시 연민의 정과 죄의식이 마음 한구석에서 떠날 날이 없던 중 수년 후 재차 울릉도 안무의 명을 받고 임도하게 되었다. 안무사는 혹시나 하는 기대에 태하동에

도착하여 수색을 하였으나 저번에 유숙하였던 그 자리에는 두 동남동녀가 꼭 껴안은 형상으로 백골화되어 있었다.

③ 안무사는 이 정황을 보고 회한이 찼으나 어쩔 수 없이 고혼을 달래고 애도하기 위해 그곳에 조그마한 사당을 지어 제사 지내고 귀임하였다. 그 후 매년 음력 2월 28일에 정기적으로 제사를 지내며 농작이나 어업의 풍년도 기원하고 위험한 해상작업의 안전도 비는 것이다. 그리고 새로 짓는 배의 진수가 있으면 반드시 태하의 성하신당에 제사하여 해상작업의 무사안전과 사업의 번창을 기원한다.[17]

위 설화는 울릉도 태하동의 성하신당의 유래담인데, 다음과 같이 요약 정리할 수 있다.

① 해신이 안무사 김인우에게 동남동녀를 잔류시키고 출항하라고 현몽하였다.(인신공희의 계시)
② 섬에 고립된 동남동녀가 죽었다.(원혼)
③ 사당을 짓고 제사를 지냈다.(신격화)

공도화(空島化) 정책에 의하여 울릉도에 거주하던 사람들을 육지로 귀환시킬 때 해신이 인신공희를 계시하고, 그 계시를 무시한 김인우의 출항을 풍랑으로 방해한 것은 해신이 울릉도를 해로로 왕래하는 인간에게 해로를 이용하는 대가로 인간제물을 요구한 것을 의미한다. 안전 항해를 보장받기 위해서 해신에게 희생인간을 봉헌해야 하는 것이다. 그런데 희생으로 바쳐진 인간제물이 원혼이 되고, 그 원혼의 해코지에 대한

---

17 울릉군지 편찬위원회, 『울릉군지鬱陵郡誌』, 울릉군청, 2007, 799~800쪽.

불안감과 공포심 때문에 그 원혼을 신격화하여 제사를 지냄으로써 새로운 해신이 탄생하게 되었는데, 이것은 자연신 해신에서 원혼 계통 인신 (人神) 해신으로 교체되었음을 의미한다.

마라도 개척설화에도 해신의 교체 현상이 나타난다.

마라도 사람이 아이 살 때 물질 강 오다가 (조사자: 예) 해녀들 실은 배가 안개가 껴서 어디 못 가니까 급허게 되었거든.(조사자: 예) 되니까 이제 열두 명 실은 해녀들 신경 그디 가니까 다시 안개 껴서 캄캄해서 길을 못 찾으니까루 꾸에는(조사자: 꿈에?) 그 주장헌 해녀의 꿈에는 너희들은 그냥 가지카부댄 허느냐? 이디 너네 한 하나 나동 가야지 그대로는 못 간다. 너네 그대로 가면은 니네 못숨은 다 바친다. 경했거든 경해서 허니 또 배 임제 남제분네게메 이상하다라고 나도 이만저만해서 이상허네 우리가 어떵 허느냐고 우리 목숨. 처녀 그 14살난 아이 업게로 돌알 갔거든. 업게로 돌알 가니까 이 아이를 나동 가야지 우리 목숨을 어떵허느냐고 경허니 사공하고 배 임제 저 여자허고 잘 말해가지고 퇴역밭디강 서로 혹 놀다가 아으는 나동 갈거로 오라서 배에 탁 올라가지고 그 아으 보고 저기 뭐 내 비시니까 가져오라고 허니까 가는 나강 오기 전에 가지 말라고 했거든. 가지 말라고 해서 거 다 걷으니까 어느 새 놀듯이 안개도 걷으로 돛대 두 개가 막 돌아갔거든. 경행 그제 아으는 돌아당 해녀 하나가 내중에 나우에 처녀가 벌린 것에 돌아져서. 돌아졌다가 허니까 거 여자하고 저 우리랑 이렇게 해가지고 그디 마라도 사람들 들어강 사나까 매혜에 처녀 옷을 아이들옷 추룩 행 걸고 그디 임시 간 사람도 우리 물질허래 가면은 두어들 살면은? 제 오리라 해서 거기 가서 여기까지 데려와. 게면은 오는 날꺼정 감기나 안 걸려. 경허난 이제 사람들 막가도 이제 아무런 폐도 없고 그디 사람 이상허지 안 해서 살아. 경해서 하니까 그 처녀가 열네에 거기서 죽어 할망당 모셔. 여기서 물질을 가도 거기서 거기부터 가

서 해녀들이 거기서 오그락 절허여 경허믄 틀림없이 오라.[18]

이 설화를 요약 정리하면 다음과 같이 된다.

① 옛날에 마라도에 배를 타고 물질하러 갔다가 돌아오려 하였으나, 안개
   가 끼어서 오지 못하게 되었을 때 해녀들 중에 한 명이 꿈을 꾸었는데,
   한 사람을 제물로 바쳐야 살아나갈 수 있다는 것이었다.(인신공희의 계
   시)
② 옛날에는 14살 애기업개를 같이 데리고 갔었는데, 그 애기업개를 제물
   로 바치고 그곳을 빠져나올 수 있었다.(원혼)
③ 애기업개를 할망당에 모시니 물질하러 나가도 감기에 안 걸린다.(신격
   화)

  제주도와 마라도를 왕래하려면 해로를 이용해야 하는 바, 해신이 대
가로 인간희생을 요구한 것이다. 그래서 아기업개를 섬에 잔류시켜 희
생으로 바쳤으나, 그 아기업개의 원혼에 대한 두려움 때문에 할망당에
모신 이후로는 물질하러 가도 감기에 안 걸린다는 것이다. 아기업개가
새로운 해신으로 신격화됨으로써 기존의 자연신 계통 해신과 교체되어
해녀의 해상 안전과 수산물의 채취 활동을 관장하고 생명과 건강을 보
호하는 수호신이 되었음을 알 수 있다.[19]

---

18 제주도청의 홈페이지 http://www.jeju.go.kr 〈제주 소개→제주의 역사·문학→제
주의 전설〉에 수록되어 있는 마라도 전설 작품번호 126.
19 왕가용, 앞의 논문, 10~13쪽에서는 교체형 설화를 인신공희설화로 보는 관점에서
서사구조를 '악행-희생-신격화'의 유형구조로 파악하였다. 인간희생을 요구하는 신을 악
신으로 규정한 것이다.

3. 해신설화에 나타난 해신의 신성의 발현 양상

1) 해신의 결혼

해신이 결혼하거나 결혼하여 자녀를 출산하는 것은 해신이 생산신의 신격을 획득함을 의미한다. 바다의 수호신이면서 생산신이 되는 것이다. 해신의 결혼담으로 『삼국유사』의 수로부인설화가 있다.

① 임해정에서 점심을 먹고 있었는데, 바다의 용이 갑자기 부인을 끌고 바다로 들어가 버렸다. 공이 엎어지면서 땅을 쳐보아도 아무런 방법이 없었다. ② 또한 노인이 말하기를 "옛사람의 말에 여러 사람의 말은 쇠도 녹인다고 했으니 이제 바다 속의 미물인들 어찌 여러 사람의 입을 두려워하지 않겠습니까? 마땅히 경내의 백성을 모아 노래를 지어 부르면서 막대기로 언덕을 치면 부인을 볼 수 있을 것입니다."라고 하였다. 공이 그 말을 따르니 용이 부인을 받들고 바다에서 나와 바쳤다. 공이 부인에게 바다 속의 일을 물으니 대답하기를 "칠보궁전에 음식은 달고 부드러우며 향기롭고 깨끗하여 인간의 음식이 아니었습니다."라고 하였다. 부인의 옷에는 이상한 향기가 풍겼는데, 이 세상에서는 맡아보지 못한 것이었다. 수로는 용모와 자색이 세상에서 뛰어나 깊은 산이나 큰못을 지날 때마다 여러 번 신물(神物)에게 붙들려 갔다. 여러 사람이 해가(海歌)를 불렀는데, 가사는 다음과 같다. "거북아! 거북아! 수로를 내놓아라. 남의 부녀를 빼앗아 간 죄가 얼마나 크냐? 네가 만약 거역하고 내놓지 않으면, 그물로 잡아 구워 먹으리라."[20]

---

20 일연, 최광식·박대재 역주, 『삼국유사』(Ⅰ)(「기이」편 〈수로부인〉조), 고려대학교 출판부, 2014, 449~450쪽.

위 설화는 다음과 같이 요약 정리할 수 있다.

① 해룡이 수로부인을 납치해 갔다.(신성결혼)
② 순정공이 해가를 불러 수로부인을 되찾았다.(수로부인 맞이굿)

위 설화를 부녀자 납치형 대적퇴치설화로 보는 견해도 있으나,[21] 관점을 달리하면 마치 가락국 사람들이 구지가를 불러 김수로신을 맞이하였듯이 해룡과의 신성결혼에 의하여 신처(神妻)가 된 수로부인을 맞이하는 굿을 한 사실을 의미한다고 볼 수도 있다. 해가가 구지가를 변형시킨 주가인 점에서 이러한 추정은 가능하다. 동해의 해신인 해룡이 수로부인과의 신성결혼을 강행한 이유는 수호신만이 아니라 생산신이기 때문에 성적 결합에 의하여 풍요다산을 기원하기 위해서였을 것이다. 곧 풍어굿에서 해룡과 수로부인을 결혼시키는 화해굿을 연행하였을 개연성이 크다.

해룡과 인간 여자의 신성결혼은 처용설화에도 나타난다.

①그 중 한 아들이 왕의 수레를 따라 서울에 들어와 왕의 정사를 보좌하였는데, 이름을 처용(處容)이라고 하였다. 왕은 아름다운 여인을 아내로 맞게 하여 그 뜻이 머무르게 하고자 하였고, 또 급간(級干)의 관직(官職)을 주었다. ②그의 아내는 매우 아름다웠으므로 역신(疫神)이 그를 흠모하여 사람으로 변하여 밤에 그의 집에 몰래 가서 잤다. 처용이 밖에서 집에 돌아와 잠자리에 두 사람이 있는 것을 보고 곧 노래를 부르고 춤을 추며 물러났다. 노래는 이

21 주명희, 부녀납치형 대적퇴치설화고, 『한국고전산문연구』(장덕순 선생 회갑 기념 논문집), 동화문화사, 1981, 21~54쪽 참조. 왕가용, 앞의 논문, 19~20쪽에서도 대적퇴치 설화로 보고, 유형적 서사구조를 '악행-응징'으로 파악하였다.

러하다. "동경(東京) 밝은 달에 밤 들도록 노니다가/들어와 자리를 보니 가로리 넷이러라/둘은 내 것이고 둘은 뉘 것인고/본디 내 것이다만 앗음을 어찌하리꼬" 이때 역신이 모습을 나타내어 앞에 꿇어앉아 말하기를 "제가 공의 부인을 부러워하여 지금 그를 범하였는데, 공이 노여움을 나타내지 않으니 감동하고 그를 아름답게 여기며 맹세코 지금 이후로는 공의 모습을 그린 것만 보아도 그 문에 들어가지 않겠다고 하였다. 이로 인해 나라사람들은 처용의 형상을 문에 붙여서 사악한 것을 피하고 경사를 맞아들이게 되었다.[22]

처용은 동해용왕의 아들이므로 해룡이고 해신이다. 따라서 처용이 서라벌에서 결혼하는 것은 처용이 풍요다산을 담보하는 생산신임을 의미하는데, 아내를 역신에게 빼앗겼다가 되찾음으로써 수호신의 역할도 수행한 것이다. 처용이 문신이 된 것도 수호신 기능의 확대 현상에 다름 아니다.[23]

여신 해신의 신성결혼은 개양할머니설화에 나타나는데, 해신이 성모가 되었다고 하여 바다의 수호신만이 아니라 생산신인 사실을 강조한다.

수성당(水城堂)에서는 정월 열나흗날 저녁이나 보름낮에 무당이 주관하여 해신을 모시고 풍어(豊漁)와 바다에서의 무사고를 비는 제사를 지낸다고 한다. 이 신은 이 일대의 바다를 수호하는 여신으로 일명 수성할미 혹은 개양할미라고 부르며, 먼 옛날 당굴(堂窟)에서 나와 딸을 여덟 명 낳아 각 도(道) 혹은 칠산바다 주변에 나누어 보내고 자기는 이곳에서 막내딸만 데리고 살았다

---

22 일연, 최광식·박대재 역주, 『삼국유사』(Ⅰ)(「기이」편 〈처용랑망해사〉조), 고려대학교출판부, 2014, 503~505쪽.
23 왕가용, 앞의 논문, 32~33쪽에서는 처용의 결혼보다는 역신 퇴치를 중시하여 용왕자녀파견설화로 유형화하고, 유형구조를 '은혜-보은'으로 파악하였다.

고 한다.[24]

개양할머니가 여덟 명의 딸을 낳아 팔도에 보낸 사실은 지리산 성모
천왕이 하늘에서 적강하여 법우화상과 결혼하여 낳은 여덟 딸들이 팔도
무녀가 되었다는 지리산산신설화와 상통한다.[25] 개양할머니는 수로부인
을 약탈하여 결혼한 해룡과 마찬가지로 토착적인 해신으로 원시신앙적
인 색채가 강하지만, 처용은 불교에 조복된 해룡이기 때문에 토착적인
용신신앙과 불교신앙이 복합되어 있다.

2) 해신의 수호영웅

지리산산신설화에는 이성계가 조선을 건국하자 지리산의 산신이 우
투리를 훈련시켜 이성계에 대항하였으나 우투리가 패배하였다는 각편이
있는데, 산신이 고려의 수호신 역할을 수행하기 위해서 군사영웅을 수호
자로 거느린 사실을 알 수 있다. 대관령의 산신이 김유신에게 검술을 가
르쳐 주었다는 전설도 동일한 맥락이다. 개양할머니설화의 각편 중에도
해신과 군사영웅의 관계를 보여주는 작품이 있다.

① 먼 옛날에 이곳에 살던 마음씨 착한 형제가 수신(水神)으로부터 받았다
는 황금부채와 철마(鐵馬)에 얽힌 전설이 남아 있다. ② 그들은 당굴(堂窟)에
서 나타난 철마를 타고 황금부채로 풍랑을 일으켜서 마을에 쳐들어온 왜적을

---

24 국립전주박물관 편저, 『바다와 제사·부안 죽막동 제사유적』, 신유, 1995, 76쪽.
25 왕가용, 앞의 논문, 7~8쪽에서는 신직제수(神職除授)설화로 유형화하고, 서사구조
를 '혈통-신직'으로 보았다. 수신과 천신의 딸들이 혈통주의에 의해서 신이 되고 사제(무
녀)가 되기 때문이다.

물리치기도 하고 바다에서 풍랑이 심하게 일 때에는 황금부채로 풍랑을 잠재워 위기에 처한 마을사람들을 구했다고도 한다.[26]

형제가 해신으로부터 철마와 황금부채를 증여받은 점에서는 신기대보증여설화의 유형에 속하지만, 해신이 군사영웅을 무장시켜 외적을 격퇴한 점에서는 수호신과 수호자 군사영웅의 관계를 보여주는 설화유형으로 분류할 수 있다. 그리고 거타지 설화와 작제건 설화도 이 유형에 포함시킬 수 있다. 이 두 설화는 해신이 위기 상황에서 구출해준 군사영웅의 은혜에 보답하기 위해서 용녀를 파견하여 아내로 삼게 한 사실을 중시하면 용신자녀파견설화로 유형화할 수 있지만,[27] 해신이 군사영웅에게 용녀를 하사한 사실을 중시하면 신기대보증여설화로도 볼 수 있다.[28] 그러나 해신이 권능의 한계를 드러내고 군사영웅에 의지해서 위기 상황을 극복하는 점에서 해신수호자설화로 유형화할 수 있을 것 같다.

거타지 설화를 요약 정리하면 다음과 같다.[29]

① 거타지가 섬에 잔류하게 되었다.(인신공희)
② 서해 해신 해약이 거타지에게 요승(妖僧)을 죽여 달라고 말한다.(계시)
③ 거타지가 해신의 간을 취하려고 하는 요승을 사살(射殺)하였다.(구출)
④ 해신이 용녀를 거타지에게 시집보내었다.(결혼)

진성여왕의 막내아들 양패가 중국 사신으로 가던 도중 곡도에서 풍랑

---

26 국립전주박물관 편저, 앞의 책, 74쪽.
27 왕가용, 앞의 논문, 33~36쪽 참조.
28 박진태, 『한국문학의 경계넘어서기』, 태학사, 2012, 192쪽 참조.
29 거타지 설화의 전문은 이 책의 48~49쪽에 소개되어 있다.

으로 출항하지 못하여 거타지를 섬에 잔류시키고 떠날 때에는 거타지는 해신의 분노를 진정시키기 위해서 봉헌된 인간희생이었지만, 해신의 계시에 따라 해신을 다라니주문으로 몰살시키려는 승려를 퇴치하고, 그 보은으로 해신의 딸과 결혼하게 되고 해신의 보호를 받게 될 때에는 해신의 수호자 역할을 하였다. 이러한 거타지의 역할 변화는 거타지의 인생을 불운에서 행운으로 반전시키는데, 이러한 반전은 해신을 위기에서 구출하여 안전하게 만든 반전이 계기가 되었다. 해신의 운명을 반전시킨 대가로 거타지의 운명도 반전이 이루어진 것이다. 이처럼 거타지 설화는 거타지가 해신의 수호자 역할을 성공적으로 수행하여 위기를 기회로 전환시킨 사실을 강조하고 있다.

다음으로 작제건 설화를 살펴보기로 한다.

① 작제건은 어려서부터 총명하고 용맹이 있었다. 나이 5~6세쯤 되었을 때 그 어머니에게 자기 아버지는 누구냐고 물었다. 어머니는 그의 아버지는 당나라 사람이라고 대답한 바, 그것은 남편의 이름을 몰랐기 때문이었다. 작제건은 점점 자라서 재주가 육예(六藝)를 다 잘하였고, 그 중에서도 글씨와 활재주가 뛰어났다. 나이 16세 때에 어머니는 아버지가 남겨두고 간 활과 화살을 주었더니 작제건은 크게 기뻐하였다. 활을 쏘는데 백발백중이었다. 이리하여 세상사람들은 그를 신궁, 귀신과 같은 궁술을 가진 사람이라고 불렀다. ② 작제건은 아버지를 찾아가기 위하여 상선을 타고 떠났는데, 바다 복판쯤 와서 구름과 안개가 자욱하여 배가 사흘 동안 가지 못했다. 배사람은 점을 친 후 함께 탄 고려인을 내려놓고 가야 하겠다고 하였다. -중략- ③ 작제건이 활과 화살을 잡고 바다로 뛰어내렸는데, 마침 밑에는 암석이 깔려 있어 그 위에 서게 되었다. 동시에 안개는 흩어지고 바람이 순하여 배는 나는 듯이 가버렸다. 조금 있더니 한 늙은이가 나타나 절을 하면서 다음과 같이 말하였다.

"나는 서해의 용왕입니다. 그런데 요사이 매일 저녁나절쯤 되면 늙은 여우한 마리가 치성광여래(熾盛光如來)의 형상을 하고 공중으로부터 내려와서 일월 성신을 운무 중에 늘어놓고 소라나팔을 불고 북을 쳐 음악을 하면서 이 바위 위에 앉아서 옹종경(臃腫經)을 읽습니다. 그러면 나의 두통이 심하게 됩니다. 듣건대 낭군이 활을 잘 쏜다고 하니 원컨대 그 궁술로 나의 피해를 덜어 주시오." 작제건은 곧 그렇게 할 것을 약속하였다. -중략- 작제건이 바위 가에 조그마한 길이 있는 것을 보고 그 길을 따라 1리가량 들어갔더니 거기에는 또한 바위가 있고 그 바위 위에는 한 궁전이 있는데, 문이 환히 열려 있었다. 그 가운데 금자로 사경(寫經)하는 곳이 있었다. 자세히 보니 먹이 아직 마르지 않았고, 사방을 돌아보니 사람은 없었다. 작제건이 그 자리에 앉아서 붓을 들고 사경을 시작하는데, 홀연히 한 여자가 와서 앞에 섰다. 작제건은 그가 관음보살(觀音菩薩)의 현신인가 하고 놀라 일어나 내려앉으면서 절을 막 하려고 하니 그 여자는 갑자기 없어졌다. 작제건은 도로 앉아서 사경을 계속하고 있었는데, 한참 있다가 그 여자가 다시 나타나서 다음과 같이 말하였다. "나는 용왕의 딸로서 여러 해를 두고 사경을 하고 있으나 아직 끝이 나지 않았소. 다행히 낭군이 글씨를 잘 쓰고 활을 잘 쏘니, 여기에 머물려 나의 공덕사업을 돕고 또 우리 집 불행을 제거하여 주시오. 그 불행이라는 것은 7일 동안 기다리면 알게 될 것이요." ④늙은이가 말하던 때가 되니 과연 공중에서 음악소리가 들리고 서북으로부터 내려오는 자가 있었다. 작제건은 그것이 정말 부처가 아닌가 의심하고 감히 쏘지를 못하였다. 그랬더니 할아버지가 다시 와서 그것이 정말 늙은 여우가 틀림없으니 의심하지 말고 쏘라고 하였다. 그 제야 작제건이 활에 살을 메워 쏘았더니 시위소리와 함께 재깍 떨어지는 물건이 있었는데, 그것은 과연 늙은 여우 한 마리였다. ⑤늙은이는 크게 기뻐하면서 작제건을 맞아 궁안으로 들어가서 감사한 말을 하였다. "그대의 힘으로 나의 근심이 이미 덜어졌으니 큰 은덕을 갚으려 하노라. 그대는 앞으로 서쪽 당나라로 들어가서 천자인 아버지를 만나려는가? 그렇지 않으면 칠보(七寶)의 부(富)를 가지고 동쪽으로 돌아가서 어머니를 모시려는가?" 작제건이 "나의 소원은 동방의 임금이 되려는 것이다." 할아버지가 말하길 "동방의 임금이 되려면 '건(建)'자 붙은 이름으로 자손까지 3대를 거쳐야 한다. 다른 것은 그대의 소원대로 하여 주겠노라." 작제건은 그 말을 듣고 임금이 될 때가 아직 오지 않았다는 것을 알고 주저하여 대답을 하지 못하는데, 그 뒤편에 있던 어떤 한 늙은 할미가 농담삼아 말하였다. "왜 그 딸에게 장가를 들지 않고 가는가?" 작제건이 그제야 깨닫고 사위되기를 청하니 늙은이는 장녀 저민의(翥旻義)를 그에게 처로 주었다. 작제건이 칠보를 가지고 돌아오려고 하는데, 용녀가 다음과 같이 말하였다. "우리 아버지에게 버드나무지팡이와 돼지가 있는데, 그것은 칠보보다 더 귀중한 것입니다. 그것을 달라고 해서 가지고 가도록 합시다." 작제건이 칠보 대신에 버드나무지팡이와 돼지를 가져가기를 원하니 늙은이는 "그 두 물건은 나의 신비로운 귀중한 물건이다. 그러나 기왕 자네가 청하니 어찌 거절하리오?"라고 하면서 돼지를 보태 주었다. 이에 작제건은 옻칠한 배에 칠보와 돼지를 싣고 바다에 떠서 순식간에 해안에 다다르니 거기는 곧 창릉굴(昌陵窟) 앞 강안(江岸)이었다.[30]

이 설화는 다음과 같이 요약 정리할 수 있다.

① 작제건은 서예와 궁술이 출중하였다.(자격)
② 아버지를 찾아 중국으로 가다가 희생으로 바쳐졌다.(인신공희)
③ 해신이 요승을 사살해 달라고 요청하고, 불경을 사경(寫經)하던 용녀도 부탁하였다.(계시)

---

30 북한사회과학원고전연구소, 『고려사』(1)(영인본), 여강출판사, 1991, 48~52쪽.

④ 작제건이 활을 쏘아 요승을 죽였다.(구출)

⑤ 해신이 작제건에게 용녀를 시집보내고, 보물과 돼지를 선물로 주었다.
(결혼)

작제건이 궁술이 출중하여 서해 용신을 위협하는 요승을 사살할 수
있었고, 서예가 탁월하여 용녀의 사경(寫經)을 도울 수가 있었다. 곧 작
제건이 해신의 수호자와 용녀의 남편이 될 수 있는 자격과 능력을 구비
한 것이다. 거타지가 궁술에만 능한 군사영웅이라면, 작제건은 궁술과
서예, 곧 문무(文武)를 겸전(兼全)한 영웅인 사실을 부각시켰다. 이밖에
작제건 설화가 거타지 설화와 다른 점은 불교와의 관계에서 거타지 설
화에서는 신주(神呪)로 용왕을 제압하려는 주술적인 불교와 토착적인 용
신의 갈등만 나타났는데, 작제건 설화는 용신과 밀교불교와의 갈등만이
아니라 용녀의 사경 행위를 통하여 용신이 해수관음보살에 조복되어 호
법룡이 될 수도 있음을 시사한 점이다. 관음보살이 해신이 된 해수관음
보살은 한국은 의상대사가 창건한 강원도 양양(襄陽)의 낙산사가 대표적
이고, 중국은 절강성(浙江省)의 주산군도(舟山群島)에 있는 보타산의 불
긍거관음원(不肯去觀音院)이 유명하다.[31]

3) 해신의 신기대보 증여

해신이 신기대보를 증여하는 설화로는 앞에서 소개한 개양할머니가
영웅 형제에게 신마(神馬)인 철마와 바람을 일으키고 파도를 잠재우는

---

31 왕가용, 앞의 논문, 46~75쪽에서 두 지역 해수관음의 사찰과 설화들을 비교 분석
하였는데, 이 부분을 독립시켜 이 책의 제3부에 수록하였다.

주물(呪物)인 황금부채를 증여한 설화 이외에도 만파식적설화[32]가 있다.

감은사를 능침사(陵寢寺)로 하고 대왕암에 수장되어 동해 용신이 된 문무왕이 천신이 된 김유신과 함께 신문왕에게 천하를 다스릴 수 있는 주물(呪物) 만파식적을 증여하였다. 만파식적이 갈라지면 소리가 나지 않고 합쳐지면 소리가 나는 이치를 통하여 김춘추 세력과 김유신 세력이 연합하여 통일신라를 통치하여야 하는 당위성과 필요성을 강조하였는데, 그리하여 만파식적은 화합과 통일을 상징하는 신라의 국보가 되었다.

4) 용자·용녀의 파견

처용설화는 처용이 주술적인 가무로 역신을 퇴치한 사실을 중시하면 신기대보증여설화가 되고, 헌강왕에게 조복된 동해용왕이 아들 처용으로 하여금 헌강왕을 따라 서라벌에 가서 왕정(王政)을 보좌하게 한 사실을 중시하면 용자파견설화가 된다. 거타지 설화와 작제건 설화도 용녀를 파견하여 아내로 삼게 한 점에서는 용녀파견설화에 포함시킬 수 있다. 용자파견설화로 대표적인 작품은 보양이목설화가 있다.

① 신라 시대 이래로 청도군의 사원으로 작갑(鵲岬) 이하 중소 사원들이 있었다. -중략- 조사(祖師) 지식(知識) [위의 글에서는 보양(寶壤)이라 하였다.] 이 중국에서 법을 전해 받고 돌아오다가 서해 가운데 이르자 용이 용궁으로 맞아들여 불경을 염송하게 하고 금으로 수놓은 가사 한 벌을 시주하였다.

② 아울러 아들 이목(璃目)을 내주어 조사의 시봉(侍奉)으로 삼아 따라가게

---

32 만파식적설화에 대해서는 이 책의 44~47쪽에서 전문을 소개하고 서사구조를 분석하였다.

하며 부탁하여 말하기를 "지금 삼국이 어지러워 불법에 귀의하는 임금이 없습니다. 만약 그대가 내 아들과 함께 본국의 작갑(鵲岬)으로 돌아가 절을 짓고 지내면 가히 도적을 피할 수 있을 것이며, 또한 몇 년이 되지 않아 반드시 불법을 보호하는 어진 임금이 나와 삼국을 평정할 것입니다."라고 하였다. 말을 마치고 서로 작별하고 돌아와서 이 골짜기에 이르니 홀연히 한 노승이 나타나 스스로 원광(圓光)이라고 하면서 인궤(印櫃, 도장을 넣어두는 상자)를 안고 나와 그것을 주고는 사라졌다. -중략-

③ 이에 보양조사가 장차 무너진 절을 일으키려고 북쪽고개에 올라가서 바라보니 뜰에 5층의 황색탑이 있었다. 내려와서 그것을 찾아보니 흔적도 없었다. 다시 올라가 바라보니 까치 떼가 땅을 쪼고 있었다. 이에 해룡(海龍)이 작갑을 말했던 것이 생각나서 그곳을 찾아가 파보니 과연 예전 벽돌이 무수히 있었다. 이것을 모아 쌓아올리니 탑이 이루어졌는데, 벽돌이 남는 것이 없었으므로 이곳이 전대의 절터임을 알았다. 절 세우기를 마치고 이곳에 거주하였는데, 절 이름은 영험한 일이 있었으므로 작갑사라고 하였다. 얼마 후 태조가 삼국을 통일하였는데, 보양조사가 이곳에 와서 절을 세워 머물고 있다는 말을 듣고 5갑의 밭 5백결을 합하여 이 절에 바쳤다. 청태 4년 정유(丁酉, 937)에 태조가 운문선사(雲門禪寺)라는 이름을 내리고 가사의 영험함을 받들게 하였다. 이목(璃目)은 항상 절 옆의 작은 못에 살면서 몰래 불법의 교화를 도왔다. 어느 해 갑자기 큰 가뭄이 들어 밭의 채소가 마르고 탔다. 보양이 이목을 시켜 비를 내리게 하자 온 경내가 흡족해 하였다. 천제(天帝)는 이목이 그 직분에 맞지 않는 일을 했다 하여 장차 죽이려고 하였다. 이목이 조사에게 위급함을 고하니 조사가 마루 밑에 숨겨주었다. 잠시 후에 천사가 뜰에 내려와 이목을 내놓기를 청하였다. 조사가 뜰 앞의 이목(梨木, 배나무)을 가리키자 천사는 당장 배나무에 벼락을 치고 하늘로 올라갔다. 배나무가 꺾여 시들었는데, 용이 어루만지자 다시 살아났다. [또는 조사가 주문을 외우자 살아났다고

도 한다.] 그 나무가 근년에 땅에 쓰러지자 어떤 사람이 빗장뭉치로 만들어선 법당과 식당에 두었다. 그 뭉치자루에는 명문이 있었다.[33]

보양이목설화의 서사단락을 구분하고 서사구조를 분석하면 다음과 같다.

① 보양이 중국에서 귀국할 때 서해 용왕이 용궁으로 초빙하였다.(조복)
② 용왕이 아들 이목을 보양의 시봉으로 삼게 하였다.(파견)
③ 보양이 용왕의 말대로 작갑사를 창건하고 이목은 보양의 교화를 도우면서 비를 내리게 하였다.(호법)

서해 용왕이 보양을 용궁으로 초빙하고 자발적으로 호법룡으로 조복되어 용자 이목을 파견하여 보양의 교화를 돕는 호법룡의 직분을 수행하게 하였는데, 이목이 호법의 역할만 하지 않고 비를 내리게 하는 용신 고유의 권능을 발휘하여 천신의 진노를 사서 처벌받게 되었으나 보양의 자비와 지혜로 목숨을 보전하게 되었다는 내용이다. 용왕이 호법룡으로서의 직능을 수행함에 있어서 서해의 용궁을 떠날 수 없기 때문에 용자를 파견하여 대행하게 한 것이다.[34] 그리하여 용자파견설화는 바다와 육지의 관계, 다시 말해서 해로와 육로의 연결망 및 호법룡신앙의 전파 경로를 상징적으로 표현하고 있다.

---

33 일연, 최광식·박대재 역주, 『삼국유사』(Ⅱ)(「의해」편 〈보양과 배나무〉조), 고려대학교출판부, 2014, 369~370쪽.

34 왕가용, 앞의 논문, 30~33쪽에서도 이러한 사실을 주목하여 처용설화·보양이목설화·거타지 설화·작제건 설화를 묶어서 용자용녀파견설화로 유형화하고, 유형구조를 '은혜-보은'으로 보았다. 용왕이 인간에게 은혜를 입고, 그에 대한 보은으로 자녀를 파견하여 보필하게 하였다는 인과관계이고 논리구조이다.

05) 해신의 조복과 호법

해신이 불교에 조복(調伏)되어 호법룡이 되어 불보살과 승려의 수호신이 된 내용의 용신설화가 호법룡설화로 유형화될 수 있다. 처용설화에서 헌강왕이 처용암에서 동해용왕을 조복하고 처용을 데리고 서라벌로 돌아오는 대목이 이에 해당한다.

① 제9대 헌강대왕(憲康大王) 때에는 서울에서 해내(海內)에 이르기까지 집과 담장이 잇닿아 있고, 초가(草家)는 하나도 없었다. 생황소리와 노래가 도로에서 끊이지 않았고, 바람과 비는 사철 순조로웠다. 이때 대왕(大王)은 개운포(開雲浦)[학성鶴城) 서남쪽에 있으니 지금의 울주(蔚州)이다]에 유람하였다. 왕이 장차 돌아가려고 하여 낮에 물가에서 쉬고 있는데, 갑자기 구름과 안개가 깜깜하게 끼어 길을 잃었다. ② 괴이하여 좌우에게 물으니 일관(日官)이 아뢰기를, 이는 동해용(東海龍)의 조화이니 마땅히 좋은 일을 행하여 이를 풀어야 한다고 하였다. 이에 일을 맡은 관원에게 명하여 용을 위하여 근처에 절을 짓게 했다. ③ 왕의 명령이 내리자 구름과 안개가 걷혔으므로 개운포라고 이름하였다. 동해의 용은 기뻐하여 일곱 아들을 거느리고 왕의 앞에 나타나 덕(德)을 찬양하여 춤을 추고 음악을 연주하였다. -중략- ④ 왕은 돌아와 이내 영취산(靈鷲山) 동쪽 기슭의 경치 좋은 곳을 점지하여 절을 세우고 망해사(望海寺)라고 하였는데, 또는 신방사(新房寺)라고도 이름하였으니 곧 용을 위해 세운 것이다.[35]

---

35 일연, 최광식·박대재 역주, 『삼국유사』(I)(「기이」편 〈처용랑망해사〉조), 고려대학교출판부, 2014, 503~505쪽.

위 설화의 서사단락을 구분하고 서사구조를 분석하면 다음과 같다.

① 동해용왕이 구름과 안개로 헌강왕이 길을 잃게 만들었다.(악룡)
② 헌강왕이 동해용왕을 위해서 절을 창건하도록 명령하였다.(조복)
③ 동해용왕이 왕의 덕화에 감사하기 위해 일곱 아들들을 데리고 무악을
바쳤다.(정재)

용신은 풍운조화를 일으키고 강우(降雨)를 관장하는 권능을 지닌 자
연신이다. 그런 용왕이 천제로부터 천명(天命)을 받아 인간세상을 통치
하는 헌강왕의 권위에 도전하므로 헌강왕이 부처의 법력으로 용신을 항
복시켜 호법룡으로 만들기 위해서 망해사를 창건한 것이다. 그리하여
동해용왕이 악룡에서 부처의 자비 정신을 수용한 선룡(善龍)으로 변신하
고, 호법만이 아니라 왕권을 수호하는 호국룡까지 되었다. 이처럼 헌강
왕이 불교의 조복신앙을 이용하여 석가모니 부처가 그랬던 것처럼 악룡
을 교화하여 왕화(王化)의 세계로 포용하였다. 그래서 동해용왕이 이러
한 헌강왕의 은혜에 보답하기 위해서 헌강왕의 덕을 찬양하고 만수무강
을 축원하는 무악을 헌정한 것이다. 곧 무속적인 용신춤이 궁중 정재(呈
才)로 헌강왕 앞에서 연행되었을 개연성을 시사한다. '동해용왕(신)-무당
(사제)-헌강왕(인간)'의 관계가 '부처(최고신)-호법왕(헌강왕)-동해용왕(호
법룡)'의 관계로 위상이 반전된 것이다.

의상설화에서는 동해용신이 해수관음보살의 호법룡으로 이미 조복된
상태에서 의상이 동굴에서 관음보살의 진신을 친견할 수 있도록 인도하는
역할을 한다. 불법승(佛法僧)이 삼위일체이므로 불보살을 수호하는 용신
이 불법(佛法)을 깨달아 실천하는 사제인 승려도 수호하는 역할을 수행
하는 것이다. 의상설화는 각편에 따라 변이를 일으킨 바, 고려 시대의

『삼국유사』의 각편은 의상이 관음보살의 진신을 친견하고 신기대보를 증여받고 사찰 건립의 계시를 들었다고 하여 관음보살의 친화력이 강조되었는데, 조선 시대의 『신증동국여지승람』의 각편에서는 관음보살이 진신을 보여주지 않은 채 팔만 내밀어 신기대보를 증여하고 계시를 내렸다고 하여 관음보살의 신적 위엄과 초절성(超絶性)이 더 강조되었다. 그리고 재계한 기간도 7일에서 27일 이상으로 늘어나서 의상이 관음보살을 친견하는 데 매우 많은 정성과 신심을 보였다고 강조하는 사실도 고려와 조선 시대의 시간적 거리 및 불교사회와 유교사회의 시대적 배경을 느끼게 한다. 승려의 수행(修行) 여건이 더 열악해진 것이다.[36]

『삼국유사』에서는 낙산사 관음굴의 관음보살의 진신을 친견한 내용의 의상설화에 이어서 관음보살의 화신을 몰라보고 친견에도 실패한 내용의 원효설화[37]를 서술하여 둘을 대조시켰는데, 의상에게는 존경심을 표시하고 원효는 조롱한 것이다. 이것은 관음사찰인 낙산사를 의상이 창건하였고, 의상과 라이벌 관계였던 원효는 의상에게 해수관음사찰 건립의 기회를 빼앗긴 사실에 기인한다. 의상을 숭배하는 집단이 의상을 추켜세우고 원효를 폄하하는 설화를 만들어 전승시킨 것이다.

백의(白衣)와 대나무와 수정염주로 상징되는 관음보살은 자비롭고 청순하고 우아한 성녀(聖女)의 모습으로 형상화되는데, 관음보살의 화신이 벼를 베고, 생리대를 뺀 사실은 관음보살이 벼농사를 관장하는 농경신이고, 임신과 출산을 관장하는 생산신인 사실을 의미하는 바, 실제로 중국에서 관음보살이 여성화되면서 관음보살이 여자에게 아이를 갖게 해주고 인간에게 벼농사를 가르치고 쌀 낱알마다 자신의 젖을 채워 넣었다

---

36 의상설화의 각편의 전문은 이 책의 215~216쪽에 소개되어 있다.
37 원효설화의 전문은 이 책의 221쪽에 소개되어 있다.

고 믿었다.[38] 원효는 관음보살의 화신을 알아보지 못하여 세 번의 시험에서 통과되지 못하여 관음보살을 친견할 자격을 획득하는 데 실패한 것이다. 그에 반해서 의상은 관음굴 밖의 바위 위에서 재계를 정성스럽게 하여 자격을 획득한다. 그리하여 의상은 관음보살을 수호하는 동해 용신의 인도를 받아 동굴 안으로 들어갈 수 있었지만, 원효는 용이 풍랑을 일으켜 저지한 것이다. 『신증동국여지승람』의 각편에서는 의상이 관음 친견이 이루어지지 않으므로 비관하고 바다에 몸을 던져 자결하려고 하자 용신이 구출해주고, 여의주와 옥을 증여하기도 한다. 그리하여 '관음보살(불교신)-의상(승려)-용신(호법신)'의 위계질서가 확립된 모습을 극명하게 보여준다.

4. 한국 해신설화의 특징

인간의 바다에 대한 인식은 두 가지로 나타난다. 하나는 물고기와 해초의 서식지로서 인간에게 식량을 공급함으로써 인간에게 혜택을 주는 바다이다. 또 다른 하나는 인간이 이동하거나 화물 운반에 이용하는 배를 폭풍과 파도로 전복하고 암초에 부딪쳐서 난파하게 만드는 공포의 바다이다. 따라서 바다를 신격화한 해신도 풍어를 관장하는 해신과 해상의 안전을 관장하는 해신으로 나타난다. 곧 해신이 풍어를 보장하는 생산신과 해상 안전을 보장하는 수호신의 신격을 지닌다. 수호신으로서의 해신은 바다를 통하여 침입하는 외적을 막아내기도 한다. 일본인이 태풍을 신풍(神風)이라 하듯이 바다의 지리적 단절성과 함께 항해를 위

---

38 레이첼 스톰, 김숙 번역, 『동양신화백과사전』, 루비박스, 2006, 332~333쪽 참조.

협하는 폭풍과 암초가 오히려 외적의 침입을 막아내는 데 유리하게 작용하는 것이다.

생산신으로서의 해신은 해신의 결혼설화를 통하여 표현된다. 해신의 신성이 결혼의 형태로 발현되는 것이다. 수호신으로서의 해신은 비록 조복되어 불교신의 범주에 들어갔지만 불보살과 승려를 수호하는 호법신에서 선명하게 신성이 발현된다. 그리고 직접 수호신의 직능을 수행하기도 하지만, 군사영웅을 양성하거나 고용하여 수호자로 활용하기도 한다. 직접적인 신성의 발현이 아니라 대행자를 이용한 간접적인 신성의 발현인 것이다. 그리고 간접적인 신성의 발현은 용자나 용녀를 파견하는 방식과 신기대보를 증여하는 방식을 통해서도 이루어진다. 수호영웅은 해신의 위현적(威顯的) 측면의 보완이고, 대행자의 파견은 활동 영역의 확장이고, 신기대보의 증여는 권능의 보조수단의 활용이다. 이처럼 해신이 생산신과 수호신으로서 신성을 발현하기 위하여 결혼과 호법과 같은 직접적 방식을 사용하기도 하지만, 수호영웅과 자녀 및 신기대보를 이용하여 간접적으로 신성을 발현하기도 하는 것이다. 해신의 신성의 발현 양상은 이러한데, 해신의 그러한 신성은 어떻게 생성되는가? 이에 관한 일련의 해신설화가 형성되어 전승되고 있는 바, 이들 설화들을 분석해보면, 인간들이 생전에 공업을 이룩한 인물을 사후에 신격화하여 지속적으로 공업의 혜택을 누리려 하고, 원혼에 대한 공포심에서 원혼을 신격화하여 파괴적 카리스마를 창조적 카리스마로 변환시켜 보호를 받으려 하기 때문에 해신이 탄생한다. 그리고 인간이 신과 결혼함으로써 신의 반열에 오르고 자격을 획득하여 해신이 되기도 하고, 기존의 해신에게 봉헌된 희생인간이 원혼이 되어서 원혼관념의 메커니즘에 의해서 새로운 해신이 되어 신구 해신의 교체가 일어나기도 한다. 이처럼 바다를 신격화한 자연신 계통 해신이 아니라 인간을 신격화한 인신 계통 해신은 공업, 원혼, 결혼, 교체가 기원의 근원이고, 탄생의 원리이다. 그리고 해신은 토착적인 해신과 불교에 조복된 해신, 불교신 해신 등으로 구분할 수 있는데, 이는 종교사적으로 토착신앙의 시대에서 불교의 시대로 이행하면서 융합 현상이 일어나거나 토착신에서 불교신으로 교체가 일어난 데 기인한다. 분명한 사실은 토착적인 해신은 자연현상을 조절하는 고유의 권능을 발휘하고 인간으로부터 인간희생을 요구할 정도로 인간 위에 군림하면서 본연의 정체성을 보전할 수 있었으나, 불교에 조복되어 불교의 범주로 들어가면 불교신의 시종신으로 격하되고 고유의 정체성을 상실하게 된 사실이다. 불교사찰의 용신과 무당굿의 용왕굿에서 섬겨지는 용왕을 비교해 보면, 불교의 용신은 '불보살-호법신'의 체계 속에서 호법 기능, 수호 기능에만 기능이 축소되었지만, 무속의 용신은 자연신의 고유한 정체성과 독자성을 유지한 채 생산신과 수호신의 기능을 발휘하며 천신, 산신, 지신과 대등한 지위를 누리고 있음을 알 수 있다.

해신설화의 분석을 통하여 해신의 신성의 근원을 탐구하고, 신성이 발현되는 양상을 살펴보았으나, 종교학적·종교심리학적 안목의 부족으로 해신 신성의 본질과 한국인의 종교적 심성을 명쾌하게 구명하는 데까지는 도달하지 못하였다. 문학적 연구의 한계라 불가피한데, 융·복합적 연구의 필요성을 절감하게 된다. 다만 해신설화를 통하여 한국인의 종교적 상상력과 문학적 표현력의 일단을 이해할 수 있었다. 물론 자연과학적이고 물질적인 바다가 인문학적이고 심리적인 바다로 어떻게 변환되는지도 어느 정도 파악할 수 있었다.

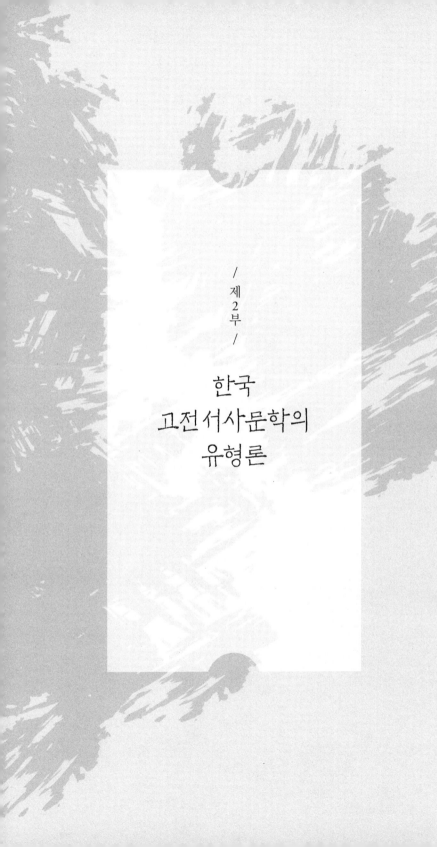

/
제
2
부
/

한국
고전서사문학의
유형론

신기대보설화의 유형과 그 의미

박진태

1. 머리말

신기(神器)는 신성한 기물(器物)로 주력(呪力)과 신통력을 발휘하기 때문에 대보(大寶)이고, 종교적으로 국가적으로 중요한 상징물이 된다. 이러한 신기대보에 관한 이야기가 신기대보설화이다. 신기대보의 근원지는 신의 세계이다. 신물(神物)이고 보물인 신기대보를 인간이 소유하게 되는 동기와 방법은 제각기 다르다. 따라서 신기대보설화의 하위유형 분류가 가능하다. 신기대보설화의 내용을 보면, 인간이 신기대보를 소유하게 되는 방식은 증여, 약탈, 탐색, 보은 등 네 가지로 파악된다. 따라서 이에 근거해서 신기대보설화의 유형을 넷으로 구분할 수 있다.

신기대보설화는 관점에 따라서 여러 가지로 접근할 수 있다. 신기대보의 근원지가 신령계(神靈界)이므로 종교적 관점에서 신기대보의 주술적 기능과 상징적 의미를 파악할 수 있을 것이다. 다음으로 신기대보의 재료와 제작 기술에 초점을 맞추면 과학과 기술의 역사를 엿볼 수 있다. 셋째로 신과 인간의 소통이 신기대보를 매개체로 하여 이루어지는 사실을 주목하여 의사소통이론으로 신기대보설화를 분석할 수도 있다. 여기서는 이러한 본격적인 논의의 예비적 단계로 신기대보를 소유하는 방식을 기준으로 하위유형을 분류하고 대표적인 작품 위주로 종교적·문화사적·기술사적 의미를 개략적으로 살펴본다.

2. 신기대보설화의 유형과 그 의미

1) 증여형

첫째 유형은 주인공이 신에게서 신기대보를 증여받는 이야기로 단군신화, 연오랑세오녀설화, 천사옥대설화, 만파식적설화가 대표적이다.

옛날 환인의 서자(庶子) 환웅이란 자가 있어 자주 천하에 뜻을 두고 인간세상을 구하고자 하였다. 아버지가 아들의 뜻을 알고 아래로 삼위태백 땅을 내려다보니 널리 인간을 이롭게 할 만한지라 이에 천부인(天符印) 세 개를 주어, 가서 그곳을 다스리게 하였다. 환웅이 무리 3천 명을 거느리고 태백산 꼭대기 신단수(神壇樹) 아래 내려왔으니 이를 일러 신시(神市)라고 하고 그를 환웅천왕이라 한다. 그는 풍백(風伯)·우사(雨師)·운사(雲師)를 거느리고, 곡식·생명·질병·형벌·선악 등 무릇 인간의 360여 가지 일을 맡아서 세상에 있으면서 다스리고 교화하였다.[1]

환웅이 하늘에서 태백산 꼭대기의 신단수 아래에 내려와 신시를 열고 인간세상을 다스렸는데, 천제(天帝) 환인이 환웅에게 신기대보인 천부인

---

1 일연, 최광식·박대재 역주, 『삼국유사』(Ⅰ), 고려대학교출판부, 2014, 29쪽.

을 하사하였다. 천부인에 대해서는 거울·검·관(冠)이라는 설과 거울·검·방울이라는 설이 있는데,[2] 오늘날 무당이 굿을 할 때 사용하는 주요 무구(巫具)가 거울·칼·방울인 사실을 감안하면 천부인도 청동기 시대의 유물로 확인되는 거울·칼·방울로 보는 것이 타당하다. 무구에서 거울은 해와 달을 상징하고, 칼은 악귀를 퇴치(退治)하는 구실을 하고, 방울은 신령(神靈)을 부르는 구실을 한다. 단군왕검(檀君王儉)의 단군은 제사장을 가리키고 왕검은 임금의 이두식(吏讀式) 표기로 제정일치 시대의 무당왕(shaman king)을 가리키므로 단군신화의 천부인을 오늘날의 무구와 관련지을 수 있는 것이다. 무당이 방울을 흔들어 신을 청하고, 명두[명도(明圖)]의 빛으로 세상을 밝히어 사기를 없애고 악귀를 제압하고, 칼로 악귀를 위협하여 퇴치하는 굿을 하는 사실을 떠올리면, 단군왕검이 천명(天命)을 받은 통치자이면서 동시에 무당의 직능을 수행하였음을 알 수 있다. 요컨대 천부인(거울·칼·방울)은 천제(天帝)로부터 홍익인간(弘益人間)의 천명을 받은 천자(天子) 환웅의 자격과 권능을 상징하고, 영통력과 주력(呪力)의 근원이 되는 신물(神物)이고 주물(呪物)로서 신성성과 주술성과 상징성을 지닌다. 그리고 유물로 남아 있는 거울과 칼과 방울이 모두 청동 제품이어서 고조선이 청동기 시대였으며, 청동기 제조기술이 우수하였음을 알 수 있게 한다. 이처럼 천부인 증여신화는 최첨단과 최고 수준의 기술의 원천이 천상의 신령계라고 생각하는 시원(始原)주의적 사고방식의 산물이다.

연오랑세오녀 설화는 다음과 같이 서사단락과 서사구조를 정리할 수 있다.[3]

2 위의 책, 39쪽과 이두현, 『한국무속과 연희』, 서울대학교출판부, 1996, 25~26쪽 참조.
3 설화의 전문은 이 책의 41~42쪽에 소개되어 있다.

① 연오랑과 세오녀가 일본에 가서 왕과 왕비가 되자 신라의 해와 달이 빛을 잃었다.(예조1)

② 일자(日者)가 해와 달의 정령이 일본에 갔기 때문에 생긴 괴변이라고 말했다.(해석)

③ 왕이 사자를 보내 두 사람의 귀국을 요구했다.(정찰)

④ 연오랑이 하늘의 명에 따라 일본에 왔다고 말했다.(예조2)

⑤ 연오랑이 세오녀가 짠 비단을 주며 하늘에 제사지내라고 말했다.(증여)

⑥ 신라에 돌아와 왕에게 아뢰니 그 말대로 제사를 지냈다.(귀환)

⑦ 해와 달의 정기(精氣)가 예전과 같았다.(기능1)

⑧ 비단을 국보로 삼아 귀비고(貴妃庫)에 보관하였다.(기능2)[4]

신라에서 세오녀가 짠 붉은 비단을 일신의 신체로 하여 일신맞이굿을 한 것인데, 이것은 박혁거세가 하늘에서 하강하여 신라를 건국하였다는 신화와 다른 계통의 천신신화이다. 천제가 아들을 지상에 파견하여 천명(天命)에 따라 인간세상을 교화하고 통치하게 하는 것이 아니라 일신의 상징물인 신기대보를 증여하여 그 주력(呪力)과 신통력에 의존하게 한 것이니, 직접적인 통치에서 간접적인 통치로 바뀐 것이다. 천신굿 내지 천신제의 변화를 시사하는 대목이다. 아무튼 연오랑세오녀설화는 신라 초기에 직물(織物) 제조기술이 새롭게 도입된 사실을 반영하고 있다.

만파식적설화도 전형적인 증여담의 서사구조로 되어 있다.

① 해관이 감은사를 향해 산이 떠온다고 신문왕에게 보고하였다.(예조1)

② 용신 문무왕과 천신 김유신이 문무왕에게 대보를 보내줄 징조라고 일

---

4 이 책의 42~43쪽.

관이 점쳤다.(해석)

③ 왕이 사자를 파견하여 산 위의 대나무를 확인하였다.(정찰)

④ 대나무가 합해지자 풍랑이 일더니 평온해졌다.(예조₂)

⑤ 용이 왕에게 두 성인이 보낸 옥대와 대나무를 전하였다.(증여)

⑥ 왕이 옥대·대나무를 가지고 환궁하고 대나무로 피리를 만들었다.(귀환)

⑦ 만파식적의 신통력이 위대해서 국보로 삼았다.(기능₁)

⑧ 효소왕 때에도 영험이 커서 만만파파식적이라 불렀다.(기능₂)

동해용신이 된 문무왕과 33천의 천신이 된 김유신이 만파식적과 옥대를 증여하여 간접적으로 신문왕을 가호하는데, 만파식적은 갈라지면 소리가 나지 않고 합치면 소리가 나는 음악의 이치로 김춘추 세력과 김유신 세력이 연합을 해야 신라가 안정되고 번영할 수 있다는 의미를 상징하고, 옥대는 한 쪽을 떼어 연못에 넣으니 용으로 변신하였다고 하는 점에서 신라왕이 용을 제어(制御)하는 신통력을 지닌, 곧 물의 세계를 관장하는 주술사적 존재임을 상징한다. 진평왕 때 하늘에서 천사(天使)가 내려와 옥대를 하사하였다는 설화도 이러한 의미를 지닌다. 나뭇가지를 도안화한 금관을 쓰고 옥대를 허리에 찬 신라왕은 금관이 단군신화의 신단수를 상징적으로 표현한 조형물이므로[5] 박혁거세와 같은 천신의 후예이면서 알영부인과 같은 용신의 후예로 천신과 용신에게 제사를 지내는 사제가 됨을 의미한다. 한편 만파식적설화는 신라가 고구려의 악기 거문고만이 아니라 대금도 수용하고, 또 대금을 제작하는 기술력도 확보한 사실과 옥을 가공하는 금은세공기술이 발달한 사실도 아울러 알 수 있게 해준다.

---

5 김병모, 『금관의 비밀』, 푸른역사, 1998, 140쪽 참조.

2) 약탈형

둘째 유형은 주인공이 신기대보를 훔치거나 약탈하는 이야기로 주몽 신화와 심지설화가 대표적이다. 먼저 주몽설화부터 살펴본다.

비류왕 송양이 사냥을 나왔다가 왕의 용모가 비상함을 보고 불러서 자리를 주고 말하되 "바닷가에 편벽되게 있어서 일찍이 군자를 본 일이 없더니 오늘날 만나 보니 얼마나 다행이냐, 그대는 어떤 사람이며 어디에서 왔는가" 하니 왕이 말하되 "과인은 천제의 손으로 서국의 왕이거니와 감히 묻겠는데 군왕은 누구를 계승한 왕이냐?" 하자 송양은 "나는 선인(仙人)의 후예로서 여러 대 왕 노릇을 했는데 이제 지방이 아주 작아서 두 왕으로 나누는 것은 불가하니 그대가 나라를 세운 지가 얼마 안 되었으니 나에게 부용(附庸)함이 옳지 않겠느냐?" 하니 왕이 말하되 "과인은 천제를 계승했고 이제 당신은 신의 자손이 아니면서 억지로 왕이라고 하니 만약 나에게 돌아오지 않는다면 하늘이 반드시 죽일 것이다."라고 했다. 송양은 왕이 여러 번 천손이라고 일컫자 속으로 의심을 품고 그 재주를 시험코자 하여 말하되 "왕으로 더불어 활쏘기를 하자."고 하였다. 사슴을 그려서 백 보 안에 놓고 쏘았는데 그 화살이 사슴의 배꼽에 들어가지 못했는데도 힘에 겨워하였다. 왕은 사람을 시켜서 옥지환(玉指環)을 백 보 밖에 걸고 이를 쏘니 기와 깨지듯 부서졌다. 송양이 크게 놀랐다. 왕이 말하되 "나라의 창업을 새로 해서 아직 고각의 위의가 없어서 비류국의 사자가 왕래하되 내가 능히 왕례로써 영송(迎送)하지 못하니 이것이 나를 가볍게 보는 까닭이다." 하였다. 종신 부분노(扶芬奴)가 나와 말하되 "신이 대왕을 위하여 비류국의 북을 취해 오겠습니다." 하니 왕이 말하되 "타국의 감춘 물건을 네가 어떻게 가져 오겠느냐?" 하니 대답하되 "이것은 하늘이 준 물건인데 어째서 취하지 못하겠습니까? 대왕이 부여에게 곤할 때 누가 대왕이 여기에 이를 줄 알았겠습니까? 이제 대왕이 만 번 죽을 위태로움에서 몸을 빼내어 요수 왼쪽(遼左)에서 이름을 드날리니 이것은 천제가 명해서 된 것인데 무슨 일이든지 이루지 못할 것이 있겠습니까?" 하였다. 이에 부분노 등 세 사람이 비류국에 가서 고각을 가져왔다. 비류왕은 사자를 보내 고했으니 왕은 고각을 와서 볼까 겁내서 색을 어둡게 칠해서 오래된 것처럼 하였더니 송양은 감히 다투지 못하고 돌아갔다. 송양은 도읍을 세운 선후를 따져 부용시키고자 하므로 왕은 궁실을 짓되 썩은 나무로 기둥을 하니 오래됨이 천 년이 된 것 같았다. 송양이 와서 보고 마침내 감히 도읍 세운 것의 선후를 다투지 못했다.[6]

선주민으로서 기득권을 주장하는 송양왕과 천제의 계승자임을 내세우는 주몽이 경쟁할 때 활쏘기, 고각, 정도(定都)의 선후로 다투었는데, 고구려 고분벽화의 왕의 행렬에서 선두에 배치된 고각이 왕의 위엄을 나타내는 상징적 악기였다. 송양왕의 고각(鼓角)을 훔쳐왔는데, 이 고각이 고구려의 신기대보였다. 그리하여 고구려왕이 행차할 때 행렬의 선두에서 고각을 연주하였다. 주몽이 송양왕의 고각을 훔쳤다는 이 설화는 이주민국가인 고구려가 토착적인 선주민국가보다 악기 제작의 기술력이 후진적인 사실을 시사한다고 볼 수 있다.

『삼국유사』에 의하면, 심지가 진표율사의 불골간자를 속리산에서 팔공산으로 가져올 때도 약탈이 미화되어 있다.

심지대사(心地大師)는 신라 제41대 헌덕대왕(憲德大王) 김씨의 아들이다. 나면서부터 효성과 우애가 깊고, 천성이 맑고, 지혜가 있었다. 학문에 뜻을

6 장덕순 외, 앞의 책, 354~355쪽.

세우는 나이가 되자 불도에 열심이었다. 중악(지금의 팔공산)에 가서 살고 있었는데, 마침 속리산의 심공(深公)이 진표율사의 불골간자(佛骨簡子)를 전해 받아서 과정법회(果訂法會)를 연다는 말을 듣고 찾아갔으나, 이미 날짜가 지났기 때문에 참여할 수가 없었다. 이에 마당에 앉아서 땅을 치면서 신도들을 따라 예배하고 참회했다. 7일이 지나고 큰 눈이 내렸으나 심지가 서있는 사방 10척 가량은 눈이 내리지 않았다. 여러 사람이 그 신기하고 이상함을 보고 법당 안에 들어오기를 허락했으나, 심지는 사양하여 거짓으로 병을 칭탁하고 물러나 방안에 앉아 법당을 향해 조용히 예배했다. 그의 팔꿈치와 이마에서 피가 흘러내려 마치 진표율사가 선계산에서 피를 흘리던 일과 같았는데, 지장보살이 매일 와서 위문했다.

법회가 끝나고 산으로 돌아가는 도중에 옷깃 사이에 간자 두 개가 끼여 있는 것을 발견했다. 그는 가지고 돌아가서 심공에게 아뢰니, 영심이 "간자는 함 속에 들어 있는데, 그럴 리가 있는가?" 하고 조사해 보니, 함은 봉해 둔 대로 있는데, 그 안에 간자는 없었다. 심공이 매우 이상히 여겨 다시 간자를 겹겹이 싸서 간직해 두었다. 심지가 또 길을 가는데 간자가 먼저처럼 옷깃에 끼여 있었다. 다시 돌아와서 아뢰니 심공이 "부처님 뜻이 그대에게 있으니, 그대는 받들어 행하도록 하라."고 말하고, 간자를 그에게 주었다.

심지가 머리에 이고 팔공산으로 돌아오니, 팔공산의 산신이 선자(仙子) 둘을 데리고 산꼭대기에서 심지를 맞아 그를 인도하여 바위 위에 앉히고는 바위 밑으로 돌아가 엎드려서 공손히 정계(正戒)를 받았다. 이때 심지가 말했다. "이제 땅을 골라서 부처님의 간자를 모시려 하는데, 이것은 우리들만이 정하는 일이 못 되니, 그대들 셋과 함께 높은 곳에 올라가서 간자를 던져 자리를 점치도록 하자." 이에 신들과 함께 산마루로 올라가서 서쪽을 향하여 간자를 던지니, 간자는 바람에 날아간다. 이때 신이 노래를 지어 불렀다.

막혔던 바위 멀리 물러가니 숫돌처럼 평평하고,

낙엽이 날아 흩어지니 앞길이 훤해지네.

불골간자를 찾아 얻어서

깨끗한 곳 찾아 정성 드리려네.

노래를 마치자 간자를 숲 속 샘에서 찾아 곧 그 자리에 당(堂)을 짓고 간자를 모셨으니, 지금 동화사(桐華寺) 첨당(籤堂) 북쪽에 있는 작은 우물이 이것이다.

진표율사의 불골간자가 속리산에서 팔공산 동화사로 이전되어 보관될 때 불공간자가 심지의 옷깃 안에 들어가 따라오려고 하였다고 미화되어 있으나, 실제로는 신라 왕실 차원에서 진표율사의 미륵신앙이 백제와 고구려의 고토(故土)를 관통하면서 서라벌의 신라를 포위하는 현상에 위기의식을 느끼고 직접 통제하기 위해서 불골간자를 훔쳐 와서 미륵신앙의 성지를 속리산에서 팔공산으로 바꾼 것으로 추정된다. 불골간자의 정통성을 수호하려는 속리산 세력과 악착같이 소유하려는 팔공산 세력의 길항(拮抗) 과정을 거쳐 미륵신앙의 신기대보가 옛 백제의 영토에서 신라의 직접적인 영향권으로 이전된 저간의 사정이 불교의 인연사상으로 순화되어 표현된 것이다. 그런데 이 불골간자는 진표율사가 일으킨 미륵신앙을 상징하는 신기대보로서 훗날 석충(釋忠)이 궁예가 아니라 왕건에게 전달하여 왕건이 미륵신앙의 정통성 다툼에서 궁예를 제압하는 데 결정적인 역할을 수행한다.

한편, 신기대보를 훔치는 관행은 후대의 민속에서 복토(福土) 훔치기에 흔적을 남기고 있다.

음력 정월 14일 저녁에 가난한 사람이 부잣집에 몰래 들어가 마당이나 뜰의 흙을 훔쳐다가 자기네 부뚜막에 바르던 습속. 이렇게 하면 부잣집의 복이 모두 전해 와서 부잣집처럼 잘 살게 된다고 한다. 이 날 밤에 부잣집에서는 복토를 도적맞지 않으려고 불을 밝혀두고 지키게 한다. 옛 사람들은 흙에 터주 신이 있어 그 덕으로 많은 재록을 얻을 수 있는 것으로 여겼으며, 문간의 흙은 사람들이 가장 많이 밟으므로 그 흙에 많은 사람의 복(福)이 있다고 생각하였다. 그리하여 흙이 옮겨가면 재복도 따라 옮아간다고 믿었다. 전남 고흥 지방에서는 남의 어장(漁場)에 몰래 들어가 갯벌의 진흙을 훔쳐다 자기네 어장에 뿌려두면 김이 잘 된다고 해서 갯벌의 흙을 훔치기도 하였다.7

이러한 복토 훔치기는 도둑질이므로 비도덕적인 행위이지만, 민간신앙에서는 기복(祈福)을 도덕윤리보다 더 중요시하므로 허용된다. 그런가 하면 무속(巫俗)에는 무구(巫具)를 빼앗는 풍속이 있다.

쇠걸립과 쌀걸립이 끝나 내림굿을 하기 전에 해남면 버루대의 류(柳)씨 만신의 신명을 받아왔다. 이 무렵 하루아침 어두운 새벽에 정신없이 뛰쳐나가 부민면에서 해남면까지 30리길을 뛰어 어떤 집 앞에 발이 딱 맞는데 그 집 대문을 왈가당왈가당 뒤흔들며 열어달라고 하니까 그 집 남자가 나와 새벽부터 웬 사람이 와서 방정맞게 구느냐고 욕을 하면서도 등잔불을 켜고 문을 열어주었다. 문 안에 들어서면서 "신명을 내노라"고 소리치니 바로 못 찾아왔다고 옥신각신하는데 방안에서 조그만 소리가 나며 한 팔과 한 다리를 못 쓰는 반신불수의 할머니가 며느리더러 동이에 정화수 떠다놓고 대령하라고 하여 그 앞에서 절을 하고 윗방으로 뛰어갔더니 헝겊으로 덮어놓은 신(神)고리가 있

7 김용덕, 『한국민속문화대사전』(상권), 창솔, 2004, 818쪽.

어, 그것을 열어 제끼고 무복(巫服)과 무구(巫具)가 있는 대로 입고 들고 부끄러운 줄도 모르고 정신없이 춤을 추었다. 할머니가 좌정하라고 빌며 인제 임자가 나서 가져가는데 굿을 하고 가져가라고 하여, 내림굿을 하고 나서 따로 굿날을 받고 돼지 잡고 굿을 하여 이 집 신명을 떠왔다. 동네의 반을 무명-명(命)다리로 바친 신포(神布)-으로 깔다시피 하며 그 할머니의 화분-마지; 무신도(巫神圖)-과 무구(巫具)를 받아왔는데, 징이나 장구 같은 것은 없었다.[8]

무당에는 강신무와 세습무가 있는데, 강신무는 신령이 빙의(憑依)되어 무당이 되고, 세습무는 학습을 통해 무당이 된다. 강신무가 무당이 될 때에는 내림굿을 해야 한다. 내림굿은 무당이 되기 위해서 반드시 거쳐야하는 통과의례(通過儀禮)로 입무식(入巫式) 또는 성무식(成巫式)이라고 하는데, 황해도 내림무당의 경우 내림굿을 하기 이전에 신명을 받는다고 하면서 은퇴한 무녀의 무신도(巫神圖)와 무구(巫具)를 강제로 빼앗아 오는 풍속이 있다. 무신도와 무구가 신기대보이기 때문이다.

3) 탐색형

셋째 유형은 주인공이 신기대보를 탐색하여 획득하는 이야기로 유리왕설화가 대표적이다.

유리는 어려서부터 기절(奇節)이 있었다. 어렸을 때 새를 쏘아 잡는 것으로 업을 삼더니 한 부인이 인 물동이를 보고 쏘아 깨뜨렸다. 그 여자는 노해서 욕하기를 "아비도 없는 아이가 내 동이를 쏘아 깼다."고 했다. 유리는 크게 부

---

8 이두현, 앞의 책, 13~14쪽.

끄러워 진흙 탄환으로 동이를 쏘아 구멍을 막아 옛 것같이 하고 집에 돌아와 어머니에게 나의 아버지는 누구냐고 물었다. 어머니는 유리가 나이가 어리므로 희롱해서 말하되 너에게는 정해진 아버지가 없다고 하였다. 유리는 울면서, "사람이 정해진 아버지가 없다면 정차 무슨 면목으로 다른 사람을 보리오?" 하고 드디어 자결하려고 하였다. 어머니는 크게 놀라 이를 말리며 말하기를 "앞의 말은 희롱이다. 너의 아버지는 바로 천제의 손자이고 하백의 외손자인데, 부여의 신하됨을 원망하여 남쪽 땅으로 도망가서 처음으로 국가를 세웠으니 너는 가서 뵙지 않겠느냐?"고 하니 대답하기를 "아버지는 사람들의 임금이 되었는데 아들은 남의 신하가 되니 제가 비록 재주는 없으나 어찌 부끄럽지 않겠습니까?" 하였다. 어머니가 말하되 "너의 아버지가 떠날 때 말을 남긴 것이 있으니 '내가 일곱 고개 일곱 골짜기 돌 위 소나무에 물건을 감춘 것이 있으니 이것을 얻은 자라야 나의 아들'이라 하였다."고 했다. 유리는 스스로 산골짜길 다니면서 찾았으나 얻지 못하고 지치고 피로해서 돌아왔다, 유리는 집 기둥에서 슬픈 소리가 나는 것을 듣고 보니 그 기둥은 돌 위에 소나무였고 나무의 몸은 일곱 모였다. 유리는 스스로 이를 해석하되 일곱 고개 일곱 골은 일곱 모요 돌 위에 소나무는 곧 기둥이라 하고 일어나 가서 보니 기둥 위에 구멍이 있어서 부러진 칼 한 조각을 얻고 매우 기뻐했다. 전한 홍가(鴻嘉) 4년 하사월(夏四月)에 고구려로 달아나서 칼 한 조각을 왕에게 바치니 왕이 가지고 있던 칼 한 조각을 꺼내어 이를 맞추자 피를 흘리며 이어져서 하나의 칼이 되었다. 왕이 유리에게 말하되 "네기 실로 나의 아들이라면 어떤 신성함이 있는가?" 하니 유리는 소리에 응해서 몸을 들어 공중으로 솟으며 창을 타고 해에 닿아 그 신성의 기이함을 보였다. 왕은 크게 기뻐하며 세워서 태자를 삼았다.[9]

---

9 장덕순 외, 앞의 책, 355~356쪽.

유리가 주몽이 숨겨 놓고 간 칼을 찾는데, 칼을 찾아서 주몽에게 가서 태자가 되어 나중에 왕위를 계승하는 점에서 칼이 신기대보임을 알 수 있다. 유리왕의 단검(斷劍) 탐색은 유리왕이 주몽의 후계자가 될 자질과 능력을 지녔는지 시험하는 성년식에 해당하는데, 두 개의 단검을 맞추자 피가 흐르고 하나로 합쳐졌다는 말은 부자관계의 혈연의 단절과 복구를 상징적으로 표현한 것이다. 왕위 승계가 혈통주의에 의해서, 그것도 적장자(嫡長子) 우선주의가 제도화된 것이다. 단군신화에서 환웅이 서자(庶子)이기 때문에 천상계에서 후계자가 되지 못하고 지상계로 하강하여 인간계의 통치자가 된 것도 후계자 결정에서 적장자원칙이 일찍 정립되었음을 의미한다.

황해도 내림굿에는 신기대보를 탐색하는 절차가 들어있다.

일월맞이 및 방울과 부채감추기: 이때 채희아가 들고 춤추는 일월대는 새벽에 산맞이굿을 할 때 산에서 꺾어온 소나무가지 위에 김금화 만신의 명두를 걸고 치마저고리를 입힌 것인데, 만신의 조상신이라고 한다. 채희아가 일월대를 들고 마당에서 춤을 추는 사이에 김금화 만신이 부채와 방울을 장구잡이 치마폭 밑에 감추었다.

신명(神名)을 고하고 신복(神服) 찾기: 이때까지는 아직 죄인이므로 선무당은 소복을 하고 가마니에 엎드려 자기가 모시게 된 신의 이름을 차례로 고하고 그 신의 복색을 찾아낸다. 이때 신을 고하는 대답이 신통치 않으면 밤나무나 참나무 회초리로 자리를 치고 다시 춤을 추게 한 후 고(告)하게 한다. 숨겨진 방울과 부채를 찾고 그것을 주무(主巫)가 거두었다가 내림굿을 끝낼 때 다시 내어준다.[10]

---

10 이두현, 앞의 책, 17쪽.

신어머니가 신딸이 무당이 되는 과정에서 신딸의 능력을 시험하기 위해서 부채, 방울, 무복 등을 숨겨 놓고 탐색하게 만드는 것이다.

4) 보은형

넷째 유형은 주인공이 신을 위해서 업적을 세우고 보은(報恩)의 사례물로 신기대보를 받는 이야기로 바리공주신화와 작제건 설화가 대표적이다. 서사무가(무속신화) 바리공주이야기는 지역에 따라서 이본적 차이가 크지만 대체로 다음과 같은 내용이다.

> ① 부부가 딸만 계속 일곱(또는 아홉)을 낳는다.
> ② 부모는 마지막 딸을 버린다.
> ③ 부모(또는 부친)가 병이 든다.
> ④ 병든 부모는 약물을 먹어야 낳을 수 있다.
> ⑤ 집에서 기른 딸들은 약물 길어 오기를 거절한다.
> ⑥ 버린 딸을 찾아서 약물을 길어 오게 한다.
> ⑦ 마지막 딸은 약물 있는 곳에 가서 약값으로 많이 고된 일을 한다.
> ⑧ 마지막 딸은 약물을 얻어 가지고 와서 죽은 부모(또는 부친)를 살린다.
> ⑨ 마지막 딸은 그 공으로 신직(神職)을 부여(賦與)받는다.[11]

바리공주가 저승에 가서 부모를 회생시킬 생명수를 구해 오는데, 그 생명수를 지키는 무장승을 위해서 일을 하고 결혼해서 아들을 낳아준 대가로 약수를 받아오는 점에서 보은형(報恩型)에 해당한다.

---

11 서대석, 『한국무가의 연구』, 문학사상사, 1980, 215~216쪽.

작제건 설화[12]에서는 작제건이 서해용왕을 제압하려고 다라니를 암송하는 밀교의 요승을 출중한 궁술 실력을 발휘하여 사살하고 그에 대한 보은으로 용녀와 결혼하고 용궁의 신기대보인 버드나무지팡이와 돼지를 요구하지만, 돼지만 증여받아 귀국한다. 버드나무지팡이는 천주왕본풀이에서 천주왕이 버드나무에 하강하고, 고구려 주몽의 어머니가 유화(柳花)인 점에서 알 수 있듯이 신을 부르는 신성한 나무이다. 그래서 용왕이 버드나무지팡이는 작제건에게 주지 않았다. 작제건은 무당이 될 인물이 아니라 직접 왕이 되지는 못하지만 자손이 왕이 될 인물이기 때문이다. 이와 같이 서해용왕의 권능이 불교에 의해 무력해지고 인간에게 절대적 자비를 베풀지 않고 군사영웅 작제건의 도움을 받은 뒤 조건부적으로 자비를 베푸는 점에서 작제건 설화는 신의 의지와 능력보다 인간의 의지와 능력을 중시하는 사고방식의 변화를 보인다. 이처럼 신이 인간에 대하여 절대적 은총을 베푸는 존재가 아니라 상대적으로 시혜를 베푸는 존재로 인식됨으로써 신화적 세계관이 동요되기 시작한 징후를 엿볼 수 있다.

이상에서 살펴본 바와 같이 신기대보설화는 네 가지 유형으로 분류되는데, 신기대보가 원소유자에서 다른 소유자에게로 이동하는 방식과 양상이 대조적이다. 증여형과 보은형은 신기대보의 원천이 강조되고, 약탈형과 탐색형은 신기대보를 이전받은 사람의 의지와 능력을 강조한다. 그리고 증여형과 약탈형은 원소유자가 나중 소유자에 비해 절대적인 우위를 차지하고, 보은형과 탐색형은 상대적 우위를 차지한다. 이러한 유형체계의 의미망(意味網)을 도시하면 다음과 같다.

---

12 작제건 설화의 내용은 이 책 104~106쪽 참조.

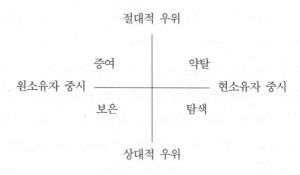

3. 맺음말

한국의 신기대보설화는 ① 주인공이 신기대보를 증여받는 경우, ② 주인공이 신기대보를 훔치거나 약탈하는 경우, ③ 주인공이 신기대보를 탐색하여 획득하는 경우, ④ 주인공이 신을 위해서 업적을 세우고 보은의 사례물로 신기대보를 받는 경우 등 네 가지 유형이 확인된다. 신기대보를 소유하는 과정에서 약탈형이 소유자의 활동이 가장 능동적이고 적극적이다. 정복과 약탈을 정당시하는 유목문화와 권력 투쟁의 역사가 반영되어 있다. 그 다음이 탐색형인데, 소유자의 자격획득이 강조된다. 증여형은 신이 일방적으로 시혜를 베풀어 신의 의지가 부각되고 인간의 투쟁성과 소유의지가 가장 약하게 나타난다. 보은형은 증여가 조건부인 점에서 증여형과 다르고, 자격획득 과정을 거치는 점에서는 탐색형과 상통한다. 약탈형과 탐색형은 그 사고방식으로 보아 유목문화인 북방문화의 성격이 강하다. 나머지 증여형과 보은형은 기득권을 존중하는 남방 농경문화의 성격이 강하다. 따라서 보은형인 서사무가 바리공주가 보은형과 탐색형의 혼합형이고, 불골간자설화가 약탈형이 증여형으로 윤색된 사실은 북방문화와 남방문화의 융합에 기인한다고 볼 수 있다. 이러한 추정은 저승에 다녀오는 바리공주가 시베리아의 탈령무(脫靈巫)의 흔적이고,[13] 신라의 박혁거세나 김알지가 북방 기마민족인 사실이 뒷받침해준다.

현대적 개념의 보물은 개인적 차원의 보물도 있지만, 공동체 차원의 보물은 혈연공동체인 가문의 보물을 가보(家寶)라 하고, 국가공동체의 보물을 국보(國寶)라 하고, 불교사찰의 종교적 보물을 성보(聖寶)라고 부르고 있다. 전통적인 신기대보는 국가적·종교적 차원의 개념으로 사용되었는데, 영험성(주술성과 종교성)·상징성·역사성·제조기술(첨단과 최고)이 주요한 기준이었다. 신라 시대에 만파식적과 황룡사 구층탑과 장육존상(丈六尊像)을 3대 신기대보라 하였는데, 만파식적은 김춘추 세력과 김유신 세력의 연합을 상징하고, 황룡사 구층탑은 호법룡·호국룡의 힘으로 주변의 아홉 나라를 굴복시키기 위해서 조성하였고, 장육존상은 인도의 아육왕(阿育王; 아쇼카왕)이 조성에 실패하자 신라에 재료와 모형을 제공하여 만들게 한 불상이라는 전설이 있다. 그러나 오늘날 숭례문이 대한민국의 국보 1호인 것은 영험성은 사라지고, 역사성과 상징성과 예술성이 인정받기 때문이다. 따라서 신기대보에 대한 이번 논의를 계기로 국보만이 아니라 유형·무형문화유산까지 포괄하여 새로운 시각과 문제의식으로 심도 있게 접근할 필요가 있을 것 같다.

---

13 김열규의 『한국신화와 무속연구』(일조각, 1977)에서 바리공주신화의 분석을 통하여 한국의 고대사회에서도 강신무와 세습무만이 아니라 시베리아형 탈령무도 존재하였을 개연성을 추정하였다.

당신신화의 유형과 구조

박진태

1. 머리말

당신신화(堂神神話)[1]는 당신의 기원과 유래를 설명하는 신화로 국가공동체의 건국신화와 혈연공동체의 씨족시조신화와도 구별되는 지역공동체의 수호신신화 내지는 마을개척시조신화라는 점에서 한국 신화체계에서 중요한 위치를 차지한다. 그뿐만 아니라 동신신화 내지는 당신(堂神)신화에는 당신이나 당집의 유래만 설명되어 있지 않고, 신당의 위치, 제일(祭日), 신체(神體) 등에 관한 정보도 담고 있기 때문에 당신신앙이나 동제를 이해하는데 중요한 자료가 된다. 따라서 전국의 당신신화를 수집하여 분포와 변이를 살펴 문화지도를 작성하고, 유형분류와 그 의미체

---

[1] 당신(堂神)설화는 당(堂)설화, 당(堂)신화로도 지칭되는데, 당신의 영험담이나 동제에 관한 이야기 등은 제외하고 당신의 좌정에 관한 이야기만을 당신신화로 규정하고 이 글에서는 경북지역의 당신신화만을 연구의 대상으로 제한한다. 필자는『탈놀이의 기원과 구조』, 새문사, 1990, 111~123쪽에서 원혼형 당신신화의 서사구조를 〈원혼-재난-해원-식재초복〉으로 분석한 바 있다. 이승철,『동해안 어촌 당신화 연구』(민속원, 2004)에서는 강원도 동해안의 당신화를 좌정 방법을 기준으로 현몽형·신탁형·유입형으로 구분하였으며, 표인주는 1994년(전남대학교 박사학위논문)에 전라남도의 당신화를 연구한 바 있다.

계를 분석하는 총체적 연구가 마땅하지만, 자료가 확보되지 않은 상태에서 정지 작업의 일환으로 우선 경상북도 지역의 당신신화를 중심으로 유형분류를 하고, 서사구조를 분석하여 신성(神聖)의 생성원리와 신성문학의 특성을 파악하려고 한다. 그리하여 한국 신화에 대한 이해의 지평을 심화 확장하는 작업의 시금석으로 삼으려 한다.

2. 당신신화의 유형과 서사구조

1) 계시형

예천군 감천면 덕율 3리에서는 정월 대보름에 동신제를 지내는데, 다음과 같은 동신에 관한 설화가 전한다.

약 400년 전 이 마을에는 액운이 자주 닥쳐 주민들이 늘 불안한 나날을 보냈는데, 하루는 어떤 할머니가 꿈에 풍기군(豊基郡) 봉현면(지금의 영주시 봉현면) 다래골에 있는 기다란 돌이 자주 나타나 이 돌을 마을 동구에 세우면 액운(厄運)이 없어진다고 하므로 동네 장정 4명을 데리고 그곳에 가니 실제 돌이 있어서 목도를 이용하여 이곳까지 운반하여 꿈에 나타난 대로 마을 동구에 세우니 그 이후부터는 액운이 없어졌다고 한다. 마을에서는 이 영험한 돌을 암동신으로 삼아 마을의 수호신(守護神)으로 삼았으며, 암동신과 마주 보이는 앞산에 있는 소나무를 숫동신으로 삼아 동신(洞神)끼리 부부(夫婦)의 인연을 맺어 주었다고 한다. 그 후 정월 대보름 자시(子時)에는 꼭 동신제를 올리고 있다.(예천 홈페이지)

신의 계시(啓示)에 따라서 신석(神石)을 운반하여 제사를 지냈다는 이 야기로 〈액운과 재난의 발생-신의 계시-신격화와 제사-액운과 재난의 소 멸〉의 서사구조를 보인다. '신의 계시'로 '동신과 동제'가 성립되었다는 이야기이므로 계시형 당신신화라 명명(命名)할 수 있다.

예천군 감천면 돈산리 산골에서는 거북바위와 버드나무를 신체(神體) 로 간주하고 제사를 지내는데, 그 유래담은 다음과 같다.

조선 영조 때 한양인(漢陽人) 조보양(趙普陽)이이 이 마을을 처음 개척하고 자 이곳에 쉬고 있을 때 잠시 꿈을 꾸었는데, 어떤 노인이 나타나서 "나는 이 거북바위의 신령(神靈)으로 만약 그대가 이곳에다 터를 잡고 살면 자손이 번 창하고 가문이 크게 일어날 테니 여기에서 살아라." 하면서 "내가 동신(洞神) 이 되어 그대의 후손을 보살펴 줄 테니 걱정하지 말라."고 하여 정착하게 되 었다고 한다. 거북바위 신령(神靈)을 모시기 위하여 동네 입구에 있는 버드나 무를 동신목(洞神木)으로 삼아 2년마다 동신제(洞神祭)를 지내고 있다.(예천 홈페이지)

거북바위 신령이 마을의 개척자에게 자신을 동신으로 숭배하고 제사 를 지내라고 계시를 내린 점에서 〈신의 계시-신격화와 제사〉의 서사구 조만 실현된 설화이며, 거북신앙과 암석숭배를 기반으로 하고 있다. 이 와 유사한 동제발생설화가 예천군 보문면 간방 1리에도 전승되고 있다.

14세기 경 오신마을에는 큰 가뭄이 계속되었다. 그때 마을 촌장(村長) 김씨 (金氏) 노인이 하루는 낮잠을 자다가 꿈을 꾸었는데, 용이 나타나 비를 뿌렸 다. 기뻐서 깨어보니 꿈이었다. 하도 이상해서 마을 어른들과 상의하여 기우 제(祈雨祭)를 지내기로 하였다. 여러 제물을 차려놓고 제사(祭祀)를 지내는데,

아침까지만 해도 창창(蒼蒼)하던 하늘이 금방 검게 변해지더니, 드디어 고대하던 비가 내리는 것이었다. 천둥을 치고 소낙비를 따라 큰 거북이 한 마리가 비를 타고 내려오면서 이르기를, "너희 마을은 내가 보살피겠다."라고 말하고 어디론지 사라져버렸다. 그런데 그 자리에는 큰 거북바위가 우뚝 솟아 있었다. 마을사람들은 그 이후로 매년 이 바위에서 동제사(洞祭祀)를 지내고 거북바위라고 부른다.(예천군 홈페이지)

꿈속에 용이 나타나서 비를 내리므로 기우제를 지냈고, 거북이가 마을을 보호하겠다는 말을 하고 사라진 자리에 거북바위가 솟아나서 동제를 지낸다고 하여 〈계시₁-제사₁-계시₂-제사₂〉의 서사구조로 되어 있다.

안동시 도산면 섬촌은 남서낭신에 관한 다음의 설화가 있다.

공중에서 방울이 빨래하던 여인의 치마폭에 떨어진 날 밤에 여인의 꿈에 남자가 나타나 마을을 다스릴 테니 섬촌 자리에 동네를 이룩하고 자신의 사당(祠堂)을 지으라고 계시를 내렸다.[2]

신의 하강이 방울의 형태로 이루어지고, 신의 계시가 꿈을 통한 현몽으로 내려지는데, 신정(神政)을 펼칠 신의 나라를 건설하라는 신의 뜻에 따라 마을의 터를 정하고 신당을 조성하여 제사를 지낸다는 이야기이다. '신의 계시'와 '제사'만 실현된 계시설화로 당방울이 신체인 사실이 신체가 신석(神石)인 앞의 설화들과 구별된다.

그런가 하면 영덕군 영해면 괴시 1리에는 신목(神木)을 숭배하는 설화

---

2 『제1차 3개년계획 안동문화권 학술조사보고서』, 성균관대학교 국어국문학과, 1967, 27~29쪽.

가 전한다.

괴시 1리 앞 노변 중앙쯤 되는 곳에는 전 동민이 참여하는 웃마(큰마)의 동신목이 있다. 이를 '큰 동신' 혹은 '할아버지 동신'이라고 한다. 한 해 귀질(괴질)이 마을에 들어와서 사람들이 죽어나가고 있는데, 한 원로의 꿈에 노인이 나타나 말하기를, "저 나쁜 병이 들어오는데 너어가(너희가) 나를 위하면 그 병이 여기 못 들어온다. 동신목 밑에 나무로 '축귀장군 남정중'이라 새겨 세워 놓으면 온 마을이 질병과 재액을 막을 수 있고 해마다 농사가 대풍하리라."고 했다. 이 현몽에 따라 지금껏 행해지고 있는 것이 웃마(웃마을)의 동제이다.[3]

이 설화는 괴질이 유행할 때 신이 자기를 섬기면 마을의 질병과 재앙을 소멸시켜 주겠다는 계시를 하여 동제를 지내게 되었다고 서술하여 〈액운과 재난의 발생-신의 계시-신격화와 제사-액운과 재난의 소멸〉의 서사구조로 된 전형적인 계시형 당신신화이다.

영양군 수비면(首比面) 발리 2리의 당은 삼신당으로 하회마을의 삼신당과 마찬가지로 삼신이 동신으로 숭배되는 점에서 주목되는데, 다음과 같은 당방울설화가 전한다.

㉮ 반남 박씨의 웃대 어른이 하루는 행장을 하고, 어느 고을에 들렀다가 돌아오는 길에 마을 뒤 패구나무 밑에 도착하였을 때 말이 가지 못하고 우뚝 멈추었다. 그래서 이상하게 여기고 있을 때 말에 달린 말방울이 떨어져 패구나무에 가서 매달렸다. 그 말방울을 따서 집에 가지고 왔는데, 그 어른의 꿈

---

3 『경상북도 세시풍속』, 국립문화재연구소, 2002, 568쪽.

에 와랑골에서 왔다는 신선이 나타나 자기가 조선땅을 다 돌아다녀 보아도 있을 곳으로는 이곳이 제일 좋은 것 같다면서 그 자리에 삼신당을 지어 달라고 했다. 그래서 그 자리에 성황당을 지어 지금도 그 후손들이 당집으로 하고 있으며, 성황당에 쓸 제수를 가축이 먹으면 죽는다고 생각하여 음식의 관리를 철저히 한다.

㉯ 반남 박씨의 웃대 어른이 발리리의 북쪽에 있는 수하리의 괴벽에 갔다가 돌아올 때 말구부리(고개 이름)에 이르렀을 때 공중에서 무슨 물체가 날아와 앞에 떨어졌다. 말을 세우고 가보니 방울이었다. 그래서 도포 자락에 싸서 가지고 왔다. 그날 밤에 현몽하길 "나는 여잔데, 당신이 이 동네 성황신으로 모셔 달라"해서 성황당을 조성하고, 서낭대에 당방울을 달고 돌아다닌다.[4]

신의 하강이 방울의 형태로 이루어지는 점에서 도산면 섬촌의 서낭신신화와 동일한 계통이다. 그러나 신은 여서낭신인 점에서 다르다. 신이방울의 형태로 하강하고, 현몽으로 좌정할 장소를 계시하여 그 자리에신당을 조성하고 동제를 지내게 되었다는 설화로 '신의 하강과 계시'와'제사'의 단락만 실현되어 있다.

영양군 일월면 주실마을에도 당방울 신령(神鈴)의 유래를 설명하는설화가 전한다.

옛날 어떤 홀륭한 분이 나라에 공을 이루고 돌아오는 길에 밤길에서 범을만나 같이 오는데, 범은 조금도 해하려는 생각이 없이 개가 주인을 따라 오듯이 뒤따라왔다. 동구 앞에 이르렀을 때 그 분이 고개를 돌려 무슨 원(願)이 있느냐고 물으니, 고개를 끄덕이면서 입에 물었던 방울 두 개를 그 분 앞에 놓

4 박진태,『민속학 자료의 세 가지 문제』, 역락, 2000, 99쪽.

고 가버렸다. 이 방울이 이 마을 서낭의 처음이요, 옛날에는 그 방울이 서낭
대에 달려 있었다고 하나 언제 없어졌는지 모른다.[5]

서낭제를 지낼 때에도 호랑이가 나타난다고 하는데, 호랑이를 산신
또는 산신의 말이라고 믿는[6] 것으로 보아 산신신앙과 서낭신신화가 복
합된 양상을 보인다. '신의 하강'만 실현된 신화이다.

2) 호식형

영양읍 무창 1리 서낭당의 여신은 호식(虎食)당한 여자의 원혼이 신격
화된 이야기이다.

　마을을 개척할 당시 새댁인 오씨부인(吳氏夫人)을 범이 물어가고 치마가
당나무에 걸려 있으므로 고인바치(무당)가 신을 모시면 좋다고 말해서 서낭
신으로 모셨다. 또는 유씨(劉氏)가 나무를 치고 개간을 해서 사는데, 호랑이
(산신령)가 오씨 부인을 물어가서 혼이 떠서 느티나무에 치마가 걸려 있고,
그 후 꿈에 여신이 현몽을 해서, 고인바치를 데리고 당평지(호랑이가 있던
곳)에 가서 신을 모셔왔기 때문에 "유씨 터전에 오씨 성황님"이라고 말한다.[7]

호랑이는 산신이나 산신의 사자이므로 산신신앙과 서낭신신앙이 복
합되어 있으며, 호랑이가 여자를 물어간 것은 신처(神妻)로 삼기 위함이

---

5 앞의 책, 144쪽.
6 위의 책, 152쪽 참조.
7 위의 책, 154~155쪽.

다. 대관령 국사성황신이 호랑이를 시켜 처녀를 물어갔기 때문에 처녀를 여성황신으로 혼배(婚配)시켰다는 설화와 같은 유형에 속하는 호식형 당신신화이다. 그런데 호식은 처녀의 원사이므로 호식설화는 원혼설화가 복합되어 있다. 아무튼 〈호식-신격화와 제사〉의 서사구조를 보인다.

청도군 운문면 범매(虎里)마을의 산신제에 관련된 설화도 호식설화의 유형에 속한다.

　　김씨 처녀가 뒤뜰에서 머리를 감다가 호환을 당하여 산 위에 무덤을 만들어 주었으며, 그 후부터 재앙을 막기 위하여 동짓날 저녁에 산신제를 지낸다.[8]

이 설화 역시 〈호식-신격화와 제사〉의 서사구조로 되어 있다. 호식당한 처녀가 산신의 신처가 된 것이다.

3) 영웅형

경산시 남천면 송백리의 영동당은 전영동을 신으로 모신 당인데, 전영동에 대해서는 다음과 같은 전설이 전한다.

　　전영동은 고려 공민왕 때 사람으로 태어나자 3년 동안 초목에 잎이 돋지 않았다 하여 마을 이름을 무엽리(無葉里)라 불렀다고 한다. 그 후 현리가 된 전영동은 고을 밖 30리 떨어진 곳에 살며 진시에 출근해 신시에 퇴근했는데, 그는 항상 호랑이를 타고 다녔다고 하며 평생 불에 익힌 음식을 먹지 않고 무적만 먹었다고 전한다. 음력 2월 초하룻날 죽을 무렵에 유언으로 말하기를,

---

8 박진태, 『탈놀이의 기원과 구조』, 새문사, 1990, 228쪽 각주(11).

죽으면 풍신이 되어 생민에게 돌림병을 옮기는 귀신인 아귀를 물리치겠노라고 하였다. 그 후부터 고을 사람들은 이날이 되면 무와 찰밥으로 복을 비는 풍습이 생겼다고 전한다. 또한 전영동은 본군 관속으로 있었는데, 서울로 관사를 보러 갈 때는 반드시 호랑이를 타고 다녔으며 사후에 마을 사람들이 고인에게 풍년과 수복을 빌었다고 전한다.[9]

2월 초하루는 풍신(風神)인 영등할머니가 하강하는 날인데, 이 마을에서는 영등을 '전영동'으로 의역사적(擬歷史的) 인물로 만들어 동신으로 만들었다. 아니면 역사적 실존인물 전영동이 이름의 유사성 때문에 영등신과 복합되어 2월 초하루 영등제와 동신제의 복합 현상을 일으켰을 개연성도 있다. 아무튼 전영동은 탄생한 후 3년 동안 식물의 잎이 나지 않았고, 생식을 하고, 호랑이를 타고 다녔다고 하여 비범한 이인(異人) 내지는 도인(道人)으로 형상화되었다. 그리하여 사후에 지역수호신으로 추앙받고 역귀를 퇴치하고 풍년과 수복을 보장하는 신이 되었다는 것이다. 이같이 전영동설화는 〈비범한 자질과 능력-사후의 신격화〉의 서사구조로 되어 있는 영웅형 당신신화이다.

김천시 대덕면 연화리에서도 마을에 살던 '강필수'의 신위에게 정월 초이튿날 제사를 올리는데, 강필수도 영웅적 기질을 타고난 인물로 형상화되었다.

강필수는 총각으로 평생을 살았는데, 위풍이 당당하여 거만스런 사람이 말을 타고 마을 앞을 지날 때는 강필수가 마주 쳐다보기만 해도 말이 제자리걸음을 했다 한다.(김천시 홈페이지)

9 경산시 홈페이지 전설24(원 출처: 『경산문화유적총람』)

강필수도 평범한 세속적인 인물이 아니라 비범하고 탁월한 인물이어서 사후에 동민이 추앙하여 지역수호신으로 모셨다는 영웅형 당신신화이다. 그러나 '비범한 자질과 능력'만 실현되고 '사후의 신격화'는 잠복된 형태이다.

4) 원혼형

예천군 동본동의 터서리당에는 검덕부인을 모시고 있는데, 당신(堂神)의 유래에 대해 다음과 같은 전설이 있다.

① 시대는 알 수 없으나 전라도 어느 부자집 노인이 각시(첩)를 찾기 위하여 유랑 예술 단체를 꾸며 전국을 다니는 차에 예천에 들렀는데, 여기서 그 여인을 찾게 되었다. 그리하여 고향집으로 데리고 가려 하였으나 끝내 듣지 않아 노인은 각시를 죽여서 암매장을 하고 떠나버렸다는 것이다. ② 그런데 그 후부터는 예천이 자주 화재가 발생하여 고통거리가 되었는데, ③-㉠ 어느 날 이 고을 원님의 꿈에 망령이 나타나 죽은 사연을 말하고 자기를 위로하는 제사를 지내주고 청단놀음을 해주면 예천이 화를 면하게 된다고 하기에 원님은 그 길로 아전들을 불러 꿈 이야기를 하고 그것이 사실인가 조사해 보라고 하였다. 그리하여 알아본 결과 그의 말이 사실이었으므로 원님은 그녀의 한을 풀어주기 위하여 당(堂)을 지어 제(祭)를 지내고 청단놀음을 하였더니 ④ 그때부터는 화재가 일어나지 않았다는 것이다. ③-㉡ 따라서 예천에서는 그해의 무사를 위하여 매년 동제(洞祭)를 지내고 청단놀음을 하게 되었다 한다.[10]

---

10 정병호, 청단놀음,《한국연극》제146호, 1988, 46쪽.

이 전설은 동본동 동제의 유래설화이면서 동시에 청단놀음의 유래설화이기도 하다. 청단놀음 유래담은 〈① 노인이 각시를 찾기 위하여 탈놀이를 공연하였기 때문에 ② 탈놀이를 추어 각시의 원혼을 위로하였다〉로 구분되어 〈① 과거의 공연-② 현재의 공연〉의 서사구조로 분석되지만,[11] 동제의 유래담으로서는 서사 단락이 〈① 노인이 가출한 각시를 죽였다. ② 각시의 원혼 때문에 예천에 화재가 발생하였다. ③ 각시의 원혼을 당신으로 승격시키고 청단놀음을 하였다. ④ 화재가 발생하지 않았다.〉로 정리될 수 있으므로 서사 구조가 〈① 원혼의 발생-② 재난의 발생-③ 해원(解冤)-④ 재난의 소멸〉이 되어 전형적인 원혼형 당신신화[12]가 된다.

하회탈과 관련된 류한상(柳漢尙) 채록본[13]은 일반적으로 하회탈 제작자 전설로 인식되고 있지만, 도령당(하당, 굿세당)의 유래담이기도 하다.

㉮ 허도령은 꿈에 신에게서 가면 제작의 명을 받았다.(결핍)

㉯ 허도령은 입신지경(入神之境)에서 가면을 만들었다.(충족)

㉰ 허도령은 작업장에 금줄을 치고 매일 목욕재계했다.(금지)

㉱ 허도령을 사모하던 처녀가 정을 억제하지 못하고 휘장에 구멍을 뚫고 엿보았다.(위반)

㉲-㉠ 허도령은 피를 토하고 숨을 거두었다.(결과)

㉲-㉡ 열한 번째의 이매탈은 미완성인 채 턱이 없는 탈이 되었다.(결과)

---

11 박진태, 『전환기의 탈놀이 접근법』, 민속원, 2004, 89쪽 참조.

12 이 유형의 설화에 대해서는 박진태, 앞의 책, 111~121쪽과 박진태, 「춘향가 발생설화를 통해 본 춘향가의 수용 양상」, 《비교민속학》 제24집, 2003, 341~353쪽에서 집중적으로 고찰한 바 있다.

13 류한상, 「하회별신가면무극대사후기」, 《국어국문학》 제20호, 국어국문학회, 1959, 196~197쪽.

㉺ 허도령의 원령을 위로하기 위해 서낭당 근처에 제단을 지어 매년 제사를 지낸다.(결과 탈출)

서낭신으로부터 탈의 제작을 계시를 받은 허도령이 죽어서 도령신이 되었다는 내용의 설화는 신체(神體)로서의 가면의 '결핍'을 해결하려고 신이 계시를 내려 허도령이 '충족'시킬 때 '금기'가 주어지지만 처녀에 의하여 그 금기가 '위반'되고, 그리하여 허도령이 신벌을 받아 급사하는 '결과'를 초래하였지만 도령신으로 승격시켜 위령제를 지냄으로써 원령으로 인한 재난이 발생하는 상황으로부터 '탈출'하고자 하였다는 서사 전개를 보인다. 이 도령당유래설화는 지금까지 학계에서 별로 주목받지 못하였는데, 굿세당이라고도 불리는 하당신의 정체를 규명하는 중요한 단서를 제공해 주고 있는 것이다.[14]

하회탈제작설화 가운데 이창희(李昌熙) 구연본[15]은 서낭당의 유래담이다.

㉮ (결핍)

㉯ 허도령이 입신지경에서 탈을 만들었다.(충족)

㉰ 목욕재계하고 집에 금줄을 쳤다.(금지)

---

14 최상수, 『하회가면극의 연구』, 고려서적주식회사, 1959, 5쪽과 참고도록 17번에서 하당을 안도령의 신당으로 보았다. 안도령전설과 허도령전설이 경쟁하는 상황이지만, 하당이 허도령이든 안도령이든 도령신(남신)의 당일 개연성은 크다. 박진태, 『탈놀이의 기원과 구조』, 새문사, 1990, 128쪽 참조.

15 1987년 11월 12일과 1988년 2월 10일 2회에 걸친 필자와의 면담 조사에서 성병희, 「하회별신탈놀이」, 《한국민속학》 제12호, 1980, 97~98쪽에 기록되어 있는 허도령 전설에서 허도령이 신의 계시를 받았다는 대목을 부인했다. 이유인즉 서낭신은 허도령을 사모하던 처녀가 죽어서 된 것이므로 허도령에게 탈 제작의 신탁을 내릴 수 없다는 논리였다.

ⓐ 허도령을 연모하던 처녀가 창에 구멍을 뚫고 엿보았다.(위반)

ⓜ-㉠ 허도령은 피를 토하고 즉사했다.(결과)

ⓜ-㉡ 마지막으로 만들던 이매탈은 턱이 없이 남게 되었다.(결과)

ⓜ-㉢ 처녀도 번민하다 죽었다.(결과)

ⓑ 처녀가 죽은 뒤 당방울이 날아와 떨어진 곳에 서낭당을 건립하고 해마다 제를 올린다.(결과 탈출)

도령당설화는 서낭신이 기왕에 존재한 것으로 서술되지만, 이 설화에서는 허도령에게 계시를 내린 신이 모호하다. 그 대신 허도령을 사모하던 처녀가 죽어서 서낭신이 되었다는 사실에 초점이 맞추어져 있다. 그러나 관점을 달리하여 원혼설화로 보면, 〈원혼의 발생(㉮~ⓜ)-원혼의 해원(ⓑ)〉으로 '재난의 발생'과 '재난의 소멸'의 단락은 실현되지 않은 원혼형 당신신화가 된다.

안동시 남선면 도로동의 각시당은 일명 갈라당(葛蘿堂)이라고 하는데, 다음과 같은 유래담이 전한다.

옛날 어느 신부가 가마 타고 시집가다 굴러서 죽었는데, 그 뒤부터 이변이 자주 일어나, 그 자리에 당집을 짓고 무쇠말을 만들어 두었는데, 후일 갈라산 기슭으로 당을 옮기고 지금 동리에서 받들고 있으나 무쇠말은 없어지고 당집만 남아 있다. 당집에는 호랑이를 안고 있는 처녀 화상이 걸려 있고, 매년 3월 6일 정결한 사람을 가려 백편과 명태를 제물로 바치며 제사지내는데, 지금은 3월 14일에 지낸다.[16]

16 『경상북도 지명유래 총람』, 경상북도 교육위원회, 1984, 268쪽.

이 설화 역시 〈신부의 죽음-이변의 발생-당집 조성〉으로 서술되어 〈원혼의 발생-재난의 발생-신격화로 해원-(재난의 소멸)〉과 같은 서사구조를 보인다.

영양군 청기면 상청리의 소청은 김녕 김씨의 집성촌이다. 서낭당은 남당이고, 애기당은 여당이다. 동제와 별신굿의 유래에 대한 문헌의 기록은 없고, 다만 다음과 같은 구전이 전한다.

옛날 신씨가 씨족마을을 형성하고 살았는데, 어떤 연유에서인지 대부분이 마을을 떠나고 조씨네만 몇 집 남아 거의 폐촌이 되다시피 했다. 그 후 오백여 년 전에 김녕 김씨가 입향하여 집성촌을 이루고 살게 되었는데, 방탕한 생활을 하던 한 총각이 들어왔다. 그 총각이 어느 부잣집에서 머슴살이를 하였는데, 나이가 들도록 장가를 가지 못하고 가정을 이루지 못하여 홀로 한탄과 한숨으로 세월을 보내다가 늙어서 죽을 지경이 되었다. 그 총각은 '한평생 장가도 못 가고 머슴살이만 하여서 냉수 한 그릇 떠놓고 제사지내줄 자식도 없지만, 죽어서는 양반은 물론 모든 사람들이 모시는 서낭신이 되겠다'고 입버릇처럼 말하고 다니다가 마침내 느티나무 한 그루를 마을 앞에 심고 한도 많고 원도 많은 삶을 마무리하였다.

그런데 이상하게도 그 총각이 심은 느티나무 주위에서 요령소리가 울리고, 마을사람들의 꿈에 그 총각이 나타나 서낭신으로 모시지 않으면 재앙을 입을 것이라고 말하면서 서낭신으로 모셔줄 것을 부탁했다. 그 후 총각이 꿈속에서 말한 것처럼 마을에 재앙이 자주 일어나자 집집마다 돈과 곡식을 모아 서낭을 모시고 굿을 하기 시작했다. 그러자 마을에 재앙이 사라지고, 총각의 원혼도 더 이상 꿈속에 나타나지 않았다. 이렇게 해서 매년 동제를 올리고, 10년마다 별신굿을 하게 되었다. 총각의 혼을 서낭신으로 모셨으며, 장가들지 못하고 죽은 총각의 원혼을 위로하기 위해서 애기당의 여신과 부부신으로 만

들었기 때문에 동제나 별신굿에서 밥상을 2개나 3개를 차린다.[17]

원혼형 당신신화는 대체로 여신계가 많은데, 소청의 서낭신은 남신이어서 희소가치가 크다. 머슴이 한을 품고 죽어서 원혼이 되어가지고 현몽을 하여 동신으로 좌정하는 이야기이다. 그러나 가난과 비천한 신분 때문에 살아서는 결혼을 하지 못 하였으나 죽어서는 애기당의 여신과 부부 관계로 설정되었고, 생전에는 동민의 천대와 멸시를 받았으나 죽어서는 동민의 숭배와 제사를 받는 존재로 역전되었다. 이처럼 소청서낭신신화는 〈머슴의 원사-재난의 발생-신격화로 해원-마을의 무사태평〉의 서사구조로 되어 있다.

영양군 무창 3리의 검쟁이[金井]의 서낭신은 오씨 부인이다.

성황당의 오씨 부인은 가마 타고 시집가다 죽어서 신으로 모셔진 오씨 골 매기[吳氏堂]라고도 하고, 재령 이씨로 석보의 주남에서 청기의 한양 오씨한테 시집가다가 죽었다고도 하고, 해주 오씨로 영해로 시집가다 가마 위에서 죽었으며, 무내미에 무덤이 있다고도 한다.[18]

각편이 3개이지만, 하나같이 젊은 여인이 신행길에 객사하여 신이 되었다는 내용이다. 이는 〈각시의 원사-(재난의 발생)-신격화로 해원-(재난의 소멸)〉의 서사구조에서 '재난의 발생과 소멸' 단락이 잠복된 형태이다.

영양에서 울진으로 넘어가는 주령고개에 옥녀당이 있는데, 그에 얽힌 설화는 다음과 같다.

---

17 박진태, 『민속학 자료의 세 가지 문제』, 164~165쪽.
18 위의 책, 79쪽.

조선 말기 성명 미상의 부사가 영남지역에서 평해부사로 부임하기 위하여 영양을 거쳐 이곳 본신동 구실령(주령) 고개를 넘게 되었다. 당시에 이 고개를 중심으로 양쪽 20~30리 정도는 민가가 하나도 없는 무인지경이며, 산이 높고 길이 험하여 교통이 대단히 불편하였다. 부사가 나졸들을 거느리고 온 가족과 함께 이 고개에 다다랐을 때 갑자기 딸 옥녀가 병이 발생하여 구급약으로 치료하였으나 백약이 무효하고 병세가 점점 중해졌다. 하룻밤을 지새우면서 치료를 하였으나 정성도 보람 없이 이 고개에서 객사하고 말았다. 옥녀를 양지 바른 곳에 장사지내고 부사는 목적지에 도착하게 되었다. 그 후 부사가 딸의 넋을 위로하기 위해 이 고개에 사당을 짓고 1년에 수차례 당제사를 지냈다고 한다. 그 후 본신동민(本新洞民)이 넋을 위로하기 위하여 폐허가 된 당집을 보수하고 동민들이 협의하여 1년에 한 번씩 정월 15일에 정성껏 동제를 지내고 있다. 당 안에는 부녀(父女)의 초상화가 안치되어 있고, 목판으로 "珠嶺城隍神位(주령성황신위)"라고 쓴 위패가 있으며, 당에서 약 20여 리 떨어진 곳에 옥녀의 무덤이 있다.[19]

험난한 지형과 지세 때문에 노상에서 객사한 옥녀의 원혼을 위하여 제사를 지냈고, 후일에 인근 마을 주민들에 의해 동신으로 숭배된다는 이야긴데, 이는 관아에서 주관하던 제사가 민간의 동제로 전환된 사실을 의미하는지 확인하기 어렵지만, 어쨌건 〈옥녀의 객사-(재앙의 발생)-신격화로 해원-(재앙의 소멸)〉의 서사구조에서 '재앙의 발생과 소멸' 단락이 실현되지 않은 형태이다.

예천군 용문면 대제리의 맛질서낭당에는 조선 시대의 신분제와 유교적 가부장제로 인하여 사랑을 이루지 못하고 죽은 젊은 남녀와 처녀의

19 박진태·유달선, 『영남지방의 동제와 탈놀이』, 태학사, 1996, 84~85쪽.

어머니가 마을의 수호신이 되었다는 유래설화가 전한다.

상주(尙州)에 사는 조(趙) 대감에게는 어여쁜 딸이 있었는데, 이웃에 사는 가난한 총각과 사랑을 하다가 대감의 노여움을 사게 되자 도망을 나왔다. 그녀의 어머니가 딸을 찾기 위하여 뒤를 좇아오다가 지쳐서 텃골 어미서낭이 되었고, 그 딸은 맛질 뒷재인 민트리를 넘다가 처녀서낭이 되었으며, 대감의 딸을 따라 오던 총각은 작은 맛질 총각서낭이 되었다고 전해지고 있다.(예천군 홈페이지)

세 개의 서낭당이 각시·서방·장모의 가족 관계로 설정되어 있다. 설화는 '원혼의 발생'과 '신격화와 제사로 해원'의 단락만 실현되어 있는 형태이다.

영양 일대에서는 일월산의 산신 황씨 부인에 관한 설화가 구전되고 있다.

시어머니 학대에 견디지 못한 며느리가 일월산에 가서 죽었다. 죽은 후 남편의 꿈에 나타나, 남편은 썩지 않고 있는 아내의 시체를 찾았다.[20]

아들을 낳지 못한 황씨 부인이 시어머니의 학대를 받았고, 그로 인하여 황씨 부인이 원사하였고, 그 원혼이 일월산의 산신이 되었으며, 그 후 황씨부인당이 조성되었다는 이야기는 조선 시대 여성의 수난사의 단면을 보여준다.

울릉도의 태하동 성황당에는 지금도 성황제를 지내는데, 다음과 같은 전설이 있다.

---

20 장덕순 외, 『구비문학개설』, 일조각, 1998, 36쪽.

㈎ 이조 선조 때에 강원도 평해(지금은 경북 울진군 평해면) 또는 삼척의 "영장(營將)"이라는 직명을 가진 순회사(巡廻使) 일행이 왕명을 받아 울릉도 태하동에 도착하여 도내를 순찰하고는 했다. 이 영장은 삼년에 한 번씩 이 섬을 순찰하고 갔는데, 그가 이 섬에 유숙할 수 있는 집을 지었는데, 그것을 "관사"라고 했다. 섬을 순찰했다는 증거로 "황토헐"이라는 향목(香木)을 임금에게 가져가고는 했다. 그 어느 해인지 순찰을 마치고 내일이면 출항하여 돌아가게 되었는데, 그날 저녁 꿈에 허연 노인이 나타나 남녀 수졸 하나씩을 두고 떠나라는 것이다. 이 꿈 얘기를 하니 모두 야단이었다. 그러나 순회사 영장은 별로 꿈을 중히 생각하지 않고 그냥 떠나려 했다. 그때는 배가 전부 돛으로 다니는 풍선(風船)인고로 바람의 방향이 매우 중요했다. 남풍이 불 때 섬에 들어오며 동풍이 불면 출항하는 것이다. 겨우 동풍이 불어 떠나려고 하는데, 예기치 않던 풍파가 돌발하여 출항을 못하고 바람이 멎어질 때를 기다리고 있었으나 멎어지기는커녕 점점 심해만 갔던 것이다. 며칠을 이렇게 지나면서 영장이 전일의 꿈을 생각하고 혹시 그대로 하면 될까 싶어 동남동녀를 또는 통인과 기생을 한 명씩 지적하여 그들이 유숙했던 곳에 영장이 담뱃대와 쌈지를 두고 왔으니 찾아오라고 명령했던 것이다. 두 남녀는 담뱃대와 쌈지를 찾으러 태하동으로 올라가니 곧 풍파가 자면서 출항하기에 적당한 동풍이 부니 동풍을 타고 영장은 멀리 육지를 향해 출항했다. 두 남녀는 아무리 담뱃대와 담배쌈지를 찾아도 찾을 수가 없어 다시 포구로 나와 보니 영장이 탄 배는 이미 떠나 수평선 위에 있었다. 두 남녀는 애타게 부둥켜안고 울다가 넋을 잃고 세상을 떠났다.

한편 영장 일행은 무사히 귀국하여 울릉도의 현황을 보고하고 남녀 2인을 두고 오게 된 연유를 상소하니 임금은 내년에 다시 들어가 보라고 명을 내렸다. 그 다음에 영장이 다시 울릉도 태하동에 도착해서 두 남녀를 찾으니 남녀 둘이 나무 밑에 껴안고 있어서 반가워 접근하여 만지니 두 남녀의 앙상한 모습이 사라져버리고 백골만이 형상대로 남아 있게 되었다. 순회사 영장은 잘 못을 느껴서 그 외로운 고혼을 달래고자 그곳에 간략한 사당을 마련하여 제 물을 차리고 제사를 지내게 되었다.

(나) 그 후에도 영장은 울릉도를 드나들면서 이 고혼의 제사를 지냈는데, 강 원도에는 울릉도 초봉산 십리 아래에 36성이 피난할 수 있다는 비결(秘訣)이 있어 사람들이 그곳으로 피난을 가고자 했는데, 어느 해에 처음 강릉 최씨와 남양 홍씨가 입도하게 되었다. 이들은 땅과 연장 살림을 팔아서 같은 풍선을 타고 울릉도에 도착하니 바람이 세게 불어서 배를 대지를 못하다가 세 번만 에야 겨우 배를 현포(玄圃)에 대게 되었는데, 홍씨 짐은 밑에 싣고 최씨 짐은 위에 실었기 때문에 최씨의 짐만 내린 때에 바람이 세게 불어서 물에 소 32두 를 빠뜨리고 그대로 배가 밀려가 지금의 사동(沙洞)에 닿게 되었다.

그래서 홍씨는 사동에 살게 되었고 최씨집은 현포에 살게 된 것이다. 그들 은 통나무집을 민들어 살고 있었다. 현포와 남양은 40리나 되어 서로 소식을 모르고 살고 있었는데, 하루는 홍씨집의 황소가 최씨집의 암소와 교미를 하 고난 후 황소가 7일간이나 누워 있다가 사동으로 가므로 그 소를 쫓아가서 사동에 이르니 그 가까운 길이 처음 뚫리게 되었고 그 길을 '소질'이라고 한 다. 처음에는 최씨집, 홍씨집 두 집뿐이던 것이 두 집이 사돈을 삼아서 집이 늘었는데, 50여 호 가까이 될 대 삼척 영장이 지내던 두 남녀의 고혼에 대한 제사를 동리에서 성황당으로 삼고 제를 지낼 것을 부탁하여 그 다음부터는 동민들이 성황당 제사를 지내게 되었다. 초기에 정착하였던 집이 지금도 있 으며 초창기의 사람이 지금 85세로 생존해 있다. 그때부터 성황당제는 정월 14일에 입제(入祭)하여 15일에 파제(罷祭)하게 되었다.[21]

---

21 『한국민속종합조사보고서』(경상북도편), 문화재관리국, 1977, 218~219쪽.

이 설화는 전반부와 후반부로 양분할 수 있는데, 전반부는 성황당신의 유래담이고, 후반부는 관이 주관하던 성황제가 민간 차원의 동제로 전환된 사실을 서술하고 있다. 특히 후반부는 주령고개의 옥녀당의 경우와 유사하여 이러한 측면에 대한 연구의 필요성을 제기한다.

전반부는 〈남녀의 원혼 발생-(재난의 발생)-신격화와 제사로 해원-(재난의 소멸)〉의 서사구조에서 '재난의 발생과 소멸'이 실현 안 된 형태인데, 원혼의 발생 경위가 특이하다.

① 영장 일행이 울릉도에 정박하였다.
② 신이 수졸을 남기고 가라고 현몽하였다.
③ 영장이 무시하고 출항하려고 하였다.
④ 풍랑이 극심하여 출항하지 못하였다.
⑤ 영장이 남녀 한 쌍을 남기고 출항하였다.
⑥ 남녀가 죽어서 원혼이 되었다.
⑦ 영장이 남녀를 성황신으로 신격화하여 제사를 지냈다.

섬에 기존의 신이 존재하였는데, 정박한 인간을 신으로 만든 설화는 흑산도 진리의 총각신의 경우가 있는데, 각시신이 총각의 피리소리에 반하여 총각을 섬에 억류시켜 남편으로 삼았다는 설화이다.[22] 섬사람의 육지에 대한 그리움이 반영되었는데, 이와는 반대로 육지인이 섬을 이상적인 피난지로 의식하고 입도하여 사는 이야기가 후반부이다. 섬에서는 육지를 그리워하고, 육지에서는 섬을 이상향으로 동경하는 이율배반, 이것이 육지로부터 단절되고 고립된 섬의 물리적 조건이 인간의 마음에

---

22 박진태, 『탈놀이의 기원과 구조』, 새문사, 1990, 119쪽 참조.

작용하는 원심력과 구심력일 것이다.

3. 당신신화 유형의 대립 체계

당신신화는 계시형, 호식형, 영웅형, 원혼형 등 네 가지로 분류되는데, 계시형은 신이 인간에게 계시를 하여 동신으로 좌정하고 동제의 제신 (祭神)이 된 이야기이고, 호식형은 호랑이에게 호식당한 여자가 신이 된 이야기이고, 영웅형은 탁월한 자질과 능력을 지닌 영웅적인 인간이 죽어서 추앙의 대상이 되어 신이 된 이야기이고, 원혼형은 원혼이 재난의 원인이 된다는 공포심에서 해원의 방법으로 원혼을 동신으로 신격화하고 제사를 지낸 이야기이다. 계시형에서 신이 마을에 현신할 때의 매개체인 신체는 신석, 신목, 신령이다. 호식형에서 호랑이는 산신이나 산신의 사자이다. 영웅형은 양반 신분이 아니고 민중적 영웅으로 아기장수전설의 비극적 영웅과는 대조적이다. 원혼형에서 애정 욕구의 좌절, 남아 선호와 고부 갈등, 신분제와 빈곤, 산악지대나 섬이라는 지리적 요인 등으로 원사하는데, 희생자가 여자가 대다수인 점에서 여성수난사의 한 단면을 반영한다.

계시형과 호식형은 신의 의지가 인간에게 관철된다는 점에서는 일치하지만, 계시형의 신은 절대적 카리스마를 지니는 반면 호식형에서 호식당해 신이 되는 여자는 나약한 존재인 점에서는 대조적이다. 그리고 영웅형과 원혼형은 인간이 죽어서 동신으로 신격화되는 점에서는 동일하지만, 영웅형은 비범하거나 초인간적인 자질과 능력을 지닌 반면 원혼형에서 원사하는 인간은 왜소하고 현실에서 좌절하는 인간들인 점에서 대조적이다. 이처럼 네 개의 유형들은 서로 공통점도 지니지만, 대립적이기도 한데, 이러한 관계를 도시하면 다음과 같이 된다.

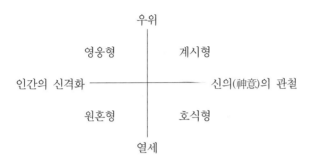

금기설화의 유형구조와 판소리 「변강쇠가」의 서사구조

박진태

1. 머리말

판소리 「변강쇠가」에 대한 연구는 다른 판소리 작품에 비해 상대적으로 저조하였다. 그 이유는 크게 두 가지로 집약할 수 있다. 첫째는 이본 (異本)의 양에 있어서 춘향가의 200여 종, 수궁가의 60여 종과는 비교가 안 될 정도로 세 종1밖에 안 된다는 사실이다. 다음으로 신재효(申在孝)의 여섯 마당에 들어 있으면서도 그 후 창(唱)으로서의 전승이 단절된 사실을 지적할 수 있다.2 이 같은 사정에도 불구하고 변강쇠가에 대한

---

1 신재효본(성두본, 고수본, 가람본 1·2, 새터본), 서도창본(김정연본, 오연화본), 이창배본 등 세 종이다. 강한영 교주, 『신재효판소리사설집』, 민중서관, 1971, 28쪽과 서종문, 『판소리사설연구』, 형설출판사, 1984, 222~233쪽과 이창배 편저, 『가요집성』, 홍인문화사, 1981, 93~94쪽 참조. 그러나 김동욱, 『한국가요의 연구』, 을유문화사, 1976, 397쪽에 보고되어 있는, 천석화(千石華) 노인이 강원도 춘천 지게미 마을에서 들었다는 변강수타령은 비록 줄거리만 전함에도 불구하고, 이본적 가치를 인정해야 할 것 같은데, 박동진 창본(이국자, 『판소리연구』, 정음사, 1987, 354~381쪽)도 포함하여, 이본에 대한 본격적인 재검토가 요망된다.

2 변강쇠의 창(唱)이 단절된 이유로는 윤리적 금기인 성(性) 문제를 적나라하게 다룬 때문이라는 기왕의 통념(조동일, 판소리의 전반적 성격, 조동일·김흥규 편, 『판소리의

연구는 꾸준히 진행되어 괄목할 만한 성과를 축적하면서 이해의 폭과 깊이를 더해 왔다.3 그러나 한편으로 여러 가지 문제점이 예각적으로 제기된 것도 사실이다. 그 중의 하나가 변강쇠가의 서사구조이다.

판소리의 서사구조에 대해서는 영웅소설이나 적강소설과 같은 통일적인 유형구조로 되어 있지 않고, 춘향가는 성인식의 구조, 흥부가는 모방담의 구조, 수궁가는 탐색담의 구조로 되어 있음이 밝혀졌다. 여기서는 장승금기와 시신금기의 수용에 주목하여 금기설화(禁忌說話)의 맥락에서 신재효본 변강쇠가의 순차구조(順次構造)를 분석하는데, 형성 과정과 주제의식 및 전승 단절 등과 같은 본격적인 문제는 차후의 과제로 남기고 새로운 관점과 방법론을 제시하는 선에서 논의하려고 한다.

이해』, 창작과 비평사, 1978, 14쪽)에 대해서 부락공동체의 무속제의의 절차인 장승신화와 그 뒷전을 함께 수용한 변강쇠가의 무속제의성(박경신, 「무속제의의 측면에서 본 변강쇠가」,《국문학연구》제72집, 서울대학교 대학원 국문학연구회, 1985, 84~96쪽), 또는 변강쇠의 죽음과 파멸이라는 반민중적인 결말 처리(김종철, 「19C 판소리사와 변강쇠가」,《고전문학연구》제3집, 한국고전문학연구회, 1986, 116쪽)에서 원인을 찾는 새로운 견해가 제시되었는데, 이 문제에 대해서도 작품구조에 대한 분석이 이루어지면 재론할 수 있는 기틀이 마련될 것으로 기대된다.

3 이명선, 조선 연문학(軟文學)의 최고봉 '변강쇠전',《신천지》, 1949.7; 김동욱, 「판소리 발생고(2)」,《논문집》제3집, 서울대학교, 1956.4; 손낙범, 「신재효와 변강쇠전」,《학술계》제1호, 1958; 이가원, 「구부총(九夫塚)·'가루지기 타령'의 근원설화」,《국어국문학》제28호, 1965; 김우탁, 「한국창극의 고유무대 구성을 위한 연구」, 성균관대학교 박사학위논문, 1975; 서종문, 「변강쇠가 연구」,《국문학연구》제28집, 서울대학교 대학원, 1975; 설성경, 「신재효판소리사설연구」,《한국학논집》제7집 계명대학교 한국학연구소, 1980; 박진태, 「변강쇠가의 희극적 구조」,《논문집》제18집, 한국국어교육연구회, 1981; 박진태, 「판소리·가면극·인형극의 비교연구」,《영광문화》제5호, 대구대학교, 1982; 박경신, 「무속제의의 측면에서 본 변강쇠가」,《국문학연구》제72집, 서울대학교 대학원, 1985; 이국자, 「변강쇠가해석시론」,《인문논총》제15집, 전북대학교, 1985; 정병헌, 『신재효판소리사설의 연구』, 평민사, 1986, 146~159쪽; 이국자, 『판소리연구』, 정음사, 1987, 141~176쪽; 전신재, 「판소리의 연극성에 관한 연구」, 성균관대학교 박사학위논문, 1988, 71~87쪽.

2. 민담형 신혼설화의 금기설화적 유형구조

앨런 던데스(Alan Dundes)는 프로프(Propp)의 형태론적 구성 요소의 분석법을 미국 인디안 민담에 적용시켜, 민담을 화소(話素; motif)와 이화소(異話素; allomotif)가 연합된 관념을 허용하는 모티핌(motifeme)의 연속체로 보고서 형태론(morphology)을 유형론(typology)으로 발전시켰다. 그리하여 결핍(Lack)·결핍 해소(Lack Liquidated)·금지(Interdiction)·위반(Violation)·결과(Consequence)·탈출 시도(Attempted Escape from the Consequence) 등 여섯 개의 모티핌이 배열의 순서는 고정된 채 선별적으로 실현된다는 사실을 밝혀냈는데,4 금지와 위반이 실현된 설화를 금기설화라 할 때, 한국 설화에서 여섯 개의 모티핌이 전부 실현된 유형구조가 민담화된 신혼설화(神婚說話)5에서 확인된다.

① 「어부와 용녀(龍女)」6

A. 가난한 어부가 홀로 살았다.(결핍)

---

4 Alan Dundes (ed.), The Study of Folklore, Prentice Hall, 1965, 206~209쪽. 결핍과 결핍의 해소, 금지와 위반, 결과와 결과로부터의 탈출시도가 각각 대립적인 짝이 되며, 이웃하는 다른 모티핌에 비해 상호관련성이 유기적으로 긴밀하다.
5 이 글에서 다루는 신혼설화(神婚說話)는 여신이 인간 남자와 결혼하고 여신의 배우자도 신격화되는 신혼신화(박진태, 『한국탈놀이와 굿의 역사』, 민속원, 2017, 155~161쪽 참조)와 구별되는, 인간 남자가 신성계의 여자와 결혼하려다가 좌절하는 내용의 민담 「어부와 용녀」, 「농부와 우렁각시」, 「나무꾼과 선녀」 등 세 작품을 유형화한 개념이다. 그런데, 「농부와 우렁각시」와 「나무꾼과 선녀」를 결혼시련담으로 유형화하여 분리와 결합의 관점에서 각편(各篇)을 총망라하여 결말 처리의 양상에 따라 유형 분류한 연구(이지영, 「한국결혼시련담연구」, 서울대학교 석사학위논문, 1987)가 나왔기 때문에, 이 글에서는 논의의 효율성을 위해 손진태, 『한국민족설화의 연구』(을유문화사, 1979)에 수록되어 있는 자료로 제한한다.
6 위의 책, 65~67쪽에 「욕신금기설화(浴身禁忌說話)」란 제목으로 수록되어 있다.

B. 어부가 낚은 잉어(용왕의 딸)와 결혼하였는데, 용녀의 마술에 의해 부자가 되었다.(결핍의 해소)

C. 용녀가 목욕하는 것을 엿보지 말라고 말하였다.(금지)

D. 삼남매를 낳았을 때 어부가 욕실을 엿보았다.(위반)

E. 용녀는 1년 부족으로 인간이 될 수 있는 기회를 잃고 용궁으로 돌아가고, 어부는 도로 가난해졌다.(결과)

F. 3년 뒤에 용녀가 어부를 데리고 승천하여 삼남매와 함께 행복하게 살았다.(탈출 시도)

어부는 재화(財貨)와 아내가 결핍된 상태에서 용녀와 결혼함으로써 재화와 아내가 충족된 상태로 반전된다. 그러나 용녀가 잉어에서 여자로 완전히 변신하기 위해서는 일정한 기간을 경과해야 하는데, 용녀의 욕실을 엿보지 말라는 금지 사항을 어부가 위반함으로써, 용녀의 인간화가 실패한다. 그리하여 어부는 재화와 아내와 자녀가 결핍된 원래의 상태로 환원되고, 3년 동안의 시련을 겪고서야 비로소 천상계에서 용녀와 재결합하고 영원한 행복을 누리게 된다. 이처럼 「어부와 용녀」는 '결핍-결핍 해소-금지-위반-결과-탈출 시도'의 순차구조로 되어 있다.

② 「농부와 우렁각시」[7]

A. 가난한 총각이 홀로 살았다.(결핍)

B. 팥밭을 쪼다가 만난 우렁각시와 결혼하여 행복해졌다.

C. 우렁각시가 말하길, 자기는 천상의 선녀로 죄를 짓고 내려왔으니 몇 달

7 앞의 책, 31~33쪽에 「나중미부설화(螺中美婦說話)」란 제목으로 수록되어 있다.

만 참으면 해로하게 되지만, 그렇지 않으면 이별하게 될 운명이라고 경고하였다.(금지)

D. 농부는 우렁각시와의 결혼을 강행했다.(위반)

E. 농부 대신 논일을 나간 우렁각시를 현관(縣官)이 보고 관아로 데려가고, 농부의 청원을 묵살하였다.(결과)

F. 농부는 청조(靑鳥)가 되어 관가(官家)를 바라보고 울고, 그의 아내도 죽어서 참빗이 되었다.(탈출 시도)

재화와 아내가 결핍된 농부가 하늘에서 적강(謫降)한 선녀인 우렁각시와 결혼하여 그와 같은 결핍이 해소된 충족 상태에 도달하지만, 우렁각시가 인간화되기 위해 필요한 기간을 채우기 이전에 결혼을 강요함으로써, 우렁각시가 현관에게 납치당하는 불행한 결과를 초래하였고, 그와 같은 결과 상황으로부터 탈출하기 위해 농부의 원혼(冤魂)은 청조로 전생(轉生)하여 각시를 그리며 울고, 각시는 죽어서 참빗이 되어 현관에게 복수를 시도하였다는 내용이다.[8] 이와 같이 「농부와 우렁각시」도 '결핍-결핍 해소-금지-위반-결과-탈출 시도'의 순차구조로 되어 있다.

③ 「나무꾼과 선녀」[9]

A. 가난한 나무꾼이 노모와 함께 살았다.(결핍)

---

8 앞의 책, 33쪽에서는 참빗이 된 이유는 알 수 없다고 했으나, 다른 각편(최래옥, 『한국구비문학대계』(5-2), 전북 전주시 · 완주군 편, 1981, 536~538쪽)에서 총각이 죽어서 꽃이 되어 원님의 옷을 쥐어뜯으므로 아궁이에 던지니, 이번에는 참빗이 되어, 우렁각시 머리는 잘 빗어주고, 원님 머리는 쥐어뜯었다고 하는 것으로 미루어 보건대, 이와 같은 해석이 가능하다.

9 손진태, 앞의 책, 193~194쪽에 「백조소녀전설(白鳥少女傳說)」이란 제목으로 수록돼 있다.

B. 나무꾼이 노루의 도움을 받아 목욕하는 천녀(天女)의 속옷을 감추어 천녀와 결혼했다.(결핍의 해소)

C. 아이를 셋 낳을 때까지 선녀에게 속옷을 보여 주지 말라고 노루가 나무꾼에게 말했다.(금지)

D_1. 아이를 둘 낳았을 때 속옷을 보여주었다.(위반$_1$)

E_1. 천녀가 아이들을 데리고 하늘로 올라갔다.(결과$_1$)

F_1. 나무꾼이 다시 노루의 도움을 받아 하늘로 올라가 재결합하였다.(탈출 시도$_1$)

D_2. 천마(天馬)를 타고 어머니를 만나러 내려와서 팥죽을 먹다가 말 등에 팥죽을 엎질러서 말이 놀라는 바람에 발이 땅에 닿았다.(금지의 위반$_2$)

E_2. 나무꾼은 하늘로 올라가지 못하였다.(결과$_2$)

F_2 하늘을 우러러 울다가 수탉이 되었다.(탈출 시도$_2$)

나무꾼도 재화와 아내가 결핍된 상태에서 천녀와의 결혼에 의해 그것들이 충족된 상태로 전환되지만, 천녀가 인간화되는데 필요한 기간을 채우기 위해서 지켜야 할 금지 사항을 위반함으로써, 천녀와 이별하고 원래의 결핍 상태로 되돌아갔으나 승천에 의해 가족의 재회와 영원한 행복을 성취한다. 그러나 지상에 내려와 어머니를 만났을 때, 이미 천상계의 존재가 된 처지이기 때문에 발을 땅에 닿게 해서는 안 되는 금지 사항을 위반하여, 하늘로 복귀하지 못하는 결과를 초래하고, 처자와의 이별을 극복하기 위해 원혼이 수탉이 되어 하늘을 향하여 우는 내용이 첨가되어, '금지-위반-결과-탈출 시도'가 다시 한 번 반복된 확장형으로의 변이를 보여준다.

이상에서 살펴본 세 신혼설화(神婚說話)는, 어부・농부・나무꾼들은 세속적인 지상의 인간 남자들인 데 비해서 용녀・우렁각시(적강한 선녀)·천녀는 신성계(천상, 수궁)의 존재인 점에서, 환웅과 웅녀, 해모수와 유화, 김수로와 허황옥, 박혁거세와 알영 등의 남성 우위의 신혼설화와는 달리 '여성 대(對) 남성'이라는 인간 계층이 '초자연 대 자연', '천상 대 지상', '수궁 대 지상'이라는 우주 계층에 대응됨으로써 여성 우위가 확보된 신혼설화이다.10 그러나 천왕성모(天王聖母)가 적강하여 엄천사(嚴川寺)의 법우화상(法祐和尚)과 결혼하여 여덟 무녀(巫女)를 낳았다는 지리산 산신설화가 여신이 지상에 내려와 지상의 남자와 결혼하고 지상을 다스린다는 신화적 세계관을 보이는 데 반해서, 이들 신혼설화는 여신적인 존재가 인간화를 지향하거나, 지상의 남성이 여신적인 존재와의 완전한 결혼을 천상에서 성취하는 점에서 민담적 세계관을 보여준다.11

이러한 민담적 신혼설화는 힘이 충만한 신성계의 여신(선녀·용녀·천녀)과 결혼하여 힘의 결핍을 해소하려는 백일몽적(白日夢的)인 소망을 형상화한 것인데, 그와 같은 결혼은 성속(聖俗)의 대립을 통한 동일성의 획득을 의미하기 때문에, 신성계의 존재가 완전한 인간화를 이룩하기 위한 유예 시간의 설정이 금기라는 형태로 제시된다.12 다시 말해서 한 편

---

10 김열규, 『한국민속과 문학연구』, 일조각, 1972, 47쪽 참조.

11 서대석, 「한국신화와 민담의 세계관연구-세계관의 대칭위상의 검토」, 《국어국문학》 제101호, 국어국문학회, 1989, 5~26쪽에서 신화와 민담의 세계관이 대비 분석되었는데, 신 중심의 사고에서 하늘을 주로 하고 지상의 인간계를 종으로 했던 신화적 세계관에 역행해서 인간을 중심으로 현실계인 지상을 주로 하고 천상계를 종으로 하는 민담적 세계관이 형성되었다고 보았다. 그러나 그렇기 때문에 건국신화와 「천지왕본풀이」, 「시루말」 등의 무속신화에서 하늘의 남신과 지상의 여신(또는 여성)이 결혼하는 구조와 대칭적으로 「나무꾼과 선녀」에서는 지상의 남성과 하늘의 여성이 결합하는 구조를 이룬다고 본 견해는, 하늘의 여신과 지상의 남자가 결합하는 천신계 지리산산신신화와 같은 자료에 의해서 문제가 있음이 드러난다. 곧 '천부-지모(수모)'형 신혼신화에 대립되는 '천모-지부'형 신혼신화도 존재하는데, 한국 신화에서는 전자가 주류문화이고, 후자가 비주류문화였다. 따라서 민담형 신혼설화가 여신적 존재와 인간 남자의 결혼담인 것도 주류신화에 대해 대립의식을 지닌 민중에 의해서 생성되고 전승된 데 기인한다.

(여자)은 성에서 속으로 약화되고, 다른 편(남자)은 속에서 성으로 강화되는 전이를 꾀하기 때문에 성속의 대립이 잠재적으로 은폐되고 중화(中和)된 '결핍의 해소' 상태에서는 각자의 본래의 세계로 회귀하려는 본능이 작용하기 마련이며, 이와 같은 본능을 제어하기 위한 장치로 금기가 제시되는 것이다. 그러나 그와 같은 금기의 제어 기능은 잠정적이고 일시적으로만 주효해서 금기는 반드시 위반되어 성속의 대립과 갈등이 중화된, 불안정한 상태는 파괴되고, 원래의 이원적 대립의 세계로 환원되어,[13] 세속계·지상계의 남성이 시련을 겪는다.[14] 그렇지만 이와 같은 환원은 질적인 변화를 수반한 것이기에, 다시 말해서 성속의 화해에 의한 생명(자녀)과 문화(재산·가정)의 창조를 체험한[15] 이후이므로 금기 위반자가 결핍의 상태로부터 탈출하여 충족된 상태로 다시 전이하려는 욕구를 강화시키고, 적극적이고 실천적인 해결책을 능동적으로 시도하게 만든다. 그리고 이와 같은 발전은 일종의 변증법적 양상―결핍의 해소(정), 금지·위반·결과(반), 탈출 시도(합)―을 띠고 전개되며, 탈출 시도의 성공 여부에 따라 비극적인 종말이나 행복한 결말로 끝맺는다.

따라서 신화계 신혼설화인 건국시조신화에서는 웅녀는 입굴(入窟)하여 햇빛을 쬐지 말라는 금기를 준수하고, 유화는 하백으로부터 혀를 늘이빼인 채 추방되었다가 금와왕에 의해 절단된 뒤 방에 감금되며, 알영은 목욕에 의해 닭부리가 탈각되거나, 남신의 경우 해모수가 하백과의

---

12 장장식, 「금기의 갈등구조」, 《한국민속학》 제18집, 민속학회, 1985, 105쪽 참조.

13 위의 글, 112~113쪽 참조.

14 여주인공과 이별한 남주인공이 겪는 시련은 '격리-변화-재통합'의 구조로 된 성년식(成年式)의 기능을 담당한다.

15 류동식, 『한국무교의 역사와 구조』, 연세대출판부, 1978, 27~67쪽에서 건국시조신화와 제천의식의 구조를 분석하여, 성속화해·천지결합·신인융합에 의한 생명과 문화의 창조를 도모하는 신앙구조를 무교적 변증법으로 파악하였다.

변신술 겨루기에서 승리하는 등 결혼식에 즈음한 성년식을 성공적으로 통과하고 결혼을 하는 데 반해서, 민담계 신혼설화에서는 1차적인 결합이 불완전한 상태이므로 '결핍-충족'의 구조로 끝나지 않고, 금기를 제시하여 '금지-위반-결과-탈출 시도' 등의 모티핌이 추가된 확장형으로 발전되는 것이다. 이런 면에서 민담계 신혼설화에서는 금기의 부여가 본능의 제어 기능만이 아니라, 남자가 여자와 분리된 뒤 성년식에 해당하는 시련을 극복하거나 시험을 통과하여 완전한 결합을 달성하게 만드는 계기의 설정으로 기능하기도 한다. 남자가 결혼자격을 획득하는 과정이 부각된 것이다.

3. 신체금기설화(神體禁忌說話)의 제의유래담적(祭儀由來譚的) 성격

1) 신체가 훼손된 경우

신성한 신체(神體)를 훼손하고 신벌을 받게 되자, 훼손된 신체의 신격을 위해 제의를 행한 몇 가지 사례가 설화 형식으로 보고된 자료들을 금기설화의 유형구조에 맞추어 분석하면 다음과 같다.

① 제주도 서문(西門) 돌하르방16

B. 금녕(金寧)의 윤씨가 낚시질을 하는데, 펫목(터배)에 먹돌을 낚아 올려 놓자 그 이후로 고기가 많이 잡히었다.(결핍의 해소)

---

16 현용준·김영돈, 『한국구비문학대계』(9-1), 한국정신문화연구원, 1980, 42~44쪽.

D. 귀가할 때 먹돌이 무거워서 선창 밑에 버렸다.(금지의 위반)

E. 자손들이 눈·코·배가 아팠다.(결과)

F₁. 점을 치니 먹돌이 조상(神)이므로 위하라고 하여 서문 밖 용당물에 모셨다.(탈출 시도₁)

F₂. 돌하르방에게 절하면 고기가 많이 잡히었고, 육지에서 장사꾼과 아이 못 낳는 여자들이 와서 빌면 영험이 있다.(탈출 시도₂)

F₃. 금녕리 윤씨 집에서 돌로 집을 짓고, 벌초도 한다.(탈출 시도₃)

'결핍'과 '금지'의 모티핌이 실현되지 않은 형태이지만, 어획량이 빈약하다가 먹돌을 얻은 이후로 풍성해진 것으로 볼 수 있으며, 먹돌을 버리자 자손들이 병이 든 사실에서 먹돌이 신성화(神聖化) 내지 성별화(聖別化; sanctification)됨에 따라 '먹돌을 버려서는 안 된다'는 금기가 성립되지만 잠복된 것으로 추정할 수 있다. 이처럼 이 설화는 조상의 신체인 먹돌에 대한 금기를 위반하였다가 신벌을 받아 질병에 걸리므로 조상으로 모시는 신당(神堂)을 건립한 사례가 된다.

② 공주 교동(校洞)의 산제당(山祭堂)[17]

C. 가난한 농부가 뒷산의 고목나무 다섯 그루를 베어 팔려고 하자 친구가 반대하였다.(금지)

D. 농부는 고목을 베었다.(위반)

E. 농부와 그의 가족이 병사할 뿐만 아니라, 마을에 전염병이 유행하고 사망자가 늘어났으며, 해마다 같은 시기에 반복되었다.(결과)

---

17 임헌도, 『한국전설대관』, 정연사, 1973, 184쪽.

F₁. 봄, 가을 두 차례 산신에게 제사를 지냈다.(탈출 시도₁)

F₂. 마을에는 전염병이 발생하지 않고 평화스러워졌으며, 제단의 자리에는 그 후 산제당이 건립되었다.(탈출 시도₂)

뒷산의 수백 년 묵은 나무는 그 위치와 나이 때문에 여느 나무와는 달리 산신의 신목으로 성별화되기 때문에 '신목을 자르면 벌 받는다'는 금기가 발생하였다. 그리하여 친구가 벌목을 반대하였지만 농부는 고목의 신성성을 인정하지 않고 산신의 신체를 훼손한 것이다. 그 때문에 농부는 신벌을 받아 병사하였고, 그와 같은 신벌이 가족과 마을사람으로 확산됨으로써, 개인의 문제가 마을의 문제로 확대되었고, 개인과 마을사람들이 운명 공동체임이 드러났다. 따라서 금기 위반으로 인한 결과 상황으로부터 탈출하기 위해 개인적 차원에서가 아니라 마을 공동체의 차원에서 그 대책을 강구한 것이다. 한편, 신벌은 공간적으로만 확산되는 것이 아니라 시간적으로도 확산되는 바, 인간의 신성모독으로 인해 야기된 신과 인간 사이의 갈등이 산신제(山神祭)와 같은 주기적인 제의를 통해 해소되고, 성속의 화해가 이루어진다.

③ 공주의 유구(維鳩)마을18

C. 수백 년 전 창말(倡末)을 침입한 도적떼를 물리친 군대가 마을 입구의 길을 넓힐 때 나온 큰 바위를 파괴하려고 하자 마을사람들이 반대하였다.(금지)

D₁. 군대가 바위를 폭파했다.(위반)

---

18 같은 책, 109~111쪽.

E$_1$. 바위 속에서 금비둘기 두 마리가 날개에서 피를 흘리며 날아갔다.(결과$_1$)

E$_2$. 바위를 업고 있던 거북이도 사라졌다.(결과$_2$)

E$_3$. 수비대장의 꿈에 금비둘기가 나타나 천벌을 내리겠다고 하였다.(결과$_3$)

E$_4$. 거북이가 대장의 손을 물고 물속으로 들어가려고 하였다.(결과$_4$)

D$_2$. 부하들이 거북이를 죽였다.(금지의 위반$_2$)

E$_5$. 군사들이 병에 걸렸다.(결과$_5$)

E$_6$. 꿈에 금비둘기가 나타나 거북이를 죽인 대가로 군사들을 전멸시키겠다고 하였다.(결과$_6$)

F$_1$. 중의 말대로 지명을 유구(維鳩)로 고치고, 보름날에 고사를 지냈다.(탈출 시도$_1$)

F$_2$. 금비둘기 한 쌍이 날아와 공중을 선회하였으며, 모든 후환이 없어지고 마을이 평화로워졌다.(탈출 시도$_2$)

마을 입구의 큰 바위는 마을의 수호신의 신체로 성별화되고, 그리하여 바위를 훼손시키지 말라는 금기가 성립되었는데, 군대가 금기를 위반하고, 그로 인해 대장의 익사 위기와 군대의 질병이라는 신벌(神罰)을 받게 되었으며, 그리하여 그와 같은 결과적 상황으로부터 탈출하기 위해 고사를 지냄으로써 신과의 갈등을 해소하고 화해를 이룩하여 마을의 평화를 되찾은 것이다. 그런데 이 설화는 마을의 수호신이 동물신인 비둘기이며, 그 수호신의 호위신이 거북이인 점이 특이하다.

④ 경남 영산(靈山)의 문호장(文戶長)굿[19]

---

19 김광언, 「문호장굿」, 《한국문화인류학》 제2집, 한국문화인류학회, 1969, 104쪽. 이밖에도 영취산성의 귀목(鬼木)을 베었더니 그 속에서 목불(木佛)이 나왔고, 한때 일본에 건너갔다가 현몽에 의해 지금 자리로 되돌아왔다고도 하고, 일본 관리가 서낭나무를 베었

D. 왜정 말기에 문호장굿이 미신이라 하여 이를 금지하고, 당집 옆의 큰 느티나무에 석유를 붓고 불을 질렀는데, 뒤에 박모씨가 그 나무를 베어 쓸 양으로 톱질을 하였으나 톱이 나가지 않아 중단하였다.(금지의 위반)

E. 그날 밤 꿈에 노인이 나타나서 네가 내 발을 베었으니 벌을 면하지 못하리라고 꾸짖었다. 이튿날 현장에 가서 살펴보니 나무의 속에서 사람 모양의 작은 나무인형이 나왔는데, 꿈 속 노인의 말대로 발끝이 조금 잘려나간 것이었다.(결과)

F. 겁이 난 박씨가 향로당 노인들에게 이야기하여 그 나무를 신으로 모시기로 하고 그해 단오에 큰 굿을 치렀다.(탈출 시도)

영산의 수호신인 문호장은 전설에 의하면 관찰사와의 갈등으로 인해 죽은 이후로 단오굿 또는 호장굿의 제신(祭神)이 되었다고 하며, 영취산 중턱의 상봉당(上奉堂)이 그의 사당이다. 그런데 딸의 사당인 두룽각시 왕신당 안에 호랑이를 탄 호장의 그림과 함께 작은 목불(木佛)이 봉안되어 있는 바,[20] 그 목불에 얽힌 전설 중의 하나가 "서낭나무를 건드리면 천벌을 받는다."[21]는 금기를 위반하고, 서낭나무를 벌목하여 문호장의 신상(神像)인 목불의 발끝을 훼손시킨 뒤, 신벌에 대한 공포심에서 목불을 사당에 봉안하고 단오굿을 거행하였다는 구전(口傳)이다.

이상에서 살핀 네 유형의 설화는 신체(神體) 내지는 신당(神堂)을 훼

___

더니 그 속에서 발끝이 잘린 목불이 나왔으며, 그 관리는 피를 토하고 죽었다는 각편이 함께 보고되어 있다.

20 위의 글, 101~104쪽 참조.

21 김성배 편, 『한국의 금기어·길조어』, 정음사, 1981, 105쪽에 전국적으로 분포된 금기어로 보고되어 있다.

손하지 말라는 금기를 위반하고, 신벌을 받거나, 또는 신벌을 받을 것 같아서, 훼손된 신체나 신당의 신격을 제신(祭神)으로 하여 제의를 행한 점에서 일치하는 바, 금기설화의 모티핍 중에서 '금지-위반-결과-탈출 시도'가 실현된 형태 구조인데, 성별화된 신체에 관한 금기를 위반하고, 위반의 결과적 상황(질병, 죽음 등)으로부터 제의라는 주술종교적 방법에 의해 탈출 시도를 하는 점에서 신체금기형 제의발생설화로 유형화할 수 있다.

2) 금기 위반자가 원사한 경우

① 하회(河回)의 허도령전설a[22]

A. 허도령은 꿈에 신에게서 탈 제작의 명을 받았다.(결핍)

B. 허도령은 입신지경(入神之境)에서 탈을 만들었다.(결핍의 해소)

C. 허도령은 작업장에 금줄을 치고 목욕재계하였다.(금지)

D. 허도령을 사모하던 처녀가 정을 억제하지 못하고 휘장에 구멍을 뚫고 엿보았다.(위반)

E₁. 허도령은 피를 토하고 숨을 거두었다.(결과₁)

E₂. 열한 번째의 이매탈은 미완성인 채 턱이 없는 탈이 되었다.(결과₂)

F. 허도령의 원령을 위로하기 위해 서낭당 근처에 단(壇)을 지어 매년 제(祭)를 올린다.(탈출 시도)

---

22 류한상, 「하회별신가면무극 대사 후기」, 《국어국문학》 제20호, 국어국문학회, 1959, 196~197쪽.

② 하회의 허도령전설b[23]

B. 허도령이 입신지경에서 탈을 만들었다.(결핍의 해소)

C. 목욕재계하고 집에 금줄을 쳤다.(금지)

D. 허도령을 연모하던 처녀가 창에 구멍을 뚫고 엿보았다.(위반)

E₁. 허도령은 피를 토하고 즉사하였다.(결과₁)

E_1. 허도령은 피를 토하고 즉사하였다.(결과₁)

E_2. 마지막으로 만들던 이매탈은 턱이 없이 남게 되었다.(결과₂)

E_3. 처녀도 번민하다 죽었다.(결과₃)

F_1. 처녀가 죽은 뒤 당방울이 날아와 떨어진 곳에 서낭당을 건립하고 해마다 제를 올린다.(탈출 시도₁)

F_2. 10년마다 하는 별신굿에서는 서낭신을 위로하기 위해 혼례(초례와 신방)를 거행하는데, 허도령과 결혼시키는 턱이다.(탈출 시도₂)

하회마을에서는 별신굿을 지낼 때 외에는 탈을 보지 못하는 것으로 알았으며, 부득이 보아야 할 경우에는 신에게 고사를 지낸 뒤 보았고, 또 탈을 함부로 다루면 탈[변괴]이 난다고 두려워하였다[24]는 사실로 보아, 허도령이나 처녀가 모두 탈에 관한 금기와 관련해서 신벌을 받은 것으로 풀이할 수 있다. 그런데, 이른바 신체금기형 제의발생설화와 다른

---

23 1928년 마지막 별신놀이에서 각시광대의 역을 맡았던 이창희는 1987.11.12과 1988. 2.10. 2회에 걸친 필자와의 면담에서 성병희, 「하회별신탈놀이」,《한국민속학》제12호, 민속학회, 1980, 97~98쪽에 보고되어 있는 허도령전설에서 허도령이 신의 계시를 받았다는 대목을 부인하였다. 이유인즉 서낭신은 허도령을 사모하던 처녀가 죽어서 된 것이므로 허도령에게 탈 제작의 신탁을 내릴 수 없다는 논리였다. 하회탈 제작자인 허도령과 안도령에 관한 전설에 대해서는 박진태, 『탈놀이의 기원과 구조』, 새문사, 1991, 128~136쪽에서 상론되었다.

24 성병희, 앞의 글, 97쪽 참조.

점은, 금기를 위반해서 또는 금기 위반으로 인해 부정을 타서 죽은 원혼
을 마을의 수호신으로 승격시켜 위령제(慰靈祭) 내지 해원(解寃)굿을 거
행한 사실이다.

③ 영산 문호장의 신상(神像)[25]

D. 수백 년 묵은 서낭나무를 일본 관리가 베었더니 그 나무의 속에서 발끝
   이 잘린 목불이 나왔다.(위반)
E. 그 관리는 피를 토하고 죽었다.(결과)

이 설화는 금기설화의 모티핌 중 '위반-결과'가 표층구조로 실현되고,
'금지'와 '탈출 시도'는 잠재된 형태로 원혼의 발생을 진술하는 데 머물고
있다.

4. 신재효본 「변강쇠가」의 금기설화적 구조

신재효본 「변강쇠가」의 순차구조를 분석하기 위해서 먼저 서사단락
을 정리하면 다음과 같다.

① 옹녀가 상부살(喪夫煞)과 음란성 때문에 추방당하였다.
② 삼남(三南)의 변강쇠와 청석관에서 만나 당일치기 결혼을 하여 기물타
   령, 사랑가를 불렀다.

---

25 김광언, 앞의 글, 104쪽.

③ 도방살이 하는 중 옹녀는 장사와 품팔이를 하고, 강쇠는 노름과 행패를
   일삼았다.

④ 지리산에 은신하였다.

⑤ 강쇠의 나태하고 호색적인 생활이 계속되었다.

⑥ 강쇠가 나무를 하러 가서 낮잠만 잤다.

⑦ 강쇠가 장승을 뽑아 왔다.

⑧ 강쇠가 장승을 패어 때려 하였다.

⑨ 옹녀가 만류하였다.

⑩ 장승을 패어 불 때고, 훈훈한 방에서 사랑가를 부르고 농탕질을 쳤다.

⑪ 장승의 원정(原情)으로 장승회의를 열어 치죄(治罪)를 의논하였다.

⑫ 강쇠가 장승 동증이 발병하였다.

⑬ 송봉사가 점을 치고, 독경을 하였다.

⑭ 의원 이진사가 병을 고치려 하였다.

⑮ 강쇠가 옹녀에게 순절(殉節)할 것을 유언하고 장승죽음을 하였다.

⑯ 옹녀의 요청에 따라 중이 강쇠를 치상(治喪)하려 하였다.

⑰ 중이 죽었다.

⑱ 초라니가 강쇠를 치상하려 하였다.

⑲ 초라니가 죽었다.

⑳ 풍각쟁이들(가객, 퉁소장이, 무동, 가얏고쟁이, 고수)이 강쇠를 치상하
   려 하였다.

㉑ 풍각쟁이들이 죽었다.

㉒ 서울 재상댁 마종(馬從)인 뎁득이가 강쇠를 떡매로 쓰러뜨렸다.

㉓ 각설이패 셋이 치상을 도왔다.

㉔ 송장짐이 땅에 붙었다.

㉕ 움생원이 송장짐을 만졌다.

㉖ 움생원이 송장짐에 붙었다.

㉗ 사당패가 송장짐에 걸터앉았다.

㉘ 사당패(가리내패)가 붙었다.

㉙ 옹좌수가 송장짐에 걸터앉았다.

㉚ 옹좌수가 붙었다.

㉛ 계대네를 청해다 넋두리를 시키니, 짐꾼 넷만 남고 모두 떨어졌다.

㉜ 뎁득이가 빌어 짐꾼 넷도 땅에서 떨어졌다.

㉝ 각설이 셋은 송장짐을 매장하였다.

㉞ 뎁득이의 송장짐(변강쇠와 초라니)은 등에서 안 떨어졌다.

㉟ 강쇠와 초라니의 송장을 세 동강이 냈다.

㊱ 송장의 가운데 도막이 절벽에 갈아짐으로써 옹녀가 변강쇠의 저주로부터 해방되었다.

㊲ 뎁득이가 옹녀와의 결혼을 단념하고, 상경하여 귀가하기로 작정하였다.[26]

신재효본 「변강쇠가」의 구조를 전·후반부로 양분하여 유랑민의 생활상 이야기와 유랑민의 유랑상 이야기로 나누든가,[27] 〈소외→소외된 현실의 발견→계속되는 몰락 과정→몰락에 대한 저항→빈궁한 현실 생활과 대결→대결에서 실패하고 좌절함→유랑화의 최후의 과정〉으로 진행되는 비극적 구조로 보기도 하고,[28] 강쇠의 죽음을 경계선으로 하여, 서술구조가 전반부는 풀이적이고, 후반부는 놀이적이어서 서사무가의 가창에 이어 무당굿놀이를 연희하는 무당굿의 구성원리가 작용했

---

26 신재효본 중에서도 고수본은 ㉟를 암시하는 대목에서 끝맺고, 성두본이 ㊲까지의 내용이 추가되어 있다. 강한영 교주, 앞의 책, 28쪽과 618쪽 참조.

27 서종문, 『판소리사설연구』, 형설출판사, 1984, 219쪽 참조.

28 위의 책, 247~248쪽 참조.

다는 해석이 있는가 하면,[29] 장승을 뽑아다가 패어 때고 앓다가 죽은 어느 당돌한 건달(변강쇠)의 이야기와, 상부살이 있어 결혼하는 족족 남편을 잃는 어느 한많은 여인(옹녀)의 이야기와, 아무도 손대지 못하는 험악한 송장을 치상하는 어느 용감한 사나이(뎁득이)의 이야기가 결합된 것이라는[30] 견해가 제시되기도 하였다.

그러나 옹녀가 상부살 때문에 과부가 되고, 지역공동체에서 추방되어 유랑민이 되었다가 변강쇠를 만나 결혼하고, 각 도방으로 돌아다니며 유랑하다가 마침내 지리산에 정착하는 과정은 결핍 상태에서 결핍이 해소된 충족 상태로의 이행을 보인다. 또 변강쇠가 옹녀의 만류를 무시하고, 장승을 파괴하고서 장승동증이 발병하여 죽고, 변강쇠의 원혼으로 인해 또 다른 원혼이 속출하거나 시체가 땅에 붙거나 산 사람이 시체에 붙는 재난이 발생하지만, 그와 같은 재난이 계대굿이나 비손과 같은 무속의례적(巫俗儀體的) 방법에 의해 해소되거나, 떡매질이나 토막내기나 갈이질과 같은 물리적인 힘의 행사에 의해 원혼 문제가 해결되는 점에서, '결핍-결핍의 해소-금지-위반-결과-탈출 시도'로 구성된 금기설화의 유형구조와 일치한다. 그리하여 이와 같은 관점에서 「변강쇠가」의 순차구조를 재정리하면 다음과 같이 된다.

A. 상부와 유랑(①)(결핍)

B. 결혼과 정착(②~⑥)(결핍의 해소)

C₁. 장승 금기(⑦~⑨)(금지₁)

---

29 박경신, 「무속제의의 측면에서 본 변강쇠가」, 서울대학교 석사학위논문, 1985, 5~25쪽.

30 전신재, 「판소리의 연극성에 관한 연구」, 성균관대학교 박사학위논문, 1988, 72쪽 참조.

D_1. 장승 파괴(⑩)(위반$_1$)

E_1. 장승동티 죽음(⑪~⑮)(결과$_1$)

〈C_2. 원혼 금기(금지$_2$)〉

F_1.=D_2. 원혼과의 싸움(⑯⑱⑳) (탈출 시도$_1$=위반$_2$)

E_2. 원혼의 저주로 인한 원혼의 발생(⑰⑲㉑)(결과$_2$)

F_2. 원혼과의 싸움과 승리(㉒㉓)(탈출 시도$_2$)

E_3. 운구자(運柩者)의 부착(附着)(㉔)(결과$_3$)

〈C_3. 시신(屍身)금기(금지$_3$)〉

D_3. 시신금기 위반(㉕㉗㉙)(위반$_3$)

E_4. 원혼의 저주로 인한 부착(㉖㉘㉚)(결과$_4$)

F_3. 넋두리와 비손에 의한 해결(㉛~㉝)(탈출 시도$_3$)

E_5. 원혼의 저주로 인한 부착(㉞)(결과$_5$)

F_4. 원혼과의 싸움과 승리(㉟~㊲)(탈출 시도$_4$)[31]

　　신재효본 「변강쇠가」는 신체(神體)가 훼손된 장승신에 대한 제의를 통해 장승과의 화해를 도모하여 장승의 신벌로부터의 탈출 시도를 꾀하지 않는다. 그 대신 장승금기의 위반자인 변강쇠의 원혼과, 원혼이 된 변강쇠의 저주를 받아 원혼이 된 중·초라니·풍각장이들의 원혼들을 넋두리나 비손과 같은 무속의례에 의해 위로하고 그들과 화해하는 주술 종교적인 탈출 시도의 방식과 함께, 뎁득이가 변강쇠의 시체를 대상으로 떡매질이나 토막내기나 갈이질과 같은 물리적인 힘의 행사에 의해 탈출 시도를 단행하는 방식을 병행시키는 점에서 신체금기(神體禁忌)와 원혼

---

31 박진태, 『한국인형극의 역사와 미학』, 민속원, 2016, 232~233쪽에서 일부 오류를 수정하여 전재한다.

의 신격화가 복합된 신체금기형 제의발생설화와도 구별된다.

다시 말해서, 장승 금기, 원혼 금기, 시신 금기 등의 위반에 의한 결과는 원사(寃死), 접지(接地), 부착(附着) 등이고, 그와 같은 결과 상황으로부터 탈출하기 위해 계대네의 넋두리, 뎁득이의 비손, 중의 진언(眞言), 초라니탈의 고사(告祀), 무동(舞童)의 검무(劍舞), 가객(歌客)·퉁소장이·가얏고쟁이·고수(鼓手)의 가악(歌樂) 등과 같은 주술적(呪術的)이고 종교적인 방법을 사용하기도 하지만, 원혼이 깃든 시신에 대해 떡매질, 토막내기, 갈이질과 같은 물리적인 해결 방식을 취하기도 하는 바, 전자의 경우에 국한해서만 변강쇠가는 제의발생설화적 성격을 띤다.

한편, 「변강쇠가」는 '결핍-결핍의 해소'의 대목이 옹녀와 변강쇠의 결혼 이야기인 점에서 「나무꾼과 선녀」, 「어부와 용녀」, 「농부와 우렁각시」와 같은 민담형 신혼설화(神婚說話)와 맥락을 같이한다. 민담형 신혼설화가 남성의 경제적인 결핍이 여성과의 결혼에 의해 해소되듯이,[32] 「변강쇠가」도 변강쇠의 경제 문제가 옹녀에 의해 해결된다.[33] 그리고 신혼설화에서 결혼 상태를 지속시키기 위해서나, 완전한 결혼을 위해서 제시된 금기를 남자가 위반하여 분리(이별)를 초래하듯이, 「변강쇠가」에서도 변강쇠가 옹녀와의 결혼생활과 지리산 정착을 위해서는 준수해야 할 장승에 관한 금기를 위반함으로써 사별하게 되는 결과를 초래한다. 결과로부터의 탈출은 재결합의 추구로 시도되는데, 이별 후의 재결합을 위해서 용녀와 우렁각시는 적극성을 보이는 데 비해서 선녀는 소극적인데,

---

32 한문단편 중에서도 이와 유사한 유형이 발견된다. ① 남주인공은 몰락양반이고, 여주인공은 양반 이하의 신분으로, 남주인공이 위기에 처했을 때 여주인공이 구제하고 둘이 결연한다. ② 남주인공의 가난이 여주인공의 재물로 해결된다. ③ 남주인공이 여주인공의 재력에 힘입어 과거에 급제하고 출세한다. 이 책의 188~191쪽 참조.

33 옹녀가 각처의 도방을 돌아다니며, 들병장사, 막장사, 낯부림, 넉장질을 하여 돈을 모으고, 변강쇠는 옹녀한테 기생(寄生)한다. 강한영 교주, 앞의 책, 540쪽 참조.

「변강쇠가」의 옹녀는 저승에서의 재결합을 요구하는 변강쇠의 요구를 완강하게 거절함으로써, 죽은 변강쇠에 대해 옹녀는 철저한 분리주의의 입장을 고수한다.[34] 그런데 이와 같은 옹녀의 태도에서 저승에서의 사랑을 거부하고 이승에서의 사랑을 추구하는, 또 죽음을 부정하고 삶을 긍정하는 현실주의적이고 현세주의적인 세계관을 파악할 수 있는데, 이러한 세계관은 실무기술을 담당한 이서층 출신으로서의 신재효의 실질주의적, 합리주의적인 사고방식과 무관하지 않을 것이다.

요컨대 「변강쇠가」는 옹녀의 상부(喪夫)와 유랑이라는 결핍 상태가 변강쇠와의 결혼에 의해 해소되거나, 또는 변강쇠의 유랑과 궁핍이 옹녀에 의해 해소되지만, 옹녀와 변강쇠의 결혼과 정착생활을 지속시키는 데 필요한 장승금기를 변강쇠가 위반함으로써, 변강쇠가 장승동증이 발병하여 사별하는 결과를 초래한다. 그리고 그와 같은 결과 상황으로부터 탈출하기 위해 변강쇠는 옹녀에게 저승에서의 재결합을 요구하지만, 옹녀가 변강쇠의 그와 같은 방식의 탈출 시도를 반대함으로써, 옹녀와 변강쇠의 원혼 사이에 첨예한 갈등관계가 형성되고, 그 갈등 국면을 해결하는 과정에서 무속적 제의에 의해 화해를 이룩하기도 하지만, 궁극적으로는 물리적인 힘을 사용하여 굴복시킨다. 그리하여 「변강쇠가」는 '결핍-결핍의 해소-금지-위반-결과-탈출 시도'의 유형구조를 금기설화에서 계승하였지만, '결핍-결핍의 해소'와 같은 모티핌은 단 1회만 실현된 채 '금

---

34 뎁득이가 변강쇠의 원혼과 싸워 옹녀를 빼앗아 결혼하려는 삼각관계는 탈놀이에서 늙은 노장으로부터 젊은 취발이가 소무를 빼앗고, 늙은 샌님으로부터 젊은 포도부장이 소무를 빼앗는 것과 대응된다. 다만 탈놀이와는 달리 「변강쇠가」에서는 뎁득이가 변강쇠의 원혼과의 싸움에 승리하고서도 옹녀와의 결혼을 포기함으로써 진보적인 성향을 포기하고 보수로 회귀하는 점이 다르다. 그러나 이것도 성두본의 문제이지, 고수본에서는 변강쇠가 시체를 토막을 내든가 떼어버릴 수 있는 가능성을 암시하는 식으로 종결되기 때문에 탈놀이와 같은 내용으로 해석할 여지도 있다.

지-위반'과 '결과-탈출시도'와 같은 모티핌은 여러 번 반복시켜 인물 구성과 사건 전개가 복잡한 구비서사시로 발전시켰는데, 금기화소(禁忌話素)를 지닌 신혼설화(神婚說話)·신체금기설화(神體禁忌說話)·원혼(冤魂) 계통 제의발생설화 등이 그 문학적 배경 내지 형성의 연원으로 작용하였다는 추정이 가능해진다.

5. 변강쇠가의 문학사적 위치와 사회사적·의식사적 의미

변강쇠가는 변강쇠가(결핍) 옹녀와 결혼하여 살다가(해소) 장승을(금지) 파괴한(위반) 대가로 원사하게 되자(결과) 옹녀에게 순절을 요구하지만(탈출 시도₁), 옹녀는 변강쇠를 치상(治喪)하고 재혼을 시도하는(탈출 시도₂) 이야기로 '결핍-해소-금지-위반-결과-탈출 시도'의 유형구조로 되어 있다. 이러한 사실은 변강쇠가 구성이 분열적이거나 완만하지 않고 치밀한 논리전개와 통일적인 사고체계를 담고 있는 우수한 작품이라는 사실을 의미한다. 따라서 갈등구조도 남녀 주인공 변강쇠와 옹녀 사이의 남녀갈등, 부부갈등으로 보아야 한다. 기존의 논의에서 변강쇠와 옹녀가 유랑민인 사실을 지나치게 부각시키고, 공동체 의식의 표상인 장승과 변강쇠의 갈등을 지나치게 확대하여 변강쇠가의 주제를 파악하려고 하였으나, 변강쇠가의 핵심적인 갈등구조는 변강쇠와 옹녀 사이의 남녀갈등이고, 변강쇠와 장승, 변강쇠와 지역공동체, 변강쇠의 원혼과 유랑광대, 변강쇠의 원혼과 뎁득이 사이의 갈등구조는 지엽적이고 보조적 장치로 보아야 한다. 다시 말해서 변강쇠는 가부장적 권위주의를 내세워 옹녀에게 수절(守節)과 순절(殉節)을 요구하지만, 옹녀가 수절과 순절을 거부하고 자신의 행복을 추구하기 때문에 형성되는 갈등구조가 주축이 되고, 변강쇠와 장승과의 갈등을 통해서는 자유분방한 유랑민과 안정적인 지역공동체생활을 영위하는 정주민의 관계를, 변강쇠의 원혼과 움생원·옹좌수의 갈등을 통해서는 유랑민과 지역공동체의 향반층의 관계를, 변강쇠와 뎁득이의 갈등을 통해서는 급진적이고 과격한 민중세력과 온건하고 체제지향적인 민중세력으로의 분화 현상을 반영시켰다.

한국사회의 남녀관계 내지 부부관계는 단군신화에서 가부장제적 질서가 확립된 바, 남자는 교화와 통치로 지배하고, 여자는 자녀 생산을 담당하는 역할 분담이 고정되었고, 순종과 인내가 부덕(婦德)으로 정립되었다. 이러한 가부장제적 질서는 남편이 죽으면 아내가 저승에도 동행하는 순절(殉節)에서 절정을 이루었으니, 우리나라에서도 고령의 가야시대 고분 발굴을 통하여 순장(殉葬) 풍속이 확인되었다. 공무도하가의 배경설화도 백수광부가 강을 건너다가 익사하므로 아내도 노래를 부르고 뒤따라 강에 투신하여 저승길을 따라갔다고 하여 순장 내지 순절에 관한 기록이 된다. 그러나 남자의 절대적인 가부장적 권위가 도전을 받기도 한 바, 신라 처용설화에서는 처용이 아내와 동침하던 역신을 물러나게 하였다고 하여 가부장제적 가정질서가 위기를 맞이하였지만 수호하는 데 성공한 것으로 서술하였다. 그러나 조선 후기에 오면 정치적·종교적 권위주의가 동요되는 사회문화적 추세에 따라 가부장제적 권위주의도 심각한 도전을 직면하게 되었으니, 장끼전에서 장끼가 죽으면서 까투리에게 수절을 요구하지만, 까투리는 재혼을 시도하는데, 변강쇠가도 바로 이와 맥락을 같이하는 것이다. 변강쇠가에서 옹녀는 뎁득이라는 강력한 조력자를 만나 변강쇠의 원혼과 처절한 싸움을 벌이고, 마침내 승리하여 변강쇠의 저주로부터 해방되는 것이다. 곧 단군신화에서 확립된 가부장제적 남녀질서가 변강쇠가에 와서 마침내 역사적 필연성에 의해서 붕괴되고 여성이 남성의 지배욕과 소유욕에서 완전히 해방되어 자신의 행복을 추구할 수 있게 된 것이다. 요컨대 변강쇠가의 주제는 독단적인 가부장의 몰락과 여성의 해방이라고 말할 수 있다.

판소리의 주제를 보면, 춘향가는 반상(班常)의 갈등을 다루고 있다. 신분제의 제약을 벗어나려는 춘향과 신분제를 유지하려는 양반계층 사이의 갈등이다. 변학도는 이러한 양반지배체제를 대변하는 인물이고, 이몽룡은 춘향이의 신분상승을 도와 계급적 화해를 도모하는 진취적인 양반층을 대변한다. 흥부가는 빈부갈등을 다루고 있다. 부자와 빈민의 관계를 놀부와 흥부 형제관계로 설정하여 경제적 양극화의 극복 문제에 윤리적 시각을 복합시켰다. 수궁가는 토끼가 사는 육지와 별주부가 사는 수궁을 향촌사회와 궁궐의 공간적 표상으로 형상화하여 중앙 권력에 대한 지방 백성의 불신감과 배신감을 토로하고, 민중적 각성을 촉구하였다. 심청가는 고아 심청이가 황후가 되고, 시각장애인 심봉사가 장애를 극복하고 가족관계를 회복하는 과정을 통하여 신분상승을 현실적으로 성취할 수 있다는 낙관론을 보였다. 적벽가는 민중적 시각에서 조조가 상징하는 정통성과 정당성을 상실한 정치권력을 비판하고 풍자한다. 이처럼 판소리는 소리광대가 조선 후기 사회의 의식과 체험의 변화를 반영시킨, 사회역사적 상상력의 산물이다. 그런데 동시대의 공연예술인 탈놀이는 중놀이, 양반놀이, 할미놀이를 통하여 성속(聖俗)의 갈등, 반상의 갈등, 남녀의 갈등을 다루는 바, 반상 갈등과 남녀 갈등은 공통되지만, 불교와의 종교적 갈등은 탈놀이에서만 표현되었다. 판소리가 탈놀이보다 주제의식이 더 다양하지만, 불교에 대해서는 반감을 보이지 않았기 때문이다. 종교적 권위주의에 대해서 소리광대가 탈광대보다 더 관대하였던 것 같다.

6. 맺음말

금기화소(禁忌話素)가 수용되어 있는 민담형 신혼설화는 '결핍-결핍의 해소-금지-위반-결과-탈출 시도'와 같은 유형구조로 되어 있다. 그리고 금기화소의 하위단위인 신체금기화소가 수용되어 있는 제의발생설화도 동일한 유형구조로 되어 있다. 판소리 「변강쇠가」에는 장승금기, 원혼금기, 시신금기 등이 수용되어 있어서 이러한 금기설화의 유형구조가 확대되어 구비서사시로 발전한 사실을 확인할 수 있었다. 그렇지만 금기와 주술과 무속을 소재로 하고서도 그러한 것들에 대한 신앙심이 동요되고 합리적이고 경험적인 사고와 행동을 하게 된 사회문화적 변화를 반영하는 역설이 성립됨도 동시에 알 수 있었다.

신재효본 「변강쇠가」의 순차구조는 금기설화의 여섯 개 모티핌의 연속체로 분석되므로, 특히 전·후반부로 양분하는 기존의 관점은 극복되었다고 말할 수 있다. 다만 주술종교적인 방법만이 아니라 물리적인 힘을 행사하여 원혼과의 갈등을 해결하려는 측면은 철저한 대결정신의 표출이라는 점에서 무속적인 화해의 원리와는 대조적인데, 신재효본 판소리 「변강쇠가」에는 이들 상이한 두 가지 방식이 균형을 이루며 교직(交織)되어 있다. 일종의 과도기적 현상이라고 볼 수 있다. 그런데 이처럼 원혼 문제를 해결함에 있어서 주술종교적인 방법의 한계를 인식하고 물리적 힘을 사용하는 변화는 주목할 필요가 있다. 왜냐하면 굿과 예술의 주술적 효험을 불신하고 현실적인 해결방법으로 폭력을 합리화·정당화하는 사고방식의 변화를 보이기 때문이다. 탈놀이에서 취발이와 포도부장이 노장과 샌님의 기득권에 도전할 때 물리적인 힘을 사용하는 것과 같은 중인적 사고방식과 상통하는 바, 신재효가 판소리의 민중문화적 성격을 거부하고 중인문화로 굴절시켰음을 재확인하게 된다. 양반문화와 중인문화와 민중문화의 문화층위 속에서 판소리의 주도권을 놓고 향유층 내부에서 치열한 길항(拮抗)이 일어남으로써 판소리의 역사가 사회문화적 맥락 속에서 역동적으로 전개되었음을 알 수 있는 것이다.

한문단편 여복담(女福譚)의 유형구조와 인물유형

박진태

1. 머리말

한문단편은 사회경제적 현실은 물론 급격히 변모한 당대인의 정신적 풍토까지도 사실적으로 반영해 놓았기 때문에 조선 후기의 시대적 문맥 속에서 직접적으로 영위된 삶의 체험에서 우러난, 세계에 대한 인간의 대응양식을 언어화한 것이라 할 수 있다.[1] 그런데, 그 대응양식이 조선 후기라는 특수한 시대와 사회에 의해 규정되므로, 한문단편이 유형성을 띠는 것은 당연하다 하겠다.

일례로 신분제가 동요하면서 도망노비가 속출하고, 그리하여 노주(奴主)가 심지어 추노(推奴)꾼까지 고용하여 노비를 추심(推尋)하였는데, 이러한 사실들이 「허풍동(虛風洞)」, 「변사행(邊士行)」, 「구복막동(舊僕莫同)」, 「휘흠돈(徽欽頓)」, 「언양(彦陽)」, 「가칭진기(假稱鎭基)」, 「서(曙)」[2] 등에 반

---

1 이강옥(李康沃), 「조선 후기 야담집 소재 서사체의 장르규정과 서술시각유형 설정 시고」, 《한국학보》 제29집, 117쪽 참조.

2 이우성(李佑成)·임형택(林熒澤) 편역, 『이조한문단편집』(중권)(일조각, 1981)에 수록되어 있다. 이하 『단편집』이라는 약칭을 사용한다.

영되어 있어서 추노담(推奴譚)이라는 유형화가 가능하다. 그런가 하면 「비부(婢夫)」,「태학귀로(太學歸路)」,「마(馬)」,「조보(朝報)」,「관상(觀相)」,[3] 「김령(金令)」,「봉산무변(鳳山武弁)」,「수원(水原) 이동지(李同知)」[4] 등은 몰락 양반이 신분이 낮은 여자의 덕으로 출세하는 내용이어서 여복담 (女福譚)으로 유형화가 가능하다. 여기서는 여복담의 대표작『동패낙송 (東稗洛誦)』(하권)의 「수원(水原) 이동지(李同知)」를 중심으로 서사구조 와 인물의 유형성을 살펴보기로 한다.

2. 서사구조의 유형성과 그 의미

「수원 이동지」는 다음과 같이 세 단락으로 나눌 수 있다.

첫째 단락: 김생은 연천(漣川)에 사는 가난한 선비이다. 향반에 속하 면서도 빈한층 양반이다. 그리하여 가난의 타개책으로 자기 집의 도망 노비에 대한 추심을 떠난다. 추노를 하다가 반노들에 의해 살해될 위기 에 빠지기도 한 사실이 추노담에 반영되어 있듯이 추노는 위험부담이 매우 컸다. 그럼에도 불구하고 이를 감행하는 김생은 몰락양반의 극한 적인 궁핍상을 보여주는 것이다. 김생이 추노를 함에 있어서 지방 수령 의 지원을 받기 위해 서울 세도가의 청탁편지를 얻어내려고 성내로 들 어가다가 날이 저물고 우레가 치며 비가 쏟아져서 곤경에 빠진다. 그때 곤경에 처한 김생을 역관의 딸이 구조해 준다.

그런데, 역관의 딸은 김생보다도 더 위태로운 상황에 처해 있었다.

---

3 이상 다섯 작품은『단편집』(상권)에 수록되어 있다.
4 이상 세 작품은『단편집』(중권)에 수록되어 있다.

서모인 무녀한테서 살해되기 직전이었던 것이다. 궐녀가 김생에게 들려준 집안 이야기는 다음과 같이 정리할 수 있는 삽화이다.

① 역관이 부를 축적하였다.
② 역관이 부와 위세를 과시하기 위해 무첩(巫妾)을 얻었다.
③ 무첩이 궐녀의 어머니, 언니, 오빠를 죽였다.
④ 역관도 미혹이 심해서 죽었다.
⑤ 무첩이 가병(家柄)을 쥐고 전횡한다.
⑥ 무첩이 궐녀마저 제거하려 한다.

이와 같은 위기에 빠진 역관의 딸이 김생을 서방님으로 모실테니까 데려가 달라고 간청한다. 김생은 가난과 본처를 이유로 난색을 표명하지만, 가난은 역관의 유산으로, 본처의 문제는 궐녀가 첩의 위치를 감수함으로써 해결된다. 배고픈 새벽 호랑이가 중이거나 개거나 안 가린다는 속담 그대로 부유한 역관의 딸이 거지나 진배없는 김생과의 만남을 천운으로 인식하고, 운우의 정을 맺기에 이른다.

둘째 단락: 역관의 딸이 보물과 은화, 곳간의 재물과 전답문서 등을 가지고 김생의 집으로 가니, 가난뱅이 김생이 갑자기 부자가 된다. 본처도 궐녀를 동기간보다 더 사랑하는데, 이것은 궐녀가 본처를 공손히 섬겨 한 재산 지참한 것을 낯을 내지 않았기 때문이기도 하겠지만, 본처의 입장에서도 절대 빈곤으로부터 자기네를 해방시켜 준 궐녀가 구세주와 같은 존재임이 틀림없다. 그런데 이와 같은 본처의 입장과 심경을 대변해 주는 것이 「태학귀로」에서 몰락양반 진사가 이동지(중인층 내지 상인층?)의 과부딸에 이어 재상의 과부딸도 첩으로 맞이해도 좋겠느냐고 물었을 때, "첩이라도 저런 사람만 같으면 열이라도 좋지요."라고 찬동하

는 본처의 대답이 아닐 수 없다.

셋째 단락: 궐녀가 김생에게 과거를 권하지만, 김생은 문무(文武) 어느 것 하나 이룬 것이 없는 터였다. 그리하여 김생은 궐녀의 편지를 가지고 수원 이동지한테 간다. 이동지는 금관자를 달고 뜰에는 수십 명의 장정들이 벼타작을 하는 것으로 보아 외거노비(外居奴婢) 출신의 경영형 부농으로 공명첩(空名帖)이나 납속첩(納粟帖)을 사서 실직 없는 동지(同知)[5]가 된 인물일 터인데, 김생에게 거벽(巨擘)[6]을 소개하고, 자기의 두 아들을 서수(書手)로 대동하게 하여 인정도 충분히 베푼 나머지 수년이 안되어 김생이 과거에 합격할 수 있게 협력함으로써 신분제가 동요하던 시기임에도 불구하고 충노상의 전형을 보인다. 그런데, 이동지는 상전인 역관에게 신공(身貢)도 바치지 않고 속량(贖良)도 안 한 상태여서 남의 종으로서 한 푼의 재물도 쓴 적이 없었기에 매양 재물을 들여 은혜를 갚기도 하였다는 점으로 보아, 이동지가 거벽을 사기 위해 과거 때마다 사용한 천금의 돈은 역관 내지 역관의 딸의 돈이나 진배없으므로, 김생은 결국 역관의 딸의 재력에 힘입어 출세한 것임을 알 수 있다.

이상과 같이 「수원 이동지」의 서사단락은 크게 셋으로 구분되며, 다음과 같이 정리할 수 있다.

① 가난한 선비 김생과 역관의 딸이 부부의 인연을 맺는다.(결연)
② 김생이 궐녀의 재산으로 부자가 된다.(인생역전=여복$_1$)
③ 김생이 궐녀의 노비인 이동지의 도움을 받아 벼슬을 한다.(여복$_2$)

---

5 동지는 원래 동지중추부사(同知中樞府事)의 약칭으로 중추부의 종2품 벼슬이었다.
6 원래는 큰 선비라는 뜻인데, 과장(科場)에서 전문적으로 대작(代作)해 주는 사람을 가리킨다.

남주인공은 몰락양반으로서 위기에 처하지만, 양반 이하의 신분인 여주인공이 구제하고 둘이 부부가 되고, 그리하여 남주인공의 가난이 여주인공의 재물로 해결되고, 더 나아가서는 남주인공이 여주인공의 재력에 힘입어 과거에 급제하고 출세하였다는 내용이다. 곧 경제적으로는 몰락하였지만 양반의 신분인 남자가 사회적 신분은 낮지만 재력이 있는 여자와 결혼하여 인생역전이 일어나는데, 1차적으로는 부자가 되고, 2차적으로 관직에 진출하여 부귀영화(富貴榮華)를 누린다는 이야기이다. 다시 말해서 무능한 양반이 운수가 대통하여 여복으로 양반 신분에 어울리는 재산과 사회적 지위를 차지하였다는, 억세게 운 좋은 행운아에 관한 이야기이다. 그리하여 서사구조는 '결연-여복₁(부의 획득)-여복₂(관직 진출)'로 분석된다. 그리고 이와 동일한 서사구조가 「비부」, 「태학귀로」, 「마」, 「조보」, 「관상」, 「김령」, 「봉산무변」 등과 같은 일련의 한문단편들에서도 확인되어 구조적 유형성을 보이므로 여복형으로 유형화할 수 있는 것이다.

이 유형에 속하는 작품들에서 ①남녀가 결연하고, ②여자의 경제적인 부로 ③남자가 귀하게 되는 양상을 구체적으로 살펴보면 다음과 같다.

(1) 「비부」

① 양반인 오씨(吳氏)가 서울에 짚신장사 왔으나 안 팔릴 때 재상집의 사환비(使喚婢)가 데려다 비부쟁이로 만든다.(결연)

② 사환비가 오씨에게 돈을 주어 도량을 키우고 학문과 무예를 익히게 한다.(여복₁)

③ 오씨가 무과에 급제하고 산삼으로 고관들의 환심을 사서 출세하여 수사에 이르고 아내를 속량시킨다.(여복₂)

(2) 「태학귀로」

① 가난한 진사가 성균관에서 집에 가는 밤길에 이동지의 과부딸이 따라와 동침하고, 재상의 과부딸도 밤에 와서 첩이 된다.(결연)

② 궐녀가 돈을 가지고 와서 의식주가 풍부해진다.(여복₁)

③ 진사가 재상의 추천으로 능참봉이 되고, 여러 고을의 원을 역임한다.(여복₂)

(3) 「마(馬)」

① 영남의 선비가 향시에는 합격하나 회시(복시)에는 번번이 낙방하여 가세가 기울던 차, 김씨의 점괘에 따라 민촌(民村) 부자의 과부딸과 동침한다.(결연)

② 궐녀가 포목, 비단, 돈과 함께 망부(亡夫)의 말을 준다.(여복₁)

③ 선비가 홍패(紅牌)를 타고 오는데 궐녀가 친정에 가서 마중한다.(여복₂)

(4) 「조보」

① 가난한 무변 우하형이 퇴기 수급비(水汲婢)와 침식을 같이 한다.(결연)

② 궐녀가 우하형이 상경할 때 은자 600냥을 주어 벼슬자리를 구하라고 한다.(여복₁)

③ 우하형이 선전관, 주부, 경력 등을 거쳐 평안도 고을 사또로 부임하고, 급기야 절도사에 이른다.(여복₂)

(5) 「관상」

① 이참의(李參議)의 아들이 엉터리 관상쟁이 영흥부사가 선친의 상채(喪債)를 받으러 오라고 하고서는 배신한 탓에 얼어 죽게 되었을 때, 소복한 아줌마가 구해주고 딸을 소실로 삼게 한다.(결연)

② 서울로 떠날 때 아줌마가 은자 600냥과 세마포 수십 필을 준다.(여복₁)

③ 이씨는 빚을 갚고 등과하여 한림으로 임금을 경연에서 모시다가, 암행어사가 되어 영흥부사를 징계하고, 어명에 따라 첩을 둘째 부인으로 맞이한다.(여복₂)

(6) 「김령」

① 몰락양반 채노인(蔡老人)의 아들 채생이 김령의 하인들에게 납치되어 김령의 과부딸과 동침하고, 김령이 채노인을 설득하여 채생이 궐녀를 첩으로 맞이하여 동거하게 된다.(결연)

② 김령이 성남(城南)의 비옥한 땅을 채생에게 준다.(여복₁)

③ 채생이 가사를 잊고 글공부에 전념하여 과거에 급제한다.(여복₂)

(7) 「봉산무변」

① 무변 이씨는 선전관에 이르렀으나 실직한 이후 다시 벼슬을 구하기 위해 전답을 팔아 상경하였다가 가짜 병조판서의 수노에게 사기당하고 자살행위로 역관의 첩(평민여자)에게 덤볐으나, 궐녀도 마침 외로운 처지라 둘은 결합하고, 역관도 궐녀를 포기한다.(결연)

② 무변은 궐녀와 친정아버지의 유산을 가지고 봉산으로 가서 부자가 된다.(여복₁)

③ 무변은 다시 상경하여 벼슬도 구하고, 차차 승진하여 절도사에 이른다.(여복₂)

남녀의 결연(結緣)에서는 길에서 맨 처음 만난 남자(「태학귀로」·「김령」)라는 식의 우연성이 작용하기도 하고, 점복과 몽조에 의한 숙명론으로 수식되기도 하지만 (「말」), 「비부」처럼 민첩하고 총명한 하녀가 '정해

주는 혼처는 마다하고, 일찍이 말하길 제 스스로 적당한 사람을 골라서 짝을 맺겠노라'고 하여 반운명론적인 개척의지를 보이기도 한다. 그런데 이러한 비범성과 적극성은 「정기용(鄭起龍)」에서는 "여자의 일생은 오로지 남편에게 달려 있으니 한 몸이 한 때 잘못하면 후회가 막급한지라 어찌 부끄럽다고 잠자코 앉아 다만 부모가 짝을 정해 주기만을 기다리겠습니까? ……제가 장차 제 눈으로 스스로 고를까 합니다."와 같이 말하고, 「포기(匏器)」에서는 "만약 세상에 마음에 드는 사람이 없으면 차라리 늙어 독수공방하겠습니다. ……여종은 첫눈에 비상함을 알아보고"와 같이 말하는 대목에서 나타나는 바, 이것은 하나같이 궐녀가 지감(知鑑)의 능력을 지녔고, 자신의 운명은 자신이 책임진다는 개인의식을 각성하였고, 또한 자신의 운명을 극복하고 이상을 실현시킬 재능과 의지를 모두 갖추었음을 의미한다.

물론 「관상」에서 궐녀의 어머니가 서울양반이라는 막연한 기대감에서 궐녀를 소실로 권하고, 「김령」에서 김령이 궐녀와 채생의 결연의 장애요소인 채노인을 설득하는 역할을 함으로써 여주인공들의 소극적인 면을 보이기도 한다. 그러나 김령의 반수절사상과 인간성의 긍정을 재상도 받아들이는 사실은 「마(馬)」에서 망부의 분신인 말을 선비에게 주고 친정에 가서 신은행차(新恩行次)를 기다리는 과부의 결단과 함께, 순종과 정렬(貞烈)을 내세워 여성을 억압하던 유교적 봉건질서의 질곡 상태에서 여성을 해방시키려는 노력이 실천적으로 행하여졌고, 또 여성 자신들의 자각도 맹아한 시대적 추세를 반영한다. 더 나아가 자신의 배우자를 스스로 선택하려는 노비(「비부」·「포기」)와 이방의 딸(「정기용」)에 이르러서는 여성 자신이 운명의 주체가 되려는 결연한 의지를 보임으로써 근대의식을 지닌 선진적 인간상으로 부상한다. 그리하여 마침내 「조보」의 수급비처럼 명분보다 실리를 우선시하고, 사회윤리보다 개인의 사상과 감정을 중시하며, 부를 귀의 수단으로 삼아 관념적 명분론과 같은 전통적 규범을 벗어난 현실적 합리주의자 여인상이 출현할 수 있었다.

다음으로 부(富)와 귀(貴)의 관계를 보면, 부를 귀의 수단으로 삼은 점이 본 유형의 특징이다. 본래 관직이란 ① 정치적 권력과 ② 경제적 수입의 원천이고 ③ 사회적 위세의 상징이며 ④ 지식인만이 들어갈 수 있는 것이고, 『경국대전』에 의하면 관직을 받은 자는 직전(職田)과 녹봉(祿俸)을 주게 되었기 때문에 조선 전기에는 과거에 급제하여 관직 양반이 되면 경제적인 문제도 함께 해결되었었다. 그러나 후기에는 사정이 달라져 『속대전』(영조)에서는 직전을 폐지하였으며, 정치권력 투쟁에서의 패배는 사회경제적인 몰락을 의미하였기 때문에 몰락양반들의 궁핍화 현상은 생존 자체가 위협받을 정도였다. 따라서 몰락양반들이 자기보다 신분이 낮은 아내나 첩의 경제력에 힘입어서야 비로소 생활이 안정이 되고, 과거 준비를 하든가 벼슬을 하기 위해 뇌물을 바칠 수가 있었다. 경제적인 부를 축적하기 위해서는 매점매석을 하였고, 출세를 위해서는 매관매직도 이용하였는데, 충격적인 사실은 「수원 이동지」에서 문무에 전혀 능력이 없는 김생이 천금의 돈을 들여 거벽과 서수를 고용하여 대작대필에 의해 과거에 합격한 사실이다.[7] 부와 귀를 성취하기 위해서 수

---

7 과거시험의 폐단은 수종(隨從), 조정(早呈), 협서(挾書), 차술(借述), 혁제(赫蹄), 역서용간(易書用奸), 절과(竊科) 등이 있었는데, 이 가운데 차술에 해당하는 것이 거벽의 존재이다. 거벽은 「과장(科場)」, 「제문(祭文)」(『단편집』 중권)에도 등장하는데, 「과장」은 암행어사로 유명한 박문수가 남의 거벽과 서수를 협박하여 복시에 급제하고, 「제문」도 무문무필(無文無筆)의 몰락양반이 역시 거벽을 협박해서 과시(科詩) 한 수를 얻는다. 한편 문무자(文無子) 이옥(李鈺)의 「류광억전(柳光億傳)」에 과체시(科體詩)로 유명하였던 류광억이 가난하고 지체가 낮은 까닭에 돈의 액수에 따라 과문(科文)의 높낮이를 맞추어 팔아먹는 거벽으로 전락하게 된 경위와 활동상과 비극적인 종말이 소상하게 기록되어 있다.

단과 방법을 가리지 않는 사고방식과 행동양태는 사회윤리보다는 자아의 실현과 신분상승을 향한 욕망의 달성을 우선시하던 인간상의 출현과 시대적 분위기를 감지하게 해준다.

하여튼 양반층의 분열에 의해서 사회경제적으로 몰락한 양반층이 파생되고, 이와는 역방향으로 천민, 양민, 중인, 서얼의 신분상승 현상에 의해 역계층화 현상이 일어난 상황에서, 몰락양반의 경우 ① 몰락한 상황과 해결될 상황의 엄청난 격차, ② 몰락양반들의 현실의식과 감지의 수동성 내지 단편성, ③ 현실적인 능력을 상실한 처지에서의 비현실적 우연에 대한 기대 경향 등에서[8] 이와 같은 유형의 한문단편이 형성되고 유포되었을 것으로 보인다. 따라서 이러한 사실을 근거로 한문단편의 작자층을 대체로 몰락양반층에서 중인, 서리의 계층 등으로 넓게 추정할 수 있다.

요컨대 남녀칠세부동석이라는 유교적 도덕관에 의해서 여성의 사회적 진출이 봉쇄당한 조선 시대에 남성 중심의 가부장제 사회라는 제약을 극복하는 방편으로, 대체로 총명하고 민첩하고 치산(治産) 능력이 있는 천민층, 양민층, 중인층의 여성들이 현실적인 문제해결 능력이 없는 몰락양반을 매개로 활용하여 부귀영달을 향한 인간적인 욕망을 달성하고자 한 바, 그러한 실천적인 노력이 하나의 사회현상으로 나타났고, 이것이 폭넓은 공감대를 형성하면서 이야기로 구연되고 기록된 것이 여복담(女福譚)으로 유형화할 수 있는 일련의 한문단편들이라고 말할 수 있다.

---

8 이강옥, 앞의 논문, 130쪽 참조.

3. 인물의 성격과 역할

1) 김생과 역관의 딸: 무능한 양반가장상과 선어남형(先於男型) 여인상

조선사회는 유교적 윤리를 기반으로 한 가부장제 사회였다. 그래서 가문을 중시하였고, 종손과 장남을 우대하였으며, 아들 선호가 강하였고, 여자는 가계를 계승시키는 데 필요한 아들을 낳는 수단으로 여겨졌다. 이러한 사회에서 가부장의 가정에서의 지위는 확고부동하고 절대적이어서, 가정을 대표하고, 가산을 관리하고, 가족을 통제하여 융합과 조화를 꾀하는 역할, 즉 가정질서의 구심점이라는 순기능적인 면도 있지만, 독단, 독선, 아집, 군림이라는 역기능적인 면도 있었다. 그러나 김생은 무능한 몰락양반이었기에 그의 아내는 빈처를 면하지 못하였고, 김생은 현실적인 문제해결 능력이 없어 오로지 역관의 딸에 의존해서 부와 귀를 획득하는 꼭두각시에 불과하다.

그런데, 이와 같은 무능한 가부장에 대한 비판적 시각은 선어남형 여인상과 대비될 때 더욱 첨예화되니, 고전소설에 나타나는 여성 우위의 부부관계는 '나무꾼과 선녀', '우렁각시', '욕신금기'와 같은 민담 및 서동전설과 온달전설 등에서 서사적 전통의 연원을 찾을 수 있는데, 여성 우위의 군담소설류로「박씨부인전」을 비롯하여「여자충효록」「여장군전」「이대봉전」 등이 있다.「박씨부인전」은 박씨부인이 신통력을 부리는 신성소설인 데 비해서「이춘풍전」과「장끼전」은 현실적이고 세속적인 방법으로 갈등을 해결하는 세속소설이며,「수원 이동지」와 같은 여복형 한문단편과「정기용」「포기」「염(鹽)」「교전비(轎前婢)」「혜힐여비(慧黠女婢)」 등의 한문단편에 등장하는 여인상은 합리적이고 현실적인 방법에 의해 치부하는 점에서 세속소설의 여장부상에 근접하고 있다.

김생은 역관의 딸과 대조될 때는 무능한 가부장상이지만, 한편으로 이동지와 대비될 때는 무능하고 무기력한 몰락양반층의 전형으로 희화화(戲畵化)된 느낌마저 든다. 이를테면 이동지가 처음에는 주인으로서 대청에 올라가 김생과 앉았는데, 역관의 딸 편지를 보고서는 뜰로 내려가 무릎을 꿇고, 김생이 다시 대청에 오르게 하여 신분의 구애를 없애는 과정을 통해서, 김생과 이동지의 관계는 신분적인 수직관계가 아니라 수평적인 상호협력관계로 전환된 시대상의 변화를 보여준다. 그런데 무역활동을 통해 재산을 축적한 역관 및 도망노비나 진배없는 경영형 부농인 이동지와 같은 중인, 천민들이 김생과 같은 몰락양반과 유대관계를 맺으면서, 양반 관리층 내지 주자학적 윤리관으로 무장된 사대부의 피지배층으로서의 공동의 피해의식을 자각하고, 서로 돕고 서로의 인격을 존중할 때, 비로소 근대 시민계급을 형성할 수 있었을 것이다. 미상불 실제로 18세기경 비록 지극히 소수이기는 하나 신분제의 모순을 자각하고, 공동의 피해의식에서 계몽에 의한 자각층의 확대를 시도한 것이 연암과 북학파 등의 실학자였다.

2) 무첩과 역관의 딸: 부정적인 첩과 긍정적인 첩

무녀와 역관의 딸은 첩이라는 점에서는 일치하나, 신분이나 가정 안에서의 역할은 전혀 다르다. 조선의 혼인제도는 계급내혼제가 원칙이었다. 그러나 이것은 정처에만 해당하고, 양반도 노비나 기생 등의 천첩을 얻을 수 있었다. 이와 같은 상황에서 무녀는 신흥세력인 중인(역관)의 천첩이 되고, 중인인 역관의 딸은 몰락양반의 양첩이 된다. 그런데, 조선후기에는 도시에서는 양반이 상민의 처를 얻는 비율이 높아진 추세였고,

더욱이 경제력을 갖춘 역관의 딸인지라 김생의 정처도 될 수 있는 위치였다. 이러한 현실적 인식에서 김생이 첩이 되겠다는 역관의 딸에게 "그대의 인물과 재산으로 남보다 낮은 위치를 감수할 수 있겠는가?"라고 말하였을 것이다.

가정 내에서의 첩의 역할을 보면, 무첩은 가정을 파탄시키는 부정적 역할을 하는 반면, 역관의 딸은 부귀로 이끌고 화락을 이루는 긍정적 역할을 수행한다. 무당의 폐해와 치독으로 정처와 그 소생들을 살해하고 재산을 차지하려는 무첩은 사회적으로 천시되는 무당으로서 불안정한 첩의 위치를 극복하기 위해서 집요하고 주도면밀하고 무자비한 행동을 단행하는 투쟁적인 삶의 자세를 보인다. 이에 비해 역관의 딸은 여성 본연의 질투심을 승화시켜 이상적인 처첩관계를 유지시키는 데 성공하고 있다. 그러나 이러한 사실이 17세기 양반소설 「구운몽」의 일부다처제와 맥락을 같이한다는 점에서는 전근대적인 한계성으로 지적될 수 있을 것 같다.

3) 인물들의 관계와 역할

「수원 이동지」에 등장하는 인물들은 세 부류로 대별된다. 김생과 그의 처가 첫째 부류이고, 역관과 그의 처와 자녀 및 무첩이 둘째 부류이고, 이동지, 거벽, 이동지의 아들들이 셋째 부류를 이룬다. 그런데, 인물 간의 대립과 갈등은 첫째와 셋째 부류 안에는 없고, 둘째 부류 안에서만 나타난다. 첫째 부류에서도 빈곤으로 인해 「허생전」과 같은 갈등(무능한 양반과 그의 아내 사이의 갈등)의 요인은 내재해 있지만, 김생이 위험부담이 큰 추노를 단행함으로써 빈궁의 타개책을 강구하고, 김생의 처는 인내와 순종과 정렬을 생활화하도록 교화된 양반집 부녀자라서 갈등이 표면화되지 않으며, 역관의 딸이 첩으로 들어온 뒤에도 질투의 대상이 아니라 오히려 가난을 구제해 준 은인으로서 첩을 대하기 때문에 처첩관계가 갈등관계로 발전하지 않는다고 볼 수 있다.

그런데, 둘째 부류는 무첩의 투기와 이기적인 탐욕, 첩 본연의 피해망상증이나 역관의 총애를 독차지한 교만심 때문에 본처와 그의 소생들하고 무첩 사이에 첨예한 갈등관계가 형성되고, 급기야 무첩에 의해 모두가 희생되지만, 역관은 무첩에 미혹됨이 심하여 그와 같은 사실을 전혀 깨닫지 못한 채 마침내 죽는다. 그리하여 혈혈단신인 궐녀와 요사스런 무당이 백설공주와 신데렐라와 같은 동화나 「장화홍련전」이나 「콩쥐팥쥐전」 같은 국문고전소설에서처럼 전처의 소생과 악독한 계모라는 전형적인 갈등구조로 전환되고, 이 갈등을 해결하는 것이 김생인 것이다. 그리고 역관의 딸과 이동지도 노주와 도망노비의 관계로 대립될 수 있는데도 그렇지 않음은 역관이나 역관의 딸이 굳이 추노하여 신공이나 속량을 요구하지 않고 유대관계만을 지속시키는 입장을 취하기 때문으로 풀이된다.

그런데, 이상의 세 부류의 인물들 중에서 중심적인 역할을 하는 것은 김생, 역관의 딸, 이동지 세 사람이며, 무첩과 역관은 김생과 역관의 딸이 결합하기 위한 배경적 인물이고, 김생의 처는 그들 결합에 굴곡을 만들고, 몰락양반의 빈처로서 부첩을 은인으로 맞이해야 하는 점에서 일종의 비장한 골계미를 창출하는 면모마저 지녔음도 간과할 수 없다. 그리하여 이 작품은 김생의 입장에서 보면, 역관의 딸이나 이동지는 김생이 부와 귀를 획득하는데 결정적인 역할을 한 조력자들이다. 그리고 그 조력자의 신분이 중인에서 천민으로 신분이 단계적으로 낮아짐으로써, 김생이 부와 귀를 획득하는 과정을 통해서 동시에 김생의 가정적, 경제적, 사회적 무능을 폭로하고, 역관과 이동지의 사회경제적 상승현상을 부각시키는 반어적 효과가 발생한다. 반대로 역관의 딸의 입장에서 보면, 무첩으로 인한 가정파탄과 살해될 위기의 극한상황에서 김생과의 만남을 천운으로 믿고, 과부도 아닌 미혼녀로서 배우자의 가난과 본처의 존재라는 불리한 조건을 감수하면서까지 탈출을 시도하고, 또 예전의 자기 집 종(노복)인 이동지에게 의리관계에 입각하여 김생을 과거 급제시키는 현실적 해결방안을 강구하도록 함으로써, 김생을 매개로 삼아 부를 수단으로 귀를 성취하는 합리적 현실주의를 실천하는 이야기가 된다.

4. 맺음말

「수원 이동지」는 ① 남녀가 결연하여 ② 여자의 부를 수단으로 ③ 남자가 귀를 획득하는 구조 내지는 ① 남녀가 결연하여 ② 여자가 자기의 부를 수단으로 하여 ③ 남자를 귀하게 만들고, 그럼으로써 여자 자신의 사회지향적인 욕구를 성취시키는 구조로 되어 있어, 귀속사회에서 획득 사회로 이행하는 조선 후기의 사회적 변동에 대응되며, 이와 같은 양상이 다수의 한문단편에 나타나 하나의 유형구조를 이룬다. 그리고 이와 같은 유형구조는 몰락한 양반이 현실타개책으로 꿈꾼 우연성에 의한 문제해결욕구와 사회경제적으로 성장한 중인층·서민층의 신분상승욕구가 방전(放電)되어 형성시킨 것으로 볼 수 있다. 그리하여 표면상으로는 몰락양반이 여자의 경제력에 힘입어 과거에 급제하여 사회적 지위를 획득하는 양상을 띠지만, 실질적으로는 선어남형의 여성이 신분적인 제약과 남존여비, 재혼금지 등과 같은 유교문화적 봉건질서의 질곡상태를 극복하고 남자를 매개로 하여 부귀영화를 향한 인간적 욕망을 성취시킨 이야기가 되는 것이다.

따라서 주제는 유교적 봉건사회의 말기적 현상과 여성의 자아실현이라 할 수 있다. 다만 여성이 자아를 실현시키는 가운데 제기된 반사회윤리성이 놀부형의 인물과 연계되면서 문제점으로 남는다. 왜냐하면 적극적으로 이윤을 추구한 나머지 목적을 위한 수단과 방법에 윤리의식이 결여된 놀부가 결코 바람직한 인간상은 아니기 때문이다. 그러나 역관의 딸이나 이동지가 놀부와 함께 조선 후기에 새롭게 부상하던, 사회적 자아보다 개인적 자아에 충실한 인간이란 점에서 「수원 이동지」나 「흥부전」이나 모두 현실반영에 성공한 작품으로 평가되어야 함은 이론의 여지가 없을 것이다.

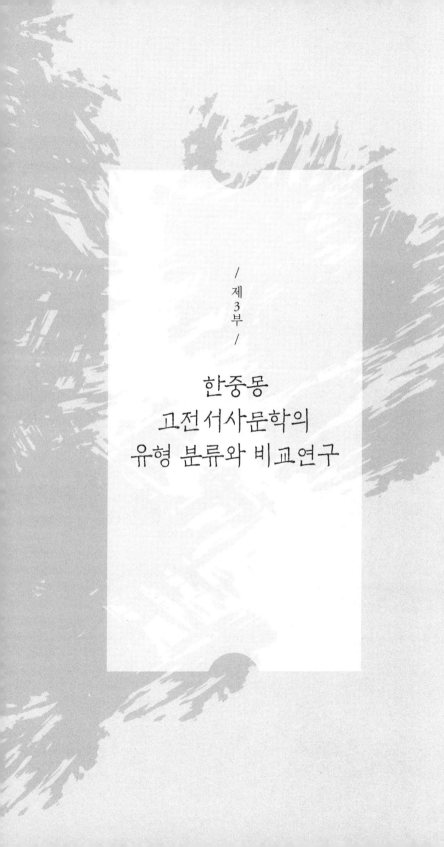

/ 제 3 부 /

한중몽
고전 서사문학의
유형 분류와 비교연구

한·중 해수관음설화의 유형 분류와 비교연구

왕가용

1. 머리말

한국은 삼면이 바다로 둘러싸인 반도이기 때문에 해신신앙과 해신설화가 형성되고 발전하였다. 그리고 서해바다를 사이에 두고 중국의 동쪽에 위치한 지리적 조건 때문에 역사적으로 문화교류가 긴밀하게 이루어져 해신문화에서도 영향관계와 동아시아적 보편성을 보인다. 그러나한국과 중국은 민족과 역사가 다르기 때문에 지역적·민족적 차이점도보인다. 따라서 한국 해신설화와 중국 해신설화를 비교하여 동아시아적친연성과 지역적 독자성을 파악할 필요가 있다.

한국과 중국의 해신문화에 대한 비교연구는 역사적·민속적·종교적관점과 비교문학적 관점으로 나누어 이루어졌다. 전자의 경우는 김인희,[1] 주강현,[2] 이병로,[3] 송화섭,[4] 상기숙[5] 등에 의해서 이루어졌다. 비교

---

1 김인희, 「한·중 해신신앙의 성격과 전파-마조신을 중심으로」, 《한국민속학》 제33권, 한국민속학회, 2001, 67~95쪽.

2 주강현, 「동아세아의 해양신앙과 해신 장보고: 동아세아 해양과 해양신앙-한·중·일 삼국의 해양문화사적 교섭관계를 중심으로」, 《도서문화》 제27권, 목포대학교 도서문

문학적 연구는 송화섭[6]에 의해서 이루어졌는데, 송화섭은 한국 변산반도의 개양할미설화와 제주도의 선문대할망설화를 중국 보타산의 해수관음설화와 비교하여 한국의 할미해신을 중국의 해수관음의 응화신(應化神)으로 보는 전파론적 입장을 보였다. 그러나 제주도의 선문대할망은 해신이라기보다는 산신으로 보아야 하고, 개양할미도 불교와 융합되기 이전의 한국 고유의 토착적인 해신으로 보아야 하기 때문에 재론의 여지가 있다. 중국의 경우는 해신에 대한 연구가 보타산의 해수관음과 절강성(浙江省) 미주도(嵋州島)의 마조에 대한 연구에 집중되었다. 본 연구에서는 해수관음설화만 연구대상으로 삼기 때문에 마조에 대한 연구사 검토는 생략하고, 해수관음설화의 연구사만 검토한다. 한국에서는 송화섭,[7] 조영록[8] 등이 보타산의 해수관음신앙에 대해서 연구하였고, 중국에서는 서굉도,[9] 진영부,[10] 패일문[11] 등이 보타산의 해수관음에 대해서 역

화연구소, 2006, 1~46쪽.

3 이병로, 「동아세아의 해양신앙과 해신 장보고-일본에서의 신라신과 장보고 적산명신과 신라 명신을 중심으로」, 《도서문화》 제27권, 목포대학교 도서문화연구소, 2006, 139~208쪽.

4 송화섭, 「중국 보타도와 한국 변산반도의 관음신앙 비교」, 《비교민속학》 제8집, 2008, 287~325쪽.

5 상기숙, 「한중 해신신앙 비교연구-마조(馬祖)와 영등(靈登)을 중심으로」, 《동방학》 제27권, 한서대학교 동양고전연구소, 2013, 189~218쪽.

6 송화섭, 「한국과 중국의 할미해신 비교연구」, 《도서문화》 제41집, 목포대학교 도서문화연구소, 2003, 162~192쪽.

7 송화섭, 「중국 저우산군도(舟山群島) 푸퉈산(普陀山)의 해신(海神)과 관음신앙(觀音信仰)」, 《도서문화》 제2집, 목포대학교 도서문화연구소, 2013, 51~75쪽.

8 曹永祿, 「再論普陀山潮音洞不肯去觀音殿的開基說以徐兢『高麗圖經』梅岑條的記錄爲中心」, 《韓國硏究》 제8집, 東國大學校, 20~34쪽.

9 徐宏圖, 「談普陀觀音信仰的歷史影響」, 『浙江海洋学院学报(人文科学版)』, 浙江省藝術硏究所, 2004, 15~16쪽과 56쪽.

10 陳榮富, 「略論中韓佛教文化交流」, 『韓國硏究』 제8집, 浙江工商大學, 2007, 7~19쪽.

11 貝逸文, 「普陀紫竹觀音及其東傳考略」, 『浙江海洋学院学报(人文科学版)』 제1기, 舟山博

사적·민속적·종교적인 관점에서 연구하였다. 이처럼 해신설화에 대한 연구는 역사적·민속적·종교적인 관점과 문학적인 관점 두 방향에서 이루어졌는데, 문학적인 관점만 국한시켜보면 한국 낙산사의 연기설화[12]와 중국 보타산의 해수관음설화에 집중되었다. 그런데 보타산의 해수관음설화도 불긍거관음원(不肯去觀音院)의 연기설화는 연구 대상에서 누락되고, 자죽림관음원(紫竹林觀音院)의 해수관음설화만 연구 대상에 포함되었다. 그러나 한국의 해수관음설화와 중국의 해수관음설화를 비교할 때에는 불긍거관음원의 연기설화와 낙산사의 연기설화를 비교하는 것이 반드시 필요하다. 하여튼 이러한 비교연구를 통해서 인도·중국·한국·일본을 아우르는 불교문화권 속에서 불교 계통 해신인 해수관음신앙과 해수관음설화의 영향관계와 지역적인 특성을 파악할 수 있다고 본다. 그래서 이러한 문제의식을 가지고 한국의 해신설화와 중국 해신설화를 비교연구하려고 한다. 그러나 중국의 해신설화의 전모가 파악되지 않은 상태에서 보타산의 해수관음설화가 다수 확인되기 때문에 한국 낙산사와 관련된 해수관음설화와 중국 보타산의 불긍거관음원 및 자죽림관음원과 관련된 해수관음설화에 국한하여 서사구조의 유형성을 살펴보고, 이를 토대로 비교연구하기로 한다.

物館, 2002, 15~17쪽; 貝逸文, 「論普陀南海觀音之形成」, 『浙江海洋学院学报(人文科学版)』 제3기, 舟山博物館, 2003, 29~34쪽과 79쪽.

　12 박상란, 「낙산사연기설화의 구전양상과 의미」, 《선문화연구》 제3권, 한국불교선리연구원, 2003, 271~293쪽; 장정룡, 「낙산사 관음신앙의 설화적 표출」, 《정토학연구》 제17권, 한국정토학회, 2012, 115~148쪽.

2. 불교의 관음신앙과 한·중의 해수관음사찰

1) 불교의 관음신앙

관음보살은 대자대비(大慈大悲)의 권화(權化)로서 중생의 고뇌를 듣고 해결해주는 불교신이다. 관음보살은 일반적으로 관세음보살(觀世音菩薩), 관자재보살(觀自在菩薩), 남해대사(南海大士), 원통존(圓通尊) 등으로도 불린다. 그리고 천수관음(千手觀音), 백의대사(白衣大士), 십일면관음보살(十一面觀音菩薩), 수월관음(水月觀音) 등의 명칭은 밀교에서 사용된다. 대자대비의 관음보살은『법화경』「보문품」에서 가장 구체적으로 묘사되었다. 관음보살이 중생으로 하여금 고뇌에서 해탈하게 해주기 때문에 민중들의 전폭적인 숭앙을 받게 되었다. 중국에서는 서진(西晉)의 축법호(竺法護)가『정법화경(正法華經)』을, 구마라집이『묘법연화경(妙法蓮花經)』을 번역한 이후에 관음신앙이 민중 속으로 확산되었다. 그리고 전란이 끊임없이 일어난 서진(西晉)과 16국 시대에 더욱 성행하였다. 이러한 사정은 한국도 마찬가지였다. 관음신앙이 신라에서 특히 크게 유포된 것은 삼국통일을 하는 과정에서 온갖 재난과 희생을 겪은 민중들이 구원의 화신인 관음에게 의지할 수밖에 없었던 사정 때문일 것이다.[13]

신라의 관음신앙에 대해서는『삼국유사』에 기록되어 있는 12종의 관음설화를 통해서 알 수 있다.

①「의해」편〈자장정률〉조-자장은 그의 아버지가 관음탱화를 천 부 조성하여 아들 얻기를 기원한 후 낳았다.

---

13 박진태 외 5인,『삼국유사의 종합적 연구』, 박이정, 2002, 262~264쪽 참조.

② 「탑상」편 〈낙산 이대성 관음정취 조신〉조-의상대사가 대비 진신이 해변의 굴 안에 주거하고 있다는 것을 듣고 그곳을 낙산이라 하였다. 관세음보살이 의상에게 법전을 짓기를 요청하므로 금당(金堂)을 짓고 관음존상을 조성하였다. 원효는 관음의 화현을 알아보지 못하였고, 또한 풍랑이 일어 관음 진신을 참배하지 못하였다. 조신이라는 중이 세속의 인연을 낙산사 대비관음에게 기원하여 꿈속에서 그것을 이루었지만 인생의 무상함을 자각하였다.

③ 「감통」편 〈광덕과 엄장〉조-문무왕 때 재가수행자인 광덕이 먼저 서방정토로 간 후 엄장이 관음의 19응신의 하나인 광덕의 처와 원효스님의 도움을 받아 서방으로 승천하였다.

④ 「감통」편 〈경흥우성〉조-경흥의 병을 치료한 여승이 있었는데, 그 비구니는 남항사의 11면관음보살의 화신이었다.

⑤ 「기이」편 〈문호왕 법민〉조-인용사의 관음도량은 당나라에 구금되어 있는 김인문의 무사귀환을 위해서 지은 도량이다.

⑥ 「탑상」편 〈백률사〉조-여진에 부례랑이 납치되고 그를 구하러 간 안상도 돌아오지 않고 나라에서 보관하던 신적(神笛)과 현금(玄琴)도 잃어버렸다. 부례랑의 양친이 백률사 대비상에게 기원하여 현금과 신적을 찾고 부례랑과 안상 두 사람도 무사히 돌아오게 되었다.

⑦ 「탑상」편 〈남백월 이성 노힐부득과 달달박박〉조-백월산 두 성인 달달박박과 노힐부득이 구도에 뜻을 두고 수행하였는데, 관음의 화신인 여인의 도움으로 성도하게 된다.

⑧ 「탑상」편 〈민장사〉조-보개의 아들 장춘이 바다로 장사하러 나간 후 돌아오지 않으므로 그 어머니가 민장사의 관음보살에게 기도하여 장춘이 무사히 돌아왔다.

⑨ 「탑상」편 〈분황사 천수대비 맹아득안〉조-희명(希明)의 아이가 5살 때

갑자기 눈이 멀자 분황사의 좌전 북쪽 벽에 걸린 천수대비관세음보살 앞에 나아가서 아기를 위하여 노래를 부르면서 빌었더니 눈이 밝아졌다.

⑩ 「탑상」편 〈대산 월정사의 오류성중〉조-수도할 곳을 찾는 신효거사에게 관음보살이 화현하여 수도처를 가르쳐 주었다.

⑪ 「탑상」편 〈삼소관음 중생사〉조-중국의 한 화가가 십일면관음보살의 도움으로 위기를 모면한 뒤 신라에 와서 중생사의 대비상을 그렸다. 신라 말 천성 연간에 정보 최은함이 이 절의 대비상에게 기원하여 아들을 얻었는데, 전란 중에도 관음보살이 이 아이를 돌보아 주었고, 또 한 절에 재비(齋費)가 없을 때 그것을 마련해 주었다.

⑫ 「감통」편 〈욱면비 염불서승〉조-경덕왕 때 강주에 선사 수십 명이 서방에 뜻을 두어 그 고을 경내에 미타사를 세우고 만일을 기약하여 계를 모았다. 그때 욱면이 성도하여 서방으로 갔는데, 이때의 동량 팔진은 관음보살의 응현이었다.[14]

신라의 관음설화에서 관음은 결혼(②), 득남(①⑪), 치병(④⑨), 귀환(⑤⑥⑧), 수도(⑦⑩), 서방정토왕생(③⑫) 등과 같은 인간의 소원을 이루어 준다. 특이한 것은 관음이 여인의 형상으로 나타나는 사실이다.(③④⑦). 왜냐하면 『비화경(悲華經)』과 『화엄경(華嚴經)』에는 관음보살이 태자와 용맹한 대장부로 나타나기 때문이다.

『비화경(悲華經)』에 근거하면 아미타불이 세상에 살던 전륜왕(轉輪王) 시대에는 관음은 왕태자였다. 이름은 불순(不珣)이다. 성불한 뒤에 아미타불의 좌측 협시불(脇侍佛)이 되었는데, 우측의 협시불 대세지보살(大勢至菩薩)과 합하

---

14 앞의 책, 267~268쪽.

여 '서방 삼성(西方三聖)'이라고 부른다. 돈황(敦煌)의 불화(佛畵)와 당·송 시대의 관음상 중에는 남성의 모습으로 입술 위에 두 가닥의 콧수염이 있다. -중략- 『화엄경(華嚴經)』에는 선재동자(善財童子)가 27참배를 할 때 보타낙가산에 도착하니 바위 골짜기의 숲속에 있는 금강석 위에서 용맹한 대장부 모습의 관음보살이 여러 보살들이 에워싼 가운데서 설법을 하고 있었다. 선재동자가 참배하고 도를 구하니 이것이 바로 세상에 전하는 '동자가 관음을 참배한(童子拜觀音)' 사건이다.[15]

남자 관음보살[16]이 특히 중국과 한국에서 여자의 모습으로 출현하는 것은 불교의 응화신(應化身) 사상 때문이다. 이에 대해서는 다음과 같은 설명이 있다.

『능엄경(楞嚴經)』 제6권에 근거하면 관세음보살은 고난에 처한 중생을 구제하기 위해서 32가지 응신(應身)으로-『법화경(法華經)』에는 33응신이다- 변신하는데, 그 가운데 비구니(比丘尼)가 속칭 니고(尼姑)로 여성의 모습이다. 또 다른 전설은 송대의 보명선사(普明禪師)가 편찬한 『향산보권(香山寶卷)』에 들어 있는데, 수미산 흥림국의 국왕 파가(婆伽)한테 묘장(妙庄) -연호- 18년 2월 19일에 딸 묘선(妙善)이 태어났다. 딸은 원래 선녀였는데, 인간세상에 태어났다. 파가왕이 아들이 없어 사위를 맞이하여 후사를 잇게 하려고 하였다. 묘선이 백작사(白雀寺)에 들어가 수도하면서 시집가기를 거절했다. 아버지가 불

15 藍翔·張呈富·寶昌榮 主編,『華夏民俗博覽』, 西安: 陝西人民教育出版社, 1991, 866 ~ 867쪽 필자 번역.
16 인도에서 관음보살은 민간신앙의 해신이 불교신으로 변한 것이다. 그리스의 해신 포세이돈(Poseidon)도 남신으로 제우스와 하데스의 형제인데, 황금해마가 끄는 수레를 타고 바다를 넘나들고 삼지창을 손에 쥐고 있는 난폭하고 독립적인 신이다. 아서 코트렐, 까치편집부 번역, 『그림으로 보는 세계신화사전』, 까치, 1995, 268쪽 참조.

을 질러 묘선을 태워 죽이려고 하였다. 묘선이가 몸에 칼로 상처를 내어 피로 붉은 비를 만들어 불을 껐다. 왕이 뒤에 다시 묘선을 칼로 죽이려고 하였으나, 참수할 방도가 없었다. 묘선이가 아버지와 원수관계가 되고 싶지 않아서 활의 현을 이용해서 목을 매어 자살하였다. 묘선의 영혼이 지하세계에 갔을 때 염라대왕(閻羅大王)이 묘선이 효를 다하려고 죽었기 때문에 선량하고 자비롭다고 생각해서 인간세상으로 되돌려 보냈다. 묘선이 향산의 현애동(懸崖洞)에 가서 수도하여 9년 뒤에 성불을 했다. 그래서 이름을 '관세음(觀世音)'이라고 부른다.[17]

위의 두 전설은 하나는 관음보살이 여자로 응신하였다는 것이고, 또 하나는 효녀 묘선이 관음보살이 되었다는 내용이다. 그런데 관음보살이 중국과 한국에서 여성화가 쉽게 이루어진 것은 중국의 여와(女媧)와 고구려의 유화(柳花)와 같은 생산의 여신이 있었기 때문이라고 보기도 한다. 관음보살이 생리하는 여인이나 식량과 관련되는 여인으로 나타나는 것에서 생산의 여신의 모습을 보인다는 것이다.[18] 실제로 중국에서는 관음보살이 여자에게 아이를 갖게 해주고 인간에게 벼농사를 가르치고 쌀 낟알마다 자신의 젖을 채워 넣었다고 믿었다.[19] 관음보살이 임신과 출산을 관장하는 생산신과 벼농사를 관장하는 농경신의 역할을 한다고 믿은 것이다. 이처럼 여성화된 해수관음보살이 해상안전을 보장하는 해신으로 모셔진 대표적인 사찰이 중국의 경우에는 절강성(浙江省)의 주산군도(舟山群島)에 있는 보타산의 불긍거관음원이고, 한국의 경우에는 강원도

---

17 藍翔·張呈富·竇昌榮 主編, 앞의 책, 867쪽을 필자 번역.
18 김현선, 「불교 관음설화의 여성성과 중세적 성격 연구」, 《구비문학연구》 제9집, 한국구비문학회, 1999, 37쪽 참조.
19 레이첼 스톰, 김숙 번역, 『동양신화백과사전』, 루비박스, 2006, 332~333쪽 참조.

양양(襄陽)의 낙산사이다. 이 두 사찰은 양국을 대표하는 해수관음 성지라는 공통점만이 아니라 해수관음과 관련된 설화가 풍부하게 형성된 점에서도 공통점을 보인다.

2) 한국의 낙산사

낙산사는 강원도 양양군 강현면에 있는 오봉산(五峰山)의 동쪽 해안에 있는데, 여수의 향일암, 남해도의 보리암, 강화도의 보문사와 함께 한국의 사대 관음성지가 된다. 낙산사는 의상대사가 당나라에 유학하여 지엄(智嚴)화상에게서 화엄학을 공부한 뒤 신라에 돌아와 문무왕 12년(672년)에 창건하였다. 낙산사 창건의 인연에 관한 설화에 의하면 의상대사가 관음굴에서 관음보살을 친견하고서 낙산사를 건립하였다고 한다. 이 설화의 상징적 의미는 세 가지인데, 첫째는 낙산사에 관음의 진신이 상주한다는 신라인의 믿음이고, 둘째는 신라인의 현세이익적(現世利益的)인 신앙이고, 셋째는 신라에 관음보살의 상주처가 있다는 신라인들의 자부심이다. 통일신라의 말기에는 범일국사가 정취보살을 친견하고 낙산사에 정취보살의 불상을 모셨다. 그리고 고려 시대 명종 15년(1185년)에 유자량이 관음굴 앞에서 분향하고 배례하자 청조가 꽃을 물고 날아와서 갓 위에 떨어뜨린 일도 있었다. 조선 이후로 몇 차례의 중건이 있었는데,[20] 2005년 4월 5일에 산불로 말미암아 낙산사의 모든 건물이 소실되었다. 그러나 관음보살이 봉안된 홍련암(紅蓮庵)만 멀리 떨어져 있어서 기적적으로 화재의 피해를 모면할 수 있었다. 홍련암은 관음굴의 입구

---

20 낙산사의 창건과 변천 과정에 대해서는 한국불교연구원, 『낙산사』, 일지사, 1991, 13~40쪽 참조.

바로 위에 건립되어 있는데, 이 홍련암은 낙산사와 같은 시기에 창건된 것으로 본다.

3) 중국의 불긍거관음원과 자죽림암

불긍거관음원은 보타산(普陀山)에 있는데, 보타산은 또 보타산(補陀山), 보타낙산(補陀洛山), 매잠산(梅岑山), 소백화산(小白華山) 등으로도 부른다. 그리고 오대산(五臺山), 아미산(娥眉山), 구화산(九華山)과 함께 중국의 사대 불교명산이다.[21] 보타산에는 자연동굴이 두 개가 있는데, 하나는 조음동(潮音洞)이고, 하나는 범음동(梵音洞)이다. 불긍거관음원과 직접적인 관련이 있는 동굴은 조음동이다. 조음동과 범음동 두 동굴이 관음보살의 상주처가 된 것은 서진(西晉) 태강 연간(280~289)에 관음대사의 명성이 유명해진 이후로 추정되는데, 그때의 사찰에 관한 기록은 없다. 보타산에 가는 사람들은 조음동과 범음동에 가서 관음보살에게 참배를 하고 관음보살의 진신을 보기를 간구했다. 『산지(山志)』에는 856년에 인도의 승려가 조음동 앞에서 관음보살을 향해서 정례(頂禮)를 하였다는 기록이 있다. 몇 년 뒤 863년에 일본 승려 혜악이 오대산에서 관음불상을 얻어서 귀국할 때 보타산의 연화양(蓮花洋)에 도착했을 때 갑

---

21 보타산의 위치는 절강성의 주산군도 동쪽 해역에 있는데, 서남쪽으로는 심가문(沈家門) 항구가 6.5km 거리이고, 남쪽으로는 주가첨도(朱家尖島)와 2.5km 거리이고, 동쪽은 망망대해(茫茫大海)이다. 산의 형상은 마름모꼴인데, 남북의 길이는 8.6km이고, 동서의 너비는 3.5km이고, 면적은 12.5㎢이다. 섬에는 동서남북에 여러 산들이 있는데, 보타산이라고 불리는 매잠산은 서남쪽에 있다. 낙가산은 보타산의 서쪽으로 5.3km 떨어진 거리에 있는데, 섬의 형상은 예각(銳角)삼각형이고 남북의 길이가 10.5km이고, 동서의 너비가 0.6km이고, 면적은0.36㎢이고, 높이는 해발 97.1m이다. 보타산에서 멀리 바라보면 바다 위에 누워 있는 부처의 모습이다. 朱封鰲, 『普陀山觀音文化勝迹遊訪』, 북경: 종교문화출판사, 2002, 1쪽 참조.

자기 바다에서 철련화(鐵蓮花)가 나타나서 배가 갈 수 없었다. 혜악이 조음동 부근 해안에 배를 정박하고 관음불상을 안치했다. 뒤에 현지인 장씨의 집에 이 관음불상을 봉안하고 불긍거관음원이라 불렀다. 이것이 보타산의 최초의 사원이다. 이후에 사원과 모암(茅庵)이 계속해서 지어지고 규모도 커지고 숫자도 많아졌다. 현재의 불긍거관음원은 1988년에 당나라 시대의 건축양식으로 건립한 것이다.[22] 앞에서 소개한 불긍거관음원의 창건과 관련된 이야기에서 철련화가 배를 가로막았다는 내용만 불교적으로 윤색된 것이고 나머지는 역사적 사실이다. 다시 말해서 일본 승려 혜악이 중국의 오대산에서 관음불상을 얻어서 보타산을 경유해서 일본으로 가려고 한 사실과 우여곡절을 거쳐서 관음불상이 보타산에 안치된 사실은 실제로 있었던 사건들이다. 이러한 사실이 불교적으로 윤색되어 연기설화(緣起說話)를 발생시킨 것이다. 한편 자죽림암(紫竹林庵)의 관음보살과 관련된 설화도 형성되어 전해지고 있는데, 자죽림암은 조음동 근처에 명나라 만력(萬曆; 1572~1620) 말년에 승려 소녕(炤寧)이 창건한 절로 처음에는 청조암(聽潮庵)이라고 불렀다. 이 청조암이 광서(光緖) 10년(1884년)에 자죽림암으로 이름이 바뀌었다.[23] 따라서 자죽림암의 관음보살과 관련된 설화는 후대에 형성된 것으로 보아야 한다. 그러나 자죽림암의 관음보살도 불긍거관음원의 관음보살과 동일한 해수관음보살이기 때문에 불긍거관음원의 연기설화를 살펴보는 데 있어서 자죽림암의 관음보살이 등장하는 설화들도 함께 살펴볼 필요가 있다.

---

22 앞의 책, 「전언(前言)」 참조.
23 위의 책, 35쪽 참조.

3. 한국 해수관음설화의 서사구조

『삼국유사』의 「탑상」편 〈낙산이대성관음·정취조신〉조에 기록되어 있
는 낙산사 해수관음설화는 의상대사와 해수관음의 이야기, 낙산사 창건
이야기, 원효대사와 해수관음의 이야기, 범일국사와 정취보살의 이야기
등 네 개의 설화가 합성되어 있다. 첫 번째 의상대사설화는 해수관음의
진신(眞身)이 증여한 수정염주와 동해용이 증여한 여의주를 낙산사에 봉
안하였다는 신기대보증여설화에 속하고, 두 번째 낙산사창건설화는 대
나무 두 그루가 솟아난 산마루에 관음법당을 건립하였다는 사찰연기설
화에 속하고, 세 번째 원효대사설화는 해수관음의 화신이 원효대사를 시
험하였다는 일종의 신심시험(信心試驗)설화에 속하고, 네 번째 범일설화
는 관음보살과 정취보살이 낙산사에 함께 봉안된 역사적 유래를 밝히는
이성(二聖)설화에 해당한다. 이 가운데 네 번째 유형은 낙산사의 관음보
살과 직접 관련된 이야기가 아니므로 제외하고 나머지 세 가지 유형의
설화만 살펴보기로 한다.

첫 번째와 두 번째의 설화는 의상대사가 주인공이고 세 번째 설화는
원효대사가 주인공인데, 의상대사는 관음굴의 관음보살의 진신을 친견
하고 낙산사를 건립하였으나, 원효대사는 관음보살의 화신을 알아보지
못하였다고 하여 의상대사는 추켜세우고 원효대사는 깎아내렸다. 이것
은 인물전설의 특징 중의 하나로 의상대사를 숭배하는 전승집단의 의도
를 보여준다. 의상대사와 원효대사는 함께 당나라 유학을 도모할 정도
로 친구였지만, 의상대사는 당나라에 유학을 갔다오고 원효는 당나라유
학을 포기하고 국내에서 독학하여 대성한 점에서 대조적인데, 특히 의상
대사는 귀족적인 화엄학(華嚴學)을 신라에 널리 전파한 데 반해서 원효
대사는 민중불교를 지향한 점에서 경쟁관계를 이루었다. 따라서 의상대

사를 추종하는 사람들이 낙산사연기설화를 만든 것으로 추정된다.

1) 신기대보증여설화적 구조

낙산사의 관음보살설화는 관음보살이 의상대사에게 신기대보(神器大寶)를 증여하는 점에서 신기대보증여설화의 유형에 속하는데,[24] 두 개의 이본이 존재한다.

(가) ① 옛날에 의상법사(義湘法師)가 처음 당나라에서 돌아와 대비(大悲)의 진신(眞身)이 이 해변의 굴안에 산다는 말을 듣고 인하여 이곳을 낙산(洛山)이라고 이름지었다. 대개 서역(西域)의 보타락가산(寶陀洛伽山)은 일명 소백화(小白華)라고도 했는데, 이는 백의대사(白衣大士)의 진신(眞身)이 머물러 있는 곳이기 때문에 이를 빌려 이름 지은 것이다. 의상이 재계(齋戒)한 지 7일 후에 앉은 자리를 새벽 바다 위에 띄웠더니 용천팔부(龍天八部)가 시종하며 굴속으로 인도하였다. 의상이 공중을 향해 예를 올렸더니 수정(水精)으로 만든 염주 한 꾸러미를 내주었다. 의상이 받아가지고 물러나오니 동해의 용이 또 여의보주(如意寶珠) 한 알을 바쳤다. 의상이 받들고 나와 다시 7일 동안 재계하니 비로소 관음(觀音)의 진용(眞容)을 보았다. 관음보살이 말하기를 "앉은 자리 위의 산마루에 한 쌍의 대나무가 솟아날 것이니 그곳에 불전(佛殿)을 짓는 것이 마땅하다."라고 하였다

② 의상법사가 듣고 굴에서 나오니 과연 대나무가 땅에서 솟아나왔다. 여기에 금당을 짓고 소상(塑像)을 만들어 모시니 그 원만한 얼굴과 고운 자질이

---

24 신기대보증여설화는 신성계의 존재가 인간에게 신기대보를 증여하는 설화유형인데, 해신설화 중에서 신기대보증여설화의 유형에 속하는 설화로 만파식적설화와 개양할머니설화가 있다. 이 책의 44~47쪽과 102~103쪽 참조.

마치 하늘이 낸 듯하였다. 대나무가 도로 없어지므로 그제야 이곳이 바로 관음의 진신(眞身)이 살고 있는 곳임을 알았다. 이 때문에 그 절 이름을 낙산(洛山)이라 하고 법사는 자기가 받은 두 보주(寶珠)를 성전(聖殿)에 모셔두고 그곳을 떠났다.[25]

(나) ① 양주(襄州) 동북쪽 강선역 남쪽 동리에 낙산사가 있다. 절 동쪽 두어 마장쯤 되는 큰 바닷가에 굴이 있는데, 높이는 1백 자 가량이고 크기는 곡식 만 섬을 싣는 배라도 용납할 만하다. 그 밑에는 바닷물이 항상 드나들어서 측량할 수 없는 구렁이 되었는데, 세상에서는 관음대사(觀音大士)가 머물던 곳이라 한다. 굴 앞에서 오십 보쯤 되는 바다 복판에 돌이 있고 돌 위에는 자리 한 닢을 펼 만한데 수면(水面)에 나왔다 잠겼다 한다. 옛적 신라 의상법사(義湘法師)가 친히 불성(佛聖)의 모습을 보고자 하여 돌 위에서 전좌배례(殿座拜禮)하였다. 27일이나 정성스럽게 하였으나 오히려 볼 수 없었으므로 바다에 몸을 던졌더니 동해용왕이 돌 위로 붙들고 나왔다. 대성(大聖)이 곧바로 속에서 팔을 내밀어 수정염주(水晶念珠)를 주면서 내 몸은 직접 볼 수 없다. 다만 굴 위에서 두 대나무가 솟아난 곳에 가면 그곳이 나의 머리꼭지 위다. 거기에다 불전(佛殿)을 짓고 상설(像設)을 안배(按排)하라' 하였다. 용(龍)도 또한 여의주(如意珠)와 옥을 바치는 것이었다.

② 대사는 구슬을 받고 그 말대로 가니 대나무 두 그루가 솟아 있었다. 그곳에다 불전을 창건하고 용이 바친 옥으로써 불상을 만들어서 봉안한 바, 곧이 절이다.[26]

(가)는 『삼국유사』에 기록되어 있는 설화이고, (나)는 『신증동국여지승

25 일연, 최광식·박대재 역주, 『삼국유사』(II)(「탑상」편 〈낙산의 두 성인 관음정취와 조신〉조), 고려대학교출판부, 2014, 229~230쪽.
26 민족문화문고간행회, 『국역신증동국여지승람』(V), 1985, 537~538쪽.

람』에 기록되어 있는 설화이다. 두 설화의 내용은 대동소이한데, 대단락으로 구분하고 서사구조를 추출하면 다음과 같다.

① 의상대사가 굴속에 들어가 관음보살에게서 수정염주를, 동해용에게서 여의주를 증여받았다.(증여)
② 굴에서 나와 낙산의 산마루에 금당을 짓고 관음상을 모셨다.(귀환)

낙산사관음보살설화는 의상대사가 신기대보인 수정염주와 여의주를 관음보살과 용으로부터 증여받고 관음상을 봉안한 낙산사를 세웠다는 내용으로 증여와 귀환 두 개의 모티핌(motifeme)만 실현되어 있다. 의상대사가 관음보살의 진신을 보기 위하여 관음굴 안으로 들어갈 때 동해의 용신이 의상대사를 호위하였고, 관음으로부터 수정염주를 받아들고 나올 때에는 여의주를 자진하여 바쳤다. 동해용신이 자발적으로 불교에 귀의하고, 고승에게 자신의 신기대보를 봉헌한 것이다. 용은 여의주가 있어야 하늘에 승천도 하고 풍운조화를 부리는 신통력도 발휘하는 법인데, 여의주를 승려에게 주는 행위는 자신의 권능을 스스로 포기하고 양도하는 것이다. 이처럼 '용신-무당인간'의 토착신앙의 질서가 '관음보살-승려-호법신·팔부신중·동해용신-중생'의 불교적 질서로 전환된 사실을 통해서 토착적인 용신신앙이 불교에 완전히 융합되었음을 알 수 있다.

2) 사찰연기설화적 구조

관음보살과 용신이 의상대사에게 신기대보를 증여한 이야기 속에 낙산사연기(緣起)설화 내지 낙산사창건설화가 내포되어 있다.

①관음보살이 말하기를 "앉은자리 위의 산마루에 한 쌍의 대나무가 솟아 날 것이니, 그곳에 불전(佛殿)을 짓는 것이 마땅하다."라고 하였다.

②의상법사가 듣고 굴에서 나오니 과연 대나무가 땅에서 솟아나왔다. 여기에 금당을 짓고 소상(塑像)을 만들어 모시었다.[27]

위 설화의 서사단락을 정리하면 다음과 같다.

① 관음보살이 절을 건립하라고 계시를 내렸다.(계시)
② 의상대사가 법당을 짓고 소상을 봉안하였다.(건사)

의상대사가 관음보살로부터 직접 계시를 받아 낙산사를 창건하였으니, 서사구조는 '계시-건사(建寺)'가 된다.

한편 낙산사처럼 계시에 의해서 창건된 사찰이 운문사의 전신 작갑사이다. 작갑사창건설화를 살펴보기로 한다.

①보양조사가 장차 무너진 절을 일으키려고 북쪽고개에 올라가서 바라보니, 뜰에 5층의 황색탑이 있었다. 내려와서 그것을 찾아보니 흔적도 없었다. 다시 올라가 바라보니 까치떼가 땅을 쪼고 있었다. 이에 해룡(海龍)이 작갑을 말했던 것이 생각나서 그곳을 찾아가 파보니 과연 예전 벽돌이 무수히 있었다. 이것을 모아 쌓아올리니 탑이 이루어졌는데, 벽돌이 남는 것이 없었으므로 이곳이 전대의 절터임을 알았다.

②절세우기를 마치고 이곳에 거주하였는데, 절 이름은 영험한 일이 있었으므로 작갑사라고 하였다. -중략- 태조 4년 정유(937)에 태조가 운문선사(雲

---

27 일연, 최광식·박대재 역주, 앞의 책, 229쪽.

門禪寺)라는 이름을 내리고 가사의 영험함을 받들게 하였다.[28]

위 설화는 두 개의 서사단락으로 구분할 수 있다.

　① 까치가 탑이 묻혀 있는 곳을 알려 주었다.(계시)
　② 탑을 복구하고 작갑사를 세웠다.(건사)

위 설화는 까치가 계시한 곳을 파서 무너진 탑의 벽돌들을 파내어 탑을 복구하고 절을 세웠다는 내용이어서 '계시-건사'의 서사구조를 보인다. 그런데, 미륵사, 대승사, 굴불사의 창건설화에서는 계시 대신 신성현시(神聖顯示)에 의해서 사찰이 창건된다. 대승사의 창건설화를 대표적으로 살펴보기로 한다.

　①죽령(竹嶺) 동쪽 백 리쯤 되는 곳에 우뚝 솟은 높은 산이 있다. 진평왕(眞平王, 579~632) 9년(587년) 갑신(甲申)에 흘연(屹然)히 큰 돌이 있었다. 사면이 한 장(丈)이었고, 사방여래(四方如來)가 새겨 있었으며, 모두 붉은 비단에 싸여 하늘에서 그 산 정상에 떨어졌다.
　②왕이 그 말을 듣고 수레를 타고 가서 쳐다보고 공경하여 드디어 바위 곁에 절을 세우고 절 이름을 대승사(大乘寺)라고 하였다.[29]

대승사창건설화의 서사단락과 서사구조는 다음과 같다.

28 일연, 최광식·박대재 역주, 『삼국유사』(Ⅱ)(「의해」편 〈보양과 배나무〉조), 고려대학교출판부, 2014, 370쪽.
29 일연, 최광식·박대재 역주, 『삼국유사』(Ⅱ)(「탑상」편 〈사불산·굴불산·만불산〉조), 고려대학교출판부, 2014, 150쪽.

① 사방에 석가여래상이 조각된 큰 바위가 산 정상에 떨어졌다.(신성현시)

② 진평왕이 대승사를 창건했다.(건사)

이처럼 대승사창건설화는 '신성현시-건사'의 서사구조로 되어 있다. 신성현시가 사찰건립의 동기와 이유가 되었다. 미륵사창건설화와 굴불사창건설화도 이와 동일한 서사구조로 되어 있다. 그러나 이상에서 살펴본 바와 같이 작갑사창건설화는 낙산사창건설화와 마찬가지로 '계시-건사'의 서사구조로 되어 있고, 미륵사창건설화와 대승사창건설화 및 굴불사창건설화는 모두 '신성현시-건사'의 서사구조로 되어 있다. 신성현시는 계시와 개념이 다르지만, 넓게 보면 뜻이 통하므로 동일한 유형구조로 볼 수 있다.

3) 무명설화적 구조

『삼국유사』에는 승려가 불보살의 화신(化身)을 알아보지 못하고 친견(親見)의 기회를 놓친 뒤 나중에 그런 사실을 깨닫고 후회하는 내용의 설화가 여럿 있는데, 이를 무명설화(無明說話)로 유형화할 수 있다.[30] 원효대사가 낙산사 관음굴의 해수관음보살을 만나는 이야기가 이런 유형에 속한다.

---

30 『삼국유사』의 경흥설화와 연회설화를 보면, 전자는 '① 경흥이 말을 타고 왕궁을 출입하였다(무명₁) ② 말린 물고기가 담긴 광주리를 멘 거사를 시종이 나무랐다(무명₂) ③ 경흥이 거사가 문수보살인 사실을 알고 다시는 말을 타지 않았다(깨달음)'의 서사구조이고, 후자는 '① 연회가 도망치다가 노인과 노파를 만났으나 그 정체를 몰랐다(무명) ② 연회가 노인과 노파가 문수보살과 변재천녀인 사실을 알게 되었다(깨달음)'의 서사구조이다. 무명설화는 '무명' 상태에서 '깨달음'의 상태로 반전되는 불교설화이다. 왕가용, 앞의 논문, 23∼26쪽 참조.

①그 후에 원효법사(元曉法師)가 뒤이어 여기에 와서 예를 올리려고 하였다.

②처음에 남쪽 교외 논 가운데에 이르니 흰 옷을 입은 여인이 벼를 베고 있었다. 법사가 농담 삼아 그 벼를 달라고 청하자 그 여인도 장난으로 벼가 잘 영글지 않았다고 대답했다.

③또 가다가 다리 밑에 이르니 한 여인이 월수백(月水帛)을 빨고 있었다. 법사가 물을 달라고 청하자 여인은 그 더러운 물을 떠서 바쳤다. 법사는 그 물을 엎질러버리고는 다시 냇물을 떠서 마셨다.

④이때 들 가운데 있는 소나무 위에서 파랑새 한 마리가 말하기를 "제호(醍醐)를 마다한 화상(和尙)아!"라고 하고는 갑자기 숨어버리고 보이지 않았는데, 그 소나무 밑에는 신 한 짝이 벗겨져 있었다.

⑤법사가 절에 이르자 관음보살상의 자리 밑에 또 전에 보았던 신 한 짝이 벗겨져 있으므로 그제야 전에 만난 성녀(聖女)가 관음의 진신임을 알았다. 이 때문에 당시 사람들은 그 소나무를 관음송(觀音松)이라고 하였다.

⑥법사가 성굴(聖堀)로 들어가서 다시 관음의 진용을 보려고 했으나 풍랑이 크게 일어나 들어가지 못하고 떠났다.[31]

위 설화의 서사단락을 구분하면 다음과 같다.

① 원효대사가 해수관음보살을 만나려고 하였다(구도(求道))

② 벼를 베는 백의(白衣)여인을 원효대사가 희롱하였다.(무명₁)

③ 원효대사가 여인이 서답 빨래한 물을 더럽다고 버렸다.(무명₂)

④ 원효대사가 소나무 밑에서 쉬라는 파랑새의 말을 듣지 않았다.(무명₃)

⑤ 원효대사가 관음보살의 신발을 보고 관음보살의 화신을 몰라본 사실을

---

31 앞의 책, 「탑상」편 〈낙산의 두 성인 관음 · 정취와 조신〉조, 230쪽.

깨닫게 된다.(깨달음)

　　㉠ 원효대사가 동굴에 들어가 관음보살의 진신을 보지 못했다.(실패)

　　원효대사가 만난 여인과 파랑새가 관음보살의 화신인데, 이러한 사실
을 알지 못하고 관음보살을 친견할 기회를 놓치고 나중에 화신을 만난
사실을 깨달았으나 이미 때는 늦었다. 이러한 내용은 원효대사가 지혜
롭지 못하여 고승의 자격이 없다는 풍자와 조롱의 의미가 내포되어 있
다. 설화의 전승집단은 원효가 요석공주와 파계하였기 때문에 호색한에
불과하고, 해골 물을 마시고 생사일여의 진리를 깨달았다고 하지만 생리
대의 물을 버린 것을 보면 세간의 평판과 명성이 허구라는 비판적 태도
를 보인다. 그리하여 '구도-무명-깨달음-실패'의 유형구조를 보인다.

4. 중국 해수관음설화의 서사구조

1) 사찰연기설화적 구조

　　불긍거관음원은 일본 승려 혜악이 창건하였다. 혜악은 당나라에 세
번 왕래하였는데, 세 번째 입당하였을 때 주산군도의 보타산에 불긍거관
음원을 창건하였다. 이러한 사실은 아래의 인용문에 잘 정리되어 있다.

　　㈎ 일본의 닌묘천황(仁明天皇) 때 혜악(惠萼)이라는 학승(學僧)이 있었다.
세 차례 당나라에 들어와서 구법을 했다. 첫 번째는 회창(會昌) 원년(841년)
가을 혜악은 안문관(雁門關; 山西省 代縣)에서 오대산(五臺山) 경내로 들어와
문수보살을 참배하고 겨울을 지내고서 그 다음 해에 일본에 돌아갔다. 두 번

째는 회창(會昌) 5년(845년)의 가을에 다치바나노카치코(橘太后)의 명을 받아서 다치바나노카치코가 친히 만든 가사(袈裟), 보번(宝幡), 경염(鏡匲) 등을 오대산에 공양했다. 세 번째 함통(咸通) 3년(862년)에 입국해서 오대산 사양령(思陽嶺) 마루에서 관음상을 구하여 사명(四明; 현 절강성 영파)에서 바다를 건너 일본으로 돌아가려고 했다.

(나) ① 전설에 의하면 당시에 배가 보타산에 도착했을 때 갑자기 광풍(狂風)이 불고 거대한 파도가 일었다. 혜악이 관음보살의 명호를 황급하게 부르니 비바람과 파도가 잠잠해졌다. 그러다가 혜악이 닻을 올려 출발하려고 하면 다시 광풍과 파도가 생기기를 여러 번 반복했다. 삼 일째 날씨가 쾌청(快晴)해져서 혜악은 행선하기로 했는데, 갑자기 연꽃이 피어 올라 목선(木船)이 가지 못하게 막았다. 혜악이 놀라고 마음 속에 갑자기 깨달은 바가 있어 '이것은 아마도 관음보살님이 일본에 가는 것을 허락하지 않은 것'이라고 생각하고 관음보살상 앞에 무릎을 꿇고 기도하였다. "대사님이 만약 동도(東渡; 일본행)를 허락하지 않는다면 제자가 꼭 대사님의 뜻을 따라 이곳에 절을 지어서 바치겠습니다." 이런 말을 마치자 요란한 소리가 들리면서 바다 속에서 갑자기 한 마리 철우(鐵牛)가 나타나 해면에 피어 있는 철련화(鐵蓮花)를 다 먹어버렸다.

② 혜악이 이때 갑자기 깨달음을 얻어 관음보살상을 먼저 조음동(潮音洞)의 장씨댁(張氏宅)에 봉안하고 보타산에 개원사(開元寺)를 창건하고 관음상을 관음전에 옮겨 봉안했다. 이것이 당대인들이 부른 '불긍거관음원(不肯去觀音院)'과 오대사(五臺寺)이다. 그 이후로 불긍거관음원이 남해의 유명한 사찰로서 관음보살의 도량이 되었다. 혜악은 이로 말미암아 관음도량의 초대 개산조사(開山祖師)가 되었는데, 중국에서 불교도량을 창건(創建)한 유일한 일본 승려이다. 보타산이 이로 인해서 중국의 불교 명산이 되었다. 그래서 사람들 사이에서 "오대산은 관음보살의 고향이다.", "관음보살의 본거지(本據地)는

오대산의 사양령(思陽嶺)이다."라는 말이 유전한다. 일본 승려가 혜악이기 때문에 오대산과 보타산은 긴밀하게 연결되었다.[32]

위 인용문을 보면 보타산의 관음상은 원래는 오대산에 있었는데, 혜악이 관음상을 얻어서 일본으로 가져가는 도중 풍랑을 만나 주산군도에 기항(寄港)하였고, 그것이 계기가 되어 주산군도의 보타산에 관음상을 봉안하여 불긍거관음원을 창건한 사실을 알 수 있다. 그런데 관음상이 일본으로 가지 않고 보타산에 상주하게 된 이유는 전설에 나타나 있다. 전설에 의하면 세 가지 이상한 사건이 일어났는데, 첫 번째는 풍랑이 일어났을 때 관음보살의 명호를 부르니까 풍랑이 가라앉은 이적이고, 두 번째는 날씨가 쾌청해지자 떠나려는 배를 연꽃이 가로막은 사건이고, 세 번째는 철우가 나타나 철연꽃을 먹은 사건이다. 첫 번째 사건은 관음보살이 풍랑을 일으켜 혜악이 탄 배가 보타산에 정박하게 만든 것이고, 두 번째 사건은 관음보살이 철연꽃으로 일본으로의 항해를 막은 것이고, 세 번째 사건은 혜악이 일본행을 포기하자 관음보살이 철우(鐵牛)에게 철련화를 철거하도록 시킨 것이다. 이러한 일련의 사건들은 관음보살이 풍랑과 철련화를 이용하여 혜악의 일본행을 저지하고 주산군도 일대의 해신으로 좌정하게 된 내력을 설명해준다. 그리하여 위 인용문 속의 전설은 다음과 같이 서사단락을 구분하고 서사구조를 분석할 수 있다.

① 혜악을 따라 일본으로 가던 관음보살이 풍랑과 철련화로 보타산에 상주하고 싶은 뜻을 나타냈다.(계시)
② 혜악이 보타산에 절을 짓고 관음보살상을 봉안하였다.(건사)

---

32 李廣義, 「五臺山的故事」, 『五臺山』, 2010 3期, 49쪽. 필자 번역. 원문 생략.

이와 같이 불긍거관음원연기설화는 '계시-건사'의 서사구조로 되어 있다. 그런데 위 설화와 비슷한 각편이 두 개 확인된다. 그 가운데 하나는 다음과 같다.

① 일본의 고승 혜악(慧鍔)이 오대산에서 관음상 하나를 얻어서 바다를 건너 일본으로 돌아가면서 보타산 바다를 지날 때 배가 갑자기 뿌리가 생긴 것처럼 이동할 방법이 없었다. 혜악은 관음보살이 영험(靈驗)을 나타냄을 알고 즉시 기도를 하여 "저희들 나라 중생이 관음보살을 만나볼 인연이 없다면 대사(大士)께서 이곳에 머무르면서 향화(香火)를 받으십시오."라고 말했다. 마침내 배가 조음동(潮音洞)의 아래에 표착(漂着)하고 바다 위에 갑자기 천 송이의 연꽃이 나타나서 배를 포위했다.

② 그래서 혜악이 배를 버리고 보타산에 올랐다. 섬사람 장씨가 방을 비우고 관음상을 받들어 모셨다. 뒤에 불긍거관음원을 세웠다. 이로 인해서 관음대사가 낙가보타산에 상주하게 되었다.[33]

위 설화의 서사단락과 서사구조는 다음과 같이 정리할 수 있다.

① 혜악을 따라가던 관음보살이 보타산 근처 바다에서 움직이지 않았다. (계시)

② 혜악이 보타산에 관음상을 봉안하였다.(건사)

다른 하나의 각편은 북송 시대 영파(寧波) 지방의 『보경사명지(寶慶四明志)』에 기록되어 있다.

---

33 藍翔·張呈富·竇昌榮 主編, 앞의 책, 868쪽. 필자 번역. 원문 생략.

① 대중(大中) 십삼 년 일본 승려 혜악이 명을 받아서 오대산에 와서 예불을 했다. 중대정사(中臺精舍)에 이르러 관음상이 단아하고 안색에 기쁨이 넘치는 것을 보고 관음상을 얻어서 귀국하려 했다. 절의 무리들이 허락했다. 혜악이 관음상을 어깨에 메고 와서 배에 오르려하니 관음상이 너무 무거워서 들 수 없어서 동행한 상인들을 시켜서 드디어 배에 탔다. 창국(昌國)의 매잠산(梅岑山)에 이르렀을 때 갑자기 파도와 바람이 심하게 일어 뱃사공이 심히 두려워하였다. 밤에 한 호승(胡僧)이 나타나서 "네가 오로지 안전을 바란다면 내가 이 산에서 반드시 바람을 잠재워서 보내주마."라고 말하였다.

② 혜악이 감읍(感泣)해서 사람들에게 꿈 이야기를 하니 모두 놀라고 기이하게 여기고서 도량을 조성하여 관음상을 안치한 뒤 떠나갔다. 이 관음보살을 불긍거관음이라고 불렀다.[34]

이 설화의 서사단락과 서사구조는 다음과 같다.

① 혜악이 관음상을 모시고 보타산에 이르렀을 때 풍랑이 심하였다.(계시)
② 관음보살의 현몽에 따라 관음상을 보타산에 봉안하였다.(건사)

위에서 검토한 세 개의 각편 모두가 '계시-건사'의 서사구조를 보인다. 다만 관음보살의 계시가 각편1·2에서 풍랑과 철연꽃, 배의 부동(不動)과 같은 징조를 통해 간접적으로 표현되는데, 각편3에서는 풍랑과 같은 암시적인 방법만이 아니라 현몽이라는 직접적인 방법도 사용되는 점에서 차이를 보인다. 그런데 각편3에서 특이한 점은 꿈을 통해서 계시한

---

34 宋羅浚 等 撰, 『寶慶四明志』(卷第十一), 〈十方律院六 開元寺〉條; 曹永祿, 「再論普陀山潮音洞不肯去觀音殿的開基設」, 『韓國研究』第8集, 東國大學校, 2007, 16~17쪽 필자 번역.

관음보살이 호승(胡僧)인 점에서 남자라는 인상을 주는 사실이다. 이것은 매우 중요한 사실인데, 왜냐하면 관음보살의 응화신(應化身)이 인도에서는 주로 남자로 나타나지만 중국과 한국에서는 여자로 나타나기 때문이다. 보타산의 자죽림관음암의 해수관음설화에서도 여자관음이고, 한국 낙산사해수관음의 응화신도 여자의 모습이다.[35]

2) 무명설화적 구조

자죽림관음원의 해수관음과 관련된 설화로 단고도두설화가 있는데, 그 내용은 다음과 같다.

① 아주 오래 전에 시누이와 올케[36] 두 사람이 있었다. 평시에 먹는 것 쓰는 것을 아껴 여러 해를 지내서 겨우겨우 약간의 돈을 모았다. 두 사람은 염불바구니를 들고 함께 배를 타고 푸퉈산(普陀山)에 가서 향을 피우고 관음을 만나러 떠났다. 그때는 푸퉈산에 부두가 아직 없었다. 작은 배는 남천문 서쪽의 한 옅은 곳에 밧줄을 맸다. 조류가 물러나자 사람들은 총망히 해안에 올랐다. 오직 시누이만 배를 끌어안고 머리를 숙인 채 배안에서 꼼짝도 안 하고 있었다. 올케는 급해서 그녀에게 빨리 가자고 재촉했다. 시누이는 얼굴을 붉히며 쭈물쭈물 올케에게 알려주었다. 월경이 와서 몸이 깨끗하지 못하므로 불문성지에 들어가기가 어렵다고 말했다. 올케는 듣자마자 원망을 하며 "다 큰 아가씨가 월경오는 날짜도 잘 모른단 말인가. 지금 관음을 만나는 일을 다

---

35 일본에서는 남성적인 관음상이 우세한데, 도상학에서 왕족의 모습으로 묘사된다. 아서 코트렐, 까치편집부 번역, 앞의 책, 142쪽 참조.

36 원래의 번역문에서는 '수수(嫂嫂)'를 언니로 '소고(小姑)'를 올케로 번역하였으나, 이것은 잘못된 번역이어서 수수를 올케로, 소고를 시누이로 고쳤다.

그르쳤으니, 정말 스스로 화근을 만드네."하고 수차례 꾸중을 한 후 혼자서 염불바구니를 들고 산에 향을 피우러 갔다. 이때 배의 주인은 해안에 술 마시러 올라갔고, 배안에는 시누이 혼자만 남았다. 그녀는 자기가 향도 제대로 못 피우게 됐을 뿐만 아니라 오히려 올케에게 한바탕 혼까지 났으므로 후회도 되고 괴로웠다.

②이때 죽림(竹林)에서 한 늙은 할머니가 한 손에는 지팡이를 한 손에는 참대바구니를 들고 한 걸음 한 걸음 배가 정박해 있는 곳으로 오고 있었다. 그는 허리를 굽혀 돌멩이 한 줌을 쥔 다음 바다를 향해 한 알을 던졌다. "풍덩"소리만 들을 수 있었다. 돌멩이가 바다 속 깊이 들어가자 금방 하나의 큰 바위로 변했다. 이렇게 하나씩 돌멩이를 던지자 옅은 해안은 반듯한 바위들이 줄지어져서 배 옆에까지 이르러 하나의 부두(埠頭)가 되었다. 할머니는 해안에 도착한 후 웃으면서 아가씨에게 말했다. "아가씨 배가 고프죠?" 한편 바구니를 덮은 천을 열고 향기로운 냄새가 나는 밥과 반찬을 한 그릇 내놓았다. 시누이는 할머니가 밥과 반찬을 갖고 온 것을 보고 놀랍게 물었다. "할머니, 당신은 어떻게 제가 여기서 굶고 있는지 알았어요?"라고 묻자 할머니는 웃으면서 "너의 올케가 나를 보낸 것이란다. 어서 빨리 먹어라."고 말했다. 시누이는 마침 배고팠던 차라 사발에 담아 맛있게 먹었다. 배불리 먹고 그제서야 얼굴을 붉히며 할머니에게 감사를 표했다. 할머니는 웃으면서 그릇들을 챙겨 바구니에 담은 후 돌아갔다. 시누이는 졸려서 배에 앉은 채 잠이 들었다. 배의 주인이 술을 다 마시고 돌아온 후 아주 이상하게 생각했다. 이곳에 어떻게 이런 부두가 하나 생겼지? 혹시 내가 길을 잘못 들어선 걸까? 그는 눈을 비비고 자세히 살펴보았다. 틀림없었다. 자기의 작은 배가 아직도 저기 있지 않은가. 이때 올케와 같이 배를 탔던 사람들도 모두 돌아왔다. 배주인의 말을 듣고 다들 놀라워했다. 올케는 배에 들어서서 시누이를 깨우며 부두가 도대체 어떻게 된거냐고 물었다. 시누이는 머리를 흔들면서 자기도 모른다고 했다.

올케는 한편 원망하면서 바구니 속에서 큰 떡 두 개를 꺼내어 말하기를 "너도 참 잠밖에 몰라. 빨리 먹어."라고 했다. 시누이는 "언니가 밥을 다른 사람한테 보내지 않았나요?"라고 물었다. 올케는 이상하다는 듯 말했다. "내가 언제 사람을 시켜 밥을 보냈겠어? 너 꿈 꾼 거 아니야?" 시누이는 금방 할머니가 밥을 보내온 일들을 말했다.

③ 배주인은 듣고 놀랍기도 하고 기쁘기도 하여 다리를 탁치면서 말했다. "이 부두를 만들고 밥을 갖다준 사람은 틀림없이 관음보살(觀音菩薩)이야." 사람들은 모두 시누이를 위해 기뻐했다. 사람들은 그녀에게 직접 관음보살이 나타난 것이라 믿고 시누이는 관음보살이 보내준 밥을 먹었다고 생각했다. 올케는 그래도 의심스러워 한 걸음에 사찰의 대웅보전에 달려가 자세히 보니 관음보살이 입은 옷의 자락이 아직도 바닷물에 젖은 흔적이 남아 있지 않은 가? 올케는 이제야 배주인이 한 말이 사실이라고 믿을 수 있었다. 이때부터 푸퉈산에는 선박을 댈 수 있는 부두가 생겼다. 올케가 시누이를 혼낸 이 한 단락의 이야기가 있으므로 후세 사람들은 이 부두를 '단고도두(短姑道頭)'라고 불렀다.[37]

위 설화는 시누이와 올케가 보타산으로 관음보살을 만나기 위해서 갔으나 시누이는 월경 때문에 배에 남고 올케만 상륙하였는데, 시누이에게 나타나 부두를 만들고 음식을 준 관음보살의 정체를 사람들이 처음에는 몰랐으나 나중에는 알았다는 내용이어서 서사단락과 서사구조를 다음과 같이 정리할 수 있다

---

37 송화섭, 「한국과 중국의 할미해신 비교연구」,《도서문화》제4집, 목포대학교도서문화연구소, 2013, 176~178쪽. 원문은 朱封鰲, 앞의 책, 173쪽에 있다.

① 시누이와 올케가 보타산으로 관음보살을 만나러 갔다.(구도)

② 관음보살인 노파(老婆)가 월경 때문에 상륙하지 못한 시누이를 찾아와 부두를 만들고 음식을 주었다.(무명)

③ 시누이는 관음보살의 화신인 노파를 몰라본 사실을 깨닫게 되었다.(깨달음)

시누이올케설화는 '구도-무명-깨달음'의 서사구조로 되어 있다. 그리하여 낙산사의 관음보살을 만나러 갔으나 관음보살의 정체를 알아보지 못하여 '구도-무명-깨달음-실패'의 서사구조를 보인 원효설화와 동일한 무명(無明)설화의 유형구조를 보인다. 다만 중국설화는 주인공이 민중적 인물이어서 생리 때문에 배안에 고립된 채 점심을 굶은 여자에게 음식을 주고, 부두 시설을 만들어 육지에서 배에 바로 승하선을 할 수 있게 해주는 관음보살의 자비와 신통력이 강조되고, 원효설화는 주인공이 고승이기 때문에 풍자와 감계(鑑戒)의 의미가 확대되는 점에서 차이를 보인다.

3) 무명설화와 사찰연기설화의 복합적 구조

앞에서 불긍거관음원의 창건에 관한 설화를 살펴보았는데, 이제부터는 해수관음을 주인공으로 한 설화를 살펴보기로 한다.

① 관음보살이 남해(南海) 낙가산(洛迦山)에서 바다를 뛰어넘어 보타산(普陀山)에 도착한 후 다시 세 번을 뛰었는데, 처음 뛰어 도착한 곳이 대거도 관음산(觀音山)이고, 두 번째 뛰어 도착한 곳이 사초도 대비산(大悲山)이며, 세 번째 뛰어 도착한 곳이 소양도의 소관음산(小觀音山)이라고 한다. 관음보살이

낙가산에서 보타산으로 뛴 것은 동해(東海) 주산군도(舟山群島)에 있는 1,000 개의 봉우리가 관음현시(觀音顯示)의 최적의 장소라고 알고 있었기 때문이다. 그런데 보타산에 도착하여 주산군도의 봉우리를 아무리 세어보아도 천 개 봉 우리 중 한 개가 모자랐다. 이상히 여겨 다시 한 번 뛰어 대거도 관음산 꼭대 기에 도착하여 다시 세어보아도 하나가 모자랐다. 그래서 이번에는 다시 사 초도 대비산으로 뛰어가서 세어보았지만, 여전히 하나가 모자랐다. 세 번 만 에 소양도의 소관음산으로 뛰어간 관음은 이번에도 세고 또 세어보았지만 여 전히 모자랐다.

②그러던 중 몸을 숙여 자신이 올라 있는 산마루를 보고 피씩 웃었다. 알 고 보니 자신이 앉아 있던 산을 세지 않았던 것이다. 나중에 관음보살이 다시 보타산으로 돌아왔지만 그녀가 세 번 뛰어 머물렀던 산은 불화의 선기가 생 겨 바다의 명산이 되었고, 이것을 믿는 신도들도 이 명산에 계속해서 명찰(名 刹)을 지었다고 한다.[38]

위 설화는 관음보살이 인도 남해의 보타낙가산에서 중국 주산군도의 보타산에 건너와 주산군도의 섬이 1,000개임을 확인하기 위해서 대거도 의 관음산, 사초도의 대비산, 소양도의 소관음산의 순서로 뛰어다니며 세어보았는데, 그때마다 자기가 서 있는 섬을 빼고 세었기 때문에 하나 가 모자란다고 생각하였으나 나중에 그런 사실을 깨달았다는 내용이다. 그리하여 다음과 같이 서사단락을 구분하고 서사구조를 분석할 수 있다.

① 관음보살이 세 차례에 걸쳐 자신이 서 있는 섬을 빼고 섬의 수를 세었

38 曲金良,「中國 舟山群島 嵊泗縣의 祠廟와 海洋信仰」,《島嶼文化》 제26집, 목포대학교 도서문화연구소, 2005, 194쪽.

다.(무명)

② 나중에 이 사실을 깨달았다.(깨달음)

이처럼 위 관음보살설화의 서사구조는 '무명(無明)-깨달음'으로 되어 있다. 무명 상태에서 깨달음의 상태로 반전이 일어났다. 그런데 관음보살의 무명은 관음보살이 섬을 셀 때 자신이 서 있는 섬과 주변의 섬들을 구별하여 타자화(他者化)한 것을 의미한다. 다시 말해서 중생을 교화와 제도(濟度)의 대상으로만 인식하고 주객일체와 성속일여(聖俗一如)의 이치를 깨닫지 못한 어리석음을 보여준다. 그런데 이 설화는 무명설화이면서 동시에 관음사찰이 보타산 인근의 섬으로 확산되어 간 사실을 말해준다. 다시 말해서 관음사찰인 불긍거관음원이 보타산에 제일 먼저 창건되고 점차적으로 주변에 있는 섬들, 곧 대거도의 관음산과 사초도의 대비산과 소양도의 소관음산에 관음사찰이 창건된 사실을 말해준다. 이렇게 하여 주산군도는 보타산만이 아니라 다른 섬들에도 관음사찰이 많이 건립되어 중국의 대표적인 해수관음 성지(聖地)가 되었다. 이런 관점에서 보면 위 설화는 '무명-깨달음'의 서사구조로 된 무명설화만이 아니라 '원천(源泉)-파생(派生)'의 서사구조로 된 사찰파생설화도 된다.

4) 대적퇴치설화적 구조

자죽림관음원의 관음설화 중에는 관음보살이 해적을 소탕했다는 내용의 설화도 있는데, 다음과 같다.

① 고대에 아름답고 기이한 섬 하나가 보타산 동쪽에 있었다. 주변사람들은 이 섬을 봉래도(蓬萊島)'라고 불렀다. 섬에서 어민들은 그물을 뜨거나 생선

을 잡거나 농업을 해서 백세까지 자유롭게 살고 있었다. 어떤 해에 욕심이 많고 흉잔(凶殘)한 해적이 다른 해적들과 함께 섬을 점거했다. 그리고 동해왕(東海王)'이라고 자칭을 하여 왕궁을 건립하려고 백성들을 강제로 산에 올라가서 나무를 베고 돌을 주워 오게 시켰다. 그리고 바다 속에 들어가서 산호(珊瑚)와 진주를 채집하게 시켰다. 만약에 저항하면 때리고 감금하고 죽이기도 하였다. 백성들이 이런 고난과 고통을 참을 수 없어서 섬 밖으로 나가 살길을 찾았다. 동해왕이 이런 상황을 당하니까 화를 엄청 내어 대두목(大頭目)에게 병사를 데리고 백성들을 잡아오라고 명령을 내렸다. 그래서 이 대두목은 병선을 운항하여 바다에서 찾았지만 아무 것도 찾지 못했다. 하루는 대두목이 멀리 해면에서 한 작은 섬을 발견하고 그 섬에 올라가보니 보타산이었다. 섬에서는 도화는 붉은 색이고-중략- 대두목은 너무 기뻐서 자죽림(紫竹林) 속으로 들어가서 황금색 죽순을 흔들었지만 등에 땀만 나고 자죽을 뽑으려고 하였지만 허리만 아프고 죽순과 자죽을 하나도 움직일 수 없었다. 대장군은 화를 내어 허리에 차고 있던 칼을 꺼내어 죽순과 자죽을 막 베고 있었는데, 죽순과 자죽에서 불꽃이 사방으로 튀었다.

② 이때 자죽림 끝에는 한 여승(女僧)이 옷을 빨래하고 있었다. 그녀는 자죽을 베는 소리를 듣고 일어나서 물었다. 누가 여기서 예의 없이 신죽(神竹)을 베느냐? 대장군은 그 여승이 아주 예쁘니까 다가가서 큰 소리로 말했다. 나는 국왕의 명을 받아 파견된 장군인데, 기이한 화초와 백 마리의 새와 봉황(鳳凰)을 찾아 이곳에 왔다. 여승은 꾸짖어 말하길 "이 산은 불문의 성지이다. 풀 한 포기와 나무 한 그루에도 감로수(甘露水)가 흠뻑 젖어 있다. 너희들은 불법을 모욕하지 마라."라고 했다. 대두목이 이 말을 듣고서 냉소를 하고, "무슨 불법이냐? 솔직히 말해줄게. 우리 대왕은 일찍이 가장 예쁜 처녀를 왕궁에 데려오라는 어명을 내렸다. 너처럼 예쁜 여인은 빨리 나를 따라서 왕궁에 가서 행복을 누려라." 이 여승은 원래 자죽관음(紫竹觀音)의 화신이었다. 그녀가

대장군이 이런 무리를 하므로 새카만 머리털 하나를 뽑아서 돌 위에 놓았다. "만약 이 머리카락을 네가 주울 수 있으면 숲속의 백 마리 새를 마음대로 골라 가고 산 위의 꽃들을 채집해도 좋다"라고 말했다. 대두목은 이 말을 듣고서 웃었다. "이처럼 작은 머리카락조차 주울 수 없다면 무슨 대장군이란 말인가?" 말을 마치고 머리카락을 주우려고 했다. 그런데 이놈의 손가락이 나무막대기처럼 뻣뻣해서 아무리 주우려 해도 그리할 수 없었다. 관음은 냉정한 눈으로 수수방관하다가 숨을 한 번 가볍게 부니까 머리카락이 대두목 얼굴 앞으로 날아가서 떠다니다가 관음보살의 머리 위로 날아갔다. 대두목은 눈동자를 방울처럼 크게 뜨고 말했다. "진 게 아니야. 손가락이 굳고 머리카락은 미세하니까 당연히 주울 수가 없었지." 여승이 지상에 있는 금색 수분(水盆)을 보고 말했다. "이 수분을 들 수 있으면 숲에 있는 백 마리 새를 마음대로 골라 가고 산속의 꽃을 마음대로 채집해도 좋다." 이 멍청한 대두목은 곁눈질하여 마음 속에 '이런 가벼운 수분을 내가 재를 부는 힘만 쓰면 들 수 있겠구나'라고 생각했다. 그 다음에 바로 손으로 들려고 했는데, 얼굴이 빨개지고 목이 굵어지도록 힘을 써도 발목 이상을 들을 수가 없었다. 관음은 이 상태를 보고 큰 소리로 웃었다. 대장군이 웃는 소리를 듣고 머리를 들어 보니 여승은 보이지 않고 눈 앞에 영락을 걸치고 서광이 빛나는 자죽관음이 서 있었다. 그는 이 상황을 보고 놀라서 양손이 떨리고 양발은 힘이 빠지고 풍덩소리를 내면서 머리를 수분에 처박고 차가운 물을 끊임없이 마셨다. 관음이 발로 차서 수분을 날리니 대장군도 함께 날아갔다. 이상하게도 수분 안의 물은 계속 흘러나가 만장폭포처럼 동해를 향하여 쏟아졌다. 순식간에 파도와 광풍이 '쏴' 소리를 내면서 밀려가 봉래도의 왕궁을 집어삼켰다. 그때 동해왕은 왕궁에서 쾌락을 즐기고 있었다. 갑자기 광풍과 파도가 왕궁의 담을 무너뜨리고, 마침내 왕궁이 바다 속으로 침몰했다. 동해왕은 물에 빠져 죽고 그 황금색 수분은 큰 돛단배로 변해서 봉래도에서 고난을 겪던 백성들을 구했는데, 이 돛단배가 보타산 근처에 와서 정박하여 해도(海島)로 변했다. 사람들이 섬에 집을 짓고 살면서 자식을 낳아 길렀다. 후대 사람들이 자죽관음을 기념하여 그 곳에 자죽림선원(紫竹林禪院)을 건립하고 옥으로 조각한 자죽관음상을 모셨다.[39]

위 설화의 서사단락을 구분하고 서사구조를 분석하면 다음과 같다.

① 봉래도의 해적이 보타산에 가서 자죽관음의 성역을 침범하였다.(악행)
② 자죽관음이 파도와 풍랑을 일으켜 봉래도의 해적을 몰살시켰다.(응징)

이처럼 이 설화는 '악행-응징'의 서사구조로 되어 있어서 대적퇴치설화(大賊退治說話)의 유형구조[40]를 보이는 바, 『삼국유사』의 처용설화에서 헌강왕이 구름과 안개로 길을 잃게 만든 악룡 동해용왕을 조복(調伏)하여 망해사의 호법룡으로 만든 이야기의 '악행-조복'의 서사구조로 된 설화와 차이를 보인다. 악행에 대한 대응방식이 조복이나 응징으로 상반되게 나타나는 것이다. 조복은 악을 포용하여 관용을 베푸는 것이지만, 응징은 악에 대해서 분노하고 처벌하는 것이다.

---

39 朱封鰲, 앞의 책, 32~34쪽. 필자 번역. 원문 생략.

40 한국의 해신설화 중에서 대적퇴치설화의 유형에 속하는 작품은 『삼국유사』의 수로부인설화와 구비설화 서릉장군설화가 있다. 전자는 '① 해룡이 수로부인을 납치해갔다.(악행) ② 순정공이 해룡을 퇴치하고 수로부인을 되찾았다.(응징)'의 서사구조이고, 후자는 '① 서릉장군이 해적질을 하면서 호조판서의 부인을 납치하였다.(악행) ② 호조판서 부인이 유복자를 통하여 조정에 알려 서릉장군을 토벌하였다.(응징)'의 서사구조이다. 왕가용, 앞의 논문, 19~21쪽 참조.

5. 한·중 해수관음설화의 비교

한국과 중국의 해수관음설화를 비교함에 있어서 먼저 해수관음설화가 형성된 배경을 비교하기로 한다. 형성의 배경은 지리적 배경과 불교사적 배경으로 나누어볼 수 있다. 첫째 지리적 배경으로는 바닷물의 침식(浸蝕)작용에 의해서 생긴 해식동굴(海蝕洞窟)이 관음보살의 상주처(常主處)인 사실이다. 한국은 낙산사의 관음굴이고, 중국은 보타산의 조음동 동굴이다. 둘째 불교사적 배경으로는 한국의 낙산사는 당나라에 유학한 의상대사가 창건한 관음사찰이고, 중국의 불긍거관음원은 일본의 승려 혜악이 창건한 관음사찰이라는 사실이다. 다시 말해서 낙산사는 신라와 당나라의 불교 교류의 산물이고, 불긍거관음원은 일본과 중국의 불교 교류의 과정에서 생긴 사찰이다. 구체적으로 말하자면 낙산사는 의상대사가 당나라에 유학하고 귀국한 뒤에 창건한 사찰이다. 의상대사는 661년(문무왕 시기) 귀국하는 당나라 사신의 배를 타고 중국으로 들어갔다. 처음 양주(揚州)에 머물 때 주장(州將) 유지인(劉至仁)이 그를 관아에 머물게 하고 성대히 대접하였다. 얼마 뒤 종남산 지상사(至相寺)로 지엄(智嚴)을 찾아갔다. 지엄은 전날 밤 꿈에 해동(海東)에 큰 나무 한 그루가 나서 가지와 잎이 번성하더니 중국에 와서 덮었는데, 그 위에 봉(鳳)의 집이 있어 올라가보니 한 개의 마니보주(摩尼寶珠)의 밝은 빛이 멀리까지 비추는 꿈을 꾸었다고 하면서 의상을 특별한 예로 맞아 제자가 될 것을 허락하였다. 그곳에서 『화엄경』의 미묘한 뜻을 은밀한 부분까지 분석하였다. 당나라에 머물면서 지엄으로부터 화엄을 공부한 것은 8년 동안의 일이며, 나이 38세로부터 44세에 이르는 중요한 시기에 해당한다. 지엄은 중국 화엄종의 제조로서 화엄학의 기초를 다진 인물이며, 그가 의상에게 기울인 정성은 지극하였다. 의상이 터득한 화엄사상은 넓고도 깊이 있는 것이었다. 이것은 그가 남긴 「화엄일승법계도(華嚴一乘法界圖)」를 통하여서도 충분히 입증되고 있다. 또 당나라에 머무는 동안 남산율종(南山律宗)의 개조 도선율사(道宣律師)와 교유하였다. 특히 동문 현수와의 교유는 신라로 돌아온 뒤에도 끊이지 않고 계속되어 현수는 의상에게 그의 저술과 서신을 보냈고, 의상은 현수에게 금을 선물하였다. 현수는 의상보다 19세 연하였는데, 지엄이 죽은 뒤 중국 화엄종의 제조가 된 인물이다.[41] 의상대사는 중국에서 화엄종을 도입하였는데, 신라에 귀국한 그해 672년에 한국 최초의 관음사찰인 낙산사를 중국 오대산을 연상시키는 오봉산 근처 낙산에 창건하여 신라 관음신앙의 성지로 만들었다.

일본의 혜악화상도 중국의 불교성지 오대산에서 발흥한 관음신앙을 일본에 전파하려고 오대산의 관음사찰에서 관음상을 증여받아 일본으로 가는 도중 풍랑으로 보타산에 정박하게 되었을 때 일본행을 포기하고 와불(臥佛)의 모습을 한 낙가산이 옆에 있는 보타산에 관음불상을 안치함에 따라 보타산이 중국 관음신앙의 성지가 되었다. 위에서 살펴본 바와 같이 동아시아의 대표적인 관음사찰인 한국의 낙산사와 중국의 불긍거관음원은 비슷한 지리적 배경과 인도에서 발생한 불교가 중국을 거쳐 한국과 일본에 전파된 불교사적 맥락에서 창건되었음을 알 수 있는데, 이러한 사실에 대한 이해를 바탕으로 해수관음사찰과 관련된 해수관음설화의 서사구조를 비교해보기로 한다.

한국 낙산사의 관음보살과 관련된 설화는 신기대보증여설화, 사찰연기설화, 무명설화 등 세 가지 설화유형이 나타나고, 중국 보타산의 관음

---

41 의상대사의 전기에 대해서는 한국정신문화연구원, 『한국인물대사전』, 중앙M&B, 1999, 1453~1454쪽 참조.

보살과 관련된 설화는 사찰연기설화, 무명설화, 대적퇴치설화 등 세 가지 설화유형이 나타난다. 이처럼 사찰연기설화와 무명설화는 한국과 중국에 공통적으로 성립되어 있고, 신기대보증여설화는 한국에만 성립되어 있고, 대적퇴치설화는 중국에만 성립되어 있다. 이러한 공통점과 차이점이 왜 나타나는지 논의해보기로 한다.

해수관음설화의 사찰연기설화적 측면을 보면, 낙산사는 의상대사가 관음보살을 친견하고 관음보살은 의상대사에게 신기대보를 주면서 사찰을 건립하라고 계시를 내렸다. 그러나 불긍거관음원은 혜악화상이 일본으로 관음불상을 가져가지 못하도록 관음보살이 풍랑과 철연꽃 및 현몽으로 보타산에 상주하고 싶은 뜻을 나타냈다. 그리하여 두 나라 모두 '계시-건사'의 서사구조로 되어 있어 관음보살이 자신의 상주처 곧 관음사찰을 건립할 장소를 지정하여 승려에게 계시를 내리는 점에서는 공통점을 보인다. 그러나 한국은 관음보살과 의상대사 사이에 대립과 갈등이 나타나지 않지만, 중국은 관음보살과 혜악화상 사이에 대립과 갈등이 나타나는 점에서는 차이점을 보인다. 낙산사연기설화는 관음보살이 먼저 해수동굴을 상주처로 정하고 관음굴로 만들고 의상대사가 관음굴에서 관음보살을 친견하고 사찰건립의 계시를 받는데, 불긍거관음원연기설화는 일본 승려 혜악이 관음상을 일본으로 운반하는 과정에서 관음보살이 해수동굴(조음동)이 있고, 옆에 섬 전체가 와불상(臥佛像)인 낙가산이 있는 보타산을 상주처로 정하고 혜악의 일본행을 저지하고서 관음사찰을 건립하게 만든 점에서 차이점에서 보인다. 다시 말해서 낙산사연기설화는 '관음보살의 상주처 좌정-관음보살과 고승의 인연-고승의 사찰 건립'으로 사건이 진행된 데 반해서 불긍거관음원연기설화는 '관음보살과 고승의 인연-관음보살의 상주처 좌정-고승의 사찰 건립'의 순서로 사건이 진행되는 점에서 극명한 차이점을 보인다. 한국은 해식(海蝕)동굴이라는 자연적 조건이 먼저 충족된 상태에서 해수관음신앙을 포교하려는 고승의 출현이라는 신앙적 조건이 결합된 것으로 서술한 데 반해서 중국은 해수관음신앙을 일본에 포교하려는 고승의 출현이라는 신앙적 조건이 먼저 충족된 상태에서 해식동굴의 발견이라는 자연적 조건이 결합된 것으로 서술하는 태도를 보인다. 한국은 관음보살의 의지에 고승이 순종한 사실을 강조하는데, 중국은 고승의 의지를 관음보살이 겪은 사실을 강조한 것이다. 그런데 이러한 차이점은 한국은 해수관음성지 조성이 순조롭게 이루어졌지만, 중국은 관음상의 일본 유입을 추진한 세력과 중국 잔류를 추진한 세력 사이에 갈등이 표출되었고, 갈등을 해결하는 과정에서 대승적 차원의 양보와 타협이 이루어진 사실을 반영할 것이라는 추정도 가능하다고 본다.

무명설화의 경우에는 한국은 원효대사가 처음에는 여인과 파랑새가 관음보살의 응화신인 사실을 몰랐고, 관음보살의 진신을 친견하는 데도 실패해서 '구도-무명-깨달음-실패'의 서사구조로 되어 있다. 중국도 관음보살이 여인으로 응화신하여 불교신도인 시누이에게 나타났을 때 그 여인이 관음보살의 응화신인 사실을 알지 못하였으나 나중에 올케가 그 여인이 응화신인 사실을 확인하게 되어 '구도-무명-깨달음'의 서사구조로 되어 있다. '실패'의 단락소만 한국에서 실현되어 있는데, 이는 원효가 불도를 수행하는 승려이고, 또 원효에 대한 비판적 시각을 지닌 집단에 의해서 원효설화가 형성되고 전승된 데 기인한다. 그런가하면 한국은 관음보살이 생리와 식량 및 기다림의 존재로 형상화되었고, 중국에서는 관음보살이 아닌 인간 시누이가 생리와 식량 및 기다림의 존재로 형상화된 점에서도 차이점을 보인다. 그렇지만 생리와 식량 및 기다림을 여자의 속성으로 파악한 점에서는 일치한다. 그리고 한국은 원효대사를 라이벌 관계인 의상대사와 비교하여 고승이라고 평가받던 원효대사가

관음보살의 응화신을 알아보지 못한 사실을 강조하여 풍자성(諷刺性)[42]
을 지니지만, 중국은 올케한테 무시당하고 구박받지만 관음보살에 대한
신앙심이 깊은 시누이한테 관음보살의 응화신이 직접 출현한 사실을 강
조하여 교훈성을 지니는 점에서도 차이점을 보인다. 이처럼 사찰연기설
화와 무명설화는 한국과 중국에 공통적으로 성립되어 있지만, 서사구조
와 내용을 분석해보면 공통점만이 아니라 차이점도 보인다.

다음으로 신기대보증여설화의 유형이 한국에만 성립되어 있고, 대적
퇴치설화의 유형은 중국에만 성립되어 있는 사실에 대해서 논의해보기
로 한다. 먼저 신기대보증여설화부터 살펴보면, 한국에는 낙산사관음보
살설화만이 아니라 만파식적설화와 개양할머니설화와 같은 해신설화에
서도 해신이 신기대보를 증여한다. 이러한 신기대보증여설화는 해신만
이 아니라 천신도 신이나 인간에게 신기대보를 증여하는 이야기가 많이
성립되어 있다. 예를 들자면 단군신화에서 천제 환인이 아들 환웅에게
천부인(天符印) 세 개를 주어서 인간세상으로 내려 보내고, 진평왕 때 하
늘에서 천사(天使)가 내려와 진평왕에게 옥대를 주었다. 이처럼 한국에
는 신기대보증여설화가 풍부하게 성립되어 있다. 이러한 배경 속에서
낙산사의 관음보살이 의상대사에게 신기대보를 증여하였다는 설화가 형
성될 수 있었다. 그러나 중국은 황하의 용마(龍馬)가 우왕에게 하도(河

---

42 낙산사의 해수관음과 관련된 원효설화는 낙산사를 창건한 의상대사의 추종 세력
에 의해서 형성되었기 때문에 원효대사를 풍자적으로 묘사하였다. 다시 말해서 원효대사
가 논에서 일하고 있는 아낙네를 희롱한 것은 요석공주와 결혼하여 파계한 원효대사의
호색성을 풍자한 것이다. 그리고 서답(생리대)을 빨래한 물을 더럽다고 마시지 않은 것
은 해골물을 마시고 깨달음을 얻었다는 원효대사를 풍자하는 것이다. 마지막으로 관음보
살이 파랑새로 화신하여 관음송 밑에서 쉬라고 하였으나 원효대사가 그 말을 듣지 않고
관음굴로 곧장 간 것은 원효대사의 조급증(躁急症)을 의미한다. 이처럼 원효대사설화는
의상대사의 숭배자들이 원효대사의 세 가지 약점 곧 호색성, 분별성, 조급증을 풍자한 것
이다.

圖)를 주었다는 이야기와 같은 신기대보증여설화의 전통이 있음에도 불구하고[43] 보타산의 관음보살이 신기대보를 증여하였다는 설화는 발생하지 않았다. 그 대신 중국에는 대적퇴치설화가 형성되었다. 물론 한국의 해신설화에도 수로부인설화와 서릉장군설화가 '악행-응징'의 서사구조로된 대적퇴치설화이지만, 낙산사의 관음보살과 관련된 대적퇴치설화는 성립되어 있지 않다. 따라서 관음보살설화에서 대적퇴치설화유형이 한국에서는 나타나지 않고 중국에는 나타나는 이유는 설화적 전통과 배경이 아닌 다른 데서 찾아야 할 것 같다. 중국의 관음설화에만 대적퇴치설화가 성립되어 있는 사실은 관음보살이 자비의 관음보살만이 아니라 분노의 관음보살이 존재한다는 11면관음보살사상에서 찾아야 할 것 같다. 11면관음신주심경(十一面觀音神呪心經)에 다음과 같은 기록이 있다.

앞의 삼면(三面)은 자상(慈相)인데, 선한 중생을 보고 자심을 일으켜 이를 찬양함을 나타낸 것이다. 좌(左)의 삼면은 진상(瞋相)인데, 악한 중생을 보고 자심(慈心)을 일으켜 그를 고통에서 구하려 함을 나타낸 것이요, 또 우(右)의 삼면은 백아상출상(白牙上出相)이며 정업(淨業)을 행하고 있는 자를 보고는 더욱 불도를 정진(精進)하도록 권장함을 나타낸 것이다. 뒤의 일면은 폭대소상(暴大笑相)으로서 착한 자 악한 자 모든 부류의 중생들이 함께 뒤섞여 있는 모습을 보고 이들을 모두 포섭하는 대도량(大度量)을 보이는 것이요, 정상(頂上)의 불면(佛面)은 대승근기(大乘根機)를 가진 자들에 대해 불도의 구경(究竟)을 설함을 나타낸 것이다.[44]

43 중국의 신기대보증여설화에 대한 자료조사와 연구는 별도의 논고가 필요하다.
44 한국불교연구원, 『석굴암』, 일지사, 1989, 45쪽.

밀교에서는 관음보살의 표정을 선한 중생을 향한 자비의 관음보살, 악한 중생을 향한 분노의 관음보살, 불도에 정진하는 중생을 향한 가볍게 웃는 관음보살, 선과 악이 뒤섞여 있는 중생을 향한 폭소하는 관음보살 등 네 가지로 나눈다. 한국은 『삼국유사』에 기록되어 있는 열두 편의 관음설화에서 나타나듯이 결혼·득남·치병·귀환·수도(修道)·서방정토 왕생 등과 같은 인간의 소원을 이루어주는 자비의 관음보살로 형상화된다. 곧 분노의 관음보살은 나타나지 않는다. 그러나 중국의 경우에는 분노의 관음보살이 나타난다. 이를테면 보타산의 관음보살이 파도와 광풍을 일으켜 해적의 소굴인 왕궁을 파괴하고 해적을 소탕하는 분노의 관음보살이다. 그런데 11면관음신주심경에 의하면 자비의 관음보살은 '선을 찬탄하는 것이므로 위로하여 교화하는'[45] 모습이고, 분노의 관음보살은 "무기를 들고 위협하면서 악을 가책하고 그들로 하여금 두려운 마음을 일으켜서 결국 악을 포기하도록 만드는"[46] 모습이다. 요컨대 한국은 관음보살이 자비의 신으로 신기대보를 인간에게 증여하는 이야기를 성립시켰고, 중국은 관음보살이 악인을 응징하는 이야기를 성립시킨 점에서 극명한 차이점을 보인다.

한편 한국의 관음신앙은 중국의 관음신앙을 수용한 것이지만 관음사찰연기설화의 경우 낙산사는 672년에 건립되었고, 보타산의 불긍거관음원은 863년 이후에 건립되었기 때문에 중국의 관음사찰연기설화의 영향을 받아 한국의 사찰연기설화가 형성되었다고 말할 수 없다. 그렇다고 해서 한국의 낙산사연기설화의 영향을 받아 불긍거관음원연기설화가 형성되었다고 말할 근거도 없다. 그렇지만 두 지역 모두 '계시-건사'의 서

---

45 앞의 책, 47쪽.

46 위의 책, 같은 쪽.

사구조인 점에서는 동일하다. 이처럼 직접적인 영향관계는 인정하기 어렵지만 사찰연기설화라는 점에서 구조적 유형성을 보인다. 무명설화의 경우도 한국은 승려가 주인공이지만 중국은 일반신도가 주인공이고, 한국은 풍자성을 띠지만 중국은 교훈성을 띠는 점에서 직접적인 영향관계를 인정할 수 없다. 그러나 둘 다 '무명-깨달음'의 서사구조로 되어 있어 구조적 유형성을 보인다. 따라서 이러한 유사성은 동아시아 불교문화권에서 나타나는 불교설화적 보편성으로 이해해야 할 것 같다.

6. 맺음말

한국의 낙산사에 얽힌 해수관음설화와 중국 보타산의 불긍거관음원과 자죽림관음원에 얽힌 해수관음설화를 비교하였다. 한국과 중국의 해수관음설화가 형성된 지리적 배경의 공통점은 바닷물의 침식작용으로 된 해식동굴이 관음보살의 상주처가 된 사실이다. 한국 낙산사의 관음굴과 중국 보타산의 조음동이 모두 해식동굴이어서 관음보살의 진신이 머무는 신성한 장소로 믿어졌다. 해식동굴은 파도가 드나들면서 해조음(海潮音)이 천둥소리처럼 요란한데, 불교에서는 해조음을 부처와 보살의 범음(梵音)이라고 믿는다. 불교사적 배경은 한국의 낙산사는 신라와 당나라 사이의 불교 교류의 산물이고, 불긍거관음원은 일본과 중국 사이의 불교 교류의 과정에서 생겼다. 자비로운 관음보살은 중생의 고뇌를 들어주고 해결해주기 때문에 중국의 서진과 남북조 16국 시대와 한국의 신라 시대에 관음신앙이 민중 속으로 확산되었다. 관음보살은 서른둘 또는 서른셋의 응화신으로 변신하는데, 특히 중국과 한국에서는 여자의 모습으로 출현한다. 그리하여 한국과 중국의 대표적인 해수관음사찰인 강원도 양양의 낙산사와 절강성 주산군도의 보타산 불긍거관음원과 자죽림관음원의 관음보살이 모두 여자의 모습으로 나타난다. 낙산사는 의상대사가 당나라 유학을 마치고 문무왕 12년(672년)에 귀국하여 오봉산의 동쪽 해안의 관음굴에서 관음보살을 친견하고서 낙산사를 창건하였다. 중국 보타산의 불긍거관음원은 863년 일본 승려 혜악이 오대산에서 관음불상을 구해서 일본으로 가던 도중 보타산의 조음동 근처에 관음불상을 안치한 것이 계기가 되어 불긍거관음원이 창건되었다. 그리고 자죽림관음원은 훨씬 후대에 가서 명나라 때 17세기에 창건되었다.

한국 낙산사의 해수관음설화는 신기대보증여설화, 사찰연기설화, 무명설화가 형성되었다. 중국 불긍거관음원과 자죽림관음원의 해수관음설화는 사찰연기설화, 무명설화, 대적퇴치설화가 형성되었다. 사찰연기설화와 무명설화는 두 나라에 공통적으로 형성되었는데, 사찰연기설화는 '계시-창건'의 서사구조로 되어 있지만, 정밀하게 분석해보면 한국은 해수관음에 대한 절대적인 신앙심을 가지고 수용한 데 반해서 중국은 오대산에서 일본으로 관음신앙이 전파되는 과정에서 보타산에서 해수관음신앙으로 굴절된 중·일 사이의 불교교류사가 반영되어 있다. 무명설화는 '구도-무명-깨달음'의 서사구조가 기본형인데, 한국은 '실패'의 단락소가 추가로 실현된 점이 다르다. 그리고 한국은 관음보살이 여자의 속성인 생리·농사·기다림을 보이는 데 반해서 중국은 인간여자가 여자의 속성을 보여 관음신앙이 보다 더 대중화된 점이 다르다. 이와 같이 한국과 중국의 해수관음설화는 사찰연기설화와 무명설화가 공통적으로 형성되어 있지만, 구체적인 내용에서는 차이점도 보인다. 그러나 두 나라의 해수관음설화에서 나타나는 결정적인 차이점은 한국에만 신기대보증여설화가 형성되어 있고, 중국에만 대적퇴치설화가 형성되어 있는 사실이다. 신기대보증여설화는 '증여-기능'의 서사구조로 자비와 시혜의 해수관음이 인간에게 절대적인 사랑을 베풀어 신기대보를 선물로 주는데, 대적퇴치설화는 '악행-응징'의 서사구조로 공포와 파괴의 해수관음이 인간을 괴롭히는 악인을 응징하는 점에서 대조적이다. 이러한 사실을 일반화하면, 한국인은 공포의 신보다는 자비의 신을 더 선호하고, 중국인은 자비의 신만이 아니라 공포의 신도 선호한다고 말할 수 있다. 『삼국유사』에 기록되어 있는 관음보살설화를 보더라도 관음보살이 모두 자비로운 신으로 나타난다. 그러나 중국 특히 티베트의 라마교에는 공포의 신들이 많이 있다. 이러한 사실은 불교의 밀교(密敎)가 중국과 티베트에 비해서 한국에서 덜 발달한 사실과도 관련이 있을 것이다. 신성(神聖)은 성현(聖顯)과 위현(威顯)의 양면이 있는데, 중국은 관음보살의 성현만이 아니라 위현의 측면도 나타나 균형을 이루는데, 한국은 성현만 확대되어 나타난다고 말할 수 있다.[47]

본고에서는 해수관음설화를 중심으로 한국과 중국을 비교하였는데, 한국 해신설화와 중국 해신설화의 전면적인 비교연구는 앞으로 해결해야 할 과제가 된다. 이러한 과제를 해결하기 위해서는 중국 해신설화에 대한 자료수집과 개별 작품에 대한 연구가 먼저 이루어져야 할 것이다.

---

47 문무(文武)에서도 중국은 문무겸전(文武兼全)을 이상으로 추구하는데, 한국은 숭문(崇文)에 치우쳐 선비문화만 발달시켰다. 물론 일본에서는 상무(尙武)에 치우쳐 무사(武士, 사무라이)문화가 발달하였다. 문무에 있어서도 한·중·일이 역사적·문화적 배경이 상이한 것이다. 따라서 한·중·일의 해수관음신앙만이 아니라 해신신앙 및 해신설화가 앞으로 비교 연구되어야겠는데, 이러한 역사적·문화적 배경이 종합적으로 고려되어야 겠다. 한·중·일의 문화교류사가 아니라 지역학의 개념으로 새로운 개념의 한국학·중국학·일본학을 정립할 필요가 있다고 본다.

한·몽 전래동화의 유형 분류와 비교연구

바이갈마

1. 서론

동화라는 용어가 한국에서 사용된 것은 1920년대부터였다.[1] 그렇지만 민담과 동일한 개념으로 사용되었다. 민담(民譚)이란 용어는 1930년대에 와서 사용되었고,[2] 동화와 민담의 개념이 구분되었다. 지금은 민담과 전설과 신화를 포괄하여 설화라 하고, 동화를 민담의 하위개념으로 규정한다. 곧 민담 중에서 '어린이를 위한', '어린이를 대상으로 하는', '어린이의 이야기'를 동화라 한다. 이처럼 동화는 어린이와 관련된 민담이므로 '동심을 바탕으로' 하고 있다. 그래서 동화의 개념을 '동심을 바탕으로 한 산문문학'으로 정의할 수 있다.[3] 그런데 동화는 민담에 속하는 전래동화만이 아니라 작가가 지은 창작동화도 있다. 전래동화는 구비문학이지만, 창작동화는 기록문학에 속한다.

---

1 한국인의 손으로 편찬된 최초의 민담집이 『조선동화대집』(심의린, 한성도서주식회사)이란 이름으로 1926년에 발간되었다.
2 손진태의 『조선민담집』(동경: 향토문화사)이 1930년에 발간되었다.
3 최운식·김기창, 『전래동화 교육의 이론과 실제』, 집문당, 2003, 19~20쪽 참조.

전래동화가 아동교육에서 중요시되는 것은 아무래도 동화의 흥미성과 교훈성 때문일 것이다. 신화는 신성성과 진실성이, 전설은 진실성만 인정되는데, 민담은 오로지 흥미를 위주로 한다.[4] 동화는 민담에 속하므로 당연히 흥미로운 이야기이지만, 어른이 어린이를 대상으로 말하므로 대부분 교훈성을 지닌다. 전래동화의 교육은 전승현장, 곧 생활 속에서 자연발생적으로 이루어지는 경우와 제도교육 속에서 계획적으로 이루어지는 경우로 구분할 수 있는데, 초등학교에서의 전래동화 교육은 아동의 심리적 성장 발달에 맞춰서 실시하는 것이 중요하고 필요하다는 인식에 근거한다. 다시 말해서 아동기는 상상력이 풍부하고 감수성이 예민하고, 인간 실존의 문제들이 원형(archetype)으로 성장 과정에 나타나고, 동일시의 대상으로 삼는 행동 모델이 필요한데,[5] 이러한 문제를 해결하는 데 전래동화가 유용한 구실을 할 수 있는 것이다.

따라서 현재 초등학교 교과서에 어떤 전래동화들이 수록되어 있으며, 초등학생들이 교과서를 통하여 어떤 전래동화를 학습하는지 점검할 필요가 있다. 곧 전래동화의 교재화에 대한 연구가 필요한데, 교육 목표와의 관계, 집필자에 의한 개작 내지는 변이의 문제, 학습 이론 내지는 학습 모형의 개발 등에 대한 연구가 필요하다. 그러나 여기서는 전래동화의 교육이 아니라 정지(整地) 작업의 일환으로 먼저 한국과 몽골 양국의 초등학교 교과서 전래동화의 유형, 주제, 등장인물 등을 먼저 살펴본 다음 서사구조를 유형화하여 심층적으로 분석한다. 그리고 이를 토대로 양국을 비교하여 유사성과 상이점을 파악함으로써 지리적으로 인접하고 역사적으로 문화 교류가 있는 양국의 전래동화에 나타나는 아시아적 보

---

4 장덕순 외 3인, 『구비문학개설』(한글개정판), 일조각, 2006, 39~40쪽 참조.

5 최운식 · 김기창, 앞의 책, 91~92쪽 참조.

편성과 민족적 특수성을 밝힌다. 그리하여 양국의 전래동화에 대한 학문적 이해를 심화시키고, 한국의 동화(또는 민담)와 몽골의 동화(또는 민담)를 새로운 시각과 방법으로 비교 연구할 수 있는 가능성을 타진한다.

한국 전래동화의 본격적인 연구는 주로 손동인, 최운식, 김기창 등에 의해서 이루어졌다. 손동인[6]은 전래동화의 구조, 등장인물의 성격, 배경, 교육적 진단, 효율적인 지도 방안 등에 걸쳐 다각적으로 논의하였다. 최운식·김기창[7]은 전래동화의 성격과 특성을 밝히고, 전래동화 교육의 목적을 논하고, 이론과 방법을 제시하였다. 그리고 전래동화 몇 작품의 전승 양상과 구조 및 의미를 분석하고, 한국의 전래동화와 외국의 전래동화를 비교하여 한국 전래동화의 특성을 구명하였으며, 마지막으로 한국과 외국 전래동화집의 현황과 문제를 분석한 다음 이를 토대로 바람직한 전래동화집 출판의 방향을 모색하였다. 그리고 초등학교 교과서 전래동화의 교육에 대해서는 대체로 전래동화의 지도 방안, 창의성 계발, 교재화 양상과 개선 방안 등에 대하여 연구가 이루어졌는데, 그 가운데 전래동화의 교재화 양상에 대한 연구는 김정이,[8] 김덕수,[9] 고미옥,[10] 이윤남,[11] 이형모,[12] 전옥주,[13] 정순주[14] 등에 의해서 이루어졌다. 대체로

---

6 손동인, 『한국 전래동화 연구』, 정음사, 1984.

7 최운식·김기창, 『전래동화 교육론』, 집문당, 1988.

8 김정이, 「전래동화 교육에 관한 연구-제7차 교육과정 초등학교 교과서를 중심으로」, 고려대학교 석사학위논문, 2003.

9 김덕수, 「전래동화의 주제 연구-초등학교 국어 제7차 교육과정을 중심으로」, 중부대학교 석사학위논문, 2001.

10 고미옥, 「한국 전래동화의 주제 특성과 교육적 가치에 관한 연구-초등학교 교과서 수록 전래동화를 중심으로」, 경기대학교 석사학위논문, 2009.

11 이윤남, 「전래동화의 교재화 양상 연구-초등학교 국어교과서를 중심으로」, 인천교육대학교 석사학위논문, 1999.

12 이형모, 「전래동화의 초등학교 국어 교과서 수용 양상 연구-제7차 교육과정을 중심으로」, 중부대학교 석사학위논문, 2001.

수록 양상을 제재, 주제, 수록 형태로 구분하여 고찰하였는데, 이는 전래
동화의 교육적 가치와 문학적 의미를 구명한 점에서 연구사적 의의가
크다. 하지만 전래동화의 주제 분류는 간단한 설명에 그쳤고, 주제의 유
형에 대해서도 깊이 있는 논의가 이루어지지 않았다. 그뿐만 아니라 대
부분의 연구가 제7차 교육과정의 초등학교 국어 교과서에 수록된 전래
동화를 대상으로 하고 있고, 2009년에 개정된 교육과정에 따른 전래동화
에 대한 연구는 미흡한 상태이다.

몽골의 경우에는 민담[15]을 채록하여 출판한 작업은 19세기 말엽에 러
시아의 학자와 여행가들에 의해 시작되었지만,[16] 몽골 민담[17]에 대한 본
격적인 연구는 1921년 민중혁명 이후 페.호를러와 시.까담바, 데.체렌소
드놈에 의해서 이루어졌다. 페.호를러[18]는 민담의 보편적인 특징을 밝히

---

13 전옥주, 「교과서에 수용된 전래동화의 교육적 의미-제7차 교육과정 국어교과서를
중심으로」, 안양대학교 석사학위논문, 2004.

14 정순주, 「초등 국어교과서의 전래동화 연구-제7차 교육과정을 중심으로」, 대구가톨
릭대학교 석사학위논문, 2003.

15 몽골동화(хүүхдийн үлгэр)에는 현대동화(орчин цагийн хүүхдийн үлгэр)
와 몽골민담(Монгол ардын үлгэр)이 속한다. 따라서 몽골민담을 전래동화로 볼 수 있
다. 그런데 모든 민담이 동화가 될 수 없기 때문에 앞으로 몽골 어린이를 위한 민담을
'전래동화'의 개념으로 구분하여 정리·연구할 필요가 있다고 본다.

16 게.엔.퍼타닌의 『서북 몽골 여행기』(1881~83)에는 187편의 몽골설화가 러시아어로
간략하게 번역되어 실려 있다. 체.잠스라너와 아.데.로드닙 등의 『몽골구비문학개론』(1908)
에는 몽골 풍자설화나 할하 서사시 등이 실려 있다. 아.페.베닉그셍의 『중앙아시아의 전
설과 민담』(1912)에는 할하 몽골의 흥미진진한 신화, 전설, 민담 등이 40편 가량 수록되어
있다. 데.체렌소드놈(2007) 참조.

17 '울게르'(민담)라는 말은 몽골어로 '모형', '본'이란 뜻이 있으며, 이것을 민담이라 한
것은 인간 삶의 단편적인 모형으로 교훈을 주기 때문이다. 몽골에서 아동을 위한 최초의
책이 『학생을 위한 재미있는 읽기 책』이라는 이름으로 1923년에 발간되었다. 이 책에는
몇 편의 몽골 민담이 실려 있었으며, 이는 민담을 통해서 어린이들에게 도덕적 교훈을
주기 위함이었을 것이다.

18 П.Хорлоо, 『Монгол ардын явган үлгэр』, УБ, 1960.

고, 민담을 동물담·신이담·생활담·풍자담·역사담 등 다섯 가지 종류로 분류하고, 종류별로 특징을 고찰하였다. 그리고 몽골 민담과 다른 나라 민담의 관계에 대해서 고찰한 사실이 주목된다. 이 연구는 몽골 민담에 대한 최초의 학술적인 연구라는 점에서 연구사적으로 매우 중요한 의미를 지닌다.

시.까담브[19]는 몽골 구비문학의 한 종류인 민담에 대한 본격적인 연구를 하였다. 그는 '울게르'(민담)라는 용어를 설명하고, 민담의 성격과 특성을 밝히고, 유형별 분류로는 내용과 특징, 민담에 대한 화자와 청자의 반응 등을 고려하여 신화·동물담·신이담·생활담(소화·일반생활담·풍자담)으로 분류하고, 분류한 종류별로 특징을 고찰하였다. 또한 민담의 민중의식을 주목하였고, 예술적인 면에서는 민담의 환상성과 사건·시간·배경, 상징적·표현적·언어적 특징 등을 중심으로 고찰하고, 민담의 유래와 사회적인 역할, 현대적인 의의 등 여러 측면에 대해 연구하였다. 지금도 몽골의 민담을 연구하는 사람들이 그의 연구 성과를 바탕으로 연구할 정도로 그의 연구 업적은 인정을 받고, 학문적인 가치 또한 높이 평가된다.

몽골 구비문학 학자인 체렌소드놈[20]이 몽골의 민담 및 신화를 정리해 엮은『몽골의 설화』는 한국어로 번역된 대표적인 몽골 설화집이다. 이 책에는 몽골에서 가장 널리 알려져 있는 신화·동물담·신이담·영웅담·생활담 등 총 161편의 설화가 수록되어 있으며, 저자의 서문, 역자 이안나의 해설이 포함되어 있고, 작품 해설도 볼 수 있어서, 몽골 민담

---

19 Ш.Гаадамба, Монгол ардын үлгэр, 『Аман зохиол судлал』ХIҮботь, УБ, 1987, 15~155쪽 тал.

20 데.체렌소드놈, 이안나 역, 『몽골의 설화』, 문학과 지성사, 2007.

의 중요한 자료집이다. 그러나 최근에는 구비문학에 대한 연구가 민담을 언급하는 정도이고, 민담에 대한 본격적인 연구는 거의 이루어지지 않고 있다. 특히 초등학교 '몽골어' 교과서에 수록된 민담 작품 및 민담 교육에 관한 연구는 매우 저조한 상태이다.

지금까지 한국과 몽골에서 자국의 동화 내지 민담에 대한 연구사를 개관하였는데, 양국의 구비문학에 대한 비교연구도 이루어진 바, 민담, 신화21, 서사시22, 서사가23까지 포함하여 여러 장르에 걸쳐 이루어졌다. 그 중에서 한·몽 민담에 대한 비교연구를 중심으로 연구사를 검토해보기로 한다. 양국의 민담에 대한 비교연구는 한국과 몽골의 연구자들에 의해 모두 이루어졌다. 최남선은 1922년 몽골의 '박타는 처녀' 설화와 한국의 '흥부와 놀부'를 비교하면서 두 설화에 대해서 '같은 문화의 테 속에 있는 여러 민족에게 골고루 퍼진 것으로 보는 것이 온당하다'24는 논지를 폈다. 손진태25는 1927년 8월 《신민(新民)》에 15회에 걸쳐 발표한 「조선민족설화의 연구」에서 한국 설화를 중국·인도·몽고·일본 등지의 설화와 비교하면서 6편의 공통설화를 대상으로 양국 설화의 영향 관

21 노르브냠, 「한국과 몽골의 창세신화 비교연구」, 서울대학교 석사학위논문, 1999.
박종성, 「한국·만주·몽골의 창세신화 변천의 의미」,《구비문학연구》제11집, 한국구비문학회, 2000, 63~105쪽. 조현설, 「건국신화의 형성과 재편에 관한 연구-티벳·몽골·만주·한국 신화의 비교를 중심으로」, 동국대학교 박사학위논문, 1997.
22 이선아, 「단군신화와 몽골게세르칸 서사시의 신화적 성격 비교」, 고려대학교 박사학위논문, 2012. 이안나, 「몽골 영웅서사시에 나타난 영혼의 대결 양상과 세계인식」,《외국문학연구》, 한국외국어대학교 외국문학연구소, 2013.
23 박소현, 「몽골 서사가(敍事歌)의 음악적 연구」, 한양대학교 박사학위논문, 2004.
박소현, 「한국과 몽골의 서사가 비교-신을 부르는 노래 몽골의 토올」,『민속원』, 2005, 191~121쪽.
24 장장식, 「한국과 몽골 설화의 비교연구」,《비교민속학》제33집, 비교민속학회, 2007, 204쪽에서 재인용.
25 손진태,『조선민족 설화의 연구』, 을유문화사, 1947.

계를 고찰한 바 있다. 조희웅(1996)은 '다시 찾은 옥새'라는 설화의 유형을 검토할 때 몽골 자료를 소개하면서 인도의 '베탈라 판차빈샤티카'에서 분파된 몽골의 '싯티 쿨'(마법의 시체)의 이야기(제4화)와 그다지 차이가 없다고 보고, 이 설화가 몽골의 구전설화가 전승되는 과정에서 문헌설화의 영향을 받은 것으로 보았다.26 몽골의 유명한 구비문학자인 담딩수렝(1976)은 몽골의 여러 지역에 전파된 '천녀(天女)설화'의 내용을 한국의 '나무꾼과 선녀' 이야기를 비롯한 여러 나라의 유사한 자료들과 비교 검토하면서 이 설화는 원래부터 있었던 설화와 나중에 인도에서 들어온 설화라는 두 가지 형태가 있음을 밝혔다.27

2000년대에 들어와서는 장장식28이 한·몽 설화 비교연구의 현황을 살펴보고, 몽골 설화의 특징을 밝히고, 양국 설화 중에서 비교가 가능한 각편들을 내세워 양국 설화 연구자들에게 중요한 자료를 제공하였다. 이안나29는 한국의 '서동설화'와 몽골의 '염소를 탄 장부' 설화를 비교연구하였고, 장두식30은 한·몽 설화 속에 나타난 여성성을 비교연구하여 한국설화 속에서는 여성들이 남존여비적인 존재이자 타자화된 존재인데 반해서 몽골설화 속에서는 여성에 대한 차별의식이 약한 것으로 보았다. 한편 몽골학자인 출템수렝31이 몽골에 전승되는 '마법의 시체' 설화의 구전과 문헌 관계를 고찰하는 중에 '당나귀 귀를 가진 왕' (제22화)

26 조희웅, 『한국설화의 유형』, 일조각, 1996, 260쪽.
27 노르브남, 앞의 논문, 2쪽 참조.
28 장장식, 앞의 논문, 199~228쪽.
29 이안나, 「한국의 서동설화와 몽골의 '염소를 탄 장부' 설화의 서사구조 상관성에 대한 비교 고찰」, 《민족문화논총》 제32호. 영남대학교 민족문화연구소, 2005.
30 장두식, 「한·몽 설화에 나타난 여성성 비교연구」, 《몽골학》 제17호, 2004, 123~142쪽.
31 Р.Чүлтэмсүрэн, 『Монгол аман билиг』, Улаанбаатар, 2011, 63~71쪽 тал.

설화를 한국 '경문왕 설화'를 비롯한 다른 나라의 유사한 자료들과 비교연구하였다. 직지마[32]는 한·몽 괴물퇴치 설화를 비교연구하여 한국의 지하국대적제치(地下國大賊除治)설화가 몽골 영웅서사시의 사건 순서 및 내용과 쌍둥이처럼 유사함을 지적하였다.

이상에서 검토한 바와 같이 한국과 몽골의 민담 내지 동화에 대한 비교연구는 개별 유형에 대해서만 이루어져 왔고, 구조적 유형 내지 유형적 구조에 대한 비교연구에까지 이르지 못하였으며, 더군다나 교과서의 전래동화 및 전래동화의 교육에 대한 전반적인 비교연구는 전혀 시도되지 않은 상태이다. 따라서 이러한 문제의식을 가지고 한·몽 초등학교 교과서에 수록된 전래동화를 비교연구하려고 한다.

먼저 비교문학의 연구방법에 대해서 살펴볼 필요가 있는데, 연구사적으로 다음과 같이 정리된 바 있다.

비교문학 연구의 목표에 대해 방티겜(Paul Van Tieghem)·카레(Jean-Marie Carré·기야르(Marius-François Guyard) 같은 파리학파는 '상이한 국민문학 상호 간에 있어서의 사실관계를 연구하는 것'이라는 입장을 취했고, 이와는 대조적으로 레마크(Henry H. Remark) 같은 미국학파들은 '문학과 단수 또는 복수의 타 문학과의 비교인 동시에 인간표현의 타 영역과도 광범하게 비교하는' 입장을 취했으며, 바이스슈타인(Ulich Weisstein)은 문학과 예술적인 인간 표현의 분야에만 국한시켜 비교연구하는 중간적인 입장을 취했다. 한편, 조동일은 비교문학 연구의 목표는 한국문학 연구를 출발점으로 하여 세계문학의 보편적인 이론 수립에 이르는 것이 되어야 한다고-중략-주장했다.[33]

---

32 Д.Жигзмаа, 「Агуй н мангасыг дарсан нь Солонгос үлгэр Монгол үлгэр туурвилаас эхтэй юу?」, 『Монгол судлалын чуулган』 №12, 2012, 161~172쪽 тал.

위에서 알 수 있듯이 한국문학에 대한 비교문학적 연구방법은 전파론적 연구방법, 동이론적 연구방법, 통(通)문화론적 연구방법 등 세 가지가 있는데, 이 논문에서는 동이론적 연구방법을 취하여 한국 초등학교 교과서에 수록된 전래동화와 몽골 초등학교 교과서에 수록된 전래동화를 비교연구하기로 한다. 그리하여 한국의 2012년 초등학교 전 학년의 '국어' 교과서에 수록된 전래동화 30편과 몽골의 2012년 초등학교 전 학년의 '몽골어' 교과서에 수록된 전래동화 20편을 연구 대상으로 하여 다음과 같은 절차로 논의한다.

먼저 양국 초등학교 교과서에 수록된 전래동화 중에서 창작동화와 전설, 이솝우화 및 판소리계 동화34(한국의 경우)를 제외한 전래동화를 총망라하여 수록 형태, 민담적 유형, 주제, 등장인물 등을 개괄적으로 검토하여 서사구조의 분석을 위한 토대를 마련한다. 그런 다음 양국 전래동화의 서사구조를 심층적으로 분석하여 비교한다.

전래동화의 서사구조 분석은 구조주의적 연구방법을 사용하는데, 구조주의의 구조분석 방법에는 병립적 구조(paradigmatic structure) 분석방법과 순차적 구조(syntagmatic structure) 분석방법이 있다. 전자는 '이야기의 순서에 구애받지 않고 이야기에 내포된 기본적인 대립을 찾아내 이를 종합적으로 파악'하고, 후자는 '이야기를 순서에 따라서 부분으로 나누고 부분들의 근본적인 성격과 그 관계의 논리를 파악'한다. 여기서는 후자를 취하는데, 순차구조 분석에서는 분절의 개념이 중요하다. 그렇지만 사건(event)이나 화소(motif)로 구분하는 미시적 관점이 아니라 단락

---

33 박진태,『한국문학의 경계 넘어서기』, 태학사, 2012, 57쪽.
34 '토끼와 자라' 이야기는 판소리 수궁가를 개작한 것이고, '흥부와 놀부' 이야기는 판소리 흥부가를 개작한 것이므로 엄밀한 의미에서 전래동화가 아니므로 연구 대상에서 제외한다.

소(段落素; motifeme)로 구분하는 거시적 관점을 취하여 설화를 대단락 (大段落)으로 구분하고, 대단락의 내용을 압축하고 추상화하여 단락소를 추출함으로써 구조적 유형(structural type) 또는 유형적 구조(typical structure)를 파악한다.[35]

따라서 먼저 전래동화의 본문을 소개한 다음 대단락으로 구분하여 요약하고 단락소를 추출하여 서사구조를 파악하는 방법을 취한다. 그러나 모든 작품을 대상으로 하지 않고 논의의 효율성을 위해서 주제의 유형 중에서 양국에 공통되면서도 작품수가 많은 '지혜' 이야기와 '금욕' 이야기를 중심으로 서사구조를 분석하여 그 유형적 특성을 살펴보고, 유형구조별로 사고방식과 논리구조를 파악한다. 그리고 이를 토대로 양국을 비교하여 서사적 보편성과 특수성을 구명하고, 동이점(同異點)의 사회문화적 의미를 해석해보기로 한다.

2. 한·몽 전래동화의 전반적 검토

1) 한국 초등교과서 전래동화의 전반적 검토

(1) 전래동화의 목록 및 수록 형태

2012년도 초등학교 '국어' 교과서에 수록된 동화 중에서 창작동화와 전설, 이솝 우화 및 판소리계 동화를 제외한 전래동화의 목록 및 수록 형태를 도표로 작성하면 〈표 1〉과 같다. 2012년도의 초등학교 국어교과

---

35 장덕순 외 3인, 『구비문학개설』, 일조각, 2006, 104~105쪽 참조.

서는 2009개정 교육과정에 근거해서 집필된 것인데, 1~6학년 국어 교과
서는 각 학기 별로 〈말하기 · 듣기 · 쓰기〉와 〈읽기〉의 2권씩으로 이루어
져 총 24권이다.

〈표 1〉 한국 초등학교 교과서(2012) 전래동화의 목록 및 수록 형태

학년-학기-일련번호	전래동화 제목	수록교과서	수록형태
1-1-1	선녀와 나무꾼	듣·말·쓰, 아, 재미있구나! 80쪽	그림
1-1-2	소금을 만드는 맷돌	읽기, 느낌이 솔솔 90쪽	부분
1-1-3	꾀를 내어서	읽기, 느낌이 솔솔 96쪽	전문
1-1-4	떡시루잡기	읽기, 느낌이 솔솔 99쪽	전문
1-2-5	방귀쟁이	듣·말·쓰, 상상의 날개를 펴고 160쪽	부분
1-2-6	냄새 맡은 값	읽기, 생각을 전해요 48쪽	전문
1-2-7	송아지와 바꾼 무	읽기, 다정하게 지내요 58쪽	전문
2-1-1	호랑이와 곶감	듣·말·쓰, 느낌을 말해요 6쪽	그림
2-1-2	금 구슬을 버린 형제	듣·말·쓰, 이런 생각이 들어요 50쪽	그림
2-1-3	개와 돼지	듣·말·쓰, 의견이 있어요 112쪽	그림
2-1-4	해와 달이 된 오누이	듣·말·쓰, 재미가 새록새록 158쪽	인형극
2-1-5	호랑이를 잡은 반쪽이	읽기, 마음을 담아서 60쪽	전문
2-1-6	소금장수와 기름장수	읽기, 따뜻한 눈길로 110쪽	전문
2-2-7	야들야들 다 익었을까?	읽기, 느낌을 나누어요 12쪽	전문
2-2-8	지혜로운 아들	읽기, 생각을 나타내요 43쪽	전문
3-1-1	호랑이와 나그네	읽기, 여러 가지 생각 62쪽	극본
3-1-2	짧아진 바지	읽기, 좋은 생각이 있어요 114쪽	전문
3-2-3	이상한샘물	듣·말·쓰, 함께 사는 세상 46쪽	그림

3-2-4	방귀쟁이며느리	듣 · 말 · 쓰, 함께 사는 세상 60쪽	그림
3-2-5	떡은 누구의 것	듣 · 말 · 쓰, 주고받는 마음 103쪽	그림
3-2-6	검정소와 누렁소	듣 · 말 · 쓰, 서로 생각을 나누어요 122쪽	그림
3-2-7	자린고비영감	읽기, 서로의 생각을 나누어요 102쪽	만화
3-2-8	삼년고개	읽기, 마음을 읽어요, 132쪽	만화
4-1-1	견우와 직녀	듣 · 말 · 쓰, 생생한 느낌 그대로 16쪽	전문
4-1-2	목화 값은 누가 물어야하나?	읽기, 이 생각 저 생각 52쪽	부분
4-1-3	혹부리영감	읽기6, 의견을 나누어요 128쪽	그림
4-2-4	금덩이보다 소중한 것	듣 · 말 · 쓰, 감동이 머무는 곳 8쪽	그림
4-2-5	가난한 청년과 천년 묵은 지네	듣 · 말 · 쓰, 감동이 머무는 곳 12쪽	그림
5-1-1	별 삼 형제, 삼태성	듣 · 말 · 쓰, 상상의 날개 126쪽	그림
6-2-1	나무 그늘을 산 총각	읽기, 마음의 울림 92쪽	전문
총 30화			

학년별로 보면, 1학년 7편, 2학년 8편, 3학년 8편, 4학년 5편, 5 · 6학년 각 1편씩 모두 30편의 전래동화가 수록되어 있다. 교과서별로 보면, 〈듣기 · 말하기 · 쓰기〉에 14편, 〈읽기〉에 16편의 동화가 실려 있다. 작품의 수는 1~4학년은 5~8편으로 비슷하지만, 5 · 6학년은 각각 1편씩으로 현저하게 줄어들었다. 그 이유는 고학년일수록 다른 갈래(장르)의 문학 작품들이 더 많이 수록되어 있기 때문인 것 같다.

다음으로 초등교과서에 수록된 전래동화를 그 수록 형태에 따라 전문을 수록한 형태, 부분적인 내용만 수록한 형태, 그림으로 나타낸 형태(듣기 자료의 형태), 만화 · 극본 · 인형극으로 각색하여 나타낸 형태 등으로 분류하고, 도표로 제시하면 〈표 2〉와 같다.

<표 2> 한국 초등학교 교과서의 전래동화의 수록 형태

수록형태 학년	전문	부분	그림	만화	극본	인형극	계
1	4	2	1	-	-	-	7
2	4	-	3	-	-	1	8
3	1	-	4	2	1	-	8
4	1	1	3	-	-	-	5
5	-	-	1	-	-	-	1
6	1	-	-	-	-	-	1
계 편수	11	3	12	2	1	1	30
계 비율(%)	36.7	10	40	6.7	3.3	3.3	100

국어교과서에 전래동화가 수록된 형태를 보면, 전문 11편, 부분 3편, 그림 12편, 만화 2편, 극본 1편, 인형극 1편으로 되어 있다. 그림(40%)과 전문(36.7%)이 압도적으로 많고, 부분(10%)과 만화(6.7%), 극본(3.3%), 인형극(3.3%)은 1~3편으로 극소수이다. 그렇지만 전래동화가 이야기 형태만이 아니라, 그림·만화·극본·인형극과 같은 다양한 형태로 수록되어 있는 점은 주목된다. 언어 매체만이 아니라 시각 매체를 이용하고 서사 양식만이 아니라 희곡 양식으로도 표현되어 있어서 동화수업 방식의 다양성을 살릴 수 있기 때문이다. 학년 별 수록 형태를 보면, 문자로 제시된 경우 1학년은 전문 4편, 부분 2편이고, 2학년은 전문만 4편인 데 비해서 3학년은 전문이 1편, 4학년은 전문과 부분이 각각 1편씩이고, 6학년은 전문 1편이고, 5학년은 전문이든 부분이든 하나도 없다. 언어 매체로된 서사 형태의 동화교육이 1·2학년에 집중되어 있다. 그리고 그림은 3학년이 4편, 2·4학년은 각 3편씩으로 2·3·4학년은 그림이라는 시각 매체를 집중적으로 활용하고 있는데, 1·5학년은 각각 1편씩만 수록되어 있다. 희곡화된 동화는 2학년이 1편, 3학년이 1편이어서 교육연극이 아

직은 부진한 상황임을 보여준다.

(2) 민담 유형

초등학교 교과서 전래동화의 줄거리·등장인물·유형·주제를 정리하
여 도표로 제시하면, ⟨표3⟩과 같다.

⟨표3⟩ 한국 초등학교 교과서 전래동화의 줄거리·등장인물·유형·주제

학년–학기–일련 번호	제목	줄거리	등장인물	유형	주제
1-1-1	선녀와 나무꾼	나무꾼이 사슴을 살려준 보답으로 선녀와 살게 되었는데, 나무꾼이 사슴과 한 약속을 어겨 선녀는 하늘로 올라갔다. 그러나 또 다시 사슴의 도움으로 나무꾼도 하늘로 올라갔다.	나무꾼, 사슴, 선녀	본격 공상담	보은
1-1-2	소금을 만드는 맷돌	임금님의 신기한 맷돌을 훔친 도둑이 배를 타고 바다를 건너가다가 '나와라 소금' 하자 맷돌에서 하얀 소금이 쏟아져 나왔다. 도둑이 너무 놀라 그치라는 말을 잊어버려서 맷돌과 함께 바다 속으로 가라앉고 말았다.	도둑	본격 공상담	금욕
1-1-3	꾀를 내어서	세 친구는 평소 버릇을 참는 내기를 하여 이기는 사람이 떡 한 접시를 다 먹기로 하였다. 그런데 박박이가 머리가 가려워지자 뿔이 돋은 노루이야기를 하며 머리를 긁었다. 코흘리개는 활 쏘는 시늉을 하며 코를 닦았고, 눈첩첩이는 활을 쏘면 안 된다고 말하며 손을 휘휘 내저어 눈을 비볐다.	세 친구	소화 경쟁담	지혜

1-1-4	떡시루 잡기	호랑이가 두꺼비에게 산꼭대기에서 떡시루를 굴린 다음 쫓아가 잡는 쪽이 떡을 다 먹는 내기를 하자고 하였다. 두꺼비가 떡이 다 쏟아질 것을 예측하고 호랑이의 제안을 받아들였고, 마침내 떡을 혼자 먹게 되었다.	호랑이, 두꺼비	소화 경쟁담	지혜
1-2-5	방귀쟁이	두 방귀쟁이가 방귀 겨루기를 하다가 마침 마당 한가운데에 있는 커다란 절구를 향하여 방귀를 뀌었다. 절구통은 그 안에 있던 토끼와 함께 높이 솟아올라 밤하늘 속으로 사라졌다.	방귀쟁이	소화 과장담	익살
1-2-6	냄새 맡은 값	최서방이 국밥집 앞을 지나가다가 국밥냄새를 맡았는데, 국밥집 주인이 냄새 맡은 값을 내놓으라고 했다. 최서방이 국밥집 주인에게 냄새 맡은 값이라며 엽전 소리를 들려주었다.	최서방, 국밥집 주인	소화 사기담	지혜
1-2-7	송아지와 바꾼 무	한 농부가 밭에서 커다란 무를 뽑아 사또에게 바쳤고, 그 보답으로 송아지를 받았다. 욕심꾸러기 농부는 살찐 송아지를 사또에게 바쳤으나 커다란 무를 보답으로 받았다.	농부, 사또, 욕심쟁이 농부	본격 현실담	금욕
2-1-1	호랑이와 곶감	배고픈 호랑이가 소를 잡아먹으려고 집 앞에 당도했는데, 곶감을 자기보다 무서운 존재로 착각하고 도망갔다.	호랑이	소화 치우담	익살
2-1-2	금 구슬을 버린 형제	아우가 금구슬 두 개를 주웠고 큰 것을 형한테 주었다. 둘이서 배를 타고 강 한가운데 오자 그동안 욕심을 부렸던 아우가 금구슬을 강물 속에 던져버리고 형에게 '저는 금구슬보다 형님이 더 소중합니다.' 고 말했다.	아우, 형	본격 현실담	가족애
2-1-3	개와 돼지	한 할머니가 개와 돼지를 둘 다 좋아하며 길렀다. 하지만 돼지는 할머니가 개만 좋아한다고	돼지, 개, 할머니	본격 동물담	금욕

		샘을 내어 개처럼 집을 지키기 위해 밤마다 울다가 마침내 팔리게 되었다.			
2-1-4	해와 달이 된 오누이	한 어머니가 집에 돌아오는 길에 호랑이에게 잡아먹혔다. 두 남매는 호랑이에게 잡히지 않도록 동아줄을 내려달라고 하늘에 기원하여 마침내 하늘로 올라가서 해와 달이 되었는데 호랑이는 땅에 떨어져 죽었다.	호랑이, 어머니, 남매	소화 경쟁담	지혜
2-1-5	호랑이를 잡은 반쪽이	삼 형제가 살고 있었다. 형들보다 힘이 더 세고 마음씨도 착한 반쪽이가 호랑이를 잡아왔다.	호랑이, 반쪽이	본격 공상담	용기
2-1-6	소금장수와 기름장수	호랑이가 욕심을 내어 소금장수와 기름장수를 차례로 삼킨 후 뱃속에 불이나 죽게 되었다.	호랑이, 소금장수, 기름장수	동물 본격담	금욕
2-2-7	야들야들 다 익었을까?	양반과 돌쇠가 꿩을 잡아 구워 먹으려고 할 때 욕심 많은 양반이 혼자 먹고 싶어서 시를 먼저 짓는 사람이 고기를 다 먹자고 했다. 돌쇠는 시를 짓고 양반을 이겼다.	양반, 돌쇠	소화 경쟁담	지혜
2-2-8	지혜로운 아들	사또가 찬바람 부는 겨울날 이방에게 산딸기를 따오지 않으면 큰 벌을 내리겠다고 했다. 이방은 걱정을 하다가 병이 났는데, 이방의 아들이 지혜로운 방법으로 사또를 창피하게 만들었다.	사또, 이방, 아들	본격 현실담	지혜
3-1-1	호랑이와 나그네	산길을 가던 나그네가 궤짝에 갇힌 호랑이를 구해 주었으나 은혜를 잊고 잡아먹으려 하였다. 그러나 지혜로운 토끼의 도움으로 호랑이를 다시 궤짝에 들어가게 했다.	호랑이, 나그네, 토끼	본격 동물담	지혜
3-1-2	짧아진 바지	한 선비가 새로 지은 바지가 한 뼘이나 길어서 세 딸에게 한 뼘만 줄여 달라고 했다. 세 딸은	선비, 세 딸	본격 현실담	가족애

		서로 모르게 바지를 한 뼘씩 줄였기 때문에 바지가 너무 짧아졌다.			
3-2-3	이상한 샘물	착한 영감 내외는 젊어지는 샘물을 적당히 먹어 젊어졌는데, 이웃집의 게으르고 욕심 많은 영감은 너무 많이 먹어 갓난아기가 되었다.	할아버지, 욕심쟁이 할아버지, 할머니	본격 공상담	금욕
3-2-4	방귀쟁이 며느리	시아버지는 방귀를 세게 뀌는 며느리를 친정으로 돌려보냈는데, 가는 길에 만난 장사꾼들이 높은 배나무의 배를 따 주면 물건을 절반씩 나누어 주겠다고 하여서 방귀쟁이 며느리가 방귀를 뀌어 배를 다 따 주고 부자가 되었다.	며느리, 시아버지, 장사꾼	소화 과장담	익살
3-2-5	떡은 누구의 것	할아버지와 할머니가 서로 자기가 마지막 남은 떡을 먹겠다고 다투다가 결국 재산을 모두 도둑맞았다.	할아버지, 할머니, 도둑	본격 현실담	금욕
3-2-6	검정소와 누렁소	젊은 선비가 길을 가다가 한 농부에게 검정소와 누렁소 어느 것이 일을 잘하느냐고 물어보자 농부는 귓속말로 '검정소가 일을 잘 한다'고 했다.	선비, 농부	본격 현실담	지혜
3-2-7	자린고비 영감	자린고비 영감은 반찬을 먹는 대신 천장에 매달린 굴비를 쳐다보고, 짚신 닳는 것이 아까워 짚신을 허리에 차고 맨발로 걸어 다니고, 생선 비린내를 잔뜩 묻혀 그 손을 씻은 물로 국을 끓였다.	영감	소화 과장담	익살
3-2-8	삼년고개	한 할아버지가 삼년고개에서 넘어지고 삼 년밖에 못 산다고 슬퍼하고 있었는데 옆집 소년이 할아버지에게 오래오래 사는 법을 가르쳐 주었다.	할아버지, 할머니, 아들, 소년	본격 현실담	지혜
4-1-1	견우와 직녀	하늘나라의 임금님이 견우와 직녀가 결혼한 후에 놀기만 한다	견우, 직녀,	본격	가족애

		고 화가 나서 일 년에 한번만 서로 만나보게 했다. 까치와 까마귀는 서로의 꽁지를 물고 늘어서서 은하수에 긴 다리를 만들어 그들이 만나게 해 주었다.	임금님, 까치, 까마귀	공상담	
4-1-2	목화 값은 누가 물어야 하나?	목화장수 네 사람이 고양이를 기르면서 다리 하나씩을 각자 맡았다. 한 다리를 다친 고양이 탓에 목화가 몽땅 타 버렸다. 다친 다리를 맡은 사람하고 나머지 셋이 서로 목화 값을 물어 내라고 큰 싸움을 벌였다.	목화장수, 고양이	소화 치우담	익살
4-1-3	혹부리 영감	마음씨 착한 혹부리 할아버지는 도깨비들에게 혹을 떼이고 보물을 얻어 부자가 되었으나, 욕심쟁이 할아버지는 오히려 혹을 하나 더 붙이게 되었다.	착한 할아버지, 욕심쟁이 할아버지, 도깨비	본격 공상담	금욕
4-2-4	금덩이 보다 소중한 것	주막 주인이 젊은이가 놓고 간 금덩이를 찾아 주었고, 길을 가던 젊은이는 강물에 빠진 주막 주인의 아들의 목숨을 금덩이로 구하였다.	젊은이, 주막주인	본격 현실담	보은
4-2-5	가난한 청년과 천년 묵은 지네	가난한 청년이 한 아가씨를 만나 결혼을 하였다. 아가씨의 덕으로 집안을 일으킨 청년은 꿈에서 할아버지로부터 아가씨가 사람이 아닌 천 년 묵은 지네라는 말을 들었지만, 아가씨에게서 입은 은혜를 잊지 않고 아가씨와 행복하게 살았다.	청년, 천년 묵은 지네 (아가씨)	본격 공상담	보은
5-1-1	별 삼 형제, 삼태성	하늘에 태양이 없어져서 삼형제가 재주를 발휘해서 태양을 삼킨 두 흑룡을 찾아 태양을 해방시키고 하늘에 올라가 영원히 해를 지키기 위해 삼태성이 되었다.	삼형제, 흑룡	본격 공상담	용기
6-2-1	나무 그늘을 산 총각	느티나무 그늘을 독차지하여 동네 사람들을 괴롭히던 한 부자가 젊은이에게 나무 그늘을	부자, 총각	소화 사기담	지혜

		판 뒤 갖은 수모를 당하다 결국 마을을 떠나고 말았다.			

민담 유형의 분류는 동물담(動物談 animal tale)·본격담(本格談 ordinary folktale)·소화(笑話 jest and anecdote)로 분류하는 전통적인 분류법에 따랐다. 이러한 분류법을 "재래의 편법"[36]이라고 보는 시각도 있지만, 그러나 관점을 달리 해서 보면 동물담은 동물이 주인공이고, 본격담은 대체로 보통 사람이 주인공이고, 소화는 보통 수준의 사람(또는 동물)에 비해서 매우 열등하거나 우월한 사람(또는 동물)이 주로 등장한다고 보면, 앞의 3분법은 단순히 편법에 위한 관습적인 분류가 아니라 주인공을 기준으로 분류한 것이라고 볼 수도 있다. 따라서 한국 민담을 동물담, 본격담, 소화로 분류하고, 이를 다시 하위유형으로 분류하여 동물담은 동물유래담·본격동물담·동물우화로, 본격담은 현실담·공상담으로, 소화는 과장담·모방담·치우담·사기담·경쟁담으로 분류한 민담의 분류법에 근거해서, 한국 초등학교 교과서에 수록된 전래동화의 유형을 분류하여 도표로 제시하면 〈표 4〉와 같다.

---

36 장덕순 외 3인, 앞의 책, 90쪽.

〈표4〉 한국 초등학교 교과서 전래동화의 유형

유형 \ 학년	본격담		소화				동물담	계
	현실담	공상담	과장담	치우담	사기담	경쟁담	본격동물담	
1	1	2	1	-	1	2	-	7
2	2	1	-	1	-	2	2	8
3	4	1	2	-	-	-	1	8
4	1	3	-	1	-	-	-	5
5	-	1	-	-	-	-	-	1
6	-	-	-	-	1	-	-	1
계 편수	8	8	3	2	2	4	3	30
	16		11					
비율(%)	53.3		36.7				10	100

국어교과서에 수록된 전래동화 30편 중에서 본격담이 16편을 차지하여 53.3%로 가장 많고, 소화가 11편으로 36.7%를 차지하여 다음으로 많고, 동물담이 3편으로 10%에 해당하여 가장 적다. 하위 유형별로 보면, 본격담은 공상담과 현실담이 각각 8편씩 수록되어 있다. 소화는 경쟁담이 4편, 과장담이 3편, 치우담과 사기담이 각각 2편씩 수록되어 있고, 동물담은 본격동물담만 3편이 수록되어 있다. 한국 국어교과서의 전래동화의 유형별 특징은 본격담이 절반 이상을 차지하고, 소화가 동물담에 비해서 많이 수록되어 있는 점이다.

유형별 작품을 구체적으로 살펴보면, 본격현실담에는 〈송아지와 바꾼 무〉·〈금 구슬을 버린 형제〉·〈지혜로운 아들〉·〈짧아진 바지〉·〈떡은 누구의 것〉·〈검정소와 누렁소〉·〈삼년고개〉·〈금덩이보다 소중한 것〉 등이 있는데, 이들 동화의 내용은 현실적 인물이 등장하여 지혜와 지략으로 사건을 처리한다. 그런데 〈떡은 누구의 것〉은 지혜와 지략이 나타나지 않지만 금욕을 주제로 하기 때문에 소화로 분류하지 않고, 이야기

속의 현실적인 내용 및 인물을 고려해서 본격현실담으로 분류하였다. 본격공상담의 경우 〈선녀와 나무꾼〉·〈소금을 만드는 맷돌〉·〈호랑이를 잡은 반쪽이〉·〈이상한 샘물〉·〈견우와 직녀〉·〈혹부리 영감〉·〈가난한 청년과 천년 묵은 지네〉·〈별 삼 형제, 삼태성〉 등이 있는데, 이들 동화에는 현실 인간과 함께 신령한 존재(선녀, 영감으로 변하는 호랑이, 도깨비, 아가씨로 변한 천년 묵은 지네, 해를 삼킨 흑룡)나 신비한 사물(신기한 맷돌, 젊어지는 샘물)이 등장하여 흥미로운 이야기를 구성하였기 때문에 본격공상담으로 분류하였다. 동물담의 경우 본격동물담에는 〈개와 돼지〉〈소금장수와 기름장수〉〈호랑이와 나그네〉 등이 있는데, 이 세 동화의 특징은 동물이 의인화되어 인간과 함께 등장하여 이야기를 재미있게 구성한다는 점이다. 동물의 경우 돼지와 호랑이는 탐욕스러운 캐릭터로 등장하는 데 반해서 토끼는 인간을 도와주는 지혜로운 주인공으로 등장하였다. 소화의 경우 과장담에는 현실에는 전혀 있을 법하지 않은 방귀이야기인 〈방귀쟁이〉·〈방귀쟁이 며느리〉와 지나치게 인색한 〈자린고비 영감〉의 이야기들이 포함되어 있다. 치우담에는 어리석은 행동을 하는 호랑이 이야기인 〈호랑이와 곶감〉과 무식한 목화장수들의 이야기인 〈목화 값은 누가 물어야 하나〉 등이 있다. 사기담에는 〈냄새 맡은 값〉·〈나무 그늘을 산 총각〉이 있는데, 이들 이야기에는 트릭스터[37] 인간들(최서방, 총각)이 등장하여 지혜로운 방법으로 무식하고 욕심 많은 인간(국밥집 주인, 부자영감)을 응징하는 이야기들이다. 경쟁담은 내기

---

37 트릭스터는 대개의 경우 약자이며, 흔히 탐욕스런 강자로부터 생명의 위협이나 무리한 요구를 받게 된다. 그러나 그는 표면적으로는 강자에 순응하는 체하지만, 이면적으로는 그 특유의 슬기로써 어리석기 짝이 없는 강자를 골려 주고, 거듭 위기로부터 벗어난다. 이 경우 그가 행한 속임수는 고의적인 것이기보다는 부득이한 상황 속에서 순간적으로 대응한 약자의 자기 방어임이 특징이다. 조희웅, 『설화학강요』, 새문사, 1988, 137쪽 참조.

〈시합〉에서 지혜로 승리를 쟁취하는 이야기인데, 이에는 〈꾀를 내어서〉·〈떡시루 잡기〉·〈해와 달이 된 오누이〉·〈아들아들 다 익었을까〉 등이 속한다.

(3) 주제

어떤 이야기가 몇 백 년 동안 계속해서 전해져 왔다면, 그 이야기는 영구불변의 튼튼한 생명력과 구조를 가지고 있다고 볼 수 있는데, 전래동화가 아동문학 속에서 항구적인 가치를 발휘하는 원인이 바로 여기에 있다[38]. 전래동화는 수많은 세월을 걸쳐 오늘날까지 살아 있는 그 자체만으로도 문학적인 가치와 교훈성이 높은 것이다. 전래동화의 내용에는 민족 고유의 전통과 도덕적 요소가 포함되어 있는데, 이것이 주제로 나타난다. 전래동화의 주제 분류에 대한 선행 연구를 살펴보면, 손동인은 전래동화 200화를 분석한 결과 그 주제를 ① 아는 것이 힘(지식의 우위성), ② 생성·유래·원인·이유, ③ 남을 해치면 저도 해를 입는다, ④ 허욕을 부리지 말라, ⑤ 지성감천(至誠感天), ⑥ 효도하라, ⑦ 은혜를 베풀라. 원수를 사랑하라, ⑧ 은혜를 갚아라, ⑨ 남을 깔보지 말라. 남의 인권을 존중하라, ⑩ 정신일도하사불성(精神─到何事不成) 등으로 분류하였다.[39] 그리고 최운식·김기창[40]은 제1~6차 교육과정기에서 지혜, 보은, 금욕, 효, 정직, 성실, 형제 우애, 용기, 교육, 약속, 건국, 미신 타파, 자유로운 의사 표현 등 모두 13가지로 분류하였다. 이윤남[41]은 지혜, 금욕,

---

38 강순재, 「동물 전래동화의 주제 및 모티프 분석」, 이화여자대학교 석사학위논문, 1993, 30쪽 참조.

39 손동인, 앞의 책, 38쪽 참조.

40 최운식·김기창, 앞의 책, 121~124쪽 참조.

보은, 효행, 정직, 성실, 형제 우애, 기타(용기, 건국, 미신 타파, 자유로운 의사 표현, 교육, 약속)로 나누었으며, 김덕수[42]는 권선징악, 충효, 보은 사상, 기지 및 해학, 기타로, 김정이[43]는 지혜, 금욕, 보은, 효행, 정직, 성실, 기타(겸손, 용기, 인과응보, 우애)로, 고미옥[44]은 지혜와 슬기, 보은과 효행, 금욕과 정직, 성실과 우애, 용기와 교육, 기타로 분류한 바 있다.

여기서는 이와 같은 선행 연구를 참고하고, 내용을 중심으로 초등학교 국어교과서에 수록된 전래동화의 주제를 지혜, 금욕, 보은, 익살, 가족애, 용기로 재분류하는데, 도표로 제시하면, 〈표5〉와 같다.

〈표5〉 한국 초등학교 교과서 전래동화의 주제

학년 \ 주제	지혜	금욕	익살	보은	가족애	용기	계
1	3	2	1	1	-	-	7
2	3	2	1	-	1	1	8
3	3	2	2	-	1	-	8
4	-	1	1	2	-	-	5
5	-	-	-	-	-	1	1
6	1	-	-	-	-	-	1
계 편수	10	7	5	3	3	2	30
계 비율(%)	33.3	23.3	16.7	10	10	6.7	100

주제별 작품의 수를 보면, 지혜 10편, 금욕 7편, 익살 5편, 보은 3편, 가족애 3편, 용기 2편 등으로 나타난다. 지혜와 금욕 주제가 가장 많기 때문에 이 두 유형에 대해서는 제3장에서 집중적으로 서사구조를 분석

---

41 이윤남, 앞의 논문, 62~72쪽 참조.
42 김덕수, 앞의 논문, 18쪽 참조.
43 김정이, 앞의 논문, 50쪽 참조.
44 고미옥, 앞의 논문, 41쪽 참조.

하고, 여기서는 주제의 유형성에 대해 살펴보도록 한다.

'지혜' 이야기는 〈꾀를 내어서〉·〈떡시루 잡기〉·〈냄새 맡은 값〉·〈해와 달이 된 오누이〉·〈야들야들 다 익었을까?〉·〈지혜로운 아들〉·〈호랑이와 나그네〉·〈검정소와 누렁소〉·〈삼년 고개〉·〈나무 그늘을 산 총각〉 등 10편으로 전체 전래동화의 33.3%를 차지한다. 이것은 현대 사회가 지혜를 그만큼 더 요구하기 때문이라고 해석할 수 있다. 2009년에 개정된 교육 과정에서 추구하는 인간상은 창의적인 인간을 강조하였으며, 창의성을 '새롭고 가치 있는 것을 만들어낼 수 있는 역량'[45]으로 규정하였다. 이것은 21세기 정보화 사회에서 경쟁력 있는 지식인 혹은 생활인이 필수적으로 지녀야 할 능력 내지 개인적인 덕목으로 지혜가 절실히 요구된 데 기인한다. 이들 전래동화의 내용을 살펴보면, 경쟁을 할 때 지혜로 승리하는 이야기로 〈꾀를 내어서〉·〈떡시루 잡기〉·〈야들야들 다 익었을까?〉가 있고, 열등한 인간을 지혜로운 인간이 행복하게 하는 이야기로 〈삼년 고개〉·〈검정소와 누런 소〉가 있고, 지혜로운 인간이 악덕한 인간을 복수하는 이야기로 〈냄새 맡은 값〉·〈해와 달이 된 오누이〉·〈지혜로운 아들〉·〈나무 그늘을 산 총각〉·〈호랑이와 나그네〉 등이 있어 지혜 이야기의 하위유형을 다시 세 가지로 구분할 수 있다. 이런 유형의 동화는 어려운 상황에서 여러 가지 문제를 극복하는 주인공들의 방법과 자세를 통해서 어린이가 옛 사람들의 지혜를 배우고 스스로 자신의 문제에 대한 해답을 찾을 수 있도록 도와준다.

'금욕' 이야기는 7편으로 전체 전래동화의 23.3%를 차지하는데, 이는 아동이 탐내지 않는 마음, 분수에 지나치지 않는 마음을 지니고 밝고 명

---

45 김균옥, 「창의인성교육에 미치는 문인화의 영향에 관한 연구」, 고려대학교 석사학위논문, 2012, 23쪽 참조.

랑한 사회를 건설하는 데 이바지하도록 하기 위해서 고려한 것이다.[46] 이들 동화는 성공한 인간을 모방하다 실패로 끝나는 이야기(〈송아지와 바꾼 무〉·〈이상한 샘물〉·〈혹부리 영감〉)와 지나친 욕심을 부리다가 파멸하는 이야기(〈소금을 만드는 맷돌〉·〈개와 돼지〉·〈소금 장수와 기름 장수〉·〈떡은 누구의 것〉) 등 두 가지 하위유형으로 구분된다. 이러한 이야기를 통해서 남이 성공한 행동을 무조건 따라 하는 것은 옳지 않으며, 자신감을 가지고 올바른 길이 무엇인지 판단하여 행동하는 것이 중요함을 강조한다. 또한 사람의 욕심은 끝이 없는데, 지나친 욕심은 화만 불러 온다는 사실을 일깨우고, 타인을 배려하고 협동적인 인간관계를 맺으면 만족스럽고 행복한 삶을 살 수 있다는 교훈을 가르친다.

'익살'의 이야기는 〈방귀쟁이〉·〈호랑이와 곶감〉·〈방귀쟁이 며느리〉·〈목화 값은 누가 물어야 하나?〉·〈자린고비 영감〉의 5편으로 전체 작품의 16.7%를 차지한다. 문학은 교훈적 기능 못지않게 쾌락적 기능도 중요하므로 이런 전래동화가 교과서에 상당히 많이 수록되어 있다. 재미있고 흥미로운 이야기를 통하여 어린이에게 정서적 감동을 주고, 또 감동적인 이야기를 통하여 보편적 삶에 대한 인식을 지니도록 할 필요가 있는 것이다.

'보은'의 이야기는 〈선녀와 나무꾼〉·〈금덩이보다 소중한 것〉·〈가난한 청년과 천 년 묵은 지네〉의 3편이 수록되어 있다. '보은'은 인간관계를 원만하게 하며 정을 나누고 서로를 신뢰할 수 있게 하는 밑거름으로서 중요한 가치가 있다.[47] 오늘날 사회는 인정이 메마르고 은혜를 저버리는 각박한 현실임을 피부로 느낄 수 있다. 극단적인 개인주의가 이기

---

46 이윤남, 앞의 논문, 69쪽 참조.
47 전옥주, 앞의 논문, 72쪽 참조.

주의로 변해가는 사회에서 아동의 심성을 바르게 함양하기 위한 주제라 하겠다.[48] 그래서 보은 이야기는 은혜를 입으면 갚는 것이 인간의 도리임을 가르치는 데 유용하다.

'가족애'의 이야기는 〈금 구슬을 버린 형제〉·〈짧아진 바지〉·〈견우와 직녀〉의 3편이 있다. 여기에는 형제 사이의 사랑, 부모 자식 사이의 사랑, 남녀의 사랑에 관한 이야기들이 포함되어 있다. 그리하여 가족 사이의 정이 무엇보다 소중함을 가르쳐 주고, 서로 배려하고, 힘이 되어 주고, 인생의 기쁨과 슬픔을 함께 나누면, 행복한 삶을 누릴 수 있음을 깨닫게 해 준다.

'용기'의 이야기는 〈호랑이를 잡은 반쪽이〉·〈별 삼형제, 삼태성〉의 2편이 수록되어 있다. 이런 이야기는 고난과 고통의 상황이나 죽음의 고비를 당하더라도 희망을 품고 당당하게 맞서서 극복하는 주인공을 통해서 지혜와 용기를 가르쳐 준다.[49]

이상에서 살펴본 바와 같이 전래동화에는 아이들이 성공적인 인생을 살고 원만한 사회생활을 하는 데 필요한 덕목들이 주제로 되어 있기 때문에 교훈성을 지니고, 그리하여 교육적 효용성이 매우 크다. 따라서 동화교육을 통해서 언어교육·정서교육만이 아니라 도덕교육·인성교육·창의성교육을 시도할 수 있는 것이다.

(4) 등장인물

등장인물은 인간만 등장하는 경우, 인간과 동물이 함께 등장하는 경

---

48 이윤남, 앞의 논문, 67쪽 참조.
49 전옥주, 앞의 논문, 75쪽 참조.

우, 동물만 등장하는 경우, 인간과 신령(神靈)한 인물이 등장하는 경우로
구분된다. 이를 도표로 제시하면 〈표6〉과 같다.

〈표6〉 한국 초등학교 교과서 전래동화의 등장인물

학년	주인공	인간	인간–동물	인간–신령한 인물	동물	계
1		5	1	-	1	7
2		3	4	-	1	8
3		7	1	-	-	8
4		1	1	3	-	5
5		-	-	1	-	1
6		1	-	-	-	1
계	편수	17	7	4	2	30
	비율(%)	56.7	23.3	13.3	6.7	100

등장인물은 인간만 등장하는 경우가 56.7%로 가장 많고, 인간과 동물
이 같이 등장하는 경우가 23.3%를 차지하여 다음으로 많고, 그 다음으로
인간과 신령한 인물이 등장하는 경우가 13.3%를 차지한다. 그리고 동물
만 등장하는 경우는 6.7%를 차지하여 가장 적다. 동물이 인간과 함께 등
장하는 경우는 23.3%를 차지하여 동물만 등장하는 경우보다 무려 3배
이상이나 차지한다. 이런 사실은 한국의 전래동화에서는 동물이 인간에
비해서 현저하게 적게 등장하는 것을 의미한다. 이러한 현상은 몽골동
화와 대조적이다. 다시 말해서 몽골의 전래동화에서는 인간보다 동물이
더 많이 등장하는데, 이러한 차이점에 대해서는 뒤에서 비교 분석하기로
한다.

2) 몽골 초등교과서 전래동화의 전반적 검토

(1) 전래동화의 목록 및 수록 형태

몽골 2012년 초등학교 '몽골어' 교과서에 수록된 동화 중에서 창작동화와 전설, 이솝우화를 제외한 전래동화를[50] 살펴보고자 한다. 1~5학년 몽골어 교과서는 학년 당 1권씩으로 모두 5권으로 이루어져 있다. 교과서에 수록되어 있는 전래동화의 목록 및 수록 형태를 도표로 제시하면 〈표7〉과 같다.

〈표7〉 몽골 초등학교 교과서(2012) 전래동화의 목록 및 수록 형태

학년-일련 번호	전래동화 제목	수록 교과서	수록형태
1-1	일곱 개 알을 낳은 절름발이 까치 (Doloon nogoon undugtei dogolon shaazgain ulger)	몽골어1, 준비 16쪽	그림
1-2	우애 있는 네 마리 동물 (Evtei durvun amitan)	몽골어1, 모음자(母音字) 22쪽	그림
1-3	사슴과 낙타 (Buga, temee 2)	몽골어1, 읽고, 쓰고, 말합시다 159쪽	부분
2-1	어리석은 사람 (Teneg hun)	몽골어2, 우리는 이해한다 119쪽	전문
2-2	어리석은 늑대 (Teneg chono)	몽골어2, 우리 다 함께 130쪽	전문
2-3	코끼리와 들쥐	몽골어2, 우리 다 함께	전문

---

[50] 몽골 민담 중에 특히 동물이야기의 경우 인도의 설화에서 유래된 작품들이 적지 않다. 이에 대해 페.호를러(1960)와 시.까담바(1987)는 고대부터 구전으로 전승되어 오면서 원본으로부터 상당히 달라지고, 몽골 유목민의 생활상이 반영되는 새로운 이야기로 변형되었다고 하였다. 또한 이런 이야기들은 몽골 『구비문학 선집』에도 실려 있고, 이미 몽골설화로 인식되고 있기 때문에 이 논문에서는 몽골동화에 포함시킨다.

	(Zaan, ogotno 2)	168쪽	
3-1	두려움을 모르는 사자 (Aimshiggui arslan)	몽골어3, 자랑 13쪽	전문
3-2	학문의 은혜 (Erdmiin ach)	몽골어3, 자랑 36쪽	전문
3-3	학문을 배운 이야기 (Erdem sursan ni)	몽골어3, 자랑 42쪽	전문
3-4	개와 고양이, 쥐 (Nohoi, muur, hulgana 3)	몽골어3, 꿈과 흥미 100 쪽	그림
3-5	푸른 소를 가진 노인 (Huh uhert hugshin)	몽골어3, 풍습 113쪽	부분
3-6	노인과 토끼 (Uvgun, tuulai 2)	몽골어3, 풍습 132쪽	전문
3-7	노인과 호랑이 (Uvgun, bar 2)	몽골어3, 풍습 137쪽	그림
4-1	착한 코끼리와 은혜로운 쥐 (Tusch zaan ba achit hulgana)	몽골어4, 저학년 복습 11 쪽	전문
4-2	세 마리 물고기 (3 zagas)	몽골어4, 자신을 알면 인 간, 초지를 알면 가축 106 쪽	전문
4-3	우정 이야기 (Nuhurluliin ulger)	몽골어4, 우호를 지키면 싸우지 않는다, 바르게 살면 고독을 느끼지 않 는다 136쪽	부분
5-1	지혜로운 소년 (Tsetsen huu)	몽골어5, 16쪽	전문
5-2	오만한 사시나무 (Bardam uliangar)	몽골어5, 20쪽	전문
5-3	개미와 지렁이, 올챙이 (Shorgoolj, tooluur, shanagan horhoi)	몽골어5, 58쪽	전문
5-4	충실한 독수리 이야기 (Unench burgediin ulger)	몽골어5, 82쪽	전문
총 20편			

‘몽골어’ 교과서에는 총 20편의 전래동화가 수록되어 있다. 학년별로

보면, 1학년은 3편, 2학년은 3편, 3학년은 7편, 4학년은 3편, 5학년은 4편 전래동화가 수록되어 있다. 학년마다 전래동화의 작품 수가 고르게 분포되어 있지만, 3학년에 가장 많이 수록되어 있는 것으로 나타난다.

다음은 전래동화의 수록 형태를 전문, 부분, 그림 등으로 구분하여 도표로 제시하면 〈표8〉과 같다.

〈표8〉 몽골 초등학교 교과서 전래동화의 수록 형태

학년 ＼ 수록형태		전문	부분	그림	계
1		-	1	2	3
2		3	-	-	3
3		4	1	2	7
4		2	1	-	3
5		4	-	-	4
계	편수	13	3	4	20
	비율(%)	65	15	20	100

'몽골어' 교과서에 수록된 전래동화의 수록 형태를 보면, 전문 수록이 13편으로 65%를 차지하여 가장 많고, 부분 수록이 3편으로 15%, 그림으로 수록된 경우는 4편으로 20%를 차지하는데, 희곡화된 전래동화가 하나도 없는 상태이다. 학년별 수록 형태를 보면 1학년은 부분 1편, 그림 2편이고, 전문은 하나도 없다. 2학년은 전문만 3편인데, 3학년은 전문 4편, 부분 1편, 그림 2편 등 형태별로 안배되어 있다. 그리고 4학년은 전문 2편, 부분 1편이고, 5학년은 오직 전문만 4편이 수록되어 있다.

(2) 민담 유형

초등학교 '몽골어' 교과서에 수록된 전래동화의 줄거리·등장인물·유형·주제를 정리하여 도표로 제시하면, 〈표9〉와 같다.

〈표9〉 몽골 초등학교 교과서 전래동화의 줄거리·등장인물·유형·주제

학년~ 일련 번호	전래동화 제목	줄거리	등장인물	유형	주제
1-1	일곱 개 알을 낳은 절름발이 까치	다리를 저는 한 마리 까치가 푸른 알 일곱 개를 낳았다. 여우가 까치를 위협하여 그 알을 하나씩 먹게 되었다. 까치는 들쥐의 도움으로 여우를 쫓아냈다.	까치, 여우, 쥐	본격 동물담	지혜
1-2	우애 있는 네 마리 동물	비둘기, 토끼, 원숭이, 코끼리가 함께 잘 살고 있었다. 그들은 자기들 중에 누가 맏형이 되는지 정하기로 했다. 그곳에 있는 커다란 나무에 대해 아는 것을 말하기로 했다. 비둘기가 그 나무의 씨를 처음 물고 왔기 때문에 맏형이 되었다.	비둘기, 토끼, 원숭이, 코끼리	동물 우화	우정
1-3	사슴과 낙타	낙타는 아름다운 뿔과 꼬리가 있었는데, 사슴이 와서 '단 하루만 뿔을 빌려 달라'고 했다. 낙타는 뿔 없는 사슴이 가엾어 자신의 아름다운 뿔을 빌려 주었지만 사슴은 낙타의 뿔을 안 돌려주었다.	사슴, 낙타	동물 유래담	약속
2-1	어리석은 사람	한 사람이 달의 모습이 물에 비친 것을 보고 달이 우물에 빠진 줄 알고 마나무 끝에 쇠갈고리를 달아 달을 당겨 꺼내려고 하다가 뒤로 벌렁 자빠졌다. 하늘의 달을 바라보며 '내가 힘을 써서 달을 물에서 건져냈구나.' 하고 자랑스러워했다.	사람	소화 치우담	익살
2-2	어리석은 늑대	한 마리 늑대가 맛있는 양의 창자를 만나고 먹으려 하자 창자는 자기 대신 진흙에 빠진 말을 먹으면 더 맛있다고 했다. 늑대는 그 말을 찾아가서 먹으려 했지만 말은 꾀를 내어서 도망가 버렸다.	양의 창자, 늑대, 말	본격 동물담	지혜

2-3	코끼리와 들쥐	코끼리는 매일 들쥐 구멍에 물을 뿜어 구멍에 물이 가득 차게 만들고 있었다. 들쥐는 그러지 말라고 부탁했지만 코끼리는 그 말을 안 들었다. 마침내 들쥐는 코끼리를 죽였다.	코끼리, 들쥐	동물 우화	지혜
3-1	두려움을 모르는 사자	탐욕스럽고 두려움을 모르는 야수의 왕 사자가 살고 있었다. 송골매가 두 다리를 가진 사람들이 가장 무섭다고 말해서 같이 찾아갔다가 총을 든 사냥꾼을 만났다. 사자가 그 사람을 겁주려고 앞으로 나왔으나 사냥꾼의 총에 맞았다. 그 후로는 사자가 두 다리를 가진 사람을 무서워하게 되었다.	사자, 송골매, 사냥꾼	본격 동물담	금욕
3-2	학문의 은혜	한 부자가 학문을 못 배우는 아들에게 한 자루 돈을 주고 장사나 배워 오라고 보냈다. 하지만 아들은 노래 부르기와 장기 두기만 배우고 왔다. 부자가 화가 나서 아들을 집에서 쫓아버렸다. 아들은 노래 부르기, 장기 두기 덕분에 훌륭한 왕이 되었다.	부자, 아들, 신하	본격 현실담	성실
3-3	학문을 배운 이야기	솔개와 작은 새가 학문과 우는 소리를 배우러 먼 곳으로 갔다. 작은 새는 열심히 노력해서 많은 것을 배웠고, 솔개는 잠만 자다가 망아지 소리만 배웠다.	솔개, 작은 새	동물 유래담	성실
3-4	개와 고양이, 쥐	처음에 개와 고양이, 쥐는 형제처럼 사이좋게 지냈다. 사람이 개에게 자기 재산을 잘 지킨다고 황금색 글자가 박힌 증명서를 내주었다. 고양이는 그것을 개 몰래 훔쳐 오라고 쥐에게 시켰다. 개는 그 모든 사실을 알고 고양이를 뒤쫓아 가자 고양이는 쥐를 쫓아갔다.	개, 고양이, 쥐	동물 유래담	금욕
3-5	푸른 소를 가진 노인	까마귀 탓에 푸른 소의 털이 엉망이 되어서 소 주인이 까마귀를 붙잡았다. 까마귀가 목숨을 살려 주	노인, 까마귀, 양반	본격 공상담	보은

		면 노인이 고마워할 일을 세 번 해 주겠다고 약속을 했다. 까마귀가 노인에게 요술 보석을 주었는데, 욕심쟁이 양반이 훔쳐갔다. 다음은 맛있는 음식을 똥으로 싸는 큰 소를 주었는데, 욕심쟁이 양반이 다른 소로 바꾸었다.			
3-6	노인과 토끼	늑대가 노인에게 소를 안 주면 잡아먹겠다고 위협하고 있었다. 한 토끼가 와서 노인에게 방법을 가르쳐주고 노인이 토끼의 말대로 하자 늑대는 두려워서 가버리고 그 지역 사람들은 편안하게 살게 되었다.	노인, 토끼, 늑대	본격 동물담	지혜
3-7	노인과 호랑이	할아버지가 사냥을 하러 가는데, 호랑이가 다가와 잡아먹으려고 위협했다. 할아버지가 할머니와 같이 여러 꾀를 내서 호랑이를 이겼다.	할아버지, 할머니, 호랑이	본격 동물담	지혜
4-1	착한 코끼리와 은혜로운 쥐	착한 코끼리가 우물 안에 떨어진 쥐를 살려 주었다. 나중에 쥐는 그 보답으로 골짜기로 떨어진 늙은 코끼리를 살려주었다.	코끼리, 쥐	동물 우화	보은
4-2	세 마리 물고기	세 마리 물고기가 살고 있었다. 낚시꾼들이 낚시하러 왔을 때 똑똑한 물고기와 꾀 많은 물고기는 낚시꾼들에게 안 잡혔다. 하지만 바보 물고기는 낚시꾼들을 무시하다가 잡혔다.	물고기	소화 치우담	익살
4-3	우정 이야기	새끼호랑이가 송아지의 목에 방울종을 걸어 주면서 위험한 일이 생기면 흔들어 울리도록 하라고 했다. 새끼호랑이가 종소리를 듣고 두 번 급히 달려왔지만 송아지는 별일이 없었다. 세 번째 종소리가 들렸지만 그는 별 일이 없을 것이라고 가지 않아서 송아지는 늑대에게 잡아먹혔다.	새끼 호랑이, 송아지, 늑대	본격 동물담	우정
5-1	지혜로운 소년	옛날 칠만 마리 말을 가진 더쩌 소년이 있었다. 그는 덜짓 호수에 가서 말들에게 물을 먹이고 있었는데	소년, 사람	본격 현실담	지혜

		어떤 사람이 와서 말다툼을 했다. 마침 소년이 지혜로운 말로 말다툼에 이겼다.			
5-2	오만한 사시나무	주변 나무와 꽃들을 무시하는 오만한 사시나무가 뻐꾸기 소리를 듣고 자기 가지들의 소리인 줄 알고 자랑하고 있었는데, 뻐꾸기가 날아가고 조용해지자 그 소리를 없애버렸다고 해와 바람, 샘물을 야단쳤다. 그들이 사시나무와 멀어지자 사시나무는 죽어버렸다.	사시나무, 해, 바람, 샘물, 뻐꾸기,	식물 우화	금욕
5-3	개미와 지렁이, 올챙이	시샘하는 왕이 베푸는 왕의 이름을 더럽게 하기 위해 죄 많은 셋을 보냈는데, 왕의 소 치는 소녀가 도와주고 마침내 죄 많은 셋이 개미와 지렁이, 올챙이로 변했다.	왕, 소녀, 악인, 개미, 지렁이, 올챙이	동물 유래담	지혜
5-4	충실한 독수리 이야기	사냥하러 간 왕이 갈증이 나서 바위 사이로 떨어지는 물을 잔에 받아 마시려 하자 왕의 독수리가 물잔을 떨어뜨리었다. 왕이 화가 나서 독수리를 때려 죽였다. 왕의 신하가 그 물에는 죽은 뱀의 독이 들어 있음을 알려 주자 왕이 충실한 독수리를 죽인 것을 후회하였다.	왕, 독수리, 신하	본격 현실담	성실

전래동화의 유형을 동물담, 본격담, 소화로 분류하고, 이를 다시 하위 유형으로 분류하여, 도표로 제시하면 〈표10〉과 같다.

〈표10〉 몽골 초등학교 교과서 전래동화의 유형

학년＼유형	동물담			본격담		소화	식물 우화	계
	유래담	본격담	우화	현실담	공상담	치우담		
1	1	1	1	-		-	-	3
2	-	1	1	-		1	-	3
3	2	3	-	1	1	-	-	7
4	-	1	1			1	-	3

5	1	-	-	2		-	1	4
계 편수	4	6	3	3	1	2	1	20
	13			4				
계 비율(%)	65			20		10	5	100

전래동화 20편 중에서 동물담이 13편으로 65%를 차지하여 가장 많이 수록되어 있다. 다음으로 본격담이 4편으로 20%를 차지하고, 소화가 2편으로 10%를 차지하는데, 식물우화도 1편이 수록되어 있는 것이 독특하다. 하위 유형별로 보면, 동물담의 경우 본격동물담이 7편, 동물유래담이 4편, 동물우화가 3편이 수록되어 있다. 본격담의 경우 현실담이 2편, 공상담이 1편 수록되어 있고, 소화는 치우담만 2편이 수록되어 있다. 몽골 전래동화의 유형별 특징은 동물담이 압도적으로 많고, 이에 비해서 본격담과 소화가 현저하게 적은 사실이다. 그러나 실제로는 몽골 민담에는 본격공상담[51]과 소화에 속하는 이야기들이 많은데, 이런 흥미로운 이야기들이 초등학교 교과서에 적게 수록되어 있는 것이다.[52]

유형별 작품을 자세히 살펴보면, 동물담의 경우 동물유래담에는 〈사슴과 낙타〉·〈학문을 배운 이야기〉·〈개와 고양이, 쥐〉·〈개미와 지렁이, 올챙이〉가 있다. 〈사슴과 낙타〉는 낙타가 물을 마실 때마다 먼 곳을 바라보고 오래 서게 된 이유와 겨울이 되면 사슴의 뿔이 떨어지게 된 이유를 설명한 이야기이다. 〈학문을 배운 이야기〉는 솔개가 망아지 같은 소리로 울게 된 이유를 설명한 것이고, 〈개와 고양이, 쥐〉는 세 동물들이 천적으로 지내게 된 이유를 설명한 이야기이다. 그리고 〈개미와 지렁

---

51 본격공상담은 몽골 신이담과 유사하다고 본다. 이에 대해 장장식, 앞의 논문에서는 몽골설화의 유형별 특징 중에 마법설화가 많다는 점을 지적하였다.

52 이 점이 몽골 교과서의 특징 중의 하나인데, 다음에 몽골 교과서를 개편할 때 이러한 사실이 고려되어야겠다.

이, 올챙이〉는 개미와 지렁이 올챙이가 생긴 유래를 설명한 이야기이다. 본격동물담은 동물에게 인간적 속성을 부여하여 의인화한 이야기인데, 동물들이 지혜와 지략으로 문제를 해결한 이야기로 〈일곱 개 알을 낳은 절름발이 까치〉·〈어리석은 늑대〉·〈노인과 토끼〉·〈노인과 호랑이〉가 있고, 탐욕과 우정을 지닌 동물들이 등장하는 이야기로 〈두려움을 모르는 사자〉·〈우정 이야기〉 등이 있다. 동물우화의 경우 몽골인들의 아름다운 우정을 상징적으로 표현한 이야기로 〈우애 있는 네 마리 동물〉이 있고, 아주 약한 존재일지라도 엄청난 해를 끼칠 수도 있고, 오히려 큰 도움이 될 수도 있다는 교훈을 담은 이야기로는 〈코끼리와 들쥐〉·〈착한 코끼리와 은혜로운 쥐〉 등이 있다. 식물우화는 자신만을 생각하는 이기적인 사람은 고독하게 된다는 교훈을 담은 〈오만한 사시나무〉가 있다. 본격담의 경우 현실담에는 〈학문의 은혜〉·〈지혜로운 소년〉·〈충실한 독수리 이야기〉가 해당된다. 이들 이야기는 현실적인 지혜로운 인간이 등장하여 문제를 해결하거나 자기가 저지른 나쁜 행동을 후회하는 내용이다. 공상담에는 〈푸른 소를 가진 노인〉이 있는데, 인간과 함께 은혜로운 까마귀가 등장하여 재미있는 이야기를 구성한다. 소화의 경우 치우담에는 〈어리석은 사람〉과 〈세 마리 물고기〉가 있는데, 무식한 사람과 어리석은 물고기가 등장한다.

(3) 주제

전래동화의 주제를 지혜, 금욕, 성실, 우정, 보은, 익살, 약속으로 분류하여 도표로 제시하면 〈표 11〉과 같다.

<표 11> 몽골 초등학교 교과서 전래동화의 주제

학년\주제		지혜	금욕	성실	우정	보은	익살	약속	계
1		1	-	-	1	-	-	1	3
2		2	-	-	-	-	1	-	3
3		2	2	2	-	1	-	-	7
4		-	-	-	1	1	1	-	3
5		2	1	1	-	-	-	-	4
계	편수	7	3	3	2	2	2	1	20
	비율(%)	35	15	15	10	10	10	5	100

주제는 지혜(7편/35%), 금욕(3편/15%), 성실(3편/15%), 우정(2편/10%), 보은(2편/10%), 익살(2편/10%), 약속(1편/5%) 등으로 분류할 수 있다. '지혜' 이야기는 〈일곱 개 알을 낳은 절름발이 까치〉·〈어리석은 늑대〉·〈코끼리와 들쥐〉·〈노인과 토끼〉·〈노인과 호랑이〉·〈지혜로운 소년〉·〈개미와 지렁이, 올챙이〉 등인데, 총 7편으로 가장 많이 수록되어 있다. 이들 전래동화의 내용을 정리해 보면, 약자이며 선한 인간이 강자이며 악한 인간을 지혜와 지략으로 이기는데, 이것은 선이 승리하고 악이 벌을 받는다는 권선징악적 교훈을 담고 있다. 그리하여 어린이들이 선한 주인공처럼 지혜롭게 살아야 함을 가르친다.

'금욕' 이야기는 〈두려움을 모르는 사자〉·〈개와 고양이, 쥐〉·〈오만한 사시나무〉 등 3편이 수록되어 있다. 이들 전래동화는 어린이들이 욕심을 부리지 않고 올바른 행동, 착한 마음으로 살아야 함을 일깨우기 위한 것들이다. '성실' 이야기는 〈학문의 은혜〉·〈학문을 배운 이야기〉·〈충실한 독수리 이야기〉 등 3편이 수록되어 있다. '성실'은 정성스럽고 참됨을 말한다. 이 동화들은 성실한 마음은 우리들이 살아가는데 근본으로 삼아야 할 정신임을 보여 준다.[53] '우정' 이야기는 〈우애 있는 네 마리 동물〉·〈우정 이야기〉 등 2편이 수록되어 있다. 이 이야기는 친구들 간에 서로를 존경해야 하며, 서로 도와주고, 상대방을 이해하고, 배려하는 것이 진정한 우정임을 보여 준다. '보은' 이야기는 〈푸른 소를 가진 노인〉·〈착한 코끼리와 은혜로운 쥐〉 등 2편이 수록되어 있다. 이 이야기는 타인을 이해하고 도와준다면 언젠가 그 보답을 받을 수 있다는 것을 보여 준다. '익살' 이야기는 〈어리석은 사람〉·〈세 마리 물고기〉의 2편이 수록되어 있다. 이 이야기는 흥미롭고 우스운 이야기이지만, 역설적으로 지혜롭게 살아야 함을 강조한다. 마지막으로 '약속' 이야기는 〈사슴과 낙타〉가 수록되어 있는데, 이는 서로 약속을 지키지 않은 것이 상대방에게 큰 고통과 슬픔을 남길 수 있다는 것을 일깨우고, 남의 믿음을 존중해야 함을 강조한다.

(4) 등장인물

등장인물을 동물만 등장하는 경우, 인간과 동물이 같이 등장하는 경우, 인간만 등장하는 경우, 식물이 등장하는 경우로 나누어, 이를 도표로 제시하면 〈표12〉와 같다.

〈표12〉 몽골 초등학교 교과서 전래동화의 등장인물

학년 \ 주인공	동물	인간과 동물	인간	식물	계
1	3	-	-	-	3
2	2	-	1	-	3
3	2	4	1	-	7

---

53 최운식·김기창(1998), 앞의 책, 124쪽 참조.

4		3	-	-	-	3
5		-	2	1	1	4
계	편수	10	6	3	1	20
	비율(%)	50	30	15	5	100

등장인물은 동물만 등장하는 경우가 50%로 가장 많고, 인물과 동물이 같이 등장하는 경우가 30%를 차지하여 그 다음으로 많다. 인물만 등장하는 경우가 15%를 차지하고, 식물이 등장하는 경우는 5%를 차지한다. 동물만 등장하는 경우는 절반을 차지하여 인간만 등장하는 경우보다 3배 이상이나 차지한다. 이러한 현상은 한국 동화와 대조적인 특징으로서 주목해야 할 부분이다.

3) 한국과 몽골의 비교

(1) 수록 형태의 비교

한국 초등학교 국어교과서는 1~6학년에 걸쳐 각 학기마다 〈말하기·듣기·쓰기〉와 〈읽기〉 2권씩이 만들어져 총 24권이다. 이에 비하여 몽골 초등학교 '몽골어' 교과서는 1~5학년까지 학년마다 1권씩이어서 총 5권으로 되어 있다. 그리하여 먼저 양국은 초등학교 교과서의 권수에서부터 큰 차이를 보인다. 교과서에 수록된 전래동화의 경우 한국은 총 30편이고, 몽골은 총 20편이 수록되어 있다. 한국이 몽골보다 10편이 더 많이 수록되어 있지만, 교과서의 권수가 한국이 몽골보다 5배 정도 많은 것을 감안하면, 전래동화의 작품수가 1.5배 정도 많은 사실은 오히려 상대적으로는 한국이 몽골보다 전래동화의 교재화 비율이 낮은 사실을 의미한다. 한국보다 몽골의 교과서에서 전래동화를 활용한 문학교육이 더 적극적으로 교재화되어 진행되고 있는 것이다. 전래동화의 학년별 분포도를 보면, 한국은 1학년 7편, 2학년 8편, 3학년 8편, 4학년 5편, 5·6학년은 각각 1편씩인데, 몽골은 1학년 3편, 2학년 3편, 3학년 7편, 4학년 3편, 5학년 4편이 수록되어 있다. 한국은 1·2·3학년에서 매 학년마다 7~8편이 수록되어 있듯이 저학년에 집중되고, 고학년으로 올라가면 1편으로 급격하게 줄어드는데, 몽골은 3학년만 7편으로 가장 많고 나머지 학년은 3~4편으로 고르게 분포되어 있다. 양국 모두 3학년에서 가장 작품수가 많은 공통점을 보이는데, 몽골은 3학년 이후의 고학년에서도 평균적인 작품수를 유지하는 데 반해서 한국은 고학년에서 전래동화의 작품수가 현저하게 급감한다.

양국 초등학교 교과서에 수록된 전래동화의 수록 형태를 비교하면, 부분 수록이 양국 각각 3편으로 비슷한 수준이다. 하지만 전문 수록 작품이 한국은 11편으로 36.7%를 차지하고, 몽골은 13편으로 65%를 차지하여 차이점을 보인다. 그림 형태로 수록된 경우에도 한국은 12편으로 40%이고, 몽골은 4편으로 20%를 차지하여 한국이 몽골보다 2배나 많다. 몽골 초등학교 교과서에는 만화, 희곡 형태로 각색된 전래동화가 하나도 수록되지 않았다. 몽골이 전래동화 교육에서 언어 자료에만 의존하고 있는 데 반해서 한국은 언어 매체만이 아니라 그림이나 만화와 같은 시각 매체도 활용하고, 극본이나 인형극과 같은 교육연극도 활용하는 식으로 다양한 동화교육 방법을 사용하고 있다. 이와 같은 사실은 몽골의 동화교육과 교과서 집필이 개선되어야 할 방향을 시사한다.

(2) 유형과 등장인물의 비교

다음으로 양국 초등교과서에 수록된 전래동화의 유형별 특징을 비교하면, 소화의 경우 한국은 11편으로 36.7%를 차지하고 몽골은 2편으로 10%를 차지하여 한국은 몽골보다 3배 이상이나 수록되어 있다. 몽골 민담 중에 소화에 속하는 이야기들이 많은데, 이런 흥미로운 이야기는 아동들을 위하여 좀 더 많이 수록되어야 할 것 같다. 본격담의 경우 한국은 16편으로 53.3%를 차지하는데, 몽골은 4편으로 20%를 차지하여 한국은 몽골보다 2.5배 이상 수록되어 있는 큰 차이를 보인다. 이와는 대조적으로 동물담의 경우 몽골은 13편으로 65%를 차지하는데, 한국은 3편으로 10%밖에 안 되어 무려 6배 이상의 차이를 보인다. 다시 말해서 한국 전래동화는 본격담이 많고, 몽골은 동물담이 절대적으로 많다. 한국 동화에서 본격담이 많은 것은 정착 생활을 하는 농경사회에서는 인간과 인간의 관계를 중요시하여 이를 직접 반영하는 본격담이 발달한 것으로 볼 수 있고, 몽골 동화에서 동물담이 많은 이유는 유목민 생활에서 동물에 대한 친근감 때문에 동물담이 발달하였다고 볼 수 있다. 동물담이 한국에 비해서 몽골에서 발달한 이유와 배경에 대해서는 보다 심층적인 분석이 필요한 바, 문화사적인 측면과 심리적인 측면에서 설명할 수 있다. 먼저 문화사적 측면에서 유목문화나 수렵문화와 관련시켜 살펴보기로 한다.

수천 년에 걸쳐 내륙 아시아에서 지배적이었던 경제 체제―유목적 목축의 특징―는 이 지방에 사는 몽고인 조상의 물질적 문화와 전통에 깊은 영향을 주었다. 교통 수단·주거 형태·의장(儀裝)·집기·음식물 등은 자주 먼 거리를 유목해야 할 필요성과, 계절적인 경제 활동과, 혹심한 기후 등의 생활 조건에 의해 결정되었다. 스텝 지방의 천연 자원을 생산에 유용하게 이용하는 과정에서 유목민의 물질문화에 있어서 가장 합리적인 모든 요소가 생겨나고 선택되었다. 유목민은 현지의 생활 조건에 적응해서 경제와 문화를 발전시킬

수가 있었다.[54]

몽골인은 지리적·기후적 조건 때문에 수렵생활과 유목생활을 경제 활동의 주축으로 삼아 왔다. 따라서 전래동화도 이러한 수렵생활 및 유목생활을 반영하여 발달하였다. 이러한 사실에 대해서 데.체렝소드놈은 몽골 동물담은 기원적인 면에서 고대 야생동물을 사냥하며 살았던 수렵생활과 가정에서 가축을 키우며 사는 목축생활로 구분되어 두 가지 방향으로 발전해왔다고 말하였다.[55] 그리고 장장식은 몽골설화에서 동물우화가 흔한 이유를 유목 경제에서 찾고, 동물이야기가 많은 것은 동물과의 교감을 통해 인간사를 읽어내려는 특유의 세계관에서 비롯된 것이라고 보았다.[56]

다음으로 심리적인 관점에서 몽골동화에서 동물담이 발달한 이유를 살펴보기로 한다.

동물은 그 자체로는 선하지도 악하지도 않고, 단지 자연의 일부일 뿐이다. 동물은 그의 본능에 포함되어 있는 것만을 원할 수 있다. 바꾸어 말하면 동물은 그의 본능에 순종한다. 이들 본능은 때로 우리에게 신비하게 비쳐진다. 그러나 인간의 생명에도 이와 비슷한 것이 있다. 인간의 본성의 바탕을 이루는 것이 본능인 것이다. 그러나 인간에 있어서 (인간의 내부에 본능적 정신으로 살아 있는) '동물적 존재'가 생명 속에 인식되고 통합되지 않는다면 위험해질 수가 있다. 인간은 자신의 의지로 본능을 조절할 수 있는 힘을 가진 유일한

---

54 D.마이달·N.츄르템, 김구산 번역, 『몽고문화사』, 동문선, 1991, 132쪽.
55 데.체렝소드놈, 앞의 책, 30쪽 참조.
56 장장식, 앞의 논문, 213쪽 참조.

생물이지만, 또한 본능을 억압하고 왜곡하고 상처를 입히기도 한다. 은유적으로 말하면 동물은 상처를 받았을 때 그렇게 사나와지고 위험해질 수가 있다. 억압된 본능은 거꾸로 인간을 조절할 수가 있으며, 심지어 인간을 파괴할 수도 있다. -중략- 억압되고 상처받은 본능은 문명인을 위협하는 위험물인 반면 억제되지 않은 충동은 원시인을 위협하는 위험물이다. 양자 모두 '동물'은 그 진정한 본질로부터 소외되어 있다. 그리고 양자에게 모두 동물적 정신을 받아들이는 것은 전체성과 원숙한 삶을 얻기 위한 조건이다. 원시인은 자신의 내부 속에 있는 동물을 길들여 쓸모 있는 동료로 만들어야 하며, 문명인은 자신의 내부 속에 있는 동물을 치료하여 친구로 삼아야한다.[57]

원시인이거나 문명인이거나 모두 내면 속에 동물적인 본능을 지니고 있다. 이 본능을 잘 조절하여야 파괴적인 존재가 되지 않고 원만한 사회생활을 할 수 있게 된다. 그래서 아동을 대상으로 하는 동화에서 동물이야기를 통하여 어린이로 하여금 자연스럽게 동물적인 본성을 인식하고 조절하여 자연적 존재와 문화적 존재를 통합함으로써 정상적인 어른으로 성장하게 하려고 하는 것이다.

이상에서 살펴본 것처럼 몽골동화가 한국동화에 비해서 동물담이 발달한 이유는 몽골인이 수렵생활과 유목생활을 하면서 농경생활을 하는 한국인보다 동물과 가깝게 생활하고, 그래서 동물적인 본성을 보다 더 많이 이해하고 있기 때문이라고 말할 수 있다.

등장인물의 경우 한국은 본격담이 많기 때문에 인간들이 많이 등장하고, 몽골은 동물담이 많기 때문에 동물들이 많이 등장하는 특징을 보인다. 특이한 점으로는 한국에서는 신령한 존재들이 등장하고, 몽골은 식

---

57 칼 구스타브 융 편, 이부영 외 역, 『인간과 무의식의 상징』, 집문당, 1964, 247~248쪽.

물이 의인화된 존재로 등장한 점을 지적할 수 있다.

(3) 주제 비교

서론에서 언급한 바 있듯이 전래동화는 민담의 하위개념이기 때문에 전래동화의 주제를 비교하는 것은 양국 민담의 주제를 비교하는 것과 마찬가지라 본다. 따라서 양국 아동들에게 어떤 주제의 전래동화를 선정해서 가르치는가를 비교해보면, 두 민족이 중요시하는 사고방식과 사상, 정서와 교훈을 알 수 있을 것이기 때문에 전래동화의 주제에 대한 비교는 그 의의가 매우 크다.

양국 전래동화의 주제를 비교해 보면, 한국은 주제의 유형이 지혜(10편), 금욕(7편), 익살(5편), 가족애(3편), 보은(3편), 용기(2편)로 분류되고, 몽골은 지혜(7편), 금욕(3편), 우정(2편), 성실(3편), 보은(2편), 익살(2편), 약속(1편)으로 분류된다. 양국 전래동화에 공통되는 주제는 지혜, 금욕, 보은, 익살 네 가지가 있다. 이는 양국 모두 초등학교 교육에서 지혜와 권선징악 및 재미와 흥미가 동일하게 강조되고 있음을 의미한다. 곧 동화의 교훈적·도덕적 기능만이 아니라 쾌락적 기능도 중시되고 있다.

한국 전래동화에만 나타난 주제는 가족애, 용기이며, 몽골 전래동화에만 나타난 주제는 우정, 성실, 약속 등이다. 한국의 경우 가족애와 용기를 주제로 한 작품들이 2~3편씩 수록되어 있는데, 가족공동체의 소중함과 강자에 싸워 이기려면 용기가 필요함을 강조하기 위함이다. 몽골의 경우 우정과 성실과 약속을 주제로 한 작품들이 수록되어 있는 이유는 사회적 갈등과 싸움을 예방하기 위해서는 원만한 인간관계의 형성이 필요함을 특별히 강조하기 위한 것으로 볼 수 있다.

3. 한·몽 전래동화의 서사구조 분석과 유형 분류

1) 한국 전래동화의 서사구조 분석과 유형 분류

전래동화의 주제는 지혜, 금욕, 보은, 익살, 가족애, 용기 등으로 파악되었는데, 그 중에서 작품수가 가장 많은 지혜와 금욕 이야기를 대상으로 서사구조의 유형적 특성을 밝히고자 한다.

(1) '지혜' 이야기의 서사구조

'지혜' 이야기는 유형구조 내지 구조유형을 '경쟁-지혜-승리', '열등-지혜-행복', '악덕-지혜-복수' 등 세 개로 세분화할 수 있는 바, 이들 하위 유형의 서사구조를 집중적으로 분석하기로 한다.

㈎ '경쟁-지혜-승리'의 이야기

'지혜' 이야기의 첫째 유형은 경쟁을 할 때 지혜로 승리하는 이야기로 〈꾀를 내어서〉[58]·〈떡시루 잡기〉[59]·〈야들야들 다 익었을까?〉가 이에 속하는데, 작품들의 서사단락을 구분하고 서사구조를 분석하기로 한다. 먼저 〈꾀를 내어서〉를 살펴보는데, 작품의 전문은 다음과 같다.

---

58 〈꾀를 내어서〉의 주제에 대해서 김덕수(2001), 이형모(2001)는 '해학' 이야기로, 김정이(2003), 전옥주(2004)는 '지혜' 이야기로 분류하였다.

59 〈떡시루 잡기〉의 주제에 대해서 정소영(2009)은 '우주역사동화'(두꺼비의 유래)로 분류하였고, 김정이(2003), 전옥주(2004)는 '지혜' 이야기로, 김덕수(2001)는 '기지 및 해학' 이야기로 분류하였다.

① 옛날, 어느 마을에 항상 머리를 긁적이는 박박이가 살고 있었어요. 그리고 코를 잘 흘리는 코흘리개와 늘 눈을 비비는 눈첩첩이도 살고 있었어요. 하루는 이 세 친구에게 떡이 한 접시 생겼어요. 세 친구는 내기에서 이긴 사람이 떡을 몽땅 먹기로 하였어요. 머리를 긁거나 코를 닦거나 눈을 비비지 않고, 오래 참는 사람이 떡을 먹는 내기였어요. 세 친구는 모두 떡을 먹고 싶은 마음에 꾹꾹 참고 있었어요. ② 그런데 박박이는 머리가 너무 가려웠어요. 그래서 꾀를 내었어요. '내가 뒷산에서 노루를 보았는데, 뿔이 여기에도 돋고, 여기에도 돋고…' 박박이는 머리의 가려운 곳을 여기저기 툭툭 눌러 가며 긁었어요. 그랬더니 코흘리개가 말하였어요. '아이고, 내가 봤더라면 당장 활을 쏘았을 텐데…' 코흘리개는 활 쏘는 흉내를 내며 옷소매로 코를 닦았어요. 그러자 눈첩첩이가 '안 돼, 활을 쏘면 안 돼.' 하고 말하면서 손을 휘휘 내저어 눈을 비볐대요.[60]

위 작품의 서사단락을 대단락으로 구분하여 정리하면 다음과 같다.

① 세 친구가 떡을 먹기 위해 평소의 버릇을 참는 내기를 하였다.(경쟁)
② 세 친구는 이야기를 하면서 버릇대로 행동하였다.(지혜)
③ 세 친구는 모두 떡 먹기 내기에서 이겼다.(승리)

〈꾀를 내어서〉는 평소의 버릇을 참는 내기를 하던 세 친구가 꾀를 내어서 남들 모르게 자연스럽게 자신들의 버릇대로 행동해서 셋이 다 떡 먹기 내기에서 이긴 이야기이다. 이것은 세 친구가 모두 지혜와 지략이

---

60 초등학교 『국어-읽기』(1-1), 한국 교육과학기술부, 미래엔, 2012, 96~97쪽. 다음부터는 한국의 『국어-읽기』는 『읽기』로 약호를 정한다.

뛰어나서 참을성 경쟁에서 모두 승자가 된 것을 뜻한다. 따라서 〈꾀를 내어서〉의 서사구조는 '경쟁-지혜-승리'로 되어 있다.

다음으로 〈떡시루 잡기〉를 살펴보는데, 작품의 전문은 다음과 같다.

① 옛날 옛적에 호랑이와 두꺼비가 떡을 만들어 먹기로 하였습니다. 호랑이와 두꺼비는 똑같이 쌀을 한 바가지씩 가져다가 떡을 쪘습니다. 떡시루에서 김이 모락모락 올라왔습니다. 군침이 저절로 돌았습니다. 맛있는 냄새가 솔솔 나자, 호랑이는 떡을 혼자 먹고 싶은 생각이 들었습니다. 그래서 두꺼비한테 말하였습니다. '두꺼비야, 우리 떡시루를 산꼭대기까지 가지고 가자. 거기에서 떡시루 잡기 내기를 하자.' '떡시루를 산 아래로 굴린 다음, 쫓아가 먼저 잡는 쪽이 떡을 다 먹는 내기야.' ② 이 말을 들은 두꺼비는 기운이 쏙 빠졌습니다. 보나마나 자기가 질 게 뻔하였기 때문입니다. 두꺼비는 천천히 다시 한 번 생각하여 보았습니다. 잠시 뒤에 좋은 생각이 떠올랐는지 자신 있게 말하였습니다. '좋아, 내기를 하자.' 호랑이와 두꺼비는 떡시루를 가지고 산꼭대기로 올라갔습니다. '하나, 둘, 셋!' 호랑이와 두꺼비는 떡시루를 힘껏 굴렸습니다. 떡시루는 산 아래로 떼굴떼굴 굴러갔습니다. 걸음이 빠른 호랑이는 '어흥' 소리를 내며 떡시루를 쫓아갔습니다. ③ 그런데 떡시루가 떼굴떼굴 굴러가면서 그 안에 들어 있던 떡이 조금씩 밖으로 떨어져 나왔습니다. 호랑이는 그것도 모르고 떡시루를 잡을 생각에 열심히 달리기만 하였습니다. 산꼭대기에서 이 모습을 내려다본 두꺼비는 배꼽을 쥐고 '깔깔깔' 웃었습니다. '내 그럴 줄 알았다니까. 이제 슬슬 떡을 모아 볼까?[61]

위 작품의 서사단락을 대단락으로 구분하면 다음과 같이 정리할 수 있다.

---

61 『읽기』(1-1), 99~101쪽.

① 호랑이가 두꺼비에게 산꼭대기에서 떡시루를 굴린 다음 쫓아가 잡는 쪽이 떡을 다 먹는 내기를 하자고 하였다.(경쟁)

② 두꺼비가 떡이 다 쏟아질 것을 예측하고 호랑이의 제안을 받아들였다. (지혜)

③ 두꺼비가 떡을 혼자 먹게 되었다.(승리)

〈떡시루 잡기〉는 호랑이가 두꺼비에게 산꼭대기에서 떡시루를 굴린 다음 쫓아가 잡는 쪽이 떡을 다 먹는 것으로 하자고 제안했는데, 두꺼비가 떡이 다 쏟아질 것을 예측하고 호랑이의 제안을 기꺼이 수락해서 결국 떡은 두꺼비 혼자서 다 먹고 호랑이는 빈 떡시루만 차지하게 된 이야기이다. 호랑이는 자기는 빨리 달릴 수 있어서 떡시루를 굴리고 쫓아가 잡는 내기를 하면 몸이 작고 동작이 느린 두꺼비를 이길 것이라고 예상을 했지만, 결과는 두꺼비의 예상대로 떡시루가 굴러갈 때 떡이 모두 쏟아져 호랑이는 빈 떡시루만 차지하게 된 것이다. 곧 호랑이는 빠르지만 어리석고, 두꺼비는 느리지만 지혜로워서 내기에서 두꺼비가 호랑이를 이긴 것이다. 따라서 두꺼비를 중심으로 보면 〈떡시루 잡기〉는 '경쟁-지혜-승리'의 서사구조가 되고, 호랑이를 중심으로 보면 '경쟁-우매-패배'의 서사구조가 된다.

다음으로 〈야들야들 다 익었을까?〉를 살펴보는데, 작품의 전문은 다음과 같다.

① 옛날에 욕심 많은 양반이 있었습니다. 어느 날, 양반은 돌쇠를 데리고 꿩 사냥을 갔습니다. 양반과 돌쇠는 이 산에서 저 산으로 꿩을 쫓아다니느라 고생을 하였습니다. 그러다 어렵게 꿩 한 마리를 잡았습니다. '여기에서 꿩을 구워 먹고 가자꾸나.' 배고픈 돌쇠는 신이 나서 불을 피웠습니다. 고기 익는

냄새가 풍겨 오자, 양반은 꿩고기를 혼자 먹고 싶었습니다. '돌쇠야, '까' 자로 끝나는 세 줄로 된 시를 먼저 짓는 사람이 고기를 다 먹도록 하자.' 양반이 꾀를 내어 말하였습니다. ② 그러자 돌쇠가 노릇노릇 구워진 꿩고기를 보며 말하였습니다. '야들야들 다 익었을까? 쫄깃쫄깃 맛이 있을까? 냠냠 한번 먹어볼까?' 그러고는 고기를 입으로 가져갔습니다. '이 녀석아, 시도 안 짓고 왜 고기를 먹느냐?', '저는 이미 '까' 자로 끝나는 시를 지어 말씀 드리지 않았습니까?' 양반은 할 말이 없어 입맛만 다셨습니다. 그러자 돌쇠는 고기를 건네며 양반에게 말하였습니다. '고기를 안 드시면 기운이 없지 않겠습니까? 기운이 없으면 넘어지시지 않겠습니까? 넘어지시면 제가 업고 가야하지 않겠습니까? ③양반은 그만 얼굴이 붉어져 고개를 숙이고 말았답니다.[62]

위 작품의 서사단락을 대단락으로 구분하여 다음과 같이 정리할 수 있다.

① 양반이 구운 꿩을 혼자 먹기 위해 돌쇠에게 '까' 자로 끝나는 세 줄로 된 시를 먼저 짓는 사람이 고기를 다 먹도록 하자고 했다.(경쟁)
② 돌쇠는 양반에게 구운 꿩과 관련 '까' 자로 끝난 시를 짓고 말해 주었다.(지혜)
③ 양반은 그만 얼굴이 붉어져 고개를 숙이고 말았다.(승리)

〈야들야들 다 익었을까?〉는 양반이 구운 꿩을 혼자 먹기 위해 돌쇠에게 '까' 자로 끝나는 세 줄 시를 먼저 짓는 사람이 고기를 다 먹도록 하자고 했는데, 돌쇠가 구운 꿩과 관련된 '까' 자로 끝나는 삼행시를 지으

---

62 『읽기』(2-2), 12~14쪽.

니까 양반이 내기에서 진 것을 깨닫고 얼굴을 붉히고 고개를 숙이고 말았다는 이야기이다. 양반이 구운 꿩을 혼자 먹으려고 욕심을 부려 돌쇠가 세 줄 시를 짓지 못할 것으로 예상하고 세 줄 시 짓기를 제안했지만, 돌쇠가 예상을 뒤엎고 세 줄 시를 먼저 지어서 구운 꿩을 돌쇠에게 빼앗긴 것이다. 곧 하인 돌쇠가 상전 양반을 지혜로 이기고 양반을 망신시킨 것이다. 따라서 〈야들야들 다 익었을까?〉는 돌쇠의 입장에서 보면 '경쟁-지혜-승리'의 서사구조이고, 양반의 입장에서 보면 '경쟁-우매-패배'의 서사구조가 된다.

이처럼 〈꾀를 내어서〉·〈떡시루 잡기〉·〈야들야들 다 익었을까?〉는 모두 서사구조가 '경쟁-지혜-승리'로 되어 있어서 유형성을 보인다. 다시 말해서 세 동화가 동일한 유형구조로 되어 있는데, 경쟁에서 지혜가 있는 자가 승리한다는 논리구조이다. 경쟁은 상황이고 지혜는 조건이고 승리는 결과이다. 경쟁적인 상황을 설정하고 지혜의 조건이 충족되면 승리라는 결과는 필연적이라는 사고방식을 보여준다. 전승집단이 경쟁에서의 승리는 지혜가 필요충분조건이라고 인식하고 있는 것이다. 지혜로운 인간이 되어야 경쟁에서 승리할 수 있다는 교훈을 가르치기 위해서 만든 동화인 것이다. 그런데 〈꾀를 내어서〉는 '경쟁-지혜-승리'의 서사구조만 보이지만, 〈떡시루 잡기〉·〈야들야들 다 익었을까?〉는 '경쟁-우매-패배'의 서사구조도 보인다. 이런 차이는 〈꾀를 내어서〉는 세 친구가 대등한 경쟁 관계인 데 반해서 〈떡시루 잡기〉·〈야들야들 다 익었을까?〉는 선하고 지혜로운 약자(두꺼비, 돌쇠)가 악하고 탐욕스럽고 어리석은 강자(호랑이, 양반)와 대결해서 승리하는 이야기인 데 기인한다. 다시 말해서 전자는 우정과 경쟁의 이야기이고, 후자는 사회적인 약자가 사회적인 강자와 대결해서 승리하는 이야기를 통하여 현실에서 억압되었던 좌절감과 패배감, 슬픔과 분노의 감정을 해소시키는 이야기인 것이다. 특히 후자는 체력이나 권력이 약한 사회적 약자가 강자를 이기기 위해서는 꾀가 있어야 함을, 곧 지혜가 많고 지략이 뛰어나야 함을 강조하고 있다.

㈏ '열등-지혜-행복'의 이야기

'지혜' 이야기의 둘째 유형은 열등한 자를 지혜로운 자가 행복하게 하는 이야기로 〈검정소와 누렁 소〉[63]·〈삼년 고개〉[64]가 있다. 먼저 〈검정소와 누렁소〉를 살펴보는데, 작품의 전문은 다음과 같다.

① 더운 여름날, 한 선비가 시골길을 가다가 농부가 소 두 마리를 몰며 밭을 가는 모습을 보았어요. 선비가 큰 소리로 물었어요. '검정소와 누렁소중에 어떤 소가 일을 더 잘합니까?' 그러자 농부가 당황한 얼굴로 밭 가장자리로 나왔어요. ② 농부는 선비 곁에 와서 아주 작게 속삭였어요. '힘은 저 검정소가 더 셉니다만, 꾀를 부리지 않고 일을 잘하는 건 누렁소지요.' 선비가 껄껄 웃으며 말했어요. '노인장께서는 하찮은 짐승의 이야기를 왜 이렇게 비밀스럽게 하십니까?' ③ 그러자 노인은 조용히 고개를 저으며 말했어요. '누렁소가 일을 더 잘한다는 말이 검정소 귀에 들어가면 아무리 짐승이라도 기분이 좋을 리 있겠소?' 일을 시키는 소까지 배려하는 늙은 농부의 마음 씀씀이에 선비는 깊이 감동했어요.[65]

---

63 〈검정소와 누렁소〉의 주제에 대해서 김정이(2003)와 정순주(2003)는 '지혜' 이야기로 분류하였다.

64 〈삼 년 고개〉의 주제에 대해서 최운식·김기창(2003)에는 '미신타파'로 분류되었다. 그리고 김정이(2003), 정순주(2003)는 '지혜'로, 전옥주(2004)는 '익살과 지혜'로, 김덕수(2001)는 '기타' 등으로 분류하였다.

65 초등학교 『국어-듣기·말하기·쓰기-』(3-2), 한국 교육과학기술부, 앞의 책, 122쪽에

위 작품의 서사단락을 구분하면 다음과 같다.

① 젊은 선비가 농부에게 검정소와 누렁소 어느 것이 일을 잘하느냐고 물
   어보았다.(열등)
② 농부는 귓속말로 '누렁소가 일을 잘 한다'고 했다.(지혜)
③ 선비가 귓속말을 한 이유는 검정소에 대한 배려 때문이었다.(행복)

〈검정소와 누렁소〉는 젊은 선비가 농부에게 검정소와 누렁소 어느 것
이 일을 잘하느냐고 물어보자 농부는 귓속말로 '누렁소가 일을 잘 한다'
고 하였고, 선비가 왜 귓속말로 이야기 하냐고 묻자 농부는 아무리 소라
도 자기를 비하하는 말을 들으면 마음이 상할 것이라고 생각하여 검정
소를 배려해 주었다는 이야기이다. 농부가 소들에게 그런 식으로 잘해
주어서 소들이 사이좋게 지내고 행복하게 살 수 있었다. 이 이야기는 사
랑과 믿음이 상대방에게 큰 힘이 되고 행복을 주는 사실을 강조하고 있
다. 이처럼 〈검정소와 누렁소〉는 '열등-지혜-행복'의 서사구조를 보인다.
다음으로 〈삼년 고개〉를 살펴보는데, 작품의 전문은 다음과 같다.

① 옛날 옛적 어느 마을에 높은 고개가 하나 있었대. 사람들은 그 고개를
삼년고개라고 불렀어. 이 고개에서 넘어져 데구르르 구르면 그 사람은 삼년
밖에 살지 못 한다는 전설 때문이야. 어느 날 할아버지가 삼년고개를 조심조
심 넘어가고 있었어. 넘어질까, 구를까 아주 조심조심해서 말이야. 그 때 힘
겹게 한발 한발 내딛고 계신 할아버지 앞으로 토끼 한 마리가 깡충깡충 뛰어

는 〈검정소와 누렁소〉 이야기가 그림 자료로 있기 때문에 동화의 원문을 김용택, 『전래동
화50』, 은하수미디어, 2013, 284쪽에서 인용한다. 다음부터는 『국어-듣기·말하기·쓰기-』
는 『듣기·말하기·쓰기』라는 약호를 사용한다.

오는 거야. 놀란 할아버지는 토끼와 부딪히지 않으려고 피하다가 그만 뒤로 벌렁 넘어지고 비탈길을 떼굴떼굴 구르고 말았지 뭐야. '아이고, 나는 이제 죽었네, 죽었어!' 할아버지는 엉엉 땅을 치며 울었어. 한참을 그러다가 어느덧 뉘엿뉘엿 해가 져서 할아버지는 힘없이 집으로 돌아왔지. 그리고는 할머니에게 이렇게 말하는 거야. '할멈, 나는 이제 삼 년밖에 못 살아. 삼년고개에서 넘어졌던 말이오. 으흐흑.' 하루하루 사는 것이 의미가 없어진 할아버지는 시름시름 앓았어. ② 이 소문을 들은 옆집 아이가 할아버지를 찾아 왔어. '아이, 참. 할아버지도…. 뭘 그리 걱정하세요? 제가 할아버지께서 오래오래 사실 수 있는 법을 알아요. 자, 어서 일어나셔서 삼년고개로 가요.' '아니, 너 같은 꼬마가? 그리고 그곳은 또 왜가?' '거기 가서 또 넘어지셔야죠.' '뭐라고, 또 넘어지라고? 아서라. 나더러 아예 죽으라는 거냐?' 할아버지가 화가 많이 나셨나봐. 얼굴이 울그락불그락 어쩔 줄을 모르시는 거야. '할아버지, 한번 넘어지면 삼년은 사신다 했으니까, 두 번 넘어지면 육년이구요, 또 세 번 넘어지면 구년은 사실 게 아니예요?' ③ 할아버지는 소년의 말에 무릎을 탁 치며 말했지. '아-하, 그래, 그렇겠구나! 당장 가자.' 할아버지는 고개위에서 떼구르르 떼구르르 구르기를 몇 번이나 했는지 몰라. 시간이 흘러 삼년이 지난 어느 날이었어. 할아버지가 삼년고개를 넘어가다가 돌부리에 걸려 또 굴렀지 뭐야. '허허, 이제 쉰 번 넘어졌으니 앞으로 백 하고도 오십년이나 더 살겠군!' 삼년고개에서 데굴데굴 구른 덕분이었는지 할아버지는 정말 오래오래 살았다고 전해져.[66]

위 작품의 서사단락을 구분하면 다음과 같다.

① 할아버지가 삼년고개에서 넘어지고 삼년밖에 못 산다고 슬퍼하고 있었

66 『읽기』(3-2), 132~137쪽.

다.(열등)

② 옆집 소년이 할아버지에게 삼년고개에서 여러 번 넘어질수록 오래오래 살 수 있을 것이라고 가르쳐주었다.(지혜)

③ 할아버지가 삼년 고개에 가서 자꾸 굴러서 오래오래 살았다.(행복)

〈삼 년 고개〉는 삼년 고개에서 넘어지고 삼년밖에 못 산다고 슬퍼하고 있던 할아버지에게 옆집 소년이 지혜로운 방법을 가르쳐주어 할아버지가 장수하였다는 이야기이다. 소년이 알려 준 것은 삼년고개에서 한 번 넘어지면 삼년이니까 두 번 넘어지면 육년이 되는 식으로 자꾸 넘어질수록 오래 살 수 있는 방법이었다. 소년은 할아버지보다 나이가 어렸지만 할아버지보다 더 총명하고 지혜로웠던 것이다. 이처럼 소년의 지혜로운 방법이 할아버지의 슬픔과 불행을 기쁨과 행복으로 반전시켰다. 따라서 〈삼 년 고개〉의 서사구조는 '열등-지혜-행복'으로 된다.

위에서 살펴보았듯이 〈검정소와 누렁소〉·〈삼 년 고개〉는 '열등-지혜-행복'의 유형구조로 되어 있는데, 〈검정소와 누렁소〉는 지혜로운 강자(농부)가 약자(검정소)를 진심으로 사랑해 주어서 다 같이 행복하게 되었고, 〈삼 년 고개〉는 지혜로운 인간(소년)이 우매한 인간(할아버지)을 행복하게 해 준 이야기이다. 이러한 유형구조는 열등한 존재도 지혜로운 존재를 만나면 행복해질 수 있다는 논리구조를 보여주는데, 지혜로운 인간이 선비(지식인)가 아니라 농부이고, 노인(어른)이 아니라 어린이라는 점에 이야기의 묘미가 있다. 지혜로운 사회적 약자를 통하여 어리석은 사회적 강자를 조롱하고 풍자하는 효과도 거두기 때문이다.

(다) '악덕-지혜-복수'의 이야기

'지혜' 이야기의 셋째 유형은 지혜로운 자가 악덕한 자를 복수하는 이
야기로 〈냄새 맡은 값〉·〈해와 달이 된 오누이〉[67]·〈지혜로운 아들〉[68]·
〈호랑이와 나그네〉[69]·〈나무 그늘을 산 총각〉[70]이 있다.

먼저 〈냄새 맡은 값〉을 살펴보는데, 작품의 전문은 다음과 같다.

① 옛날에 마음씨 고약한 구두쇠 영감이 장터에 국밥집을 차렸어요. 국밥
집은 장사가 아주 잘되었어요. '히히, 이제 금방 부자가 되겠네.' 어느 날, 옆
마을에 사는 최 서방이 국밥집 앞을 지나게 되었어요. '쿵쿵, 쿵쿵! 아, 맛있는
국밥 냄새! 얼른 집에 가서 밥 먹어야겠다.' 최 서방은 배가 고파 얼른 집으로
가려고 돌아섰어요. 그 때, 누구인가 최 서방을 붙잡았어요. '예끼, 나쁜 사람
같으니! 왜 그냥 가려는 거야?' 구두쇠 영감이 눈을 부릅뜨고 말하였어요. '아,
국밥 냄새를 맡았으면 값을 치르고 가야지.' 최 서방은 기가 막혔지요. '냄새
맡은 값이라니요? 이 무슨 말도 안 되는 소리요?', '그럼 국밥에서 나온 냄새

---

67 〈해와 달이 된 오누이〉의 주제에 대해서 정소영(2009)은 '우주역사 동화'(해와 달의
기원)로 분류하였고, 전옥주(2004)는 '자연물 유래·형제 우애'로, 김덕수(2001)는 '기타'로
분류하였다. 그리고 한선아(2003)는 '착한 사람에게는 복을'을 주제로 분석하였고, 김정이
(2003), 정순주(2003)는 '지혜' 이야기로, 이형모(2001)은 '일월 생성담, 슬기' 이야기로 분류
한 바 있다.

68 〈지혜로운 아들〉의 주제에 대해서 김정이(2003), 전옥주(2004), 정순주(2003)는 '지
혜' 이야기로, 김덕수(2001)는 '충효보은'으로 분류하였다.

69 〈호랑이와 나그네〉(토끼의 재판)의 주제에 대해서 김덕수(2001)는 '기지 및 해학'으
로, 이형모(2001)는 '인과응보'로, 이윤남(1999)은 '보은'으로, 최운식·김기창(2003)과 전옥
주(2004)는 '보은 및 지혜'로, 정소영(2009)은 '동물지혜동화'(토끼의 재판)로, 김정이(2003)
와 정순주(2003)는 '지혜' 이야기로 각각 분류하였다.

70 〈나무그늘을 산 총각〉의 주제에 대해서 한선아(2003)는 '지혜, 기지'로, 정소영
(2009)은 '교훈동화'(부자 영감의 탐욕)로, 김덕수(2001)는 '기지 및 해학'으로, 최운식·김
기창(2003)은 '금욕, 지혜'로, 이윤남(1999)은 '지혜'로 각각 분류하였다.

가 공짜인 줄 알았나?', 최 서방은 정말 어처구니가 없었어요. ② 그러다 무엇인가 생각난 듯 말하였어요. '이리 가까이 오시오. 냄새 맡은 값을 줄 테니…' 최 서방은 돈주머니를 꺼내어 구두쇠 영감의 귀에 대고 흔들었어요. '자, 이 소리가 들리지요?' '엽전 소리 아닌가?', '분명히 엽전 소리를 들었지요?', '내가 귀머거리인 줄 아나? 틀림없이 들었네.', '그럼 됐어요.' ③ 구두쇠 영감의 눈이 휘둥그레졌어요. '뭐가 됐다는 거야? 어서 국밥 냄새 맡은 값이나 내놔.', '무슨 소리요? 엽전 소리는 공짜인 줄 아시오? 엽전 소리를 그리 오래 들었으니 냄새 맡은 값은 치르고도 남았소.' '아니, 뭐라고?' 구두쇠 영감은 창피하여 얼굴이 빨개졌어요. 국밥집에 있던 사람들이 모두 웃음을 터뜨렸답니다.[71]

위 작품의 서사단락을 구분하면 다음과 같다.

① 최 서방이 국밥집 앞을 지나가다가 국밥 냄새를 맡았는데, 국밥집 주인인 구두쇠 영감이 냄새 맡은 값을 내놓으라고 했다.(악덕)
② 최 서방이 국밥집 주인에게 냄새 맡은 값이라며 엽전 소리를 들려주었다.(지혜)
③ 구두쇠 영감은 창피하여 얼굴이 빨개졌다.(복수)

〈냄새 맡은 값〉은 국밥집 주인인 구두쇠 영감이 냄새 맡은 값을 요구하자 최서방이 엽전 소리로 지불하여 구두쇠 영감이 창피함을 느끼게 만들었다는 이야기이다. 지혜를 발휘하여 국밥의 냄새 값을 동전의 소리 값으로 응수함으로써 복수한 것이다. 그리하여 〈냄새 맡은 값〉의 서사구조는 '악덕-지혜-복수'로 분석할 수 있다. 악덕한 인간을 지혜로운

71 『읽기』(1-2), 48~51쪽.

인간이 복수하는 데서 통쾌한 승리감을 느낄 수 있다.

다음으로 〈해와 달이 된 오누이〉를 살펴보기로 하는데, 작품의 전문
은 다음과 같다.

〈1막〉

① 굽이굽이 골짜기가 깊은 산속에 초가집 한 채가 멀리 보인다. 음침하고
으스스한 분위기의 배경 음악이 서서히 찾아 들고, 무대 오른쪽에서 떡 광주
리를 머리에 인 어머니가 지친 모습으로 등장한다.

　　어머니: (머리에 이고 있던 떡 광주리를 잠시 내려놓고 이마의 땀을 닦으
　　　　　며) 아이고, 벌써 어두워졌네. 아이들이 기다리고 있을 텐데. 빨리 가
　　　　　야겠구나. (으슥한 골짜기에서 갑자기 호랑이가 포효하며 나타나 길을
　　　　　가로 막는다.)

　　호랑이: (위협적인 호랑이 울음소리) 어흐~으~응! (효과음)

　　어머니: (깜짝 놀라 뒷걸음질 치며) 에~에구머니나, 호~호랑이잖아? 아이
　　　　　고, 사람 살려!!

　　호랑이: (위협하는 목소리로) 어흐~으~응~! 떡 하나 주면 안 잡아먹지!

　　어머니: (광주리에서 떡 하나를 집어 호랑이에게 건네주며 겁먹은 목소리
　　　　　로) 떡이요? 여기, 여기 있어요. 제발 목숨만은……

　　호랑이: 어흐~으~응~! 냠냠, 쩝쩝! (떡을 냉큼 받아먹고는 골짜기 뒤편
　　　　　으로 훌쩍 뛰어넘어 사라진다.)

　　어머니: (안도의 한숨을 내쉬며) 휴우, 다행이구나. 어서 아이들이 기다리
　　　　　는 집으로 가야지!

　　해설: 고개 하나를 넘을 때마다 호랑이가 나타났어요. 그리고는 떡을 냉큼
　　　　　받아먹고 사라졌지요. 그래서 마지막 여섯째 고개에 이르자 광주리에
　　　　　는 이제 떡이 하나도 남지 않았어요.

어머니: 어휴, 빨리 가야겠다.

호랑이: (이번에도 어김없이 나타나 길을 가로막고는 으르렁거리며) 떡 하나 주면 안 잡아먹지!

어머니: (겁먹은 목소리로) 어, 어쩌지, 떡이 하나도 안 남았는데. (겁에 질려 떨리는 목소리로) 이제 더 이상 떡이 없어요.

호랑이: (단숨에 잡아먹으려는 듯 가까이 다가오며) 어흐~으~웅! 그렇다면 떡 대신 너라도 잡아먹어야겠다.

어머니: (뒷걸음질하며) 어, 안 돼. 으~아악~!(다급한 비명 소리)

호랑이: (더 가까이 다가오며 매우 위협적인 목소리로) 어흐~으~웅!

어머니가 호랑이를 피해 뒷걸음질하며 황급히 무대 오른쪽 산골짜기 사이로 사라지는 모습과 어머니를 뒤좇아가던 호랑이가 급기야 어머니를 덮치는 형상이 비명 소리와 함께 사라진다. (암막-배경음악)

〈2막〉

어머니를 기다리고 있는 오누이의 초가집에 호랑이가 당도하여 어슬렁어슬렁 이곳저곳을 두리번거리고 있다. (효과음) 초가집 부엌 옆에 장작더미가 쌓여 있고 열린 부엌 문 너머로 부뚜막과 아궁이가 보인다.

호랑이: 으흐흐흐……. 이렇게 옷을 뺏어 입었으니 내가 엄마인 줄 알겠지? 그럼 이제 이 아이들도……. 으흐흐흐……. (방문을 두드리며 거칠고 쉰 목소리로 목소리를 좀 바꿔서) 얘들아, 엄마 왔어. 어서 문 열어라.

② 오빠: (의심스럽다는 듯이) 어? 우리 엄마 목소리가 아니에요!

호랑이: (억지로 기침을 하며) 에~취! 에에~취! 흠흠, (부드럽게 목소리를 가다듬으며) 감기에 걸려서 그렇단다.

동생: 감기? (의심하며 잠시 궁리하다가 불현듯 생각났다는 듯 긴장된 목소리로) 그럼 손을 보여 주세요! 배가 아플 때 내 배를 따뜻하게 쓸어 주는 우리 엄마 손은 하~얗고 부드러워요.

호랑이: (하얀 창호지를 뚫고 털투성이 호랑이 손이 '쑤욱' 들어온다.) 여기
　　봐라, 정말 하얗고 부드럽지 않니?

오빠: 어? 검은 줄무늬에, 저 날카로운 손톱 좀 봐!

동생: 오빠, 저건 엄마 손이 아니야!

오빠: (깜짝 놀라서 급하게) 으아아아아악! 저건, 호~랑이 손 같은데? (동
　　생의 손을 잡고 문 쪽으로 피하며) 어서 도망가자. (암막-배경음악)

〈3막〉

② 마당 한 켠에 커다란 나무 한 그루가 서 있고, 그 아래로 수북이 쌓인
장작더미위에 도끼 한 자루가 놓여 있다. 호랑이는 여전히 문창호지에 손을
밀어 넣고 엄마 목소리를 위장하여 아이들을 부르고 있지만, 오누이는 이미
마당 한 켠에 있는 나무를 향해 황급히 달려가고 있다. (조명-배경음악)

오빠: 빨리 와. 이쪽으로!

동생: 어, 어디로 도망가지?

오빠: (나무를 가리키며 다급하게) 저 나무꼭대기로 올라가자. (호랑이를
　　피해 가까스로 나무가 서 있는 쪽으로 달려 왔지만 이내 걱정된다는
　　듯 심각한 목소리로) 그런데 어떻게 올라가지?

동생: (장작더미 위에 놓여 있는 도끼를 가리키며) 오빠, 저기 도끼! 저걸로
　　나무를 찍으며 올라가자!

오빠: 아하, 도끼가 있었지!

호랑이: (여전히 한 쪽 팔을 문창호지 속으로 밀어 넣은 채 달래는 듯한 목
　　소리로) 얘들아~ 엄마가 왔다니까, 어서 문을 열려무나.

오빠: (도끼로 나무를 찍으며 조금씩 올라가기 시작한다.) 으차, 자, 너도
　　어서 올라와! 이 손을 잡고….

동생: 으차아~

호랑이: (오누이가 방에 없다는 사실을 비로소 알아차리고는 분하다는 듯

마당으로 내려서며) 이 녀석들~ 어디 숨었나? 어흥~

동생: (나무 꼭대기에 올라가 호랑이를 내려다보며) 하하하~ 바보. 우리는 이렇게 나무 꼭대기에 있는데.

호랑이: (오누이가 올라간 나무 꼭대기를 올려다보고 소스라치게 놀라며) 아니, 어떻게 거기까지 올라간 거지?

오빠: 손바닥에 참기름을 듬뿍 바르고 올라왔지. 넌 못할걸?

호랑이: 참기름? (주변을 두리번거리다가 가마솥 옆에 있는 참기름 병을 발견하고 부엌으로가 참기름을 손바닥에 바르며 황급히 나온다.) 손바닥에 참기름을 이렇게 바르고…. 조금만 기다려라. 이 녀석들아. (나무를 잡고 올라가보려 안간힘 써보지만 자꾸 미끄러져 엉덩방아를 찧곤 한다.)

동생: 하하하, 이 바보. 도끼로 찍으며 올라와야하는데.

호랑이: 옳지! 바로 그거야. 도끼가 있었구나. (이제는 자신 있다는 표정으로 비아냥거리며) 이제 너희들은 독 안에 든 쥐다. (호랑이가 도끼로 나무를 찍으며 성큼성큼 오누이 쪽으로 다가가고 있다.)

오빠: 그걸 말하면 어떻게 해.

호랑이: 기다려라 이 녀석들아, 으차, 으차.

오빠: 호, 호랑이가 올라오잖아? 이제 어쩌지!

동생: (간절히 두 손을 모으고) 하느님, 저희들을 살려주세요. 튼튼한 동아줄을 내려 주세요. (그러자 신기하게도 하늘에서 동아줄이 내려온다.)

오빠: (믿기지 않는다는 듯 다소 격양된 목소리로) 저것 봐! 하늘에서 동아줄이 내려 왔어!

동생: 와아, 정말!

호랑이: (이제는 절대 놓치지 않겠다는 듯 두 주먹을 불끈 쥐고) 어흥, 잡아먹어 버리고야 말테다.

오빠: (다급한 목소리로) 어서 동아줄을 잡아!

동생: 응!

해설: 오누이는 동아줄을 꼭 붙잡고 하늘로 올라가 해와 달이 되었습니다. 호랑이는 어떻게 되었냐고요?

③ 호랑이: 하느님, 저에게도 튼튼한 동아줄을 좀……

해설: 하늘에서 내려온 썩은 동아줄을 타고 올라가다가 그만 떨어져 죽고 말았답니다.

호랑이: 으~아악, 호~랑이 살려! (암막-배경음악)[72]

〈해와 달이 된 오누이〉는 설화를 인형극 대본으로 각색하였지만, 사건의 전개는 서사성을 띤다. 따라서 위 희곡의 서사단락을 다음과 같이 정리할 수 있다.

① 어머니를 잡아먹은 호랑이가 남매를 잡아먹으러 집을 찾아갔다.(악덕)
② 호랑이를 피하여 남매는 하늘로 올라가서 해와 달이 되었다.(지혜)
③ 호랑이도 오누이를 따라 하늘로 올라가려다 땅에 떨어져 죽었다.(복수)

〈해와 달이 된 오누이〉는 어머니를 잡아먹은 호랑이가 남매를 잡아먹으러 집을 찾아갔는데, 남매가 지혜로워서 호랑이의 목소리와 손이 엄마의 목소리와 손이 아닌 사실을 밝혀내고, 도끼로 나무를 찍고 나무 꼭대기에 올라가 동아줄을 타고 하늘로 올라가 해와 달이 되었다는 이야기이다. 호랑이는 동물과 사람을 잡아먹는 포악한 맹수로 지상의 악을 상

72 『듣기·말하기·쓰기』(2-1), 158~162쪽. 〈해와 달이 된 오누이〉의 인형극 대본을 인터넷(www.ilwol.es.kr)에서 인용한다.

징하고, 어머니는 악의 세력에 희생당하지만 남매는 지혜와 용기로 악마의 손아귀를 벗어나는 데에 성공한 것이다. 이처럼 〈해와 달이 된 오누이〉의 서사구조는 '악덕-지혜-복수'로 되어 있다.

다음으로 〈지혜로운 아들〉을 살펴보겠는데, 작품의 전문은 다음과 같다.

① 옛날 옛적, 어느 고을에 심술궂은 사또가 살았어. 이방은 심술궂은 사또 때문에 고생을 많이 하였지. 사또가 무슨 엉뚱한 일을 시킬지 몰라 늘 걱정이 되었어. 찬바람이 쌩쌩 부는 겨울날, 사또가 이방을 불렀어. '여봐라, 이방. 산딸기를 따오너라.' 이방은 어리둥절하였어. '사또, 지금은 겨울이라서 산딸기를 구할 수 없습니다.' '무엇이라고? 산딸기를 가져오지 않으면 큰 벌을 내리겠다.' 사또는 이방에게 화를 내었지. '허, 이 일을 어찌할꼬?' 이방은 걱정을 하다가 그만 병이 났어. 이방에게는 아들이 하나 있었어. 이방의 아들은 아버지께 무슨 걱정이 있으시냐고 여쭈어 보았어. '사또께서 산딸기를 따오라고 하신다.' '이 추운 겨울에 산딸기를요?' '만약에 산딸기를 구하지 못하면 큰 벌을 내리시겠다는구나.' 아들이 아버지의 손을 잡고 말하였지. '걱정하지 마십시오. 제가 다녀오겠습니다.' ② 이튿날, 이방의 아들은 사또를 찾아갔어. '아버지께서 편찮으셔서 제가 대신 왔습니다.', '이방이 아프다고? 음, 꾀병을 부리는구나.', 이방의 아들은 사또에게 차분하게 대답하였지. '아닙니다. 아버지는 산딸기를 따러 가셨다가 독사한테 물리셨습니다.' '뭐라고? 한겨울에 독사가 어디 있단 말이냐?' 사또가 어이없다는 듯이 꾸짖었어. '사또님 말씀이 옳습니다. 겨울에는 독사가 없지요. 마찬가지로 산딸기도 없습니다.' ③ 사또는 얼굴을 붉히며 아무 말도 못하였단다.[73]

---

73 『읽기』(2-2), 43~46쪽.

위 작품의 서사단락과 서사구조는 다음과 같이 정리할 수 있다.

① 사또가 겨울에 이방에게 산딸기를 따오지 않으면 큰 벌을 내리겠다고
해서 이방이 병이 났다.(악덕)
② 이방의 아들이 사또에게 아버지는 한겨울에 산딸기를 따러 가셨다가
독사한테 물리셔서 못 오신다고 말했다.(지혜)
③ 사또는 자신의 잘못을 깨달았다.(복수)

〈지혜로운 아들〉은 겨울에 이방에게 산딸기를 따오라는 명령을 내린
사또에게 이방의 아들이 겨울에 독사가 없듯이 산딸기도 없다는 사실을
일깨워준 이야기이다. 구할 수 없는 것을 요구하는 권력자에게 지혜를
발휘해서 복수하는 내용의 〈지혜로운 아들〉은 '악덕-지혜-복수'의 서사구
조를 보인다.
다음으로 〈호랑이와 나그네〉를 살펴보겠는데, 작품의 전문은 다음과
같다.

① (막이 열리면 산속 외딴길에 나무가 한 그루 서 있다. 커다란 호랑이를
넣은 궤짝이 놓여 있고, 나무 밑에서 사냥꾼들이 땀을 씻으며 이야기를 하고
있다. 바람 부는 소리와 나무 흔들리는 소리가 들린다.)
사냥꾼 1: 여보게, 목이 마른데 근처에 샘이 없을까?
사냥꾼 2: 나도 목이 마른데 같이 찾아볼까?
사냥꾼 1: 얼른 갔다 오세.
(두 사람은 아래로 내려간다. 바람 부는 소리와 나무 흔들리는 소리가 들
린다.)
호랑이: 아! 뛰쳐나가고 싶어 못 견디겠다. 아이고, 배고파. (머리로 문짝을

떠밀어 보고) 안 되겠는걸! 여기서 나가기만 하면 우선 저 사냥꾼을 잡아먹고, 사슴이나 토끼를 닥치는 대로 잡아먹어야지. (머리로 또 문을 밀어 보고) 아무리 해도 안 되겠는걸. (그냥 쭈그리고 앉는다. 나그네가 지나간다.)

호랑이: (반가운 목소리로) 나그네님!

나그네: 누가 나를 부르나? (사방을 둘러본다.)

호랑이: 나그네님, 저를 좀 구해 주십시오.

나그네: (궤짝을 들여다보고) 이크, 호랑이구려! 무슨 일이오?

호랑이: 나그네님, 제발 문고리를 따고 문짝을 좀 열어 주십시오.

나그네: 뭐요? 문을 열어 달라고? 열어 주면 뛰쳐나와서 나를 잡아먹을 것이 아니오?

호랑이: 아닙니다. 제가 은혜를 모르고 그런 짓을 할 리가 있겠습니까? (앞발을 비비면서 자꾸 절을 한다.)

나그네: 허허, 알았소. 설마 거짓말이야 하겠소? 내가 이 궤짝 문을 열어 주리다. 대신 약속을 꼭 지키시오.

호랑이: 네, 얼른 좀 열어 주십시오. 배가 고파서 눈이 빠질 지경입니다.
　　　　　(나그네가 문을 열자 호랑이가 뛰쳐나와서 나그네를 잡아먹으려고 덤빈다.)

나그네: 이게 무슨 짓이오? 약속을 지키지 않고….

호랑이: 하하하, 궤짝 속에서 한 약속을 궤짝 밖에 나와서도 지키라는 법이 어디 있어?

나그네: 조금 전에 은혜를 모를 리가 있겠느냐고 하면서 애걸복걸하지 않았소?

호랑이: 은혜 모르기는 사람이 더하지. 그러니까 사람은 보는 대로 잡아먹어도 괜찮아.

나그네: 아니, 그런 법이 어디 있소? 우리, 누가 옳은지 한번 물어보세.

호랑이: 좋아, 소나무에게 물어보자.

나그네: 소나무님, 소나무님! 당신도 보셨으니까? 사정을 아시지요? 호랑이가 옳습니까, 제가 옳습니까?

소나무: 물론 호랑이가 옳지. 왜냐하면, 사람은 내가 맑은 공기를 마시게 해 주는데도 나를 마구 꺾고 베어 버리기 때문이야. 호랑이야, 얼른 잡아먹어 버려라.

호랑이: 자, 어때? 내가 옳지?

나그네: (머리를 긁으며) 길한테 한 번 더 물어보세. 길님, 길님! 다보고 들으셨지요? 호랑이가 옳습니까, 제가 옳습니까?

길: 물론 호랑이가 옳지. 왜냐하면, 사람들은 날마다 나를 밟고 다니면서도 고맙다는 말 한마디를 하지 않기 때문이야. 코나 흥흥 풀어 팽개치고, 침이나 탁탁 뱉잖아? 호랑이야, 얼른 잡아먹어 버려라.

(호랑이가 입을 쩍 벌리고 나그네를 잡아먹으려 한다.)

나그네: (기운 없는 목소리로) 잠깐, 한 번 더 물어봐야지. 재판도 세 번은 해야 하지 않소?

호랑이: (자신만만하게) 그래? 그러면 이번이 마지막이다.

나그네: 이번에는 누구에게 물어보아야 하나? 마지막인데…. (풀이 죽은 모습으로 고개를 숙인다.) (하얀 토끼가 지나간다.)

② 나그네: 토끼님, 토끼님! 재판 좀 해 주세요. 이 궤짝 속에 갇힌 호랑이를 살려준 나하고, 살려 준 나를 잡아먹으려는 호랑이하고 누가 옳습니까?

토끼: (귀를 기울이고 한참 생각하다) 누가 누구를 살려 주었어요? 누가 누구를 잡아먹으려 해요? 아, 당신이 이 호랑이를 잡아먹으려고 해요?

나그네: 아니지요. 내가 호랑이를 잡아먹으려 하는 게 아니라, 이 호랑이가

궤짝에 갇혀 있었는데 내가 살려 주었어요.

토끼: 네, 알았습니다. 그러니까 이 호랑이하고 당신이 궤짝 속에 갇혀 있 었다고요?

나그네: 아니지요. 호랑이가….

③ 호랑이: (답답하다는 듯 화를 내며) 왜 이렇게 말귀를 못 알아듣지? (궤짝 속으로 들어가며) 이 궤짝 속에 내가 이렇게 있었어. 내가 이렇게 갇 혀 있었단 말이야. 알았지? (토끼가 얼른 달려들어 문고리를 걸어 잠 근다.)

토끼: (웃으면서) 이제야 알았습니다. 설명하시지 않아도 잘 알겠습니다. 호랑이님이 어떻게 이 궤짝 속에 들어갔는지 잘 알았습니다. 그럼 저 는 바빠서 이만 가 보겠습니다.

나그네: (토끼를 쫓아가며) 토끼님, 대단히 고맙습니다. 이 은혜를 어떻게 갚아야 할지…. (호랑이는 궤짝 속에 쭈그려 울부짖고 사냥꾼들이 돌아 와 궤짝을 메고 고개를 넘어간다. 즐거운 음악이 흐르며 막이 내린다.)[74]

위 작품의 서사단락과 서사구조는 다음과 같다.

① 나그네가 궤짝에 갇힌 호랑이를 구해 주었는데 호랑이는 나그네를 잡 아먹으려 하였다.(악덕)

② 토끼가 와서 호랑이가 궤짝 속에 갇혀 있었던 것을 믿지 못하는 척하였 다.(지혜)

③ 호랑이가 궤짝 속으로 들어가며 내가 이렇게 갇혀 있었다고 말하자 토 끼가 문고리를 걸어 잠갔다.(복수)

---

74 『읽기』(3-1), 62~67쪽.

〈호랑이와 나그네〉는 궤짝에 갇힌 호랑이를 구해 준 나그네를 호랑이가 잡아먹으려 하는데 토끼가 와서 호랑이가 궤짝 속에 갇혀 있었던 것을 믿지 못하겠다는 반응을 보이자 호랑이가 사실을 증명하기 위해 스스로 궤짝 속으로 들어가고, 토끼가 문고리를 걸어 잠갔다는 이야기이다. 자기 목숨을 살려 준 나그네를 잡아먹으려던 배은망덕한 호랑이가 지혜로운 토끼의 꾀에 넘어가서 다시 갇혀버린 것이다. 그리하여 〈호랑이와 나그네〉의 서사구조는 '악덕-지혜-복수'로 분석된다.

마지막으로 〈나무 그늘을 산 총각〉을 살펴보는데, 작품의 전문은 다음과 같다.

① 옛날 옛적, 어느 마을에 욕심쟁이 부자 영감이 살았어요. 어찌나 욕심이 많은지 한 번도 남을 도운 적이 없었어요. 그 욕심쟁이 부자 영감의 집 앞에는 커다란 느티나무가 한 그루 있었어요. 여름이면 부자 영감은 그 그늘 아래에 자리를 깔고 낮잠을 즐기고는 하였어요. 욕심 많은 부자 영감은 다른 사람들이 그 그늘에서 쉬지 못하게 하였어요. 그런데 그 마을에는 마음가짐이 바르고 똑똑한 총각이 살고 있었어요. 어느 날 총각은 밭에서 일하다 너무 더워 부자 영감의 집 앞 느티나무 그늘로 갔어요. "무슨 날씨가 이렇게 덥지? 저 느티나무 그늘에 가서 좀 쉬어야겠어." 총각이 잠들어 있는 부자 영감 곁에 앉아 한참 쉬고 있는데 부자 영감이 깨어 일어났어요. "너 이놈, 왜 남의 그늘에서 쉬고 있느냐? 썩 나가지 못해?" 화를 내는 부자 영감의 말에 총각은 깜짝 놀라 눈이 휘둥그레졌어요. "어찌 이 나무 그늘이 영감님의 것입니까?" "이 느티나무는 우리 고조할아버지께서 심으셨으니 우리 집 것이 아니고 뭐이란 말이냐? 썩 나가지 못해?" 총각이 듣고 보니 그럴듯하였지만 아무래도 부자 영감의 마음보가 너무하다는 생각이 들었어요. '고조할아버지가 심은 나무이니 자기네 것이라는 건 그렇다 치더라도 이렇게 더운 날 나무 그늘에서

내쫓다니 너무 심하단 말이야.'

② 총각은 궁리를 하다가 부자 영감에게 말을 걸었어요. "영감님, 그런 줄도 모르고 제가 그만 실례를 했군요. 나무 그늘이 필요해서 그러니 저에게 팔지 않으시겠어요?" 총각의 말에 부자 영감은 귀가 솔깃해졌어요. "돈을 주고 이 나무 그늘을 사겠다고?", "네." "좋아. 그렇다면 나무 그늘을 팔겠네.", "얼마면 되겠어요?", "음, 그늘이 크고 넓으니 다섯 냥만 내게." 총각에게 다섯 냥은 큰돈이었지만, 총각은 그날로 나무 그늘을 사버렸어요. "자, 어서 세어 보세요. 다섯 냥입니다.", "하나요, 둘이요, 셋이요, 넷이요, 다섯이라! 됐네, 지금부터 이 그늘은 자네 것이네." "그럼, 영감님. 이 나무그늘에서 나가주시지요." 총각의 말에 부자 영감은 속으로 비웃었어요. '바보 녀석, 나무 그늘이 어디 이것뿐인가.' 부자 영감은 다른 나무 그늘로 자리를 옮겨 가서는 다섯 냥을 만지작거리며 좋아하였어요. 다섯 냥으로 나무 그늘을 산 총각은 마을 사람들이 모두 마음 놓고 나무 그늘에서 쉬도록 해주었어요. 한낮이 지나가자 해가 서산으로 기울었어요. 해가 기울게 되니 그림자가 부자 영감의 집 마당 안으로 길게 기울어졌어요. 총각도 그 나무 그늘을 따라 부자 영감의 집 마당 안으로 자리를 옮겼어요. 그러자 부자 영감이 총각에게 화를 냈어요. "이놈아, 왜 남의 집 마당 안까지 들어왔느냐? 썩 나가지 못해?", "영감님, 저는 제 나무 그늘에 앉아 있어요. 영감님께서 분명히 다섯 냥을 받고 판 나무 그늘이 아닙니까?" 총각은 태연스럽게 말을 하였어요. 듣고 보니 맞는 말인지라 부자 영감은 할 말이 없었어요. 해가 점점 더 기울자, 나무 그늘도 점점 길어지더니 부자 영감네 집 쪽마루 위로 올라갔어요. 총각은 나무 그늘을 따라 쪽마루 위로 올라가서는 벌렁 눕기도 하고 앉기도 하였어요. "그것 참 시원하다!" 이 광경을 본 부자 영감은 또 화를 냈어요. "왜 남의 집 쪽마루 위에 함부로 올라오느냐? 썩 내려가거라.", "무슨 말씀이세요? 영감님께서 파신 나무 그늘은 이제 제 것이 아닙니까? 저는 나무 그늘을 따라 왔을 뿐이에요." 부자

영감은 기가 막혔지만, 이미 팔아버린 나무 그늘이니 어쩔 수가 없었어요. 부자 영감 식구들은 어이가 없었어요. 시간이 흐르자, 나무 그늘은 마침내 부자 영감네 집 대청마루까지 들어갔어요. 이번에도 총각은 신을 신은 채 나무 그늘을 따라서 대청마루로 들어갔어요. 그리고 큰 소리로 말하였어요. "에헴, 비켜요. 이 나무 그늘은 제 것이오. 아무도 이 그늘 밑에 있어서는 안 돼요. 어서 비키라니까요." 부자 영감네 식구들은 어이가 없었어요. 식구들은 부자 영감이 총각에게 나무 그늘을 판 것을 알고는 저마다 야단이었어요. 부자 영감은 다섯 냥을 받고 총각에게 나무 그늘을 판 것을 후회하였어요. 저녁이 되어 나무 그늘이 없어지자, 총각은 부자 영감네 집을 나와 자기 집으로 돌아갔어요. 그러나 이튿날도, 그 이튿날도 총각은 나무 그늘을 따라 마당으로, 마루로 들어와서 드러누워 잠을 잤어요. 이렇게 되자 부자 영감은 총각에게 나무 그늘을 물리자고 하였어요. '이보게, 다섯 냥을 돌려줄 테니 없었던 일로 하세.' 부자 영감이 사정을 하였지만 총각은 시치미를 뗐어요. '무슨 말씀을 그렇게 하세요. 이 나무 그늘이 없으면 저는 쉴 곳이 없어져요, 물릴 수 없습니다.', '내 사정을 좀 봐 주게. 자네가 정 그렇다면 다섯 냥에다 다섯 냥을 더 얹어 주겠네.' 부자 영감의 말에 총각은 막무가내였어요. '겨우 열 냥에 이렇게 좋은 나무 그늘을 팔수는 없어요. 정 이 나무 그늘을 사려면 오천 냥을 내십시오.', '뭐, 뭐라고? 오천 냥을 내리고?', '네, 그렇습니다.', '아이코, 나는 망했구나.' 부자 영감은 땅을 치며 후회를 하였어요. 다시 해가 지고 나무 그늘이 없어지자, 총각은 집으로 돌아갔어요. 그러나 이튿날도, 그 이튿날도 총각은 나무 그늘을 따라 부자 영감네 마당과 마루를 드나들었어요.

그러던 어느 날이었어요. 부자 영감은 귀한 손님들을 자기 집으로 청하여 하루를 즐기기로 하였어요. 이리하여 부자 영감네 집에 많은 손님이 찾아와서 좋은 음식을 먹으며 이야기를 하고 있었어요. 그럴 때 총각이 자기 친구들을 데리고 부자 영감네 집으로 들어왔어요. 원래 농사짓는 총각들이니 옷이 깨끗할 리 없지요. 어떤 총각은 들어오자마자 아랫목에 버릇없이 벌렁 드러 눕는가 하면, 어떤 총각은 흙 묻는 옷을 음식상 옆에서 툭툭 털기도 하였어요. 그때는 마침 나무 그늘이 부자 영감네 집 안으로 옮아 와 있는 때라 총각은 그곳에서 쉬려고 하였지요. 이 어처구니없는 광경을 바라보고 있던 손님들이 총각에게 그 까닭을 물어봤어요. 그러자 총각은 처음부터 지금까지의 이야기를 빠짐없이 들려주었어요. 총각의 이야기를 들은 손님들은 부자 영감을 나무랐어요. '예끼, 이 사람. 사람이 어디 그럴 수가 있나? 아, 인심을 베풀어야지, 나무 그늘까지 다 판다니? 예보게들, 우리 다 물러가세. 이 사람과 함께 있다가는 우리마저 못 되게 물들겠네. 자, 일어나세. 그리고 앞으로는 사이를 끊고 만나지도 마세.' 귀한 손님들은 모두 그 집을 떠나가버렸어요.

③이리하여 부자 영감은 망신을 톡톡히 당하고 친구까지 모두 잃게 되었어요. 후회를 해도 다시는 돌이킬 수 없는 커다란 잘못이었어요. 마침내 부자 영감네 식구들은 살 수가 없어 집을 버리고 멀리 가 버렸어요. 그 뒤에 총각은 그 느티나무를 마을의 공동 소유로 만들어 누구든지 더울 때는 와서 쉬도록 하였어요.[75]

위 작품의 서사단락과 서사구조는 다음과 같다.

① 부자가 느티나무 그늘을 독차지하여 동네 사람들을 괴롭혔다.(악덕)
② 젊은이가 부자에게서 나무 그늘을 산 뒤 마을 사람들이 나무 그늘을 공동으로 이용하게 만들었다.(지혜)
③ 부자는 갖은 수모를 당하다 결국 마을을 떠나고 말았다.(복수)

---

75 『읽기』(6-2), 92~98쪽.

〈나무 그늘을 산 총각〉은 젊은이가 느티나무 그늘을 독차지하여 동네 사람들을 괴롭히던 한 부자에게서 나무 그늘을 산 뒤 마을 사람들이 나무 그늘을 공동으로 이용하게 만들었고, 욕심 많은 부자는 갖은 수모를 당하다 결국 마을을 떠나고 말았다는 이야기이다. 젊은이가 해가 기울수록 나무 그늘이 넓어지는 것을 미리 알고 나무 그늘을 샀는데, 욕심 많은 부자는 생각이 짧아서 느티나무의 작은 그늘을 큰돈으로 팔았다고 기뻐하였지만 결국 망신을 당하고 집을 잃게 된 것이다. 그리하여 〈나무 그늘을 산 총각〉의 서사구조는 '악덕-지혜-복수'로 분석된다.

이상에서 살펴본 것처럼 〈냄새 맡은 값〉·〈해와 달이 된 오누이〉·〈지혜로운 아들〉·〈호랑이와 나그네〉·〈나무 그늘을 산 총각〉은 모두 다 '악덕-지혜-복수'의 서사구조로 되어 있어 동일한 구조유형에 속한다. 악한 인물이 횡포를 부려 선한 사람을 괴롭히지만, 선한 사람이 직접 지혜와 지략을 발휘하거나 지혜와 지략이 뛰어난 사람의 도움을 받아 악인을 응징하고 복수하는 통쾌한 반전이 일어난다. 악덕한 인간은 부조리한 현실 상황이고, 지혜로운 인간은 그러한 상황을 극복하는 데 필요한 조건이고, 복수는 상황 극복의 결과가 된다. 상황을 정확하게 인식하고, 극복할 조건을 갖추면, 이상적인 결과상황으로 반전시킬 수 있다는 민담적 낙관론을 보여준다.

(2) '금욕' 이야기의 서사구조

'금욕'을 주제로 하는 전래동화는 모두 7편인데, '성공-모방-실패'와 '탐욕-파멸' 두 개의 구조유형으로 다시 세분화할 수 있다.

㈎ '성공-모방-실패'의 이야기

'금욕' 이야기의 첫째 유형은 성공한 인간을 모방하다 실패로 끝나는 이야기로 〈송아지와 바꾼 무〉·〈이상한 샘물〉[76]·〈혹부리 영감〉[77]이 이에 해당한다. 먼저 〈송아지와 바꾼 무〉의 서사단락을 구분한 다음 서사 구조를 분석해 보기로 하는데, 작품의 전문은 다음과 같다.

① 어느 가을날, 농부가 밭에서 무를 뽑고 있었습니다. 희고 탐스러운 무가 쑥쑥 뽑혀 나왔습니다. 농부는 신바람이 나서 어깨가 들썩들썩하였습니다. 그러다 농부는 커다란 무를 뽑았습니다. 아주 굵고 긴 무였습니다. 농부는 신기해서 그것을 고을 사또에게 바치기로 하였습니다. '사또, 제가 평생 농사를 지었지만 이렇게 커다란 무는 처음 봅니다. 사또께 이 무를 바치고 싶습니다.', '그래, 고맙구나. 이렇게 커다란 무는 나도 본 적이 없다. 귀한 선물을 받았으니까 나도 무엇인가 보답을 해야지. 이방, 요즈음 들어온 물건 중에서 농부에게 줄 것이 있느냐?' 이방은 송아지 한 마리를 끌고 나와 농부에게 주었습니다. 사또에게 무 하나를 바치고 송아지 한 마리를 얻은 농부를 고을 사람들은 부러워하였습니다. ② 그 이야기를 들은 욕심꾸러기 농부는 샘이 났습니다. '사또께 송아지를 갖다 바치면 더 큰 선물을 받겠지?' 욕심꾸러기 농부는 사또에게 송아지를 끌고 갔습니다. '사또, 제가 소를 많이 키워보았지

---

76 〈이상한 샘물〉의 주제에 대해서 정소영(2009)은 '변신동화'(젊어지는 할아버지와 할머니)로, 한선아(2003)는 '욕심 부리지 않기' 주제로, 김덕수(2001)는 '권선징악'으로, 최운식·김기창(2003)과 이윤남(1999)·김정이(2003)·정순주(2003)·정옥주(2004)는 '금욕' 이야기로 각각 분류하였다.
77 〈혹부리 영감〉의 주제는 정소영(2009)은 '신비세계 경험 동화'(도깨비 세계)로, 한선아(2003)은 '욕심 부리지 않기'로, 김덕수(2001)는 '권선징악'으로, 최운식·김기창(2003)과 김정이(2003)·정순주(2003)·정옥주(2004)는 '금욕' 이야기로 각각 분류하였다.

만 이렇게 살찐 송아지는 처음 봅니다. 이 송아지를 사또께 드리고 싶습니다.'
③ 사또는 고마워하며 이방에게 말하였습니다. '이방, 무엇인가 보답을 해야
겠는데, 요즈음 들어온 물건 중에서 귀한 것이 뭐가 있느냐?, '며칠 전에 들어
온 커다란 무가 있습니다.', '옳지! 그 무를 내어다가 농부에게 주어라.' 욕심
꾸러기 농부는 커다란 무를 받고 실망하여 집으로 돌아왔습니다.[78]

위 작품의 서사단락과 서사구조는 다음과 같다.

   ① 착한 농부가 커다란 무를 사또에게 바치고 그 보답으로 송아지를 받았
      다.(성공)
   ② 욕심꾸러기 농부가 살찐 송아지를 사또에게 바쳤다.(모방)
   ③ 무를 보답으로 받았다.(실패)

〈송아지와 바꾼 무〉는 착한 농부가 커다란 무를 사또에게 바치고 그
보답으로 송아지를 받은 것을 보고 욕심꾸러기 농부가 착한 농부의 행
동을 모방해서 살찐 송아지를 사또에게 바쳤지만 기대와는 어긋나게 무
를 보답으로 받게 된 이야기이다. 착한 농부는 착한 마음으로 사또에게
커다란 무를 바쳤지만 욕심꾸러기 농부는 욕심과 질투심 때문에 그보다
더 큰 선물을 보답으로 받고 싶어서 욕심을 부리고 결국 손해를 본 것이다.
따라서 〈송아지와 바꾼 무〉의 서사구조는 '성공-모방-실패'로 분석된다.
   다음으로 〈이상한 샘물〉을 살펴보는데, 작품의 전문은 다음과 같다.

   ① 옛날 옛적 깊은 산골에 자식이 없는 노부부가 살았어요. 마음씨 착한

---

78 『읽기』(1-2), 58~60쪽.

할아버지가 나무를 하러간 어느 날 파랑새 한 마리를 만나게 되었어요. 아름다운 노랫소리에 취한 할아버지는 파랑새를 따라가다 이상한 샘물을 마시게 되었어요. 그런데 그 샘물은 젊어지는 샘물이었어요. 할아버지는 젊은이가 되었어요. 할아버지는 할머니에게도 샘물을 마시게 하였고, 할머니도 어여쁜 색시가 되었어요. 젊은이가 된 할아버지와 할머니는 전보다 더 부지런히 일을 하였어요. ② 그런데 이웃마을 욕심쟁이 영감이 그 소문을 듣고 샘물을 찾아갔어요. 욕심쟁이 영감이 돌아오지 않자 할아버지와 할머니는 샘으로 찾아갔어요. ③그랬더니 너무 욕심을 부린 욕심쟁이 영감이 갓난아기로 변해 있는 것이었어요. 아이가 없던 할아버지와 할머니는 그 아기를 하늘이 주신 선물이라 생각하고 그 아기를 데려다 키우며 더욱 행복하게 살았답니다.[79]

위 작품의 서사단락과 서사구조는 다음과 같다.

① 착한 영감이 젊어지는 샘물을 적당히 마시고 젊어졌다.(성공)
② 이웃집의 게으르고 욕심 많은 영감도 샘물을 먹었다.(모방)
③ 샘물을 너무 먹어서 갓난아기가 되었다.(실패)

〈이상한 샘물〉 역시 착한 영감의 행동을 욕심 많은 영감이 따라 하였으나 실패하는 이야기로 서사구조는 '성공-모방-실패'로 분석된다.

다음으로 〈혹부리 영감〉을 살펴보기로 하는데, 작품의 전문은 다음과 같다.

① 옛날에 얼굴에 주먹만 한 혹이 하나 달린 착한 혹부리 영감과 욕심쟁이

---

79 『듣기 · 말하기 · 쓰기』(3-2), 46~48쪽. 〈이상한 샘물〉은 그림형태로 되어 있기 때문에 동화의 원문을 인터넷에서 인용한다.

혹부리 영감이 살았습니다. 착한 혹부리 영감은 해가 저문 줄도 모르고 나무를 하다가 빈집을 발견하고 그곳에서 하루 묵기로 결심합니다. 혹부리 영감은 무서워서 노래를 흥얼거리는데, 갑자기 도깨비 몇 마리가 나타났습니다. "이봐 영감, 그 아름다운 소리는 어디서 나는 소리인가?" 그러자 혹부리 영감은, "내… 내 노래주머니에서 나, 나오지…!" 도깨비는 그 노래주머니가 탐이 나 노래주머니와 금은보화를 바꿨고, 혹부리 영감은 혹도 떼어지고 부자가 되어 잘 살고 있었습니다. ② 욕심쟁이 혹부리 영감은 착한 혹부리 영감이 갑자기 부자가 된 것이 이상해서, 착한 혹부리 영감에게 어떻게 하여 부자가 되었냐고 물었습니다. 착한 혹부리 영감은 산에 올라가 빈집에 가서 노래를 부르다 보면 도깨비들이 나오는데, 그 도깨비들이 혹과 금은보화를 바꿔 갔다고 설명해 주었습니다. 욕심쟁이 혹부리 영감은 그 날 바로 산에 올라가 빈집을 찾아 들어가 노래를 부르기 시작했습니다. 아니나 다를까 도깨비들이 나타났습니다. 욕심쟁이 혹부리 영감은 이때다 싶어 노래를 더 크게 불렀습니다. ③ "이봐 영감…" 그러자 욕심쟁이 혹부리 영감이, "잉? 왜 그러시나?" "자네가 준 이 노래주머니를 달고 열심히 노래를 불러 봤는데 그대로잖나! 당장 다시 달고 집에 가게!" 결국 욕심쟁이 혹부리 영감은 혹 하나만 더 달고 말았답니다.[80]

위 작품의 서사단락과 서사구조는 다음과 같다.

① 마음씨 착한 혹부리 할아버지는 도깨비들에게 혹도 떼이고 보물을 얻어 부자가 되었다.(성공)

80 『읽기』(4-1), 128쪽에는 〈혹부리영감〉이야기가 그림형태로 되어 있기 때문에 동화의 원문을 인터넷에서 인용한다.

② 욕심쟁이 할아버지도 똑같은 행동을 했다.(모방)

③ 욕심쟁이 할아버지는 혹을 하나 더 붙이게 되었다.(실패)

〈혹부리 영감〉은 마음씨 착한 혹부리 할아버지는 도깨비들에게 혹도 떼이고 보물을 얻어 부자가 되었지만 욕심쟁이 할아버지는 착한 혹부리 할아버지의 행동을 따라 하다가 혹을 하나 더 붙이게 되었다는 이야기 이다. 착한 영감은 밤이 무서워서 노래를 부르고 있었을 때 도깨비들이 와서 그 노래가 나오는 곳이 할아버지의 혹인 줄 알고 혹을 금으로 바꿨 는데, 욕심쟁이 영감이 혹부리 영감을 부러워해서 똑같은 행동을 하다가 도깨비들로부터 혹을 하나 더 붙이게 된 것이다. 따라서 서사구조는 '성 공-모방-실패'로 분석된다.

이처럼 〈송아지와 바꾼 무〉·〈이상한 샘물〉·〈혹부리 영감〉의 서사구 조는 '성공-모방-실패'의 유형성을 보이고 있다. 여기서 성공과 모방은 병 렬관계이지만, 모방과 실패는 원인과 결과의 관계이다. 이 세 동화의 내 용은 성공하는 인간의 행동을 흉내 내는 욕심 많은 인간은 실패를 한다 는 것이다. 이러한 유형구조의 이야기들은 지혜롭고 임기응변이 뛰어난 사람은 성공하지만 남의 성공을 모방하는 사람은 실패한다는 교훈을 담 고 있다.[81] 물론 모방의 동기는 탐욕이기 때문에 모방담은 탐욕을 경계하 고 금욕을 강조하는 권선징악 사상을 담고 있다. 그렇지만 단순히 권선 징악만을 강조하지 않고 모방을 경계하고 창의성을 강조하는 사실을 주 목해야 한다. 요컨대 성공이야기와 실패이야기를 대조시켜 창의적인 사 람은 성공하여 행복해지고 사회적 존경을 받지만 모방적인 사람은 실패 하여 불행해지고 세상의 조롱거리가 된다는 교훈을 담고 있는 것이다.

---

[81] 서대석, 모방담의 구조와 의미, 『한국고전산문연구』, 동화문화사, 1981, 70쪽 참조.

(나) '탐욕-파멸'의 이야기

'금욕' 이야기의 둘째 유형은 지나친 욕심을 부리다가 파멸하는 이야기인데, 작품으로는 〈소금을 만드는 맷돌〉[82] · 〈개와 돼지〉 · 〈소금 장수와 기름 장수〉[83] · 〈떡은 누구의 것〉[84] 등이 있다.

먼저 〈소금을 만드는 맷돌〉을 살펴보는데, 작품의 전문은 다음과 같다.

① 옛날 옛적에 어느 임금님이 신기한 맷돌을 가지고 있었습니다. '나와라, 밥!' 하면 밥이 나오고, '그쳐라, 밥!' 하면 뚝 그치는 신기한 맷돌이었습니다. 어느 날, 도둑이 궁궐에 들어와 맷돌을 훔쳐 갔습니다. 도둑은 배를 타고 바다를 건너다가 외쳤습니다. '나와라, 소금!', 그러자 맷돌에서 하얀 소금이 쏟아져 나왔고, 점점 배 안에 쌓여 갔습니다. 배가 기우뚱거리기 시작하였습니다. ② 도둑은 너무 놀라 '그쳐라, 소금!'이라는 말을 잊어버렸습니다. 결국, 맷돌은 도둑과 함께 바닷속에 가라앉고 말았습니다. 바닷속에서도 맷돌은 쉬지 않고 돌았습니다. 그래서 바닷물이 짜게 되었답니다.[85]

위 작품의 서사단락과 서사구조는 다음과 같다.

① 도둑이 임금님의 신기한 맷돌을 훔쳐 '나와라 소금' 하자 맷돌에서 하얀

---

82 〈소금을 만드는 맷돌〉의 주제에 대해서 한선아(2003)는 '착한 사람에게는 복을'을 주제로 보았고, 정옥주(2004)는 '금욕' 이야기로 분류하였다.

83 〈소금장수와 기름장수〉의 주제에 대해서 정소영(2009)은 '교훈동화'로, 김덕수(2001)는 '권선징악'으로, 김정이(2003) · 정순주(2003) · 정옥주(2004)는 '금욕' 이야기로 분류하였다.

84 〈떡은 누구의 것〉의 주제에 대해서 정소영(2009)은 '바보동화'(어리석은 내기)로 보았고, 한선아(2003)는 '기타'로 분류하였다.

85 『읽기』(1-1), 90~91쪽.

소금이 쏟아졌다.(탐욕)

② 도둑이 '그쳐'라는 말을 잊어버려서 맷돌과 함께 바닷속으로 가라앉았다.(파멸)

〈소금을 만드는 맷돌〉은 도둑이 임금님의 신기한 맷돌을 훔쳐 '나와라 소금' 하자 맷돌에서 하얀 소금이 쏟아졌는데, '그쳐'라는 말을 잊어버려서 맷돌하고 바다 속으로 가라앉았다는 이야기이다. 도둑이 욕심을 부리고 악한 행동을 하다가 마침내 죽게 된 것이다. 따라서 〈소금을 만드는 맷돌〉의 서사구조는 '탐욕-파멸'로 분석된다.

다음으로 〈개와 돼지〉를 살펴보는데, 작품의 전문은 다음과 같다.

① 옛날 어느 마을에서 한 할머니가 개와 돼지를 길렀는데, 그들 모두를 무척 귀여워했다. 할머니는 개의 머리를 쓰다듬으며 '참 착하구나, 집도 잘 지키고…'. 할머니는 낮잠만 자는 돼지도 좋아했다. '돼지야, 아프지 말고 무럭무럭 자라라.' 그러나 매일 낮잠만 자는 돼지는 할머니의 말을 듣지 못했다. 그래서 개만 귀여워한다고 생각하게 되었다. 어느 날 돼지는 개에게 물었다. '할머니께서는 왜 너만 귀여워하시니?', '그것도 몰라? 나는 매일 밤 집을 지키는데, 너는 밥만 먹고 잠만 자니까 싫어하시는 거야.' 돼지는 속으로 생각했다. 옳지 오늘 밤부터 나도 잠자지 않고 집을 지키는 거야. 그러면 할머니가 나를 더 좋아하시겠지. 이윽고 밤이 되었다. '꿀꿀, 꿀꿀, 꿀꿀', 돼지는 목청껏 꿀꿀거렸다. 할머니는 꿀꿀거리는 소리에 밤새도록 잠을 잘 수 없었다. '밤새도록 잠을 못 자고 울어대는 것을 보니 돼지가 병이 났나 보다, 내일 아침에 의원을 불러야겠다.' 날이 밝자 할머니는 의원을 불러왔다. 의원은 돼지의 엉덩이에 침을 놓았다. 돼지는 아파서 꿀꿀거리며 다시 엉뚱한 생각을 하게 되었다. '할머니가 집을 더 잘 지키라고 침을 놓아 주셨나 보다.' 그날

밤에도 그 다음날 밤에도 돼지는 더욱 큰 소리로 꿀꿀거렸다. '꿀꿀꿀, 꿀꿀꿀, 꿀꿀꿀' 할머니는 돼지 울음소리 때문에 또 한숨도 잘 수 없었다. 그리고 는 몹시 화가 났다. '밤마다 돼지가 울어대니 통 잠을 잘 수 없구나. 내일 아침 날이 밝으면 장에 내다 팔아야겠다.' ② 이튿날 할머니는 돼지를 장에 내다 팔아버렸다. 돼지는 할머니의 사랑을 더 받으려다가 그만 팔려가고 말았다.[86]

위 작품의 서사단락은 다음과 같이 구분할 수 있다.

> ① 돼지는 할머니가 개만 좋아한다고 샘이 나서 개와 같은 행동을 하려고 밤새도록 목청껏 꿀꿀거렸다.(탐욕)
> ② 할머니가 돼지를 팔아버렸다.(파멸)

〈개와 돼지〉는 할머니가 개와 돼지를 둘 다 좋아하였지만 돼지는 할머니가 개만 좋아한다고 샘이 나서 할머니에게 사랑 받기 위해 개처럼 집을 지키려고 밤새도록 목청껏 꿀꿀거렸다가 마침내 팔리게 된 이야기이다. 돼지는 괜한 욕심 때문에 파멸을 초래한 것이다. 그리하여 서사구조는 '탐욕-파멸'로 분석된다.

다음으로 〈소금 장수와 기름 장수〉를 살펴보기로 하는데, 작품 전문은 다음과 같다.

> ① 소금 장수가 고개를 넘어가다 굶주린 호랑이와 마주쳤습니다. '호랑이님, 제발 한 번만 살려 주십시오.' 호랑이는 들은 체도 하지 않고, 소금 장수를 통째로 삼켜 버렸습니다. 하지만, 호랑이는 조금도 배가 부르지 않았습니

---

86 『듣기 · 말하기 · 쓰기』(2-1), 113~115쪽. 〈개와 돼지〉는 그림 형태로 되어 있기 때문에 동화의 원문을 인터넷에서 인용한다.

다. 조금 있다 기름 장수가 나타났습니다. 호랑이는 기름 장수도 한입에 삼켜 버렸습니다. 호랑이 배 속에서 소금 장수와 기름 장수가 만났습니다. '나는 기름 장수인데, 당신은 누구요?', '나는 소금 장수요. 여기서 어떻게 빠져가지 요?' '어유, 어두워. 먼저 불을 켜고 봅시다.' ② 두 사람은 등잔불을 켜고 빠져 나갈 궁리를 하였습니다. 그때, 호랑이가 갑자기 벌떡 일어나는 바람에 그만 등잔이 엎어졌습니다. 등잔의 뜨거운 기름이 쏟아졌습니다. 깜짝 놀란 호랑 이는 펄쩍펄쩍 뛰었습니다. '아이고, 뜨거워라. 아이고, 호랑이 죽네!' 호랑이 는 야단이 났습니다.[87]

위 작품의 서사단락은 다음과 같이 구분된다.

  ① 호랑이가 소금장수와 기름장수를 차례로 삼켰다.(탐욕)
  ② 호랑이 뱃속에 불이 나 호랑이가 죽게 되었다.(파멸)

〈소금 장수와 기름 장수〉는 탐욕스러운 호랑이가 두 장수를 삼킨 탓 에 자신의 목숨을 잃게 된 이야기이다. 그리하여 '탐욕-파멸'의 서사구조 로 분석된다.

마지막으로 〈떡은 누구의 것〉을 살펴보는데, 작품의 전문은 다음과 같다.

  ① 옛날에 욕심쟁이 할머니와 할아버지가 살고 있었는데, 두 사람은 부부 인데도 어쩌다 먹을 것이 생기면 서로 자기가 먼저 먹겠다고 싸울 정도로 욕 심쟁이였다. 어느 날, 이웃집에서 제사를 지낸 음식을 가져왔는데, 밥이며 국,

---

87 『읽기』(2-1), 110~111쪽.

고기, 빈대떡, 과일 등이 있었으나, 할아버지와 할머니가 가장 좋아하는 떡은 하나밖에 없었다. 떡 한 개를 놓고 할아버지와 할머니는 옥신각신 싸움을 하기 시작했으며, 할아버지는 무슨 좋은 방법이 없을까 궁리 끝에 이렇게 말했다. "이렇게 합시다. 누구든지 말을 먼저 하면 지는 거요. 그러니까 말을 먼저 한 사람이 떡을 못 먹게 되는 것이오." "좋아요, 그렇게 합시다." 할머니는 당장에 좋다고 했다. 할아버지와 할머니는 떡 한 개를 가운데 놓고 눈싸움을 했으며, 할아버지와 할머니는 서로 군침을 삼키면서 말을 하지 않으려고 애를 썼으나, 그러다가 밤이 깊어졌고, 할아버지와 할머니는 졸려서 하품이 나오는 것도 참고 가만히 떡만 바라보며 앉아 있었다. 그때 밖에서 부스럭거리는 소리가 났으나, 할아버지는 속으로 '도둑놈이 아닐까?' 하고 생각했으나, 말을 하지는 않았으며, 말을 하게 되면 떡을 빼앗기게 되니 말을 할 수가 없었던 것이다. '혹시 도둑놈이 우리 집에 들어온 게 아닐까?' 할머니도 마찬가지 생각이 들었지만 말을 하지는 않았으며, 그때 방문 여는 소리가 나더니 도둑이 방 안에 들어섰다. '오호라, 이 할아버지 할머니는 귀까지 먹은 모양이구나. 이렇게 시끄러운 소리를 듣고서도 가만히 있는 걸 보면.' ② 도둑은 마음 놓고 물건을 훔쳤으며, 방 안에 있는 장롱을 모두 뒤져 보따리를 싸고, 부엌에 들어가서 쌀도 훔쳐다 자루에 담았는데도, 할아버지와 할머니는 도둑이 도둑질하는 것을 보고만 있을 뿐, 행여 떡을 먹지 못할까 봐 말을 않고 가만히 있었다. 도둑이 이제 물건을 다 훔쳐 가지고 밖으로 나가려 하자, 성미가 급한 할머니는 더 이상 그대로 있을 수가 없었다. "영감! 도둑이 물건을 훔쳐 가는데도 가만히 있으면 어떻게 해요?" 할머니가 이렇게 소리쳤다. 그러자 할아버지는 행복하게 웃으며 떡을 입 속에 넣었다. '할멈, 할멈이 말 먼저 했어.'[88]

---

88 『듣기·말하기·쓰기』(3-2), 103쪽에는 〈떡은 누구의 것〉 이야기가 그림형태로 되어 있기 때문에 동화의 원문을 인터넷에서 인용한다.

위 작품의 서사단락과 서사구조는 다음과 같다.

① 할머니와 할아버지가 말을 먼저 하는 사람이 마지막 떡을 혼자 먹는 내기를 했다.(탐욕)
② 도둑이 들어와서 모든 것을 훔쳐가지만 욕심을 부리는 두 노인이 아무말을 안 했다.(파멸)

〈떡은 누구의 것〉은 할머니와 할아버지가 오직 한 개의 떡을 먹기 위해 모든 재산을 잃게 된 이야기이다. 따라서 '탐욕-파멸'의 서사구조로 분석된다.

위에서 살펴본 것처럼 〈소금을 만드는 맷돌〉·〈개와 돼지〉·〈소금 장수와 기름 장수〉·〈떡은 누구의 것〉은 모두 다 '금욕'을 주제로 하면서 '탐욕-파멸'의 유형구조로 되어 있다. 이들 동화의 내용을 보면 욕심이 지나치게 많은 인간은 하는 짓마다 오히려 파멸만 초래함을 강조하였다. 탐욕이 원인이 되어 파멸이라는 결과를 가져온다는 사고방식과 논리구조를 보이는 것이다. 그리하여 어린이들에게 탐욕을 부리면 오히려 불행해진다는 사실을 강조하여 탐욕을 경계하도록 만드는 도덕교육 내지 인성교육에 활용되어 왔다.

2) 몽골 전래동화의 서사구조 분석과 유형 분류

몽골 교과서 전래동화 총 20편 중에서 지혜와 금욕이 10편으로 50%에 달한다. 이것은 전래동화의 교육에서 지혜와 금욕을 중요시함을 의미한다. '지혜' 이야기와 '금욕' 이야기의 서사구조를 분석하여 유형구조를 파악해 보기로 한다.

(1) '지혜' 이야기의 서사구조

'지혜' 이야기는 다시 세 가지 하위유형으로 분류할 수 있다. 첫째 유형은 경쟁을 할 때 지혜로 승리하는 이야기로 〈코끼리와 들쥐〉·〈노인과 호랑이〉·〈지혜로운 소년〉이 있고, 둘째 유형은 악덕한 자를 지혜로운 방법으로 이기고 행복을 얻은 이야기로 〈노인과 토끼〉가 있고, 셋째 유형은 지혜로운 자가 악덕한 자에게 복수하는 이야기로 〈일곱 개 알을 낳은 절름발이 까치〉·〈어리석은 늑대〉·〈개미와 지렁이, 올챙이〉가 있다.

㉮ '경쟁-지혜-승리'의 이야기

'지혜' 이야기의 첫째 유형에 속하는 작품들의 서사단락을 구분하고 서사구조를 분석하기로 한다. 먼저 〈코끼리와 들쥐〉를 살펴보는데, 작품의 전문은 다음과 같다.

① 아주 오랜 옛날에 어떤 작은 도시 주변에 코끼리 한 마리가 살고 있었다. 코끼리는 매일 강에 가서 물을 마셨다. 그 강가에서는 또 들쥐 한 마리가 살고 있었다. 코끼리는 물을 마시고 들쥐 구멍에 물을 뿜어 구멍에 물이 가득 차게 만들곤 했다. 그러자 들쥐가 참지 못하고 고통스러워 코끼리에게 여러 차례 사정을 했다. '제 작은 보금자리를 망가뜨리지 마세요.', 그러나 코끼리는 들쥐의 말을 대수롭지 않게 여기며 이전처럼 쥐구멍을 물로 채워 엉망으로 만들어버렸다. 어느 날 코끼리가 오자 쥐가 말했다. '제 보금자리 망가뜨리는 짓을 그만두지 않는다면 당신에게 전쟁을 선포하겠어요.' 코끼리는 그 말을 들은 체도 하지 않고 비웃으며 쥐구멍으로 다가갔다. 들쥐는 그 주변에

사는 이웃들에게, '제가 코끼리와 싸울 것입니다. 그러니 내일 안으로 당신들은 여기를 떠나 멀리 가지 않으면 전쟁터에서 희생을 당하게 될 것입니다.'라고 선포했다. 그러나 많은 부자들 역시 쥐의 말을 대수롭게 여기지 않았다. '이 작고 보잘 것 없는 쥐가 코끼리와 어떻게 싸우겠다는 걸까? 또 많은 동물들이 큰일을 당하게 될 거라고? 아니야, 괜찮을 거야.' 그러면서 그들은 이동하지 않았다. 그러나 가난한 사람들은 쥐의 말을 듣고, 자기들에게 위험이 닥칠지도 모른다고 하며 다른 곳으로 이동해갔다. ② 그다음 날 코끼리가 물가에 왔을 때, 쥐는 코끼리의 콧구멍으로 들어가 식도, 허파, 심장을 뒤집어놓았다. 코끼리는 살려고 버둥거리며 소리를 지르고 날뛰었다. 주변의 이웃 동물들을 덮쳐 해를 주고, 이동하지 않고 남았던 이웃들을 박살을 냈다. 코끼리가 미쳐 날뛰다가 죽어버리자, ③ 들쥐는 코끼리의 콧구멍으로 다시 나와 강가에 가서 평안하고 행복하게 살았다.[89]

위 작품의 서사단락을 대단락으로 구분하면 다음과 같다.

① 코끼리가 들쥐의 구멍에 물을 뿜어 괴롭혔다.(경쟁)
② 들쥐가 코끼리의 콧구멍으로 들어가 코끼리가 죽게 만들었다.(지혜)
③ 들쥐는 강가에 가서 평안하게 살게 되었다.(승리)

〈코끼리와 들쥐〉는 몸집이 크고 힘이 센 코끼리가 작고 약한 들쥐를 괴롭히자 들쥐가 코끼리와 싸우기로 결심하고 코끼리의 코 안으로 들어가 코끼리를 죽이고 강가에서 평안하게 살게 된 이야기로 '경쟁-지혜-승

---

89 몽골 교육문화과학부, 초등학교 『몽골어』(2학년), 몽골: 올란바타르, 2012, 168쪽. 다음부터는 『몽골어』라는 약호로 표시한다. 〈코끼리와 들쥐〉의 원문은 데.체렌소드놈(2007), 앞의 책, 174쪽에서 인용한다.

리'의 서사구조를 보인다. 약자가 지혜로써 횡포를 부리는 강자에 맞서 싸워 승리하는 이야기인 것이다. 그런데 부자는 다른 곳으로 이동하라는 쥐의 말을 무시해서 코끼리가 난동을 부릴 때 피해를 입고, 가난한 사람들은 쥐의 말대로 이동해서 무사했는데, 이것은 부자와 코끼리는 강자로서, 가난한 사람과 쥐는 약자로서 동류의식을 느낀 사실을 의미한다. 강자인 부자와 코끼리에 대한 약자인 쥐와 가난한 사람들의 증오심과 경멸감이 표현되었다.

다음은 〈노인과 호랑이〉를 살펴보는데, 작품의 전문은 다음과 같다.

① 아주 오랜 옛날, 할머니와 할아버지가 살고 있었다. 어느 날 할아버지가 사냥을 하며 가는데, 호랑이가 다가와서 노인을 위협했다. '너를 잡아먹어야겠다.' 그러자 노인이 한 가지 제안을 했다. '먼저 둘이서 누가 힘이 센지 기량을 시험하자. 내일 여기서 만나 돌에서 즙이 나올 때까지 돌을 쥐는 시합을 하자.' 호랑이도 그렇게 하자고 하고 갔다. 노인이 집으로 돌아와 할머니에게 '호랑이에게 누가 힘이 센지 내기를 하자고 했더니, 그렇게 하자고 했소'하고 말했다. ② 그러자 할머니는 그렇다면 작은 돌 속에다 달걀을 넣고 세게 쥐라고 일러주었다. 그 다음날 노인과 호랑이는 표시해둔 약속 장소에서 만났다. 노인은 돌에 든 달걀이 새어 나올 때까지 세게 쥐어짰다. 호랑이는 돌이 부서질 정도로 세게 쥐었지만, 즙이 나오지 않았다. 이렇게 하여 호랑이는 노인과 다시 힘을 겨루어보기로 했다. '영감, 영감, 내일 아침 해가 떠오를 때 산의 나무를 쳐서 쓰러뜨리기로 합시다.' 할머니는 할아버지에게 저녁에 가서 나무를 몇 그루 베어놓고, 아침에 가서 벤 나무를 밀어 쓰러뜨리라고 가르쳐주었다. 그 다음날 아침 노인과 호랑이는 다시 힘을 겨루게 되어, 산의 나무를 쓰러뜨리며 나아갔다. 노인이 밀어뜨린 나무는 매우 고르게 잘렸으나 호랑이가 쓰러뜨린 나무는 불규칙하게 잘렸기 때문에 호랑이는 노인을 대단한

장사라고 생각했다. 호랑이는 노인을 잡아먹기가 두려워 집에 초대하겠다며 자기 집으로 데리고 갔다. 노인은 정말 무서웠지만 어쩔 수 없이 호랑이를 따라 그의 집으로 갔다. 호랑이는 노인을 자기 집으로 데리고 가 음식과 차를 만들어 대접했다. 차를 끓이려고 호랑이는 노인을 물가로 데리고 갔다. 노인은 호랑이의 집 밖에 있던 물 긷는 양동이를 겨우 들고 우물가로 갔다. 노인은 '물이 들지 않은 빈 양동이도 겨우 들고 왔는데, 물이 든 양동이는 얼마나 무거울까? 내 힘으로는 도저히 물이 든 양동이를 들 수 없는데 어떻게 하지? 꾀를 써야겠다.'고 생각했다. 노인은 한 가지 방도를 찾아 우물가를 돌아가며 땅을 파기 시작했다. 호랑이가 그것을 보고 물었다. '영감, 도대체 뭘 하는 거요?', '뭘 하긴 뭘 해. 땅을 파서 한 번에 물을 가져가려고 하는 거지.' 그 말을 들은 호랑이는 깜짝 놀라며 '이 우물을 파버리면 나는 목이 말라 죽을 거야' 생각하고, 길은 물 양동이를 자기가 지고 갔다. 호랑이는 손님을 초대했기 때문에 선물을 준비했다. 호랑이는 아주 커다란 황금을 껴안고 와서 노인 앞에 내려놓았다. 노인은 그 커다란 금덩이를 들 수가 없어, 호랑이에게 자기를 초대했으니 집까지 데려다 달라고 부탁했다. 호랑이는 노인을 데려다 주고 손님으로 초대를 받았다. ③ 할머니는 호랑이에게 차를 끓여 주며 음식을 준비하게 되었다. 할머니는 영감에게, '손님에게 무슨 음식을 만들어 대접할까요?' 하고 물었다. 그러자 할아버지는 그 전에 호랑이의 목젖을, 그 다음에는 호랑이의 직장을 삶아 주라고 했다. 그 말을 들은 호랑이는 두려움에 떨며 정신없이 도망쳤다.[90]

위 작품의 서사단락을 대단락으로 구분하면 다음과 같다.

---

90 『몽골어』(3학년), 137쪽. 〈노인과 호랑이〉의 원문은 데.체렌소드놈(2007), 앞의 책, 110쪽에서 인용한다.

① 호랑이가 할아버지를 잡아먹으려 위협하자 할아버지는 누가 힘이 센지 시합을 하자고 했다.(경쟁)

② 할아버지는 할머니와 같이 꾀를 내어서 모든 시합에 이겼다.(지혜)

③ 호랑이는 할아버지와 할머니를 두려워해서 도망쳐버렸다.(승리)

〈노인과 호랑이〉는 호랑이가 할아버지를 잡아먹으려 위협하자 할아버지는 먼저 누가 힘이 센지 시합을 하자고 하였고, 호랑이가 자신의 힘을 믿고 그러자고 한다. 첫 번째는 돌에서 즙이 나올 때까지 돌을 쥐는 시합을 하였는데 할아버지가 할머니가 가르쳐 준 대로 작은 돌 속에다 달걀을 넣고 세게 쥐어서 이겼다. 호랑이가 두 번째 시합으로 산의 나무를 쳐서 쓰러뜨리기로 했다. 할아버지가 또 할머니의 가르침대로 저녁에 가서 나무를 몇 그루 베어놓고, 아침에 가서 벤 나무를 밀어 쓰러뜨리고 이겼다. 그리고 양동이 들기, 음식 대접 때에도 호랑이가 겁을 먹도록 위협하여 굴복시켰다. 힘이 강한 호랑이와 힘이 약한 할아버지의 힘겨루기에서 호랑이가 이기는 것이 당연하지만 약한 할아버지가 꾀를 내어서 지혜롭게 호랑이를 이기는 것이다. 그래서 〈노인과 호랑이〉의 서사구조는 '경쟁-지혜-승리'로 분석된다.

마지막으로 〈지혜로운 소년〉을 살펴보는데, 작품의 전문은 다음과 같다.

① 옛날 칠만 마리 말을 가진 더쩌 소년이 있었다. 그는 칠만 마리 말을 덜짓 호수에 가서 물을 먹이고 있었다. 그런데 갈색 말을 타고, 장대 올가미를 든 사람이 와서 인사를 나누었다. ② 그 사람은 더쩌 소년의 말떼를 보며 말을 했다.

― 칠만 마리 말이라니 칠만 마리 망아지이구나.

― 칠만 마리 망아지는 망아지인데, 덜짓 호수에 물을 먹일 때 그 즉시 메마르게 합니다.

— 호수가 아니고 웅덩이인가 봐?

— 웅덩이는 웅덩이인데, 매가 날아가도 건널 수 없는 웅덩이입니다.

— 매가 아니라 참새이지.

— 참새는 참새인데, 집 위로 날아갈 때 해를 가립니다.

— 집이 아니고 오두막이지.

— 오두막은 오두막인데, 문안에 짖는 개소리는 상석에 안 들립니다.

— 개가 아니라 강아지이지.

— 강아지는 강아지인데, 낙타를 타는 사람의 머리를 물 만한 강아지입니다.

— 낙타가 아니고 새끼낙타이지.

— 새끼낙타는 새끼낙타인데, 칠십 자루 밀가루를 실어 달트산맥을 쉽게
넘어갑니다.

— 산맥이 아니고 언덕이지.

— 언덕은 언덕인데, 앞사람의 모자가 뒷사람의 머리 위에 떨어집니다.

— 모자가 아니라 터어르척이지.

— 터어르척은 터어르척인데, 무척 추운 날에 춥지 않게 해 줍니다.

— 추운 것이 아니고 쌀쌀한 것이지.

— 쌀쌀하기는 하는데, 이야기 나누는 사람의 혀가 업니다.

— 혀가 아니고 조그마한 고기이지.

— 고기는 고기인데, 말다툼을 하는 상대방을 이기는 고기입니다.

③ — 말이 대단한 소년이구나.

— 말은 힘이 있다, 사실은 은혜가 있다. 슬기로운 말이 가슴에 있다, 꽃과
잎이 산에 있다.'고 더쩨 소년은 칠만 마리 말떼를 치러 달려갔답니다.[91]

---

91 『몽골어』 (5학년), 16쪽.

위 작품의 서사단락과 서사구조는 다음과 같다.

① 더쩌 소년이 덜짓 호수에 가서 말들에게 물을 먹일 때 말 탄 사람이 와
　 서 소년의 말들을 무시한 말을 하였다.(경쟁)

② 더쩌 소년이 그 사람의 말하는 것 못지않게 지혜로운 말로 응답하였다.
　 (지혜)

③ 말 탄 사람이 더 이상 할 말이 없어지자 '똑똑한 소년이구나'라고 말했
　 다.(승리)

〈지혜로운 소년〉은 강자인 어른이 약자인 소년을 무시하고 말싸움을
시작하였지만, 소년이 지혜롭게 말대꾸를 하여 이긴 것이다. 따라서 〈지
혜로운 소년〉의 서사구조는 '경쟁-지혜-승리'로 분석된다.

이상에서 살펴본 바와 같이 〈코끼리와 들쥐〉·〈노인과 호랑이〉·〈지
혜로운 소년〉은 '경쟁-지혜-승리'의 유형구조로 되어 있다. 이런 유형구조
의 전래동화는 힘이 센 인간을 힘이 약한 인간이 지혜로운 방법으로 이
길 수 있다는 주제를 담고 있다. 〈코끼리와 들쥐〉를 보면 힘이 센 큰 코
끼리를 힘이 약하고 몸통이 조그마한 쥐가 지혜롭게 이기고, 〈노인과 호
랑이〉에서도 힘이 센 호랑이를 힘이 약한 할아버지와 할머니가 지혜로움
으로 이기고, 〈지혜로운 소년〉은 어른에게 무시당한 어린이가 지혜롭게
말싸움에 이긴다. 이 유형구조의 동화는 지혜와 지략이 있으면 아무리
강한 존재라도 이길 수 있다는 교훈을 담고 있다. 다시 말해서 경쟁은 약
자가 불리한 상황이지만, 지혜와 지략을 갖추면 상황을 반전시켜 패배가
아니라 승리로 종결시킬 수 있다는 민담적 낙관론을 보여준다. 그리하여
어린이들에게 자신보다 힘이 센 누군가와 경쟁할 때 두려워하지 말고 머
리를 써서 이기라고 격려하고 동기를 심어주는 데 활용될 수 있다.

⒩ '열등-지혜-행복'의 이야기

'지혜' 이야기의 두 번째 유형에 속하는 작품은 〈노인과 토끼〉가 있는데, 서사단락을 구분하고 서사구조를 분석하기로 한다. 작품의 전문은 다음과 같다.

① 옛날 옛날에 소 몇 마리가 있는 노인이 살았다. 그런데 어느 날 등에 털이 많은 무시무시한 늑대가 다가와 노인을 위협했다. '너를 잡아먹어야겠다.', '살려다오. 그렇게만 해준다면 소 한 마리를 주겠다.' 노인은 늑대에게 송아지 한 마리를 주었다. 그 다음날 늑대가 또 와서 '너를 잡아먹어버리겠다'고 하자 노인은 자기를 살려주면 대신 소 한 마리를 주겠다고 했다. ② 이렇게 해서 어찌할 방도를 찾지 못하고 집 밖에 서 있을 때, 토끼 한 마리가 뛰어왔다. '할아버지, 왜 울고 계시는 거예요?', '글쎄 갈기가 무성한 늑대 한 마리가 날마다 와서 나를 잡아 먹겠다고 위협하지 뭐냐. 늑대의 위협에서 벗어나기 위해 소를 계속 한 마리씩 주었지만 이제 내줄 소도 없고 내일 그 못된 늑대가 또 올 텐데, 어떻게 하면 좋겠느냐?'고 했다. 지혜로운 토끼는 노인에게 닥친 불행한 일을 듣고 한 가지 계책을 일러주었다. 내일 아침 태양이 떠오를 무렵 제가 흙을 뿌리며 먼지를 일으키고 있을게요. 늑대가 와서 할아버지를 잡아 먹겠다고 하거나 소를 내놓으라고 하거든 늑대에게 '저것이 보이지 않느냐. '태양왕'의 갈색 곰이 너를 잡으려고 오고 있으니 서둘러 멀리 가라'고 하세요.' 그렇게 일러주고 토끼는 깡충깡충 뛰어갔다. 그다음 날 아침 해가 떠오를 무렵 탐욕스러운 늑대가 노인의 집에 와서, '노인, 너를 잡아먹겠다. 목숨이 아깝거든 소를 내놓아라.' 하고 노인을 위협했다. 노인이 태양이 떠오르는 쪽을 바라보니 정말 저편 산 능선에서 토끼가 뿌리는 흙이 사방에 날려 온통 뿌옇게 보였다. '늑대 양반, 태양왕의 갈색곰이 당신을 잡아먹으려고 이쪽으

로 가까이 오고 있다오. 당신이 우리 집에 온 것을 알고, 저 먼지를 일으키며 오는 것 같구려. 목숨을 구할 방도를 생각해보시오! 이 지역에서 좀 멀리 떨어진 곳으로 가신다면 괜찮을 것 같은데.' 늑대는 태양이 떠오르는 앞산 능선에서 흙먼지가 뽀얗게 일어나는 것을 보고 정신없이 허둥거리며, '영감, 내가 여기 왔다고 말하지 말아주시오' 하며 멀리 달아났다. ③ 그 후로 늑대는 다시 그 지역에서 보이지 않게 되었고, 그 지역 사람들은 지혜로운 토끼의 은혜로 두려움 없이 평안하고 행복하게 살았다.[92]

위 작품의 서사단락과 서사구조는 다음과 같다.

　① 늑대가 노인에게 소를 안 주면 잡아먹겠다고 위협했다.(열등)
　② 노인이 토끼에게 도와달라고 부탁하자 토끼가 한 가지 계책을 일러주었다.(지혜)
　③ 노인이 토끼의 계책으로 늑대를 물리치고 행복하게 살았다.(행복)

〈노인과 토끼〉는 늑대가 노인의 소를 잡아먹을 때 토끼가 흙먼지를 일으켜 늑대가 태양왕으로 착각하게 만들어 늑대를 내쫓음으로써 노인과 지역사람들이 안전하고 행복하게 살게 만들었다는 이야기로 '열등-지혜-행복'의 서사구조를 보인다. 〈노인과 토끼〉는 작품은 하나이지만, 서사구조는 '열등-지혜-행복'으로 되어 있어 유형화할 수 있다. 열등한 약자가 지혜로운 약자의 도움을 받아 악한 강자를 이기고 행복하게 살게 된다는 내용으로 되어 있는 것이다. 토끼는 초식동물이고, 늑대는 육식

---

　92 『몽골어』(3학년), 132쪽. 〈노인과 토끼〉의 원문은 데.체렌소드놈(2007), 앞의 책, 97쪽에서 인용한다.

동물이고, 노인에게 늑대는 포식자가 된다. 적의 적은 동지라는 말대로 항상 늑대에게 생명의 위협을 느끼는 토끼가 노인의 조력자 내지 원조자로 활약하는 것이다. 이런 유형구조의 단락소 '열등'은 약자가 처한 문제적 상황을 의미하고, 단락소 '지혜'는 그러한 문제적 상황을 극복할 수 있는 조건이고, 단락소 '행복'은 그 조건이 충족되어 행복한 결말로 반전이 이루어짐을 의미한다. 지혜가 승리의 필요충분조건이고, 반전의 조건인 것이다. 그러나 그 지혜가 약자의 지혜가 아니라 제3의 인물의 지혜라는 점에서 '경쟁-지혜-승리'와 다르다. 곧 '경쟁-지혜-승리'의 유형구조는 약자가 자신의 지혜로 강자와 대결하여 반전을 이룩하는 양자대결의 갈등구조인데, '열등-지혜-행복'은 약자가 조력자 내지 원조자의 지혜를 활용하여 반전을 이룩하는 삼각관계의 갈등구조인 것이다. 약자 혼자서는 강자를 대적하기 어렵지만, 다른 약자, 그것도 지혜로운 약자의 지원을 받으면 강자를 제압할 수 있음을 입증하여 연대(連帶)와 결속(結束)의 필요성을 강조하고 있다. 물론 이러한 연대에 의한 행복한 결말로의 반전도 민담적 낙관론에 해당한다.

㈐ '악덕-지혜-복수'의 이야기

'지혜' 이야기의 셋째 유형에 속하는 작품은 〈일곱 개 알을 낳은 절름발이 까치〉·〈어리석은 늑대〉·〈개미와 지렁이, 올챙이〉 등이 있는데, 서사단락을 구분하고 서사구조를 분석하기로 한다. 먼저 〈일곱 개 알을 낳은 절름발이 까치〉를 살펴보는데, 작품의 전문을 소개하면 다음과 같다.

① 옛날에 다리를 저는 한 마리 까치가 푸른 알 일곱 개를 낳았다. 그런데 어느 날 여우가 와서 말했다. '일곱 개 알 가운데 하나를 다오. 네 알을 먹어

야겠다.' 그러자 까치가 말했다. '내 알을 주지 않을 거예요.', '알을 주지 않으면 멀리서 먼지를 일으키며 달려와 네 소중한 금색나무를 들이 받아버리겠다.' 까치는 두려운 마음에 할 수 없이 알 한 개를 내주었다. 여우는 날마다 까치에게 와서 전에 하던 것처럼 같은 말을 반복하며 알을 하나씩 먹어치워 마침내 단 하나의 알만 남게 되었다. ② 까치가 슬피 울고 있을 때 들쥐가 와서, '당신은 무엇 때문에 울고 계시나요?' 하고 물었다. '내가 알 일곱 개를 낳았는데, 여우가 날마다 와서 알을 달라고 하지 뭐겠니, 내가 줄 수 없다고 하자, 알을 주지 않으면 멀리서 먼지를 일으키며 달려와 네 소중한 금색나무를 들이받아 버리겠다고 하여 할 수 없이 알을 내주다 보니, 이제 겨우 한 개의 알만 남게 되었단다.', '이제 알을 주지 않겠다고 말하세요. 그렇게 말하면 여우가 당신에게 이전에 말했던 대로 '먼 곳에서 먼지를 일으키며 달려와 네 보금자리인 금색나무를 들이받을 것이다' 하고 말할 거예요. 그러면 이렇게 말하세요. '먼 곳의 먼지를 일으킬 네 발굽이 어디 있느냐? 내 금색나무를 들이받을 네 뿔은 어디 있느냐? 그러면 당신에게 누가 이 말을 가르쳐주었느냐고 할 거예요. 그러면 '내가 혼자 생각하고 생각하다가 마침내 생각해낸 것이다. 잠을 자고 또 자다가 깨달았다. 머리를 짜내고 짜내다가 떠오른 생각이다'라고 하세요.' 그러자 여우가 다가와서 까치에게 말했다. '남아 있는 알 한 개를 마저 내게 다오.', '주지 않을 거예요.', '그렇다면 멀리서 먼지를 일으키며 달려와 너의 귀한 보금자리인 금색나무를 들이 받아버리겠다', '먼 곳의 먼지를 일으킬 네 발굽이 어디 있느냐? 내 금색나무를 들이받을 네 뿔은 어디 있느냐?', '그 말을 누구에게서 들은 거냐, 말해봐라.' ③ 그러나 까치는 그에 대해 말하지 않고, '내가 혼자 생각하고 생각하다가 이런 생각을 해냈죠. 자고 또 자면서 깨달았어요. 머리를 짜내고 짜내다가 얻은 생각이에요.'라고 했다. '누가 가르쳐주었는지 말하지 않으면 여우의 열세 가지 꾀를 이용해 너를 잡아먹겠다.' 여우가 힘껏 겁을 주자, 까치는 두려움에 할 수 없이 저 구멍에 사는 들쥐가 가르쳐주었다고 말했다. ④ 여우는 들쥐 구멍 입구에 가서 들쥐를 불렀다. 그러자 들쥐는 지금 청소를 하는 중이라 나갈 수 없다고 했다. 여우는 들쥐가 나오기를 기다리다가 다시 부르자 이번에는 거울을 닦는다고 대답했다. 여우가 또 기다리다가 다시 들쥐를 불렀다. 그러자 들쥐가 구멍에서 머리를 조금 내밀었다. 여우가 들쥐를 어르며 말했다. '머리가 이렇게 사랑스러운데, 가슴은 또 얼마나 귀엽고 사랑스러울까?' 그 말에 들쥐는 가슴을 땅굴 밖으로 내놓았다. '가슴이 이렇게 사랑스러운데 엉덩이는 얼마나 사랑스러울까?' 그러자 들쥐는 엉덩이를 굴 밖으로 내놓았다. '엉덩이가 이렇게 귀엽고 사랑스러운데, 꼬리는 얼마나 사랑스러울까?' 이렇게 사랑스러운 몸을 가진 것이 바위 위로 가볍게 달리면 얼마나 예쁠까?' 자신을 있는 대로 추켜 주는 말에 들쥐는 바위 위로 뛰어 올라갔다. 그때를 기다렸다는 듯이 여우는 들쥐를 냉큼 물어버렸다. ⑤ 그러자 들쥐가 꾀를 부려, '오물오물 먹으면 악취가 날 거예요. 앙앙 하고 먹으면 맛있을 거예요'라고 했다. ⑥ 여우는 들쥐의 말대로 앙앙 먹으려고 입을 벌리는 바람에 입속에 있던 들쥐를 떨어뜨려 놓쳐버리고 말았다.[93]

위 작품의 서사단락과 서사구조는 다음과 같다.

① 여우가 까치를 위협하여 여섯 개의 알을 하나씩 먹고 마지막 하나만 남았다.(악덕1)
② 들쥐가 까치에게 여우를 이길 방법을 가르쳐주면서 자기가 가르쳐준 사실을 말하지 말라고 당부했다.(지혜1)

---

93 『몽골어』(1학년), 16~17쪽에는 〈일곱 개 알을 낳은 절름발이 까치〉가 그림 형태로 되어 있기 때문에 원문은 데.체렌소드놈(2007), 앞의 책, 118쪽에서 인용한다.

③ 까치가 들쥐의 말대로 하였지만, 여우가 누가 가르쳐 주었냐고 위협하므로 까치가 두려워서 사실대로 말해버렸다.(배신)

④ 여우가 들쥐를 잡아먹으려고 했다.(악덕2)

⑤ 들쥐가 여우를 속이려고 꾀를 내었다.(지혜2)

⑥ 여우는 들쥐를 놓쳤다.(복수)

〈일곱 개 알을 낳은 절름발이 까치〉는 여우가 까치를 위협하여 알을 하나씩 먹고 마지막 한 개만 남았을 때 들쥐가 여우로부터 알을 보호할 수 있는 방법을 가르쳐주었지만 까치가 여우의 협박에 굴복하고 들쥐를 배신하는 전반부와 여우가 들쥐를 잡아먹으려 하였으나 들쥐가 지혜를 발휘하여 목숨을 건지고 여우는 들쥐사냥에 실패하는 후반부로 되어 있다. 그리하여 '악덕1-지혜1-배신-악덕2-지혜2-복수'의 서사구조로 분석된다.

다음으로 〈어리석은 늑대〉를 살펴보는데, 작품의 전문은 다음과 같다.

① 오랜 옛날, 한 마리 늑대가 길로 들어서서 가고 있었다. 그때 길에 맛있는 양의 창자[94]가 있었는데, 늑대가 그것을 먹으려고 하자 양의 창자가 말했다. ② '늑대씨, 저를 먹지 마세요. 요 앞에 한 말이 진흙에 빠져서 쓰러져 있어요. 가서 그 말을 잡아먹지 않으시겠어요?' ③ 늑대는 그 곳에 가보았더니, 정말 한 말이 진흙탕에 빠져 있었다. 말을 잡아먹으려 하자 ④ 말이, '늑대씨, 잡아먹으려거든 저를 진흙에서 꺼낸 후에 드세요. 늑대가 그 말대로 말을 진흙탕에서 꺼내어 잡아먹으려 하자 말이, '저를 진흙이 묻은 채 잡아먹지 말고 제 몸에 있는 진흙을 깨끗이 닦아낸 후에 잡아먹으세요'라고 말했다. 늑대는

---

94 '양의 창자'는 양의 피에다가 밀가루, 파, 마늘 등 양념을 섞어서 창자 속에 넣어 삶아 익힌 몽골의 전통음식이다.

그가 말한 대로 말의 몸을 핥아 깨끗이 한 뒤 잡아먹으려고 했다. 그러자 말이 또다시 말했다. '제 뒷다리 발굽에 글자가 씌어 있어요. 그것을 읽어보신 후 잡아먹으세요.'늑대가 말발굽에 있는 글자를 보려고 다가가자 말은 뒷발로 늑대의 목덜미를 세게 차고 달아나버렸다. ⑤ 늑대는 '길로 간 어리석은 돌대가리, 창자의 말에 속은 어리석은 돌대가리, 주인이라고 끌어내주었나, 어미라고 핥아주었나, 지혜로운 자라 하여 글을 살펴보았나…' 하고 슬피 한탄하며 누워 있었다.[95]

위 작품의 서사단락과 서사구조는 다음과 같다.

① 늑대가 양의 창자를 만나서 먹으려 하였다.(악덕1)
② 창자는 자기 대신 진흙에 빠진 말을 먹으면 더 맛있다고 했다.(지혜1)
③ 늑대는 그 말을 찾아가서 먹으려 했다.(악덕2)
④ 말은 꾀를 내어 도망쳤다.(지혜2)
⑤ 늑대가 양의 창자도 말도 못 먹은 것이 자기 어리석음 때문인 것을 깨닫고 깊이 후회하였다.(복수)

〈어리석은 늑대〉는 양의 창자와 말이 늑대에게 잡아먹힐 위기에 빠지자 지혜를 발휘해서 위기를 벗어나는 이야기로 '악덕1-지혜1-악덕2-지혜2-복수'의 서사구조를 보인다.
다음으로 〈개미와 지렁이, 올챙이〉를 살펴보는데, 작품의 전문은 다음과 같다.

---

95 『몽골어』(2학년), 130~131쪽. 〈어리석은 늑대〉의 원문은 데.체렌소드놈(2007), 앞의 책, 103쪽에서 인용되었다.

① 아주 먼 옛날 젖처럼 마음이 착하고 베푸는 왕과 그을음처럼 마음이 탁하고 시샘하는 왕이 이웃에 살고 있었다. 시샘하는 왕은 베푸는 왕에게 늘 나쁜 생각을 하고 있었다. 그래서 '베푸는 왕에게 나쁜 짓을 하고 이름을 더럽히기 위해 죄 많은 아자르, 눈 없는 바자르, 얼굴 없는 타자르 셋을 불러와 베푸는 왕에게 가서 그에게 나쁜 짓을 하고 오면 상금을 아깝지 않게 주겠다고 했다. 죄 많은 셋이 베푸는 왕에게 어떤 나쁜 짓을 할까 생각하다가 절대 이루어질 수 없는 것을 부탁하기로 했다. 그리고 베푸는 왕에게 가서 아자르는 '태산처럼 많은 금', 바자르는 '넓은 들판을 덮을 만한 큰 비단', 타자르는 '바다처럼 가득한 우유'를 부탁했다. 베푸는 왕에게는 사실 그만큼 많은 금과 비단, 우유가 없었다. 그래서 베푸는 이름이 더러워질 뿐만 아니라 머리도 잘릴 수 있는 큰 위험이 되었다. ② 왕이 지혜로운 신하들을 모아서 의논해도 그것을 해결하지 못했다. 그런데 왕의 소치는 소녀가 와서 이렇게 말씀 드렸다. '저에게 왕 자리를 잠깐 내주시면 저는 그 죄 많은 셋을 한번 만나보겠습니다.'라고 했다. 왕이 원래 베푸는 왕이기 때문에 왕 자리도 아깝지 않았다. 소녀가 그 셋을 만났다. '너희들은 우리 왕에게 태산처럼 금을 부탁하던데, 태산이 얼마만큼인지 몰라서 그 금을 주지 못하고 있어요. 이 저울을 가지고 가서 태산을 달아 오라.'고 아자르에게 저울을 주었다. '네가 우리 왕에게 넓은 들판을 덮을 만한 비단을 부탁했다고? 이것으로 넓은 들판이 얼마만큼인지 재 오라'고 하면서 바자르에게 자를 주고, 바다를 재오라고 타자르에게도 바가지를 주었다. 그때부터 죄 많은 셋이 태산과 들판, 바다를 재는 일을 시작하게 되었다. ③그리고 죄 많은 아자르는 늘 흙을 옮겨서 개미가 되고, 눈 없는 바자르는 들판을 재서 지렁이가 되고, 얼굴 없는 타자르는 물을 재서 올챙이가 되었단다.[96]

---

96 『몽골어』(5학년), 58쪽.

위 작품의 서사단락은 다음과 같이 구분된다.

① 시샘하는 왕이 베푸는 왕의 이름을 더럽히기 위해 세 명의 악한을 보냈
   다.(악덕)
② 베푸는 왕의 소치는 소녀가 악한들을 이길 방법을 가르쳐주었다.(지혜)
③ 악한 셋은 개미와 지렁이 및 올챙이로 변했다.(복수)

〈개미와 지렁이, 올챙이〉는 시샘하는 왕이 베푸는 왕의 이름을 더럽
히기 위해서 악한 셋을 보내어 베푸는 왕에게 불가능한 일을 요구하게
하였으나 소치는 소녀가 지혜를 발휘하여 악한 세 명을 개미, 지렁이,
올챙이로 변하게 만들었다는 이야기이다. 그리하여 '악덕-지혜-복수'의
서사구조를 보인다.

위에서 살펴본 것처럼 〈일곱 개 알을 낳은 절름발이 까치〉·〈어리석
은 늑대〉·〈개미와 지렁이, 올챙이〉는 '악덕-지혜-복수'의 구조유형으로
되어 있다. 그런데 특이한 것은 〈일곱 개 알을 낳은 절름발이 까치〉와
〈어리석은 늑대〉에서 '악덕-지혜'가 두 번 반복되는 것이다. 악덕한 존재
는 위기의 상황이고, 이런 위기 상황을 극복하는 데 필요한 조건이 지혜
로운 존재인데, 반복에 의해서 위기는 계속되고 그에 대한 약자의 극복
노력도 끈질기게 계속되게 만들어 위기감과 긴장감을 고조시키고, 호기
심과 흥미로움을 증폭시키는 것이다. 민담 구성법의 하나인 반복의 기
법을 효과적으로 사용한 것이다. 악한 강자(늑대)를 만나지만 선한 약자
(양의 창자)가 지혜로 위기를 극복하는데, 악한 강자(여우, 시샘하는 왕,
악한 3명)가 지극히 위협적일 경우에는 선한 약자(까치, 베푸는 왕)가 지
혜로운 제3의 약자(들쥐, 소녀)의 도움을 받아 위기를 극복한다. 조력자
내지 원조자가 설정되어 등장인물의 구성이 복잡해지는 것이다. 그러면

서 도움을 받는 약자(까치, 베푸는 왕)의 배신이나 무능을 부각시켜 선한 약자도 약점이나 악덕을 지닌 사실을 비판함으로써 인간심리의 복잡함을 드러낸다. '약자=선, 강자=악'이라는 단순논리 내지 흑백논리를 벗어나려는 통찰력과 인간적인 성숙미를 보이는 것이다. 아무튼 이 유형구조의 전래동화는 '열등-지혜-행복'의 유형구조가 약자의 행복한 결말을 강조하여 약자의 선행을 강조한 것과 달리 강자에 대한 약자의 복수심을 강조한 점에서 권선징악(勸善懲惡) 사상을 선명하게 보여준다.

(2) '금욕' 이야기의 서사구조

'금욕'을 주제로 하는 전래동화가 〈두려움을 모르는 사자〉·〈개와 고양이, 쥐〉·〈오만한 사시나무〉 등 3편이 수록되어 있는데, 이들의 서사단락을 구분하고 서사구조를 분석하기로 한다.

㉮ '탐욕-파멸'의 이야기

먼저 〈두려움을 모르는 사자〉를 살펴보는데, 작품의 전문은 다음과 같다.

① 아주 오랜 옛날, 탐욕스럽고 두려움을 모르는 야수의 왕 사자가 살고 있었다. 한번은 사자가 송골매에게, '너는 무엇이 무서우냐?'고 물었다. '저는 두 다리를 가진 사람들이 무서워요. 당신은 어떤 것이 무서우세요?' '나는 아무것도 무섭거나 두려운 것이 없지. 그 두 발을 가진 사람이라는 것을 내게 가르쳐주겠느냐?' 이렇게 해서 사자와 매는 사람을 찾아 나섰다. 길에서 양치기 소년을 만났을 때 사자는, '두 발을 가진 사람이라는 것이 겨우 이거냐?' 하고

물었다. '맞기는 맞지만 아직 성인이 되지 않은 어린아이랍니다.' 그들은 사람이란 것을 찾아 계속 길을 갔다. 가다가 지팡이를 짚은 노인을 만났다. 사자가 두 다리를 가진 사람이 맞느냐고 묻자 힘세고 용감한 매가 말했다. '이 자는 한때는 두 다리를 가진 사람이었으나, 지금은 세 개의 다리를 갖게 되었지요.' 계속 길을 가니 총을 든 사냥꾼이 다가왔다. '진짜 두 다리를 가진 사람이라는 것이 저것이랍니다.' 매는 놀라서 날아가버렸다. ② 사자가 두 다리를 가진 사람을 겁주려고 앞으로 나오자 사냥꾼은 재빨리 총을 쏘아 사자의 한쪽 눈을 멀게 만들었다. 사자는 너무나 두렵고 당황스러워 '걸음아 나 살려라' 하고 도망쳤다. 사냥꾼은 다시 총을 쏘아 사자의 등가죽 살점을 떼어버렸다. 간신히 위기에서 도망쳐 나온 사자에게 매가, '무슨 일이 있었기에 날듯이 오셨나요?' 하고 물었다. '두 다리를 가진 사람이라는 것은 정말 대단히 힘센 동물이더군. 앞에서 무슨 침을 뱉는 듯하더니 내 눈을 멀게 하지 않았겠니? 뒤에서 불을 뿜는 듯하더니 내 등가죽을 쪼글거리게 만들어버리고 말았어.' 아무것도 두려워할 줄 모르던 사자가 그 후로는 두 다리를 가진 사람에게서 멀리 떨어져 가게 되었다고 한다.[97]

위 작품의 서사단락과 서사구조는 다음과 같다.

① 사자가 송골매가 무섭다고 말하는 사람을 만났지만 무시하였다.(탐욕)
② 사자가 사냥꾼을 만나 총에 맞은 이후로 사람을 두려워하게 되었다.(파멸)

〈두려움을 모르는 사자〉는 탐욕스럽고 두려움을 모르던 사자가 사람

---

97 『몽골어』(3학년), 13쪽. 〈두려움을 모르는 사자〉의 원문은 데.체렌소드놈(2007), 앞의 책, 108쪽에서 인용한다.

이 무섭다고 말하는 송골매를 따라 사람들을 찾아 나서서 만나는 사람마다 무시하였는데, 사냥꾼을 만나서 총에 맞아 눈이 멀고 등가죽의 살점이 떨어져나가게 되자 사람을 두려워하게 되었다는 이야기이다. 그리하여 '탐욕·파멸'의 서사구조를 보인다.

다음으로 〈개와 고양이, 쥐〉를 살펴보기로 하는데, 작품의 전문은 다음과 같다.

① 처음에 개와 고양이, 쥐는 형제처럼 사이좋게 지냈다. 사람이 개에게 자기 재산을 돌보고, 양과 가축을 지키게 하면서 '허터치 (집개)'라는 별명을 붙여주었다. 그리고 황금색 글자가 박힌 증명서를 내주었다. 고양이가 그것을 알고 매우 시샘하여 쥐에게, '개의 증명서를 없애지 못한다면, 우리는 인간에게 가까이 가서 음식을 훔쳐 먹을 방도가 없다. 그러니 너는 그 증명서를 몰래 훔쳐 와야 한다.'고 말했다. 쥐는 즉시 개의 증명서를 훔쳐 가지고 자기 새끼에게 주어 찢어버리게 했다. ② 그리고 고양이와 쥐는 개에게 가서, '넌 어째서 인간과 그렇게 가까이 지내게 되었니? 맹수의 왕이 너에게 그러한 권한을 준 것은 아니잖아?' 하고 물었다. '내게 그런 권한이 있다는 황금 문자로 씌어 있는 증명서가 있다.' 개는 증명서를 보여주려고 사방을 뒤적이며 찾았지만 어디에도 증명서가 없었다. '네가 훔쳐간 거 아니냐? 개가 쥐를 의심하며 덤벼들자, 쥐는 놀라고 당황해서 사실대로 말했다. '내가 훔친 것이 아니야. 고양이 형이 빼내 오라고 했어.' 그러자 개가 고양이를 뒤쫓아 갔다. 고양이는 저 놈을 잡아먹고야 말겠다며 쥐를 쫓아갔다. 쥐가 정신없이 구멍으로 숨어 들어가 버리고, 고양이는 위험을 피해 나무에 올라가자, 개는 아래서 끈질기게 고양이를 쳐다보며 짖어댔다. 이렇게 해서 개와 고양이, 쥐는 지금까지 천적으로 지낸다고 한다.[98]

위 작품의 서사단락을 다음과 같이 구분할 수 있다.

① 고양이가 개를 시기하여 쥐에게 개의 증명서를 훔쳐 오라고 시켰다.(탐욕)
② 개는 고양이를 쫓고 고양이는 쥐를 쫓는 천적 관계가 되었다.(파멸)

〈개와 고양이, 쥐〉는 사람이 개에게 양과 가축을 지키게 하고 증명서를 주었는데, 고양이가 개를 시기하여 쥐에게 증명서를 훔쳐 없애게 하였기 때문에 개와 고양이와 쥐가 서로 천적이 되었다는 이야기로 '탐욕-파멸'의 서사구조를 보인다.

다음으로 〈오만한 사시나무〉를 살펴보기로 하는데, 작품의 전문은 다음과 같다.

① 높은 산 남쪽에 주변 나무와 꽃들을 무시하는 오만한 사시나무가 자랐다. '나 같은 나무는 세상 어디에도 없다. 뿌리는 땅속으로 깊이 들어박히고, 꼭대기는 하늘만큼 높이 자랐다'고 자랑하였다. '해와 물, 바람이 뭐가 필요하니? 해는 내 가지를 말리고, 물은 내 뿌리를 침식시키고, 바람은 내 가지 잎을 자르고 다들 나를 가만히 안 두잖아.' 사시나무가 답답해하고 있었다. 어느 날 그 사시나무의 가지 위에 뻐꾸기가 앉아 아름다운 목소리로 울고 있었다. 모든 것을 무시하는 사시나무가 그 소리를 자기 가지들의 소리인 줄 알았다. '들을수록 듣고 싶네, 어느 가지에서 나온 소리일까?' 뻐꾸기가 그 말을 듣고 너무 놀라서 날아가버렸다. 그 아름다운 소리가 그치자, 사시나무가 화가 나서 야단쳤다. '바람, 너 내 소리를 없애버렸어? 나쁜 놈!' 바람이 조용하게 되

---

98 『몽골어』(3학년), 100쪽. 〈개와 고양이, 쥐〉의 원문은 데.체렌소드놈(2007), 앞의 책, 148쪽에서 인용한다.

었다. 하지만 그 아름다운 소리가 안 들렸다. 사시나무는 해에게 화를 내고 '너, 내 소리를 마르게 하였지!' 하므로 해가 구름 뒤로 들어갔다. 아름다운 소리가 또 나오지 않았다. 흐르는 샘물이 사시나무가 오해하고 있는 것을 알려주려 하자, '시끄럽다! 너 나보다 똑똑하지 못 해.'라고 나무랐다. 샘물이 아무말 없이 그 나무로 부터 멀리 흐르게 되었다. ② 마침내 오만한 사시나무의 가지 잎을 따뜻한 햇볕이 안 쬐어 주고, 뿌리를 차가운 샘물이 촉촉하게 안해 주고, 갈라진 가지를 바람이 안 스쳐 주자 사시나무는 며칠 안에 잎이 누렇게 마르고, 가지는 벗겨지고, 뿌리는 상해버렸다.[99]

위 작품의 서사단락과 서사구조는 다음과 같다.

① 사시나무가 남을 무시하고 자신밖에 몰랐다.(탐욕)
② 사시나무는 외톨이가 되어 죽게 되었다.(파멸)

〈오만한 사시나무〉는 사시나무가 뻐꾸기의 아름다운 소리를 듣고 자기 나뭇가지의 소리인 줄 아는데, 그 소리가 나오지 않자 해와 샘물, 바람에게 그 소리를 없애버렸다고 야단쳤기 때문에 해와 샘물, 바람이 사시나무에게서 멀리 떨어져 나갔다. 그리하여 사시나무의 잎이 누렇게 마르고, 가지는 벗겨지고, 뿌리는 상하게 되었다는 이야기이다. 이처럼 사시나무가 남을 무시하고 욕심을 부리다가 죽음을 맞이했다는 이야기로 '탐욕-파멸'의 서사구조로 되어 있다.

이상에서 살펴본 것처럼 〈두려움을 모르는 사자〉·〈개와 고양이, 쥐〉·〈오만한 사시나무〉는 모두 서사구조가 '탐욕-파멸'로 되어 있어서

---

99 『몽골어』(5학년), 20쪽.

구조적 유형성을 보인다. 이런 유형구조의 전래동화는 지나친 욕심과 자만심을 부리다가 파멸한 내용이어서 어린이들에게 욕심과 자만심을 경계하고 겸손하게 행동하라는 교훈을 가르치는 도덕교육 내지 인성교육에서 교재로 활용할 수 있는 효용가치가 매우 크다.

4. 한·몽 전래동화의 유형구조의 동이점(同異點)과 그 의미

한국 초등학교 국어교과서에 수록된 전래동화의 서사구조를 분석한 결과 '지혜' 이야기는 '경쟁-지혜-승리', '열등-지혜-행복', '악덕-지혜-복수' 등 세 개의 유형구조가 확인되고, '금욕' 이야기는 '성공-모방-실패', '탐욕-파멸' 등 두 개의 유형구조가 확인되었다. 그리고 몽골 초등학교 교과서에 수록된 전래동화의 서사구조도 '지혜' 이야기는 '경쟁-지혜-승리', '열등-지혜-행복', '악덕-지혜-복수' 등 세 개의 유형구조가 확인되고, '금욕' 이야기는 '성공-모방-실패'의 유형구조는 없고, '탐욕-파멸'의 유형구조만 확인되었다. '지혜' 이야기의 경우 세 가지 유형이 모두 공통적으로 나타나는데, 이는 한국인이나 몽골인이나 모두 어린이에게 사회적으로 신체적으로 자신보다 우월하고 강한 존재(어른, 맹수, 큰 동물)와 싸워서 이기려면 지혜와 지략이 필요함을 강조하기 때문이다. '금욕' 이야기의 경우 몽골에는 한국에 있는 '성공-모방-실패'의 서사구조 동화가 수록되어 있지 않은데, 이 유형구조의 이야기가 모방하는 사람은 실패하고 창의적인 사람은 성공한다는 교훈을 담고 있는 사실을 감안하면, 몽골이 한국에 비해 전래동화를 통해서 창의성을 교육하려는 인식이 부족하다고 해석할 수 있다. 이와 같이 양국 초등교과서 전래동화의 서사구조를 비교하면, 공통점과 차이점을 통하여 인류적·아시아적 보편성과 민족적·지

역적 특수성을 파악할 수 있는 바, 유형구조별로 세밀하게 집중적으로
비교해 보기로 한다.

1) '지혜' 이야기의 비교

먼저 '경쟁-지혜-승리' 이야기부터 비교해보기로 한다. '경쟁-지혜-승리'
의 서사구조는 '경쟁에서 지혜가 있는 자가 승리한다.'는 사고방식과 논
리구조로 사건이 전개된다. 단락소 '경쟁'은 약자와 강자가 대결하는 상
황이고, 단락소 '지혜'는 경쟁에서 승리를 담보하는 조건이고, 단락소 '승
리'는 지혜로 경쟁한 결과이다. 경쟁에서 지혜라는 조건이 충족되면 승
리와 영광이라는 결과를 가져오고, 반면에 우매가 조건이 되면 패배와
몰락이라는 결과를 가져온다는 내용이어서 '상황-조건-결과'의 논리구조
이다. 경쟁이라는 상황은 한국의 경우에는 평소 버릇을 참기 내기(〈꾀를
내어서〉), 산꼭대기에서 굴린 떡시루를 쫓아가 잡기 시합(〈떡시루 잡기〉),
시 짓기 시합(〈야들야들 다 익었을까?〉) 등으로 설정되고, 몽골의 경우
에는 누가 힘이 센지 겨루기(〈노인과 호랑이〉)와 말 타는 사람과 소년
간의 말싸움(〈지혜로운 아들〉) 및 코끼리와 들쥐의 싸움(〈코끼리와 들
쥐〉) 등으로 설정된다. 그리고 강자와 약자는 한국의 경우 '호랑이=큰
동물〉두꺼비=작은 동물'과 '양반=주인〉돌쇠=하인'으로 설정되고, 몽골의
경우 '호랑이=맹수〉노인=먹잇감'과 '어른=성숙〉소년=미성숙' 및 '코끼리=
큰 동물〉들쥐=작은 동물'로 설정되어 있다. 그러나 '강자〉약자'의 힘의
우열관계는 '강자·탐욕·우매·패배〈약자·선량·지혜·승리'의 관계
로 역전(逆轉)된다. 체력이나 권력이 우세하기보다는 지혜와 지략이 더
뛰어난 자가 승리한다는 내용인데, 강자와 약자의 싸움에서 약자가 승리
해야 한다는 정의감과 선이 승리하고 악이 패배해야 한다는 권선징악

사상은 동화의 보편적인 특징이면서 사회적 약자의 꿈을 표현하는 민담적 세계관과 민중의식에 토대를 두고 있다.[100]

한편 경쟁이 일어난 이유와 동기를 보면, 한국의 경우 세 작품 모두 강자가 먹을거리를 독차지하려는 욕심을 부리기 때문인데, 몽골의 경우 한국과 동일한 작품(〈지혜로운 아들〉)도 있지만, 약자가 강자와 맞서기 위해서 경쟁을 제안하는 작품(〈노인과 호랑이〉)이 있는 점이 다르다. 몽골인이 공격적이고 도전적인 인간을 선호함을 알 수 있다. 그리고 한국의 경우 모두 먹을거리(떡)를 다투는데, 몽골의 경우 사람의 목숨을 지키고 말의 명예를 지키려고 맞서는 점에서도 차이점을 보인다. 이에 대해서는 한국의 동화에는 농사를 짓는 농경민 생활상이 반영되고, 몽골의 동화에는 자연과 싸우고 부족끼리 경쟁하던 유목민의 생활상이 반영되어 있다고 해석할 수 있다. 이렇게 농민과 유목민의 생활상이 반영된 작품으로 한국의 〈해와 달이 된 오누이〉와 몽골의 〈노인과 토끼〉 이야기가 대표적이다. 두 이야기에서 주인공들이 목숨을 부지하기 위해 전자는 어머니가 호랑이에게 떡을 주고, 후자는 노인이 늑대에게 소를 주는 방식을 취한다. 여기서 떡은 농경문화를, 소는 유목목축문화를 상징한다.

둘째로 '열등-지혜-행복' 이야기를 비교해보기로 한다. '열등-지혜-행복'의 서사구조는 열등한 자가 지혜로운 자의 도움을 받아 행복한 존재가 되는 이야기이다. 한국의 경우 〈검정소와 누렁소〉에서는 열등한 자는 일을 잘 못하는 검정소이고, 지혜로운 자는 검정소를 배려한 주인이다. 그리고 〈삼년 고개〉에서는 열등한 자는 저주를 받아 죽음이 앞당겨질까 두려워한 할아버지이고, 지혜로운 자는 위기를 기회로 전환시켜 전화위복(轉禍爲福)을 만든 소년이다. 몽골의 경우에는 〈노인과 토끼〉에서 열

---

100 장덕순 외 3인(2006), 앞의 책, 99쪽 참조.

등한 존재는 늑대에게 겁을 먹고 소를 바치는 할아버지이고, 지혜로운 자는 늑대를 물리칠 계책을 가르쳐준 토끼이다. 한국이나 몽골이나 공통적으로 연장자인 할아버지가 연소자인 소년이나 작은 동물 토끼의 지혜에 의해서 위기를 벗어나는 점에서, 어른의 권위와 힘 앞에서 억압당하고 위축될 수밖에 없는 아이들이 이러한 동화를 통해서 쾌감을 느끼고 대리만족을 체험하게 만든다. 그런데 이 유형구조의 특징은 약자와 강자의 대결구도에 제3자가 조력자 내지 원조자로 등장하는 점이다. 곧 양자대결의 갈등구조에서 삼각관계의 갈등구조로 복잡해지고, 약자에게 생존을 위해서는 연대(連帶)와 결속(結束)이 필요하고 중요하다는 사실을 강조한다.

셋째로 '악덕-지혜-복수' 이야기를 비교해 보기로 한다. '악덕-지혜-복수'의 서사구조는 악덕한 자를 지혜로운 자가 복수하여 응징하는 내용이다. 한국의 경우 악덕한 자는 냄새 맡은 값을 요구하는 구두쇠 영감(〈냄새 맡은 값〉)이나 어머니를 잡아먹고 남매를 잡아먹으려 한 호랑이(〈해와 달이 된 오누이〉)나 이방에게 추운 겨울에 산딸기를 따오라고 시킨 사또(〈지혜로운 아들〉)나 자신을 구해준 나그네를 잡아먹으려 한 호랑이(〈호랑이와 나그네〉)나 느티나무 그늘을 독차지한 부자 영감(〈나무 그늘을 산 총각〉) 등이 등장한다. 몽골의 경우에는 악덕한 자는 까치의 알을 빼앗아 먹는 여우(〈일곱 개 알을 낳은 절름발이 까치〉나 양의 창자와 말을 먹으려 한 늑대(〈어리석은 늑대〉)나 왕에게 터무니없이 많은 재물을 요구한 악한(〈개미와 지렁이, 올챙이〉)이다.

지혜로운 자는 한국의 경우 엽전소리를 들려준 최서방(〈냄새 맡은 값〉)이나 나무 위로 올라가 하늘로 승천한 남매(〈해와 달이 된 오누이〉)나 이방을 위기에서 구한 아들(〈지혜로운 아들〉)이나 나그네를 구해 준 토끼(〈호랑이와 나그네〉)나 부자 영감에게서 그늘을 산 총각(〈나무 그늘

을 산 총각〉) 등이다. 몽골의 경우 지혜로운 자는 여우를 이기는 방법을
가르쳐준 들쥐(〈일곱 개 알을 낳은 절름발이 까치〉)나 늑대를 속인 양의
창자와 말(〈어리석은 늑대〉)이나 소를 치는 소녀(〈개미와 지렁이, 올챙
이〉) 등이 있다. 한국의 〈냄새 맡은 값〉·〈해와 달이 된 오누이〉·〈나무
그늘을 산 총각〉과 몽골의〈어리석은 늑대〉에서는 지혜로운 자가 악덕한
자와 직접 대결하여 복수하는 양자대결의 구도(構圖)이고, 한국의 〈지혜
로운 아들〉·〈호랑이와 나그네〉와 몽골의 〈일곱 개 알을 낳은 절름발이
까치〉·〈개미와 지렁이, 올챙이〉에서는 악덕한 자가 선량한 자를 해치
거나 괴롭히므로 지혜로운 자가 조력자나 원조자가 되어 악덕한 자를
응징하여 복수해 주는 삼각관계의 인물구성법으로 되어 있다.

그리고 악덕의 존재는 양국 모두 인간인 경우는 인색하거나 탐욕스런
부자나 포악한 권력자이고, 지혜로운 자가 인간인 경우에는 아들이나 총
각이나 소녀로 노인이나 어른과 대립되는 연소자들이다. 부자나 권력자
에 대한 부정적 인식은 민담이 본질적으로 지니는 민중의식인데, 어른과
대립되는 어린이는 지배계층과 대립되는 민중과 마찬가지로 사회적 약
자의 입장과 처지이기 때문에 동화도 필연적으로 민중의식을 지니는 것
이다. 동물인 경우에는 악덕의 존재는 호랑이나 여우나 늑대와 같은 육
식동물에 속하는 맹수들이고, 지혜로운 자는 들쥐나 토끼와 같은 작은
초식동물들이다. 초식동물을 육식동물이 잡아먹는 것은 자연의 질서에
의한 먹이사슬의 관계이지만, 어린이는 약자인 초식동물에게서 동류의
식을 느끼고 육식동물을 악덕한 사회적 강자와 동일시한다. 그런데 맹
수의 경우 호랑이, 늑대, 여우가 한국과 몽골에 모두 서식하지만, 호랑이
와 여우는 두 나라의 동화에 공통적으로 등장하고, 늑대는 몽골동화에만
등장한다. 그 이유는 유목생활을 하는 몽골인들에게는 지금도 늑대가
가축을 해치는 가장 위험한 포식자로 인식되기 때문일 것이다. 이처럼

민담과 동화에서는 맹수(猛獸)가 악덕의 존재로 형상화되지만, 지배층이나 사회적 강자가 전승시키는 신화나 전설에서는 맹수와 맹금(猛禽)이 힘과 위엄과 용맹을 상징하므로,[101] 앞으로 몽골의 신화와 전설에 나타나는 동물의 형상화에 대해서도 연구하여 장르적 차이를 조명할 필요가 있다.

마지막으로 '지혜' 이야기의 유형 체계에 대해 논의하여 사고방식 및 가치관과 선악관의 관계에 대한 심층적인 이해를 시도해 보려고 한다. 동화는 선과 악의 대립을 기본으로 하고 있다. '주인공=약자=선'이고, '적대자=강자=악'이라는 선악관을 기저(基底)로 하여 인물이 설정되고 사건이 전개된다. '경쟁-지혜-승리'의 구조유형은 선과 악의 판단기준이 결과인 승리에 있다. 곧 승리하면 선이고, 패배하면 악이 되는 것이다. 생존을 위해 경쟁하고 투쟁하던 시기에 형성된 사고방식이고 선악관이다. 그리하여 때로는 비윤리적인 방법으로 승리하는 데 그것을 지혜롭다고 평가하여 영웅시하기도 한다.[102] 아무튼 결과 중시의 사고방식을 보이는데, '열등-지혜-행복'과 '악덕-지혜-복수'의 구조유형은 능력은 열등하지만 선량하니까 지혜로운 조력자의 도움을 받아 행복해지고, 능력은 우월하지만 악한 인간이므로 복수의 대상이 되어 불행해진다는 내용으로 선인선과(善因善果)와 악인악과(惡人惡果)의 논리구조와 선악관을 보이는 점에서 결과가 아니라 원인과 동기를 중시하는 사고방식을 보인다. 특히 후자는 능력보다 선행을 우선시함으로써 능력주의적 가치관보다는 도덕

---

101 「호랑이의 문학적·조형적 형상화」와 「고전문학에 나타난 매와 매사냥의 형상화 양상」(박진태, 『한국문학의 경계넘어서기』, 태학사, 2012) 참조.
102 석탈해가 호공의 집에 미리 숫돌과 숯을 숨겨 놓고 조상이 대장장이였다고 우겨 호공의 집을 빼앗고, 주몽이 송양왕의 북을 훔쳐서 새로 색칠하여 다른 물건이라고 속이는 것 모두 전형적인 트릭스터(trickster)이지만 현대적 윤리관에서 보면 비도덕적인 행위들이다. 시대의 변화와 함께 가치관과 선악관이 달라진 것이다.

주의적 가치관을 보이는데, 역설적으로 인간을 평가하는 데 있어서 선악관과 함께 능력이 새로운 평가기준이 되는 사실을 알 수 있게 해준다.

이처럼 '지혜' 이야기의 유형 체계는 결과주의와 동기주의, 도덕주의와 능력주의가 대립되면서 선악관과 결합되어 인간의 사고방식과 가치관 형성에 결정적 요인으로 작용한 사실을 알 수 있게 해준다. 그리고 선행을 하면 보상(補償)이 따른다는 믿음을 심어주어 선행을 권장하는 권선(勸善) 사상과 악행을 저지르면 응징하여 대가를 치르게 만들어야 한다는 징악(懲惡) 사상이 주제라는 사실도 쉽게 깨달을 수 있게 해준다. 이것이 '지혜' 이야기가 다른 유형보다도 다량으로 교재화된 이유이기도 할 것이다. 아무튼 앞으로 교과서를 개편할 때도 교재화의 작품 선정과 교수학습방법 개발과 관련하여 보다 심도 있는 논의가 필요하다.

2) '금욕' 이야기의 비교

'금욕' 이야기는 양국 교과서에 두 번째로 많이 수록되어 있는 공통점을 보인다. 그런데 한국의 '금욕' 이야기의 서사구조는 '성공-모방-실패'와 '탐욕-파멸'의 두 가지 유형구조를 보이는데, 몽골은 '탐욕-파멸'의 유형구조만 보인다. '탐욕-파멸'의 유형구조는 '원인(탐욕)-결과(파멸)'의 논리구조로 되어 있다. '성공-모방-실패' 이야기의 유무(有無)에 대해서는 앞에서 언급하였으므로 여기서는 양국에서 공통적으로 교재화된 '탐욕-파멸'의 이야기만 비교해보기로 한다.

한국의 '탐욕-파멸'의 이야기에는 임금님의 신기한 맷돌을 훔치고 맷돌과 같이 바다 속으로 가라앉아 죽게 된 도둑(〈소금을 만드는 맷돌〉), 할머니가 개만 좋아한다고 질투를 하고 개처럼 행동하다가 마침내 팔리게 된 돼지(〈개와 돼지〉), 소금장수와 기름장수를 차례로 삼킨 탓에 뱃

속에 불이 나 죽게 된 호랑이(〈소금 장수와 그림 장수〉), 마지막 한 개의 떡을 혼자 먹기 위해 침묵내기를 하다가 재산을 모조리 도둑맞은 할아버지와 할머니(〈떡은 누구의 것〉)가 등장한다. 몽골의 '탐욕-파멸'의 이야기에는 송골매의 경고를 무시하고 사람을 찾아가 총에 맞은 사자(〈두려움을 모르는 사자〉), 친구 사이인 개를 시기하여 개의 증명서를 훔치고 천적 관계가 되어버린 고양이와 쥐(〈개와 고양이, 쥐〉), 남을 무시하다가 외톨이가 되어 죽게 된 사시나무(〈오만한 사시나무〉) 등이 등장한다. 한국 이야기의 주인공들은 하나같이 파멸로 끝나는데, 몽골 이야기에서는 주인공이 파멸되기도 하지만, 파멸의 위기를 겪고 깨달음을 얻는 작품(〈두려움을 모르는 사자〉)도 있어서 주목된다.

한국의 경우 도둑은 욕심 때문에, 돼지는 질투심 때문에, 호랑이는 탐욕 때문에, 노인 부부는 욕심 때문에 파멸하고, 몽골의 경우 사자는 자만심 때문에, 고양이와 쥐는 질투심 때문에, 사시나무는 오만함 때문에 파멸을 초래한다. 한국은 탐욕이나 질투심을 경계하는데, 몽골은 탐욕은 없는 대신 질투심과 함께 자만과 오만을 경계하는 점에서 인간의 악덕에 대한 인식에서 두 민족 사이에 차이점을 보인다. 농경민 한국인은 탐욕을, 유목민 몽골인은 자만심을 특별히 경계하는 것이다. 울타리나 담장, 논두렁과 밭두렁으로 경계선을 분명하게 만들고서도 이웃사촌이라 하면서 선린(善隣) 우호관계를 중시하는 농경문화의 한국인은 이기적인 행동으로 공동체에서 배척당하는 것을 특별히 경계하고, 울타리와 경계선이 없는 초원에서 천막집을 짓고 유목목축생활을 하면서 정복과 약탈을 정당시하는 몽골인은 지나친 자만심 때문에 방심하거나 실수를 하여 위기를 초래하는 것을 가장 두려워한다는 해석이 가능하다.

'금욕' 이야기의 유형구조가 '성공-모방-실패'와 '탐욕-파멸'로 나타나는 것은 모방이 원인이 되어 실패하고, 탐욕이 원인이 되어 파멸한다는 인과론적 사고방식에 기인한다. 그리고 전자의 경우 선인은 창의적이고 악인은 모방적이라는 식으로 선악관을 창의력과 같은 고등정신 능력과 결부시켰고, 후자의 경우 탐욕이나 질투심이나 자만심과 같은 성격과 심리를 선악관과 결부시켰다. 윤리적 판단기준으로 인간의 정신활동의 모든 영역을 재단(裁斷)하여 평가하는데, 문학교육을 통하여 개성과 다양성 교육을 해야 하는 현 시점에서는 경직된 흑백논리가 아닐 수 없다. 창의적이냐 모방적이냐는 확산적 사고냐 수렴적 사고냐의 문제이고, 욕심, 질투, 자만과 같은 심리작용은 인간이 조절하도록 교육해야지 무조건 억압한다고 해서 해결될 문제가 아니기 때문이다. 따라서 앞으로 교육과정을 개편하고 교과서를 집필할 때 이러한 문제의식을 가지고 전래동화의 교재화와 교수학습방법 개발을 시도해야겠다.

찾아보기